能火野人、佐藤春夫

「のうかやじん」は「くまのびと」の謂いなり

辻本雄一 著

和泉書院

題字　辻本春園

1　明治43年、18歳、春夫ポートレート
裏に「十八歳の冬日」とある。

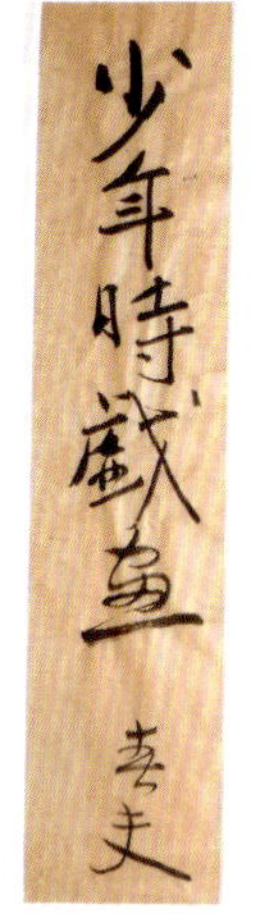

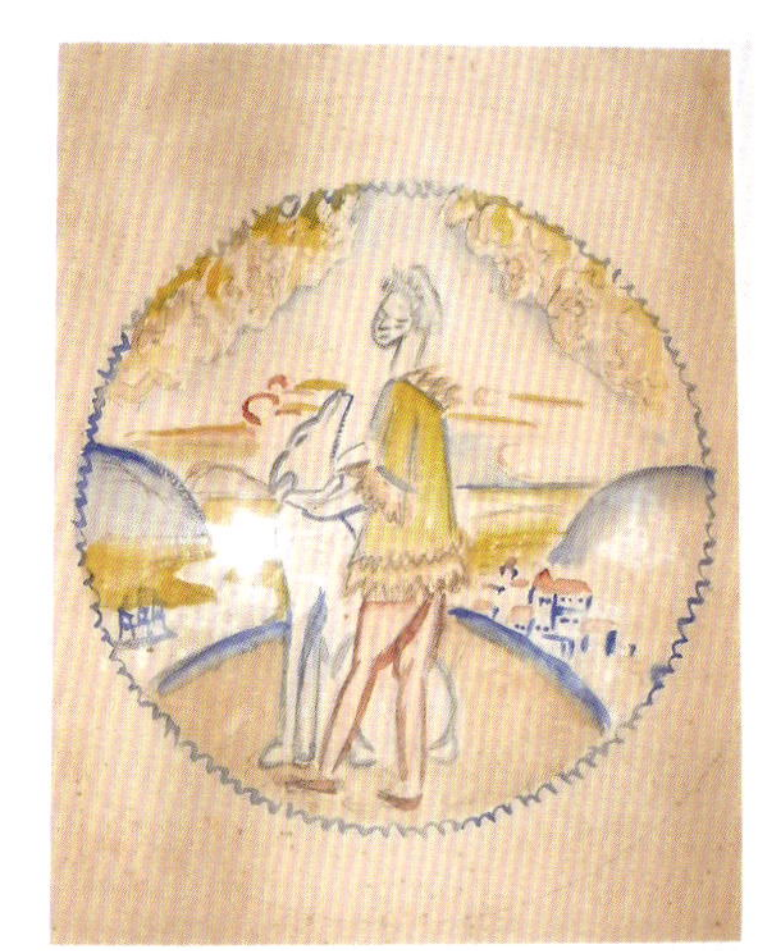

2 「少年時戯画」
新宮中学同級生が保有していた画を、昭和34年再会した折、春夫が「少年時戯画」と揮毫して、お墨付きを与えた。後景の左隅に、三反帆の川舟が描かれている所から、熊野川と推測される。新宮中学1年次に描いたもの。

3 「子猫と鞠の画幅」
「ひさかたの　ひかりのどけき　小猫哉　　ハルヲ」、中学の頃の作品か。

4　明治37年頃の家族写真
左から春夫、父豊太郎、姉保子、弟秋雄、母政代、弟夏樹。

5　熊野病院裏庭、子どもと石垣風景
この裏庭は、丹鶴城址（新宮城）に続いていた。久保写真館の台紙付き。

6　丹鶴山下の景（お濠越しに）
建物（右）から新宮町役場、熊野病院、天理教教会、熊野川の向こうが三重県成川（なるかわ）の山々。

7　明治末新宮・本町通りの街並み
現速玉大社大鳥居から東方面を望む。突き当りに、熊野病院があった。左側鉄筋風建物は新宮銀行。

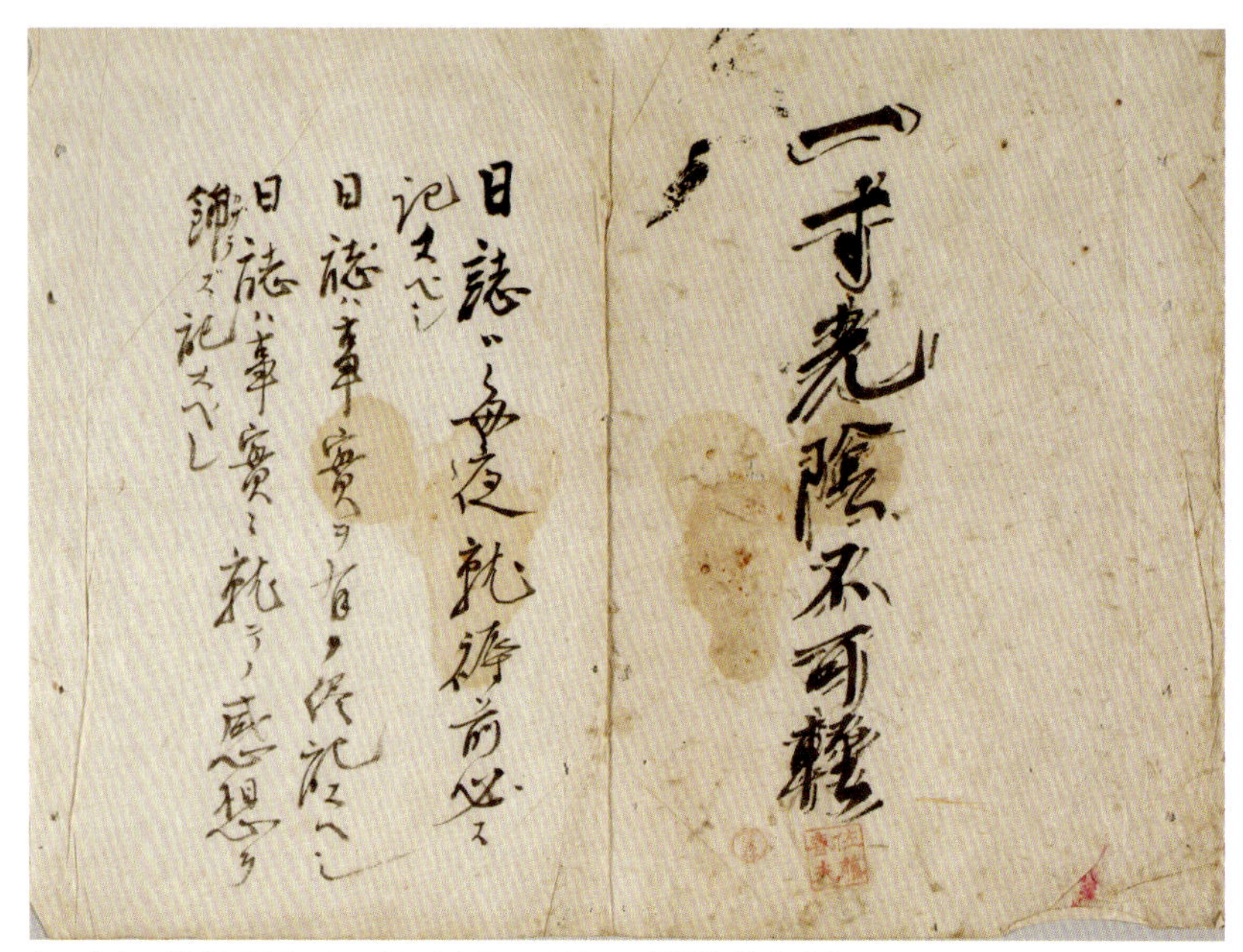

8　春夫の日記（明治37年の「一寸光陰不可軽」）の表紙と注意書き
いずれも父豊太郎の筆。

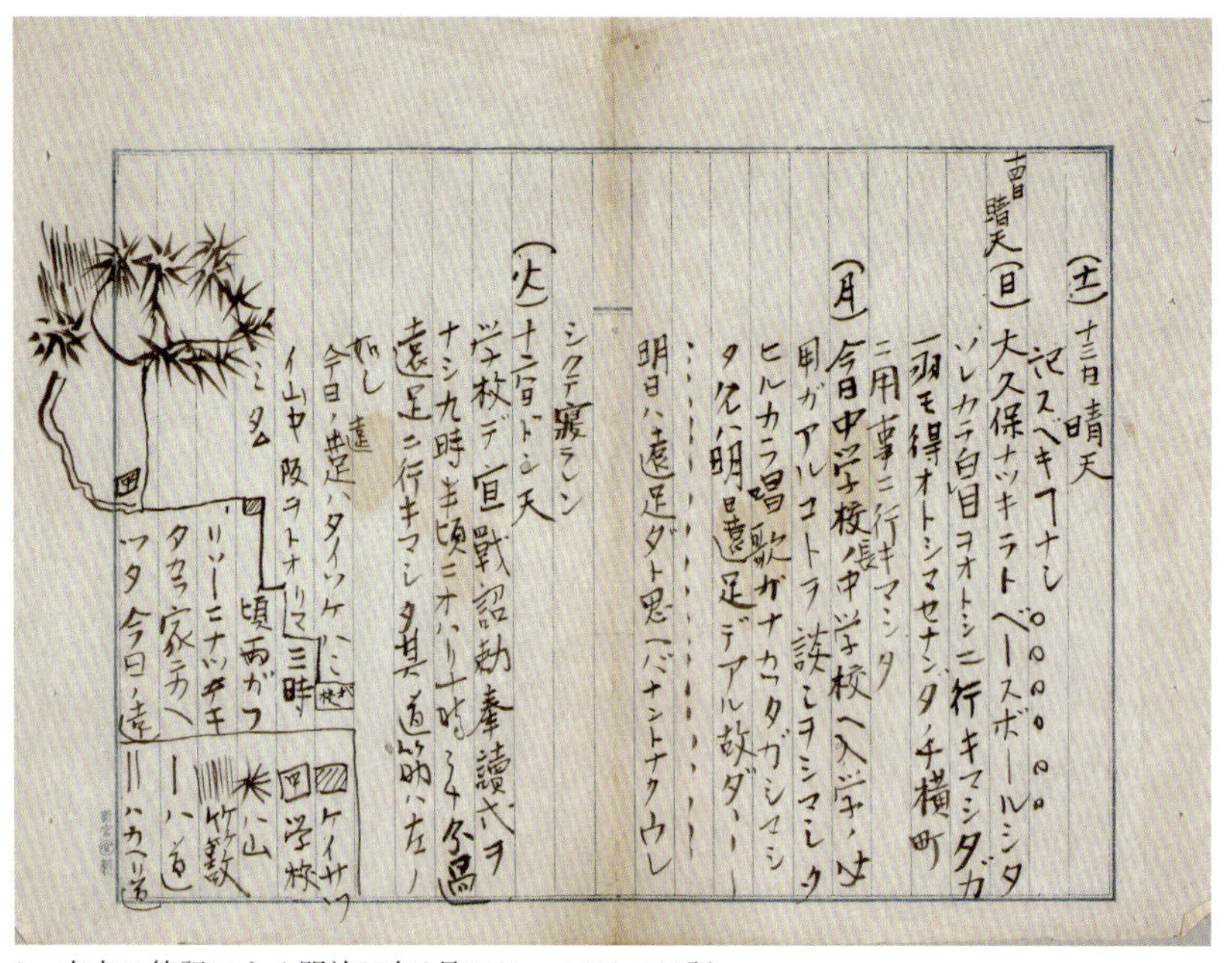

9　春夫の筆記による明治37年2月14日～16日の日記
「大久保ナツキラトベースボールシタ　ソレカラ目白ヲオトシニ行キマシタ」とある。ナツキは弟夏樹のこと。この頃、「野球」という言葉はまだ普及していない。高等小学校卒業間近かの遠足の行程図も描かれている。

10　明治43年新宮中学全景
右側は校舎、左側は明治38年完成の寄宿舎「神風寮」。

明治卅三年四月十四日 第三種郵便物認可 (月十回)

牟婁新報

明治四十二年十一月九日 第九百九十八號 (一)

新宮通信

新宮中學第四學年生徒同盟休校の理由

謹て我父兄諸氏に告ぐ

新宮中學同盟休校詳報

田邊速記學

發行所 牟

牟婁新報は一意地方の開發を期す、故に一切の情弊を打破

11　新宮中学のストライキ報道
『牟婁新報』明治42年11月9日の4年生のスト宣言。

12　中村楠雄の卒業記念撮影（明治41年 3月24日）
右端が中村楠雄、その左隣が春夫。楠雄は後に、春夫の初恋の人大前俊子と結婚。大正9年のニコラエフスク（尼港）事件で犠牲となる。

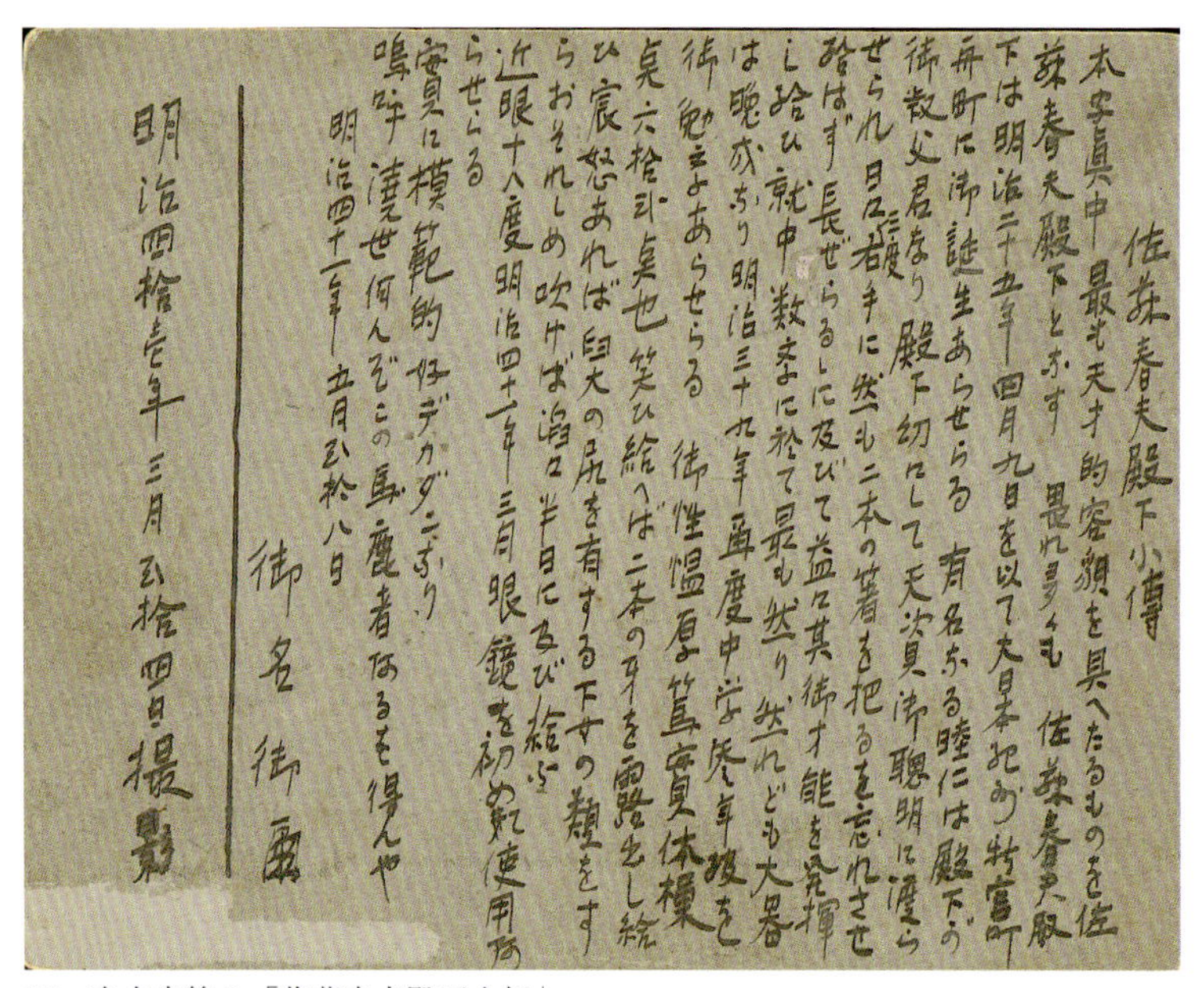

佐藤春夫殿下小傳
本写真中最も天才的容顔を具へたるものを佐
藤春夫殿下とす　畏れ多くも　佐藤春夫殿
下は明治二十五年四月九日を以て大日本紀州新宮町
舟町に御誕生あらせらる　有名なる睦仁は殿下の
御叔父君なり　殿下幼にして天資英邁御聰明に渡ら
せられ日に三度右手に然も二本の箸を把るを忘れさせ
給はず長ぜらるゝに及びて益々其御才能を発揮
し給ひ就中数学に於て最も然り　然れども大器
は晩成なり　明治三十九年再度中学校三年級を
御勉強あらせらる　御性温厚篤実　体操
点六拾弐点也　笑ひ給へば二本の牙を露出し給
ひ宸怒あれば臼大の尻を有する下女の類をす
らおそれしめ吹けば[illegible]口半日に及び給ふ
近眼十八度　明治四十一年三月眼鏡を初めて使用あ
らせらる
實に模範的好デカダンぶり
嗚呼　澆世何んぞこの馬鹿者なるを得んや
明治四十一年五月弐拾八日
御名御璽

明治四拾壱年三月弐拾四日撮影

13　春夫自筆の「佐藤春夫殿下小伝」
上記写真の裏に認められたもの。明治41年5月28日の記述がある。中村楠雄や俊子の手に届いたかどうか、俊子の姉江田しづが大切に保管していた。

14　江田家族と大前俊子
明治38年6月1日、姫路にて撮影。後列中央江田重雄、前列右から、俊郎、大前俊子、秀郎、しづ、誠郎。

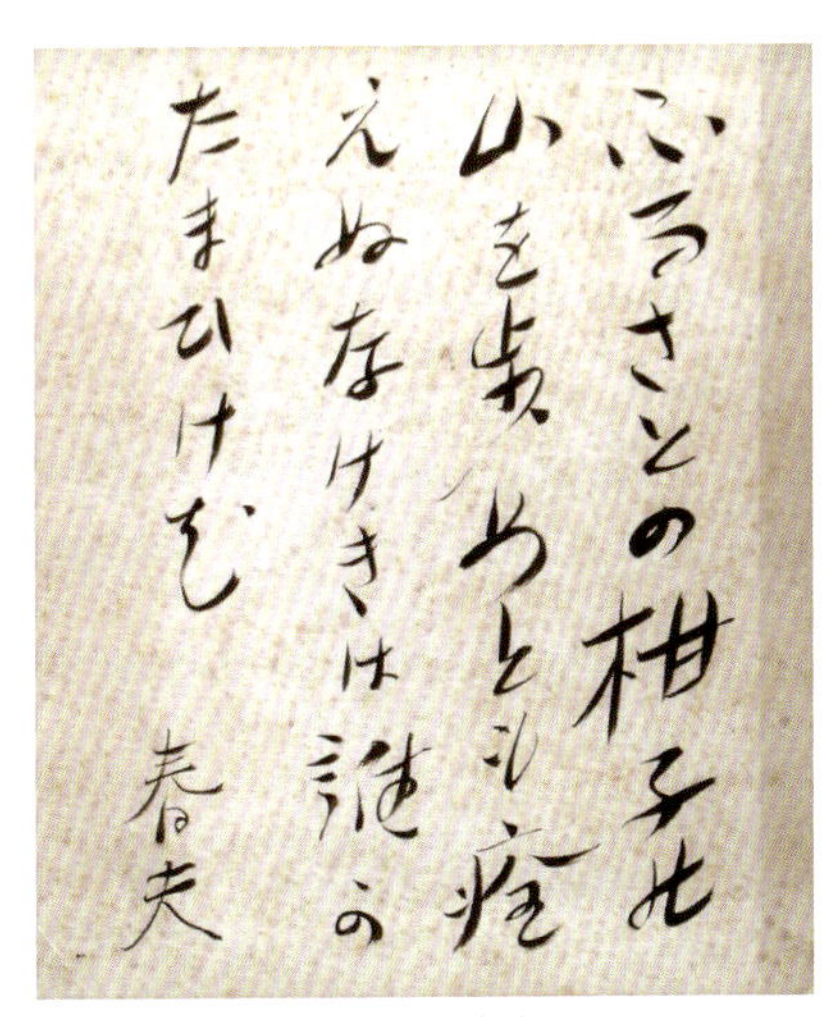

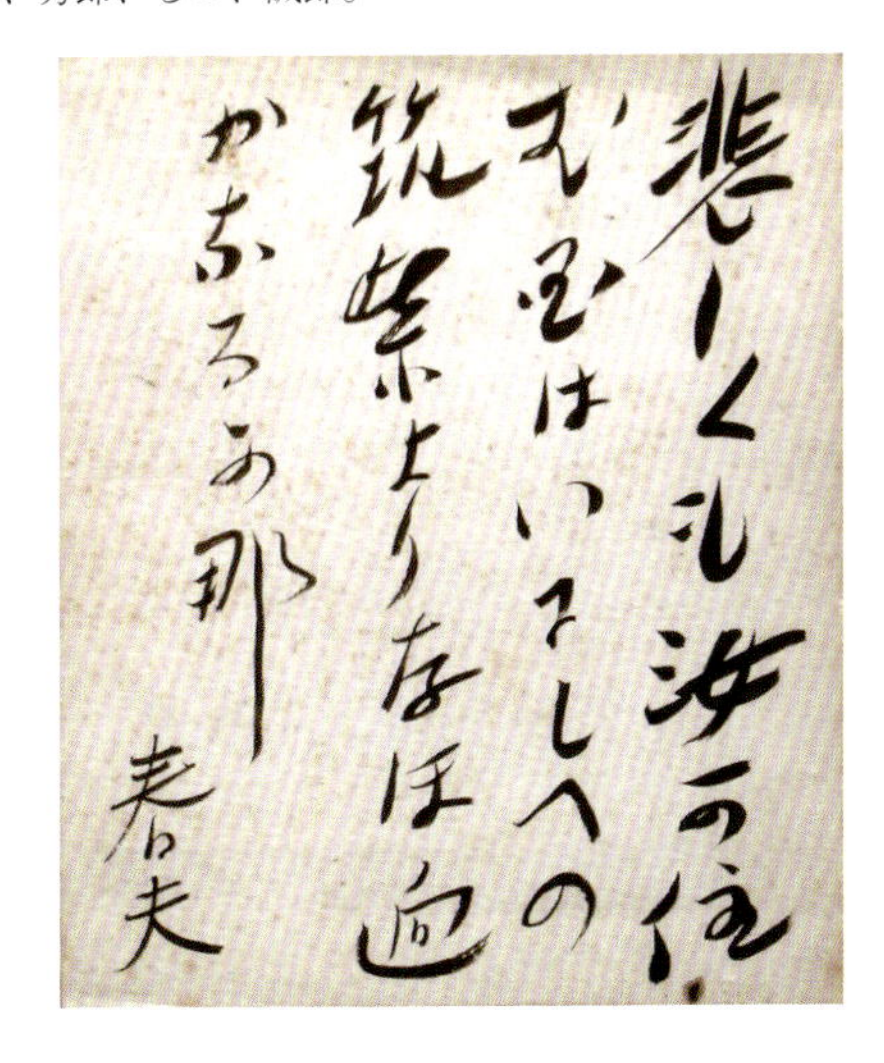

15　春夫が姉妹に贈った色紙
明治41年2月、俊子の姉江田しづ家族が夫の任地韓国への渡航を前に、贈られたもの。「ふるさとの…」の方は、俊子へのもので、春夫の詩「ためいき」の「その六」に採用、単行本にするとき、追加された。俊子の手にはわたらず、江田家に残された。

16　明治42年3月、新宮中学学友と
右から春夫、岡嶋輝夫、鈴木三介、奥栄一。中の二人が新宮中学卒業の日で制服姿、春夫の発案で記念撮影。春夫と栄一は3年次原級に留め置かれたため、まだ在学中。入学時からの文学仲間であった。

17　『はまゆふ』第2巻第1号（明治41年8月刊行）の表紙
猿と鳥の表紙絵は春夫。春夫は、「潮鳴」の号で、詩などを発表。

18　元鍛冶町にあった宇治長旅館
当時としては珍しく3階建て、与謝野寛なども滞在した。

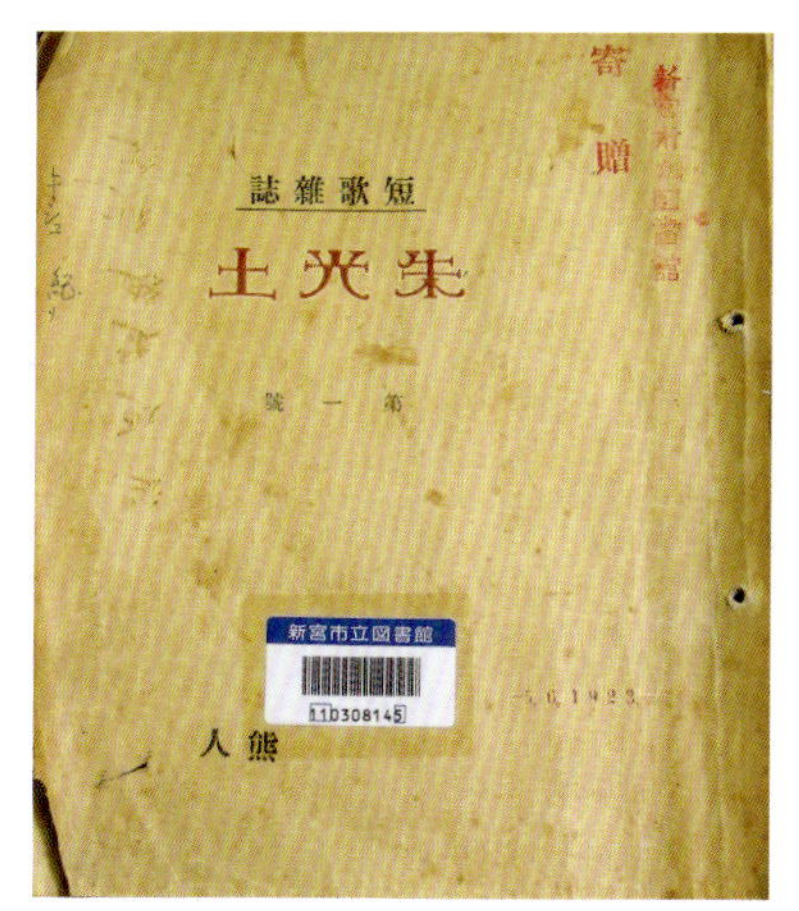

19　『朱光土』1号表紙（大正12 年5月）
大正12年3月下村悦夫は、中野緑葉や清水徳太郎らと「新宮短歌会」を結成、機関誌として刊行。7号まで続いた。

20　『朱光土』3号表紙

熊野實業新聞

新兵時代

勸察加巡航談

22　明治42年10月20日『熊野実業新聞』題字部分

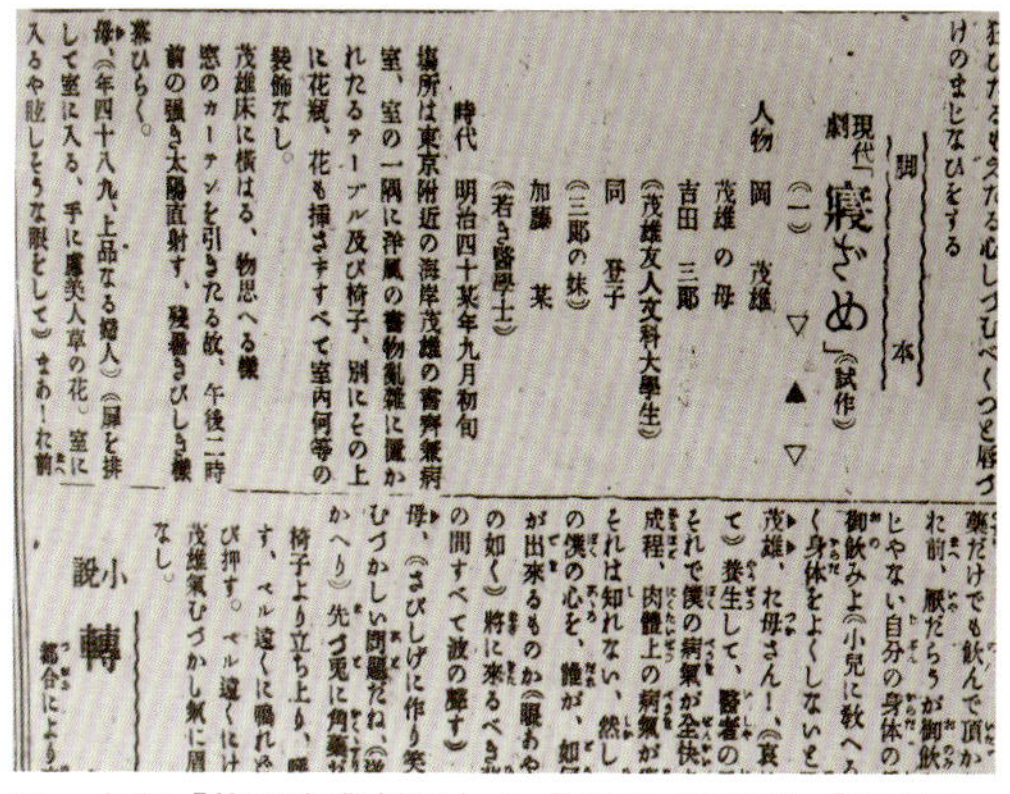

脚本

現代劇「寢ざめ」（試作）

（一）

▽▲▽

人物　岡　茂雄
茂雄の母
吉田　三郎（茂雄友人文科大學生）
同　登子（三郎の妹）
加藤　某（若き醫學士）

時代　明治四十某年九月初旬

場所は東京附近の海岸茂雄の書齋兼病室、室の一隅に洋風の書物亂雜に置かれたるテーブル及び椅子、別にその上に花瓶、花も挿さずすべて室内何等の装飾なし。

茂雄床に横はる、物思へる樣。窓のカーテンを引きたる故、午後二時前の強き太陽直射す、殘暑きびしき樣。

幕ひらく。

母、（年四十八九、上品なる婦人）（扉を排して室に入る、手に虞美人草の花。室に入るや眩しそうな眼をして）まあ！

23　上記「熊野実業新聞」の「脚本・現代劇・「寝ざめ」（試作）」の初めの部分

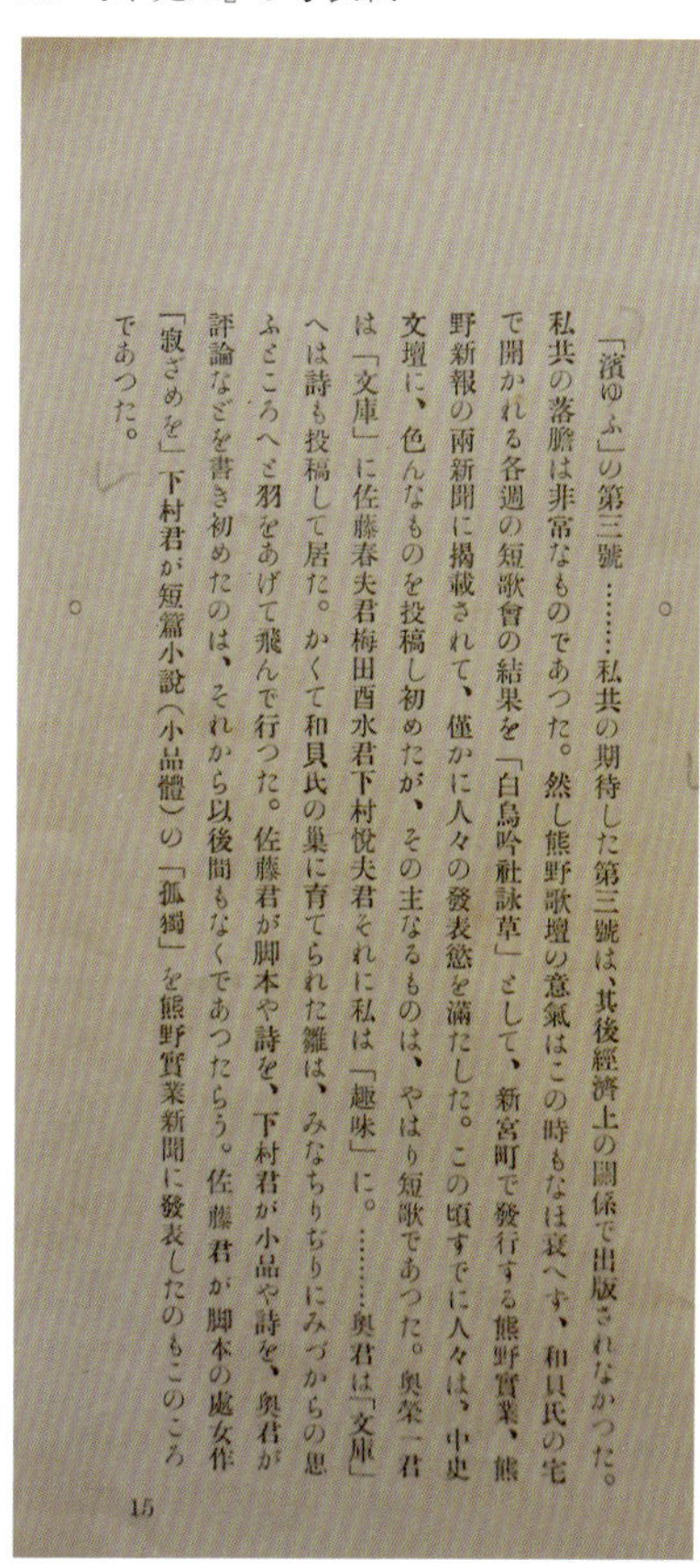

「濱ゆふ」の第三號……私共の期待した第三號は、其後經濟上の關係で出版されなかつた。私共の落膽は非常なものであつた。然し熊野歌壇の意氣はこの時もなほ衰へず、和貝氏の宅で開かれる各週の短歌會の結果を「白鳥吟社詠草」として、新宮町で發行する熊野實業、熊野新報の兩新聞に掲載されて、僅かに人々の發表慾を滿たした。この頃すでに人々は、中央文壇に、色んなものを投稿し初めたが、その主なるものは、やはり短歌であつた。奥榮一君は「文庫」に佐藤春夫君梅田酉水君下村悦夫君それに私は「趣味」に。……奥君は「文庫」へは詩も投稿して居た。かくて和貝氏の巣に育てられた雛は、みなちりぢりにみづからの思ふところへと羽をあげて飛んで行つた。佐藤君が脚本や詩を、下村君が小品や詩を、奥君が評論などを書き初めたのは、それから以後間もなくであつたらう。佐藤君が脚本の處女作「寢ざめを」下村君が短篇小說（小品體）の「孤獨」を熊野實業新聞に發表したのもこのころであつた。

15

21　中野緑葉連載「熊野歌壇の回顧」
春夫が、戯曲「寝覚め」を書いたことを回想した部分（大正12年8月『朱光土』3号）。

24　春夫成育の家跡（熊野病院跡）
正面石段には、人力車用の斜面もある。熊野病院は大正10年前後人手に渡ったようであるが、病院の閉鎖は今のところ明らかではない。戦後、病院跡は近畿大学短期大学部新宮分校になっていたが、昭和59年取り壊され、平成11年には道路拡張で跡形もなくなった。

25　懸泉堂
那智勝浦町下里八尺鏡野（やたがの）にある、豊太郎の生家。庭の奥に滝があったことから、通称となった。豊太郎まで六代続いた医家、私塾でもあった。母屋は、江戸期のもの、洋風の２階建ては、豊太郎が隠居して大正13年に建てられたもの。

＊26・27いずれも、春夫が「わんぱく時代」執筆のために、同級生の久保嘉弘に依頼した風景写真。久保は1枚ずつ丁寧に解説を加え、春夫に提供した。春夫が思い出の手掛かりにした写真は、現在では昭和30年代の失われた新宮風景になっている。

26　日和山より臥龍山を望む
右側に「現在は山麓・人家密集していますが昔は田でした」、中央の道に「此の道は昔のまゝ」の注記がある。

27　小浜（おばま）へ下りて行く道
後景の山に「成川の山」、その手前「熊野川」、右側に「梅林」、真ん中に「道」の注記がある。左側の奥の家に春夫自身と思われる赤の書き込みで「小浜ノ崎山榮の家ハコノ□□（二字不明）トコロナルベシ」と記されている。

28　長男方哉（まさや）の誕生
昭和7年関口町の自邸にて。右から春夫、方哉、千代、（谷崎）鮎子。

29　令和5(2023)年に119点が公表された新発見の春夫の家族あて書簡の束

竹田龍児が整理途中であったと推測される。

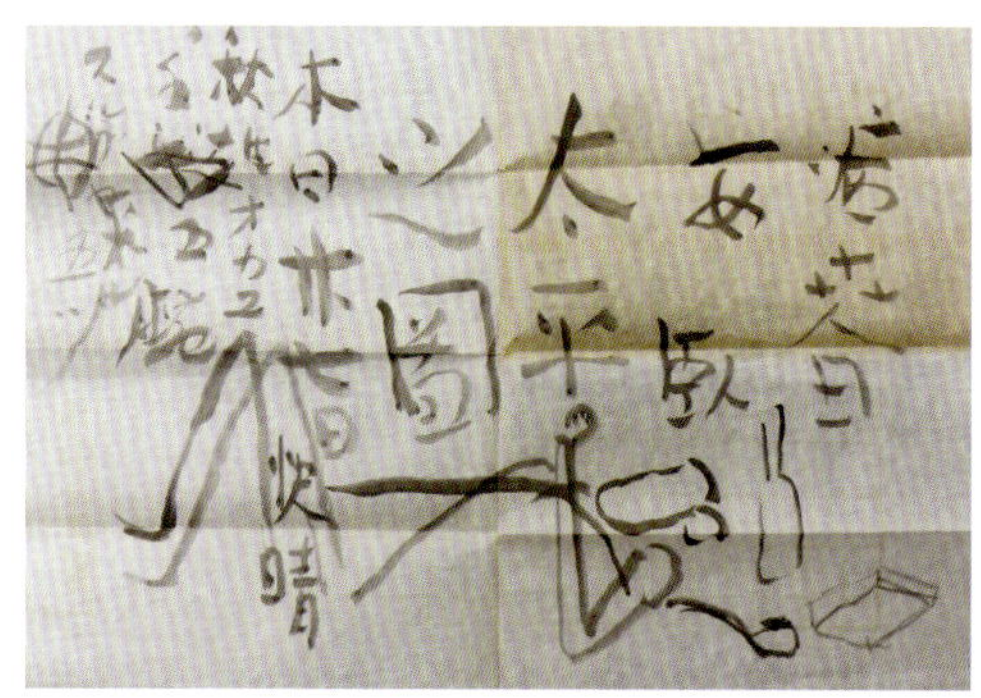

病春安臥太平之図

30　昭和5年9月27日付春夫の父豊太郎宛書簡

「病春安臥太平之図」とあり、病臥する絵模様も。春夫は、この年9月末脳溢血で倒れ、程なくして不自由な手で書いた手紙。妻千代の手紙も同封され、春夫の様子を詳しく伝えている。

写真資料所蔵先・寄託先一覧

中瀬古友夫氏（7・18）
実践女子大学寄託（8・9）
和歌山県立新宮高校（10）
和歌山県立図書館（11・22・23）
新宮市立図書館（17・19・20・21）
佐藤春夫記念館（1・2・3・4・5・6・12・13・14・15・16・24・25・26・27・28・29・30）

提供協力

高橋百百子氏
潮﨑慶宏氏
江田秀郎氏
草加浅一氏
久保写真館

懸泉堂（佐藤家）系図

佐藤家本家・初代教永は、下里の隣村・太地村の太地角右衛門の手引きで紀北・小雑賀（現和歌山市）から下里に来たものという。四世普貫が八男・多沖を連れ隠居し、分家「懸泉堂」を創立した。

佐藤家本家

祖 教永 瑠兵衛 ― 二世 法性 瑠兵衛 ― 三世 浄心 瑠兵衛 ― 四世 普貫 瑠兵衛 ― 五世 之信 瑠兵衛…

下隠居

隠居し、分家「懸泉堂」を創立

懸泉堂

祖・普貫 寛政8年没〔62歳〕

瑠左衛門 普貫二男、良蔵
- 源兵衛
- ツヤ ＝ 伊達維徳軒
  - 巳 ＝ 伊達大徳軒
- 庄七
  - 良蔵
    - 良次郎
      - 良一郎
      - 良雄
  - 庄五郎

太上地 方綱 普貫四男

中地屋の祖 寿栄 普貫五男 新兵衛
- 初代 ＝ 湯川寛仲
  - 民太郎 甕洞、清斎
  - 周平 樗斎
- 信棟 新兵衛
  - 要助 新兵衛
    - 寿太郎 新兵衛
    - 卯 とみ、富

二世 多冲 普貫八男 鼎謙、徳輿 寛政12年没〔24歳〕

〔道悟〕 多冲没後養子 文化15年没〔53歳〕

三世 道敏 寛政12年生～明治3年没〔70歳〕 百樹 号・椿山、洗耳翁
＝ 金 文政11年没
- 百 ― 中村三樹 吉田秀綱

中西維順 青木勇三、堅磐 文政6年没
- 米子 よね、ヨ子 ＝ 道敏
  - 鏡村 天保5年～文久元年没〔28歳〕 又百、有伯 惟貞 ＝ 卯
  - 百子 天保8年生 百重、百枝

（天満村）宮本教正 ＝ よし
- 四世 正駿 天保12年生～昭和5年没 宮本駿吉、百樹 号・鞠峯、芝水漁人 （天満・宮本家より養嗣子） ＝ 百子
  - 仁応吉 5歳で逝去
  - 貞吉 慶応三年生～
  - 良吉 明治4年生～明治28年没
  - 延吉 明治13年生～明治36年没
  - 終吉 明治16年生～
  - まさゑ 明治8年生～
  - こずゑ（梢）明治10年生～ ＝ 若林利治郎（欽堂）
    - 禎一
    - 芳樹
    - 伸枝

（太地村）衣笠猶兵衛
- さき 百子没後、後妻 ＝ 正駿

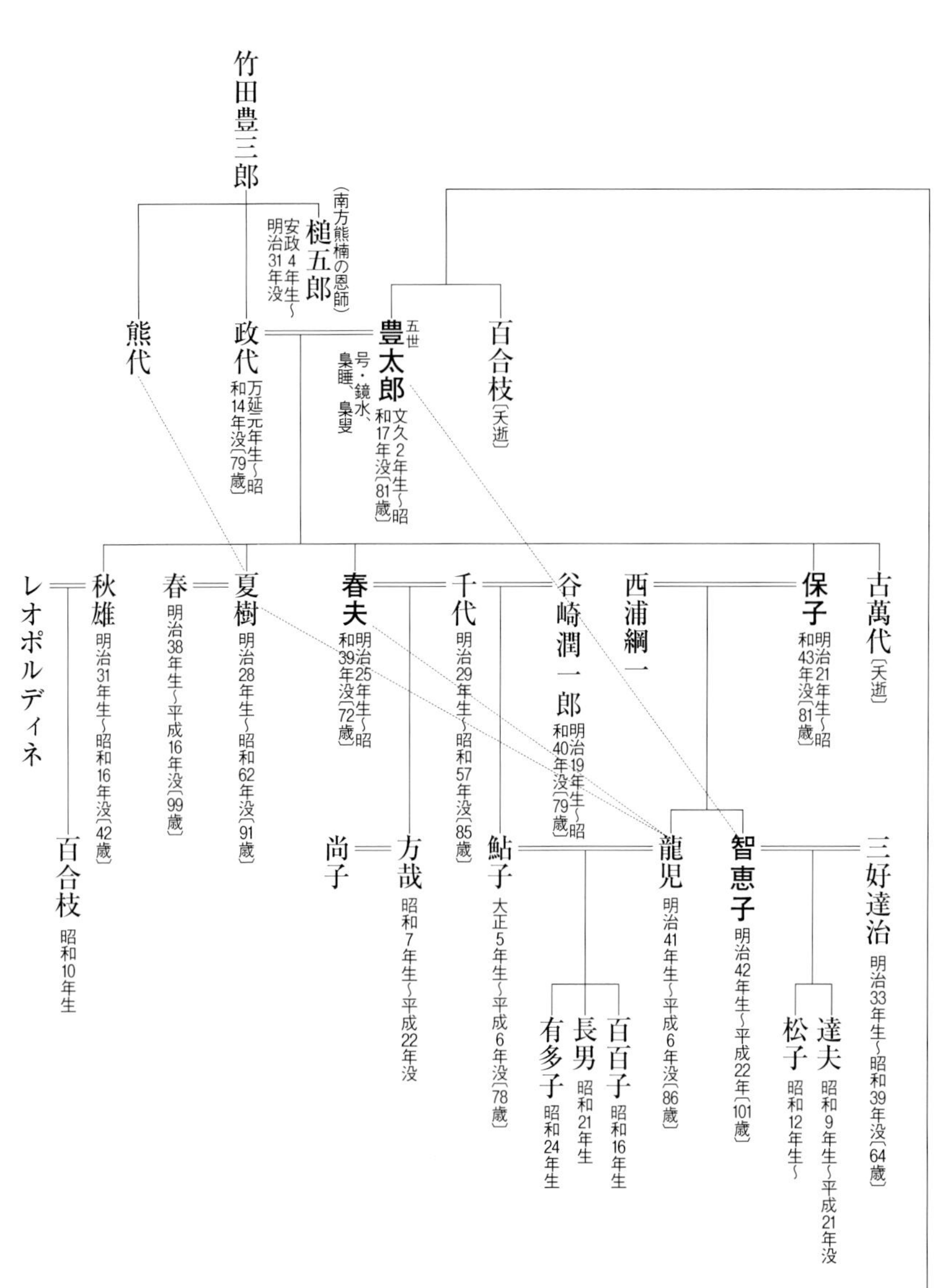

『昭和50年6月10日「佐藤家家憲及び系図」編集者伊藤邦太郎』という小冊子があり、そこには各自の詳細な戒名等も記されていて、参考にした。

2009年初版・2024年改訂版：佐藤春夫記念館作製に追加

目次

〔凡例〕

・佐藤春夫作品からの引用については、『定本　佐藤春夫全集』（臨川書店刊）を原則としたが、一部、初出からのものや読みやすくなっている文庫本からのものもある。

・年代表記については、「通史」編は和暦中心に、「論考」編以降は西暦中心の表記になっている。

・拙文の成立経緯において、「論考」編で発表した既出文を、記念館ブログ（「通史」編）掲載に当って、文脈上取り込んだ部分もあることをお断りする。

〔通史〕

佐藤春夫、〈反骨精神〉の誕生

——その少年時代、上京まで——

一、春夫の誕生と父と母との系譜

・春夫の誕生

佐藤春夫が和歌山県東牟婁郡新宮町船町一一九番地に、呱々の声を上げるのは、明治二十五（一八九二）年四月九日早朝であった。父豊太郎、母政代の長男として、である。近くにあった新宮郵便電信局では電信為替事務を一日から始めたばかりで、豊太郎がさっそく利用したものかどうか。医師として開業していた豊太郎は、鏡水と号して俳句をたしなみ「よく笑へどちら向いても春の山」と詠んだ。熊野の山桜がこんもりと目立ち始める頃である。

昭和七（一九三二）年十月二十七日、東京で春夫の長男方哉が生まれたとき、春夫は下里の懸泉堂に居る父宛てに「マスラヲウマル」の電報を打ち、下里郵便局で受信して豊太郎に届けたのは、下里出身で東京で出版業に携わり、晩年那智山郵便局を営んだ田代均の父で、父はいつまでも語り草にしていた。春夫は昭和八年一月号の『婦人公論』に、「マスラヲウマル―父となるの記」を寄せている。豊太郎にも長男誕生への期待は大きなものがあったろう。何せ、まだ「家制度」が残り、長男の地位が特別な時代であった。

春夫の兄弟姉妹では、姉古萬代は幼くして亡くなり、四歳上に姉保子が生まれている。明治二十八（一八九五）年七月には弟夏樹が生まれ、豊太郎は「思ふさま茂れやしげれ夏木立」と詠んだ。明治三十一年六月には三男が誕生したが、「春・夏」と名付けた関係から、秋雄と命名、「行くさきにこぼれ物あり秋の雞」と詠んだ。一時、保子の子龍児に「冬樹」と名乗らせようとして、断られたエピソードが残されている。

春夫が生まれた年の新宮町は、戸数二五三八戸、人口一万八三八人の記録がある。本町通りの改修計画に一六円三三銭九厘の予算が計上されているが（「明治二十六年六月事務引継書」『新宮市史　史料編下巻』）、速玉神社から新宮城跡へのこの本町通りは、当時の町のメインストリートで（口絵写真7参照）、明治二十二（一八八九）年八月二十日の熊野川大洪水の爪痕がまだ色濃く残されていた。この通りは、やがて煉瓦を砕いたような渋土の赤土が敷き詰められ、外から来た人は、まず道の明るさに目を見張ったという。赤土の道は、豊太郎の病院横の登坂の切通しから熊野地の方まで延びていた。もちろん舗装などはまだないし、登坂の道ももっと狭い、自転車が辛うじて通れるほどの幅で、豊太郎がタヌキと格闘したと噂された道でもあった。春夫の作品「私の父が狸と格闘をした話」（『婦人公論』大正十年八月）は、まさに狐につままれたような話のなかに、少年の不安が仄見える雰囲気を醸し出している童話的な作品である。登坂の道が、今に近い幅で掘り下げられ、拡張されたのは、お濠が埋め立てられて丹鶴通りが出現してから後の事である（大正十一年十一月）。

＊

明治二十二年の大洪水は、十津川水系の山塊が大きく崩壊、本宮神社が流され、奈良県十津川村も大被害を被って、多くの住民が北海道移住を余儀なくされた大惨事であった。未開の地であった北海道での開拓の労苦で「新十津川村」が作られてゆく経緯は、いくつかの書物で語られている。

この時、新宮でも未曾有の洪水被害を被った。町全体が浸水し、町民は高台に避難していたのだが、いったん水が引き始め一段落と思って安堵していた折、また第二波の水が押し寄せてきた。幸い昼間で、死者等は出なかったが、十津川の山々の大崩壊で堰き止められていた水が、再び押し寄せてきたのである。浸水被害の状況などは『新宮市誌』（昭和十二年刊）に詳しく記されている。千穂ヶ峰の山際、清閑院の石垣上には、その時の水位を表示した標が作られている。

春夫は、後年「洪水のはなし」（『群像』昭和二十八年十月）を書いていて、自身が生誕する直前、父の体験談や聞き取った話を記述しているが、そこに清閑院の隣、瑞泉寺（通称大寺）の鐘楼に避難した男床辰の話も出てくる。妻子を裏山に逃がし、腰にぶら下げた瓢箪から、酒をちびりちびり傾けていると、眼下に泥水が押し寄せてきたのだという。

また春夫の生家をも焼失させた明治二十九年の大火については、「明治廿九年十二月二日午後十二時新宮道下町某洗湯屋より火を発し、折柄西北の強風に煽られ、火は四方に延焼し火元の道下町は勿論のこと、南して別当屋敷、横町を焼き尽して龍鼓橋畔に至り、西北するものは雑賀町より下本町、上本町、御幸町、上船町等を焼きて下船町に及び森家に至り、付近各町村よりの消防隊の尽力にて翌三日午前七時に至りて鎮火せり、焼失戸数八百十戸、納屋八百八戸、土蔵二十五棟に及」んだ（『新宮市誌』）。この時、薬師町にあった丹鶴山東仙寺も焼失、その後一帯は、大王地の花街として生まれ変わってゆく。石造りの龍鼓橋までは、町方、それから外は地方といわれたが、旧城下に当たる区域が焼失区域だった。焼失区域のうち一番東北に当たる区域が、下船町の「森家」の一画で、その辺が春夫の生誕の家であって、敷地面積二畝二六歩（八六坪）、明治二十四年十一月豊太郎が坪井亀之助から購入している。もともとは坪井が森家から手に入れたものと思われ、豊太郎一家はそれ以前から住み続けていたものと推測される。

ところで、龍鼓橋から西側の山、千穂ヶ峰の岩肌を落ちるのが龍鼓の滝である。父豊太郎は隠居して、龍鼓の滝の下あたりに山荘を構えたいとの望みを持っていたようだが、それはかなわなかった。

春夫の「日本の風景」（『心』昭和三十一年一〜十二月）の「（2）父の家」には、次のように述べられている。

> 父は、また町のはづれ王子ケ浜の王子権現の祠のうら手にある松山の小さな盆地のなかに芋畑をつくり柿やみかんを植ゑて晩年はこの地に隠居して松琴鼓濤の間に老いたいと云つてゐた。父の空想してゐた隠居所はもうひとつ西山のほとんど中央にある竜鼓滝（ママ）の渓流に沿つた竹林のなかにもあつた。この方は毎日、診察室の窓から滝を眺めてはその下の土地を想望して心に清閑を楽しんでゐる様子であつた。

春夫の回想文などには、「火事で焼け出されて」熊野病院に転居を余儀なくされたという記述がほとんどないところから、すでに熊野病院内に転宅してから、生家跡が焼失したのである。「五つまで住んでゐたその家は、私たちがゐなくなつて間もなく町の大火事で焼けた。」(「わが生ひ立ち」『女性改造』大正十三年八〜十一月)と記されている。

豊太郎が登坂の地に熊野病院を開院したのは、明治二十七(一八九四)年九月三日。知人の小野芳彦の日記に熊野病院が開院されるという記述がみえる。城山の南麓、登坂の地に竹藪を切り開いて建設した病院は、「熊野病院」と名付けられたようだが、そのとき名称変更したのかどうか判然しないが、時に「佐藤病院」とも呼ばれている。

紀州徳川家の付家老の水野氏の居城であったお城は、明治維新後たちまちに取り壊され、いち早く民間に譲渡されているから、薩長の藩閥政府の支配下で、世情を察知した人々は荒廃に任せるままの状態だった。民間所有であった関係から、城跡に展望塔が出来たり、動物園が出来たり、わが国ではおそらく唯一、城下を鉄道トンネルが貫通している。

*

春夫の回想文を参考にすれば、明治二十九年春、病院棟横に自宅を建設して転居、七棟になったと言うが、その年の秋、姉に連れられて、焼失前の生家を訪れる、と言うことになろうか。いまでは、ほんの目と鼻の先の距離に当たるのだが、当時はお濠の土堤が残り、小山の八幡山があった。

この大火の直後、発刊されたのが『熊野新報』紙である。『新宮市史 年表』では十二月一日発刊とあるが、それでは大火の記事は載っていないはずである。現存する二号(十二月二十二日付)から推察すれば十二月十五日付創刊で、毎火曜日の刊、医師でもあった宮本守中が社主、「丹鶴叢書」編纂の国学者山田常典の息山田正(号は菊園)が主筆、創刊号は大火の被災を大きく報じる内容だったはずである。その痕跡は残っていた二号にも刻まれている。町政の「改革派」と言われた人々の拠り所となった同紙は、豊太郎らも志を同じくするものだった。後に社主の宮本は「改革派」の人々に推されて町長を務める（明治三十八年三月三十日〜三十九年二月二十八日）。

春夫の生誕前後、新宮の町は二つの大きな災害に見舞われ、その復興の槌音がこだましている環境だった。そうして国家的な大事としては、明治二十七、二十八年の日清戦争を挟んでいるが、春夫にとっては、年齢的にもまったく記憶になく、ただ日清戦争実記という雑誌の合本や日清戦争画報という本の裏などに春夫がその後墨で縦横に描いていた軍人の絵などが蔵の隅に残されていたという（「わが生ひ立ち」）。

＊

春夫が幼年時代を回想した「わが生ひ立ち」と題した文はふたつある。大正八（一九一九）年七月八月、『大阪朝日新聞』夕刊に連載されたもので「幾つかの小品から成り立つ幼年小説」と副題が付されたものと、大正十三年八〜十一月の『女性改造』に連載されたものである。

大正十五年一〜十一月の『新潮』に連載された「回想　自伝の第一頁」では、「はしがき」に「全く僕は、今までにも「わが生ひ立ち」を二度も企てて中絶してしまつてゐる。／ままよ、僕はもう一ぺん始める」とある。

焼失した生家に係わるものに関しては、三歳の折、熊野川で溺れかけた話。家からほんの近くに河原へ下りてゆく道があった。七歳の姉が泣きながら自宅に帰り、春さんが川へ這って入っていったという。慌てて駆けつけてみると、幸い辺りにいた人に救いあげられていた。親は死にかけた話としてよく語った、と言う。五歳の春に行われたという新築の家への移住については、記憶は飛んでいると、春夫は語っている。その年の秋、姉に連れられて生家を見に行った。

見たところごく有りふれた同じ造りの二階家が二三軒、軒を連ねてゐたのは、恐らく同じ持主の借家ではなかつたらうか。思ふに、父がその後すぐ病院を建てるに当つてM―といふ、当時、町で第一と云はれてゐる材木商の持家でもあつたらうか。

（「追懐」『中央公論』昭和三十一年四〜五月）

と述べている。この家での断片的な思い出として繰り返されているのは、庭でウサギを箱から出してしまい、倉と隣家の隙間に逃げ込まれて往生した話、それに近所の子が「ぬすんだのじやない！」と大声で泣き叫び、巡査まで出入りした大騒動。「その狂ほしく泣き叫ぶ声が、恐怖を私にまで感染させた」経験であった。「私はそこの家の二階と梯子段とのありさまを、暗のなかの仄明りに認めるがごとくに思ひ浮べ得る」（「わが生ひ立ち」の「最初の記憶」の項）とも述べている。

さて、登坂に建てられた父の病院、及び自宅は、

父の病院は町の東にある。城山の山麓の荒地を拓いて建てられた。土地は北に山を負ひ南は城のお濠の一部がまだ残つて池になり、池のぐるりには竹藪や桜の堤、黄櫨の古木の夕もみじなどがあつて、自らに南窓の四時の眺めは自然の庭園になつてゐた。（略）山麓を切り拓いた土地は崖によつて山に接してゐたから崖下の庭は山につづいて自らに山中の趣があり、山鳥が去来した。

（「日本の風景」の「（2）父の家」）

という環境で、春夫は幼いころから自然と共に育った。

俳人でもあった父豊太郎は、春夫に幼い時から自然を眺め、観察することの大切さを教えた。春の初めころには、「初かわず」を聞きに行こうと散歩に連れ出した。カエルの鳴き始め。俳句と言うものは、ものの始めと終わりを喜ぶものだとも教えた。春夫の小動物や鳥などへの興味も幼いころから育まれた。「さるまわし」の猿を譲り受けることを望んだ稚(おさ)ない春夫に、それが失敗し、ぐずられる話などもある。猿回しのさるは生活の糧であるがゆえに譲ってもらえないのだということを悟らせる話にもなっている（「さるまわし」『こころに光を　四年生』昭和三十三年六月・全集未収録）。

登坂の家は、「蕙雨山房(けいうさんぼう)」とも称されているが、おそらく豊太郎の命名で、「恵雨」、恵みの雨、慈雨にちなんでいて、「蕙雨」とは、草の香りを運んでくる雨と言う意味を込めた造語とも言える。「山房」とは、山の中の住居、山

荘の意と共に、書斎の意味もあるが、ここでは「書斎」の意である。夏目漱石の「漱石山房」の名がまず浮かぶ。漱石を敬愛してやまない豊太郎にとっては、しかも書簡を漱石から四通受け取っている豊太郎としては、十分に意識していたに違いない（明治四十四年四月九日付、五月十日付は生田長江が豊太郎の依頼で「奇品二点」を届け、漱石に揮毫を依頼したことに対するお礼と返事。また、大正四年、五年のものが一通ずつ。現在佐藤春夫記念館所蔵）。

春夫に「蕙雨山房の記」（『東京朝日新聞』大正十一年十二月）のある所以でもある。

・父親の系譜―〈懸泉堂〉

春夫の父豊太郎が書いた「懐旧」という作品は、「蕙雨山房主人稿」と表題に記され、春夫の手によって二度刊行されている。最初は昭和八年、豊太郎の古稀の賀に際してのもので、活版で一六〇部が私版され、関係者に配布された。受け取ったひとりが春夫の師永井荷風で、賞賛する読後感を春夫宛てに送ってくる。二度目は昭和十七年、父の中陰明けに知友に配られたもので、亡父の自筆清書稿の印影本として、父の手書きを活かし、その序に当たる部分に、荷風の自筆書簡を差し挟む体裁を取っている。娘保子（春夫の姉）の求めに応じなどと注記もあるが、刊本に先立って一部は、同人誌『脈』（正木不如丘編）大正十三年十二月号などに連載されていた。

さて、「懐旧」は豊太郎の五歳の時の悲しいつらい記憶から始まっている。

文久二（一八六二）年生まれの豊太郎は、父親の顔を知らないままこの世に誕生した。誕生する約三ヶ月前、父はもうこの世の人ではなかったからである。享年二十八歳であった。二十歳で後家となった母は、やがて豊太郎を残して他家に嫁いでゆき、豊太郎はしばらく里子に出されている。だから「懐旧」の内容は、さながら父母恋しの記述で溢れている。母とも別れざるを得なかった豊太郎にとって、父母恋しの傷跡は、終生ついてまわった。

豊太郎が生まれた「懸泉堂」の家（下里村大字八尺鏡野六七八　口絵写真25参照）は、山側に滝が落ちていたことから名づけられたと言われ、土地の者らは「ケンセ」と呼称した。江戸時代から代々の医家で、祖父椿山（道敏・百樹、以後代々百樹を名乗る）は医業とともに家塾も営みながら、地域の興産にも貢献した。廃池を修復して田地への水路を確保したり、養蚕を奨励したり（新宮領主水野忠央の奨励がきっかけらしいが、大正七年に同家の養蚕の歩みを報告した上申書が、百樹の控えの束に残っている）、種痘も実施した。幕末、天然痘が全国的に流行し、天保の時代（一八三〇―四四）、熊野の地でも流行、ジェンナーが牛痘ウィルスによる免疫法を発見、オランダ人によって日本にも伝えられる。椿山は京都でもその方法が伝授されると聴いて出かけている。天然痘の予防ワクチンの作製では、白浜出身の小山肆成（一八〇七―六二）が著名で、私財をなげうって研究用の牛を買い集めたと言われているが、椿山と同じ時期だけに、情報交換などはなされていたかもしれない。

椿山は同じ地の伊達家の塾「峨洋楼」で学んでから独立したが、ふたつの塾は江戸期から明治期にかけて多くの逸材を輩出し、下里は学問の地としても名を馳せた。椿山は、春夫をして〈懸泉堂文学の祖〉と言わせた国学者中村維順の娘よね（米子）を妻として迎え、夫妻で和歌の贈答をするなど、夫婦して子弟も教え、「懸泉堂歌集」などが編まれている。春夫が谷崎潤一郎の夫人であった千代と結婚した折、豊太郎の意向であろう、千代に一時「米子」を名乗らせて、その教養にあやかろうとさせた。

中西維順も晩年青木勇蔵と改名して紀州藩に仕え、京都や江戸で在勤したというが、京都では国学者・歌人として著名な富士谷御杖、江戸では南画家谷文晁とも交流するほどの教養人だった。絵本小説「峯の吹雪」五冊などを書いている。春夫が〈懸泉堂文学の祖〉と位置付けるのも宜なるかな、と納得させられる。

豊太郎の回想によれば、稽古場という一棟があり、十四、五歳を頭に七、八歳までの子供が五〇人ばかり、別に母屋の一室では同じ歳頃の女子が一四、五人学んでおり、さらに青年も四、五人、学んでいたという。豊太郎も七歳の春からここで素読などを学び始めた。「懸泉堂塾則」には、日常生活における細かいしつけに係わることと共に、

「貴賤貧富親疎之差別を論ぜず」とあって、「朋友は、相互に世話をし合い睦まじくすること」を求め、さらに上席の者は年下の者への気配りもするように求めている。明治五年の学制発布により塾は廃止となったが、父母の懇請によって明治九年高芝小学校が開校するまで続けられ、半世紀余の歴史を刻んでいる。

*

豊太郎の父鏡村（有伯、又百、諱（いみな）は惟貞）は、「緘口勿言天下事　放懐且讀古人書」という詞を座右の銘にしていたという。「文久元年、学成りて郷に帰り未だ年久しからざる或る日、程近き港に米利堅（メリケン）の黒船来ると聞きてこれを見ての帰るさ熱病を得て遂に起たず。（略）青雲一抹の煙、壮心一椀の土のみ」と、春夫は父豊太郎への思いを偲ばせながら述べている（「蕙雨山房の記」『東京朝日新聞』大正十一年十二月）。

この座右の銘は「天下国家の事を口に出して言ってはいけない、心を穏やかにして古人の書いた物を読むべきである」という意味だが、「懸泉堂」の柱に、竹製の軸に彫られたものとして架けられていた。

椿山は京都の地で学んでいた若者たちが、幕末に尊皇攘夷の〈新思想〉に感化されて、過激になりがちなのを察知し、息子もそうなるのを恐れて熊野に呼び戻し、「懸泉堂」を継がせようとした。鏡村が望んだ江戸行きも許されず、熊野に帰る身となった。「鏡野隠逸」などとも名乗っていたようだ。一族につながる「卯（とみ）」（「富」という表記も）という女性と結婚する。豊太郎の母である。

しかしながら、知的好奇心が旺盛な鏡村には、田舎の知的環境にはなじめないものがあったのではなかろうか。ペリーの「黒船」来港の様子が、〈風評〉として飛び交っていたらしく、「当十日ニ浦賀ニ入舟之評も御座候貴地ハ此砌（みぎり）風評如何ニ御座候哉」と、鏡村宛ての書簡も残されている。ペリーが二度目に浦賀に来航するのは、嘉永七（一八五四）年一月十六日である。異国船の黒船はまた、攘夷の象徴であるとともに、西洋への窓口でもあったから、田舎の若者たちの興味も掻き立てられていたことが分かる。それから約七年後の文久元年十月、いわゆる〈黒船〉が、隣の集落の浦神の入り江に停泊していた。これはアメリカ船ではなくイギリス船で、『南紀徳川史』が記している、紀州の沿岸を測量して勝手な振る舞いをしたという記事に照合するものであろうという（佐藤良雄『熊野懐旧録』二〇〇四年、日本古書通信社）。

　鏡村は友達四、五人と許可を取り、小舟を近くまで漕ぎつけ大きな黒船を何刻にもわたって観察した。夕方帰る途中大雨に襲われ、草鞋掛けでの山道踏破であったことなどから、翌々日から発病、高熱に悩まされた。京都で修業した時のこと、世間のこと、家のことなど譫言を残して数週して息絶えた。傷寒が死因であった。

　この「緘口勿言天下事　放懐且讀古人書」の箴言は、おそらく椿山が鏡村に与えたものであろうと、豊太郎は春夫に語っている。そのことを述べて、この詞の由来を詳しく説明しているのが、春夫の作品「砧（田舎のたより）」（『改造』大正十四年四月）という短篇である。

*

「砧」に描かれているのは、幕末に起こった世直しのための蜂起、天災や飢饉で困窮する庶民を見るに見かねて起こした大坂町奉行所与力であった大塩平八郎の乱、その余波が熊野に居る椿山の身をも巻き込んだのである。椿山の教え子で親族関係にもあった湯川麑洞（新、浴、幹、民太郎、君風、清斎などと名乗る）は、伊勢に遊学中、大塩平八郎（号中斎）に見込まれ、大坂の中斎の塾・洗心洞で学び、まもなく塾頭に抜擢されている。大塩が『洗心洞劄記』上下二巻を上梓する時、入門一年足らずの麑洞にその跋文を書かせている。しかしながら、大塩らの挙兵を察した麑洞と、同じように学んでいた弟周平（号樗斎）は、蜂起の事前に父親の病気にかこつけて塾から脱走する。脱走した友人の彦根藩の宇津木共甫は仲間に斬り殺されている。まさに危機一髪の脱走で、麑洞兄弟は堺の宿で火の手の上がる大坂を眺めている。その後の大塩の乱の残党狩りは厳しいものがあった。麑洞兄弟も在所の下里で逮捕され、和歌山に送られてゆく。この時、椿山もお上から相当に絞られ、骨身に堪えたようだ。春夫が父から聞き出したこととして「砧」には描かれている。結局、麑洞兄弟は無罪放免となる。向学心旺盛な麑洞はその後、江戸に出て幕府の学問所昌平黌（しょうへいこう）でも研鑽を重ねてゆく。

「砧」と言う作品が重要な問題をはらんでいるのは、椿山親子に与えた、お上に楯突いた大塩の乱のトラウマが、豊太郎親子における知人の医師大石誠之助を刑死に追いやった「大逆事件」のトラウマと重ねて深読みできる点である。「大逆事件」に関する言及はただの一言もないのだが。そうしてそれは、七十余年後のことだった、世代間で忘却の彼方に追いやられるには、まだまだ早すぎる期間だった。

鏡村の急死に伴い、椿山の落ち込みようは目に余るものがあったが、鏡村の妹百枝に天満の宮本家から駿吉を婿養子に迎え、鞠峯（きくほう）と号して懸泉堂を継がせた。鞠峯は温厚な性格で教養も積み、豊太郎にも素読を教え、地域の信頼も繋いだ。

佐藤春夫夫妻や弟秋雄、さらには両親が眠る下里の墓地には、春夫の祖父鏡村（惟貞）の墓石もあり、若死にした鏡村の業績をたたえる湯川麑洞の賛辞が三方の側面にぎっしりと刻み込まれている。『懐旧』（活版本）の「石碑」の項には、碑文の全文（漢文・なお昭和十三年刊の『下里町誌』には読み下し文が記載）が記されている。大塩の乱後であろう、麑洞が故郷で蟄居し清貧に甘んじている間、二十歳ほど年下の鏡村は、麑洞の学問を学びながら身の回りの世話をした。鏡村の夭折を惜しむとともに、生まれた男児（豊太郎）がまるで似姿の如く、将来への期待も叙せられている。湯川麑洞には嘉永年間に記された「懸泉堂記」という全文漢文の文もあって（『下里町誌』には読み下し文）、懸泉堂の地勢を述べ水の重要性を指摘、そこで育まれた椿山の徳も称えている。墓碑銘と言い、この懸泉堂記と言い、先師椿山からの依頼に麑洞が応えたものであろう。

麑洞の学識を見込んだ新宮領主水野忠央（ただなか）は、洋学の柳河春三、国学の山田常典、漢学の湯川麑洞を召し抱える。麑洞には藩校の督学（学長）をも命じている。その後忠央が、桜田門外の変で井伊直弼が暗殺され失脚、新宮に蟄居を命じられると、常典、麑洞ともに新宮入りしている。明治の世となって、学制が頒布され新宮小学校が開校されると、麑洞は教授に任ぜられ、名誉校長として県下では最高の三五円の俸給で遇せられた。教授手伝いとして真砂長七郎、その後地方の教育界を担う山田正、松田魁一郎も麑洞に学び、漢詩人、俳人として名を成す福田静処(せいしょ)（把栗(はりつ)）も幼少の頃学んでいる。麑洞は明治七（一八七四）年六十歳で病没している。

椿山は明治三年四月十日、七十一歳で逝去した。ちょうど生誕の日と同じだった。六十二歳で息子鏡村を亡くし、「一時は狂気したかとまで思はれた」という。

明治五年太陰暦が廃止され太陽暦が採用になった。十一月三日が新しい年の幕開けとなり、早い正月の到来で、十一歳の豊太郎は喜びのあまり友達に触れ回った（「懐旧」）。

＊

春夫にとって「懸泉堂」は、父祖伝来の地、そこを歌った作品の代表としてまず挙げられるのは「故園晩秋の歌」である。散文詩風な表記で、文語の長歌形式を取り、短歌形式の「反歌」が添えられている。最近発見された新宮の春夫から、金沢の室生犀星宛書簡（大正十二年十二月六日付）には、「昨晩たいくつまぎれに紙へ落書」したとして、この詩を引用、「このごろ小説といふものがつくづくいやに」なった、とある。

初出は大正十三（一九二四）年一月号の『婦人之友』で、副題に「水墨集の著者に」とある。『水墨集』は北原白秋が前年の六月に刊行した詩集で、代表作「落葉松(からまつ)」などが収められ、日本的東洋的な枯淡を目指しているとして話題になった。この作品は、四月新宮で刊行された文芸雑誌『朱光土』にも「古園(ママ)晩秋の歌」として再録されている。

「故園晩秋の歌」は、大正十五年三月に第一書房から刊行された『佐藤春夫詩集』に収められる。なお、『南紀芸術』二号（昭和六年十一月）にも転載されるが、それぞれの表記には異同がある。『佐藤春夫詩集』から引用してみると（意味上、アキを作った）、ふる里のふりたる家のあはれなる秋のまがきは人ありてむかし植ゑにししらぎくのさかりすぎたり　あれまさる桑のはたけは人ゆかぬ畦（あぜ）のかたみち釣鐘の花かれにけり　古井戸の石だたみには人しらぬ鶏頭の花うつぶせにたふれさくなり　ひとりただ園をめぐりてとほくゆく雲をねぎらひ　うつつなる秋の胡蝶をあはれみてわがたたづめば　山ちかみくるる日はやし

　　反歌

ふるさとのふりたる家の庭にして晝（昼）なく蟲（虫）をきけばかそけし

懸泉堂はすでに使命を終えた佇まいで晩秋を迎えている。初出では、「白菊の花さかりなり」であったのが、「さかりすぎたり」になり、「釣鐘の花生ひにけり」が「かれにけり」になり、初出にはない「ひとりただ園をめぐりてとほくゆく雲をねぎらひ」が挿入されている。佇まいの荒廃ぶりや寂寞がより増して表現されている。そうして、長歌の最後は「山ちかみくるる日はやし」は、山が近いので日が暮れるのも早い、の意である。初出では「山近み」となっていた。この山は、懸泉堂の西側にある大丸山と呼ばれるさして高くない山である。山裾から椿が植えられていたことから「椿山」という号が生まれ、婿養子で入った駿吉は、「大鞠山」の漢字を当て、自身も「鞠峯」と号した。ところで、「くるる日」の「る」がひとつ欠落し「くる日」となってミス表記したのが、昭和七年一月刊行の改造社版『佐藤春夫全集』第二巻である。以後、講談社版全集（昭和四十一年四月）、臨川書店版全集（平成十一年二月）にも誤りが踏襲されている。春夫にはほかに、「懸泉堂の春」という文語調の短文もあって（『婦人之友』大正十五年一月）、病後を養う老父が素描されている。

＊

「自分は今はこの懸泉堂で父祖の仏に仕へて余命を過してゐるが、明治十九年から大正の十一年まで新宮で医者をしてゐたはお前も知つてのとほり」と、「老父のはなし」（『文藝春秋』昭和八年十月）は書き始められている。途中、北海道に渡って、熊野病院を他人に貸し与えたり、閉院した時期もあったから、ずっと新宮で病院を続けていたとは言い難いのだが、豊太郎の意識の中では、この期間が新宮での滞在時期と言うことになるのだろう。

大正十一年三月、六十一歳になった豊太郎は、新宮の家督を春夫に譲り、自身は懸泉堂の家督を相続する。

大正十三年三月四日付の小野芳彦の日記には、豊太郎が下里に帰るので挨拶に見えたという記述がある。その要旨を辿ると、

（佐藤氏、最近、徐福町に新宅を建築せられしが）同氏の義父百樹大人すでに八十二歳とて同氏の帰園を待望せられること切なるものあり、もとの本宅に接し立派な二階建一棟を新築せられたりしが、今日（三月四日）豊太郎氏は、近々帰任せられるとかで、（小野氏宅に）挨拶に見えらる。氏は新宮にて開業せらるること三十九年に及び、地方医界の一大成功者なり。君の創設経営せられ居りしもとの熊野病院は岡順二氏に譲渡され、徐福町の新宅には、令孫（新中生龍児君、高女生（空欄））と竹田義妹さんを置かるる由なり。

とある。義妹とは竹田熊代で、竹田家は熊代が相続している。また、春夫が北海道の十弗（とうふつ）から出した大正十三年八月十四日付の平泉中尊寺の絵葉書は、「東牟婁郡下里村高芝　佐藤豊太郎様」宛になっている。

婿養子で百樹の名を継承し懸泉堂を守り続けた鞠峯は、昭和五年十一月八十九歳で亡くなる。春夫が谷崎夫人であった千代と結婚し、その後病に倒れ、家族で下里へ行くのをめざして、リハビリに努めていた時期であった。

豊太郎は、懸泉堂を相続し、悠々自適な余生を望んだはずだが、必ずしもそれは実現できたとは言えなかった。

紀伊半島を巡る紀勢線の鉄道敷設は大正時代から進められていて、和歌山から鉄路は延びてくるが、難工事の連続でなかなか進捗せず、新宮を起点とする中間起工が実行されることになる。田原・下里間が、急遽路線変更になり、懸泉堂の一画も含まれてくる。のちに利権が絡んでいたことなどが判明する。昭和七年六月佐藤豊太郎他三名が、鉄道大臣他宛に歎願書を提出したりするが、鉄道省は昭和八年七月から土地収用法を適用して、強制収用に乗

り出す。強制的な割譲要請に対して、豊太郎側では裁判闘争を開始する。和歌山市の南紀芸術社を主宰した猪場毅（いばたけし）らが、古来歌枕の地玉の浦海岸の景観保全と、由緒ある懸泉堂の破壊への抗議から、全国の文化人に呼びかける運動を展開する。地元の八尺鏡野（やたがの）区連名のものや、懸泉堂同窓会からの保存の嘆願書なども残されている。しかしながら、嘆願や運動が功を奏することはなく、鉄路が懸泉堂の庭を削り、玉の浦海岸すれすれを通ってゆくのである。

懸泉堂には、「鉄道問題」に関する大量の書類や書簡類が残されているが、夏樹から父宛の書簡には、「収用法ははなはだシャク」などの文言も見える。

佐藤春夫も「熊野路」や「ふるさと」という作品で、この「鉄道問題」に触れているが、父の寿命をあきらかに縮めたのは間違いがないと述べている。豊太郎の懸泉堂相続は、その余生をすっかり狂わせるものになり、神経をすり減らす日々を余儀なくさせられるのである。

昭和十七年三月、すでに妻政代に先立たれていた豊太郎は（政代は昭和十四年六月二十九日、七十九歳で亡くなっている。この時谷崎潤一郎は熊野の地まで弔問に訪れ、その足で新宮にも足を運び、春夫が成育した病院跡も見たとみえ、新宮城址での写真も残っている）、孫の竹田龍児と谷崎の娘鮎子との間に生まれた女児百百子（ももこ）の顔を見るために上京する。戦時下で交通事情もままならないなか、機帆船朝日丸での上京だったが、東京湾には防潜網が張られていて入港かなわず、伊豆の下田で下船しなければならなくなる。バスで天城越えをして、ほうほうの態で関口町の春夫の家にたどり着いている。強行な旅の疲れが災いして風邪をこじらせ、春夫宅で床に就き、肺炎を併発して二十四日、八十一歳で亡くなる。その前年、昭和十六年十月二十五日、医師として期待をかけた息子秋雄を四十三歳で亡くしていた。この時豊太郎は、北海道の竹田夏樹を訪ねる計画もあったらしいが、かなわなかった（竹田ハルの回想から・『大津十勝川研究』二号に再掲、平成十六年三月）。

・父の医学修業と新宮での開院

春夫の作品「老父のはなし」は、春夫が生まれた年、明治二十五年の出来事として、父から聴いた話である。一月のこととあるから、まだ春夫は誕生していない。木村元雄（げんゆう）という老医の手紙をもっての往診依頼、長雄友諒という知り合いの手紙をもった往診依頼、ふたりの依頼が鉢合わせになった。

木村の方は熊野川を三四里日足（ひたり）まで泝（さかのぼ）つてそれから又山道を二三里登つて那智山のうしろに出る大山（おおやま）といふ大雲取・小雲取の間の小村。長雄の方は那智山下の井関村でこれは新宮から俥（くるま）で往ける五里足らずである。

結局、大山から険峻を越えて、井関に回ることにして出かける。舟旅で句を案じつつの行程だが、患者宅に着いたのは深夜の一時半。

患婦は三十五歳で三回分娩した位はまづわかつた。望診上体格は無論悪くはないが多少衰弱して血色もよくない。先づかたの如く脈を診たりしてから腹帯を解かしめ、覆うたガーゼを去ると、あツと驚いた。患婦の臍の上右に小さな手がニユーと突き出て生へて居るではないか。はて妙だなと夢心地に自分の眼を疑ひながら松明りを近づけさせて見るやつぱり手には違ひない。真つ青でまるで蠟細工のやうではあるが触れてみると細工ものではない。あまりに不意で途迷うた。わしは臆病な男だから山中の一つ家しかも夜半若しや狐にばかされたのではあるまいか、今飲んだ酒もへんな匂ひがすると思つた。

とある。

夜が明けて冷静になってきて、これは子宮外妊娠かなと思った。家族との会話で「勿論病気です子宮外妊娠と謂うてね、子ぶくろの外へ子どもが宿つたのです。それが出るところがないから破れて来たといふ様なわけと見えるね。まあ破れたのが為合せだね」とある。

明け方、木村老医もやってきて打ち合わせ。新宮まで連れてゆくわけにもゆかず、手術の準備を整え「腹壁を開いて胎児を取り出して見ると能く発育した男児で胎盤はもう腐爛に傾いてゐた。跡は腹壁を縫合して術を終つたのは午前九時であつた」。不眠不休のまま、後事を木村医師に託して険峻な熊野古道の大雲取を那智山方面に向かう。初めての大雲取越えである。「前方は渺茫（びょうぼう）無限の太平洋その雄大には言葉を呑んで驚いたまま自分免許の俳人終に一句も出ぬ」状態。大海原の広がりは、疲労困憊の体軀には絶好の癒しになったことであろう。井関村の患者はあまり心配いらぬ病状で、その日のうちに新宮に帰還した。

翌年わたしは上京したので順天堂医事研究会席上これを報告し会報にも掲載された。四五年後婦人科雑誌に昔佐倉の順天堂で子宮外妊娠に開腹術を施した事があつたとかいふが、明治になつてこの術を行うたのはこれがはじめてであると書いてある、と友人宮本一郎氏から聞いた事がある。尤も自分のこの手術は破れて胎児の手が出てゐるのを見て已むを得ずした施術で一向手がらにはならぬ。その行き方が普通でなかつたのと、お前が生れる直ぐ前の出来事で印象が深かつたのが近ごろ方哉の誕生のことや何かから思ひ出されて来たので記憶にあるままを話したわけである。

とあるのは、終わり近く。

明治二十六年六月「順天堂医事研究会報告」に掲載されている「腹腔姙娠治験」が、それである。

ちなみに木村元雄医師とは、戦時下、「横浜事件」という不当な言論弾圧事件で逮捕された雑誌編集者木村亨（とおる）の祖父に当たる。木村亨は戦後も、冤罪事件の犠牲者として、国の責任を追及して再審請求などで戦い続けた。

＊

順天堂医事研究会は、明治十八（一八八五）年から起こり、毎月二回の集会を持ったというが、明治二十年一月には「順天堂医事研究会報告」第一号が出ているから、豊太郎は明治二十五年末か二十六年初めに上京して発表を行ったのであろう。明治三十年に野口英世が順天堂に職を奉じて、この雑誌の編集に当たったという（小川鼎三「順天堂の歴史」順天堂創立一二五周年記念講演『順天堂医学雑誌』）。

豊太郎は優秀な成績で和歌山の医学校を卒業した後、さらに医術を学ぶべく東京に遊学して順天堂に学んでいる。順天堂は天保九（一八三八）年、佐藤泰然によって江戸の薬研堀に開塾された蘭方医学塾が始まりで、五年後「順天堂」と命名されて、現在の順天堂大学に及んでいる。天保十四年には泰然は下総の佐倉藩に見込まれ、江戸を引き払っている。佐倉藩は他藩に先駆けていち早く西洋医学を採用した。豊太郎の「昔佐倉の順天堂で子宮外妊娠に開腹術を施した事があつたとかいふが」とあったのは、幕末の佐倉時代ということで、明治になってからは豊太郎のが最初の誉れということになる。

佐倉では長崎で学んだ佐藤泰然の養子佐藤尚中が、江戸では実子の松本良順（明治以後、順を名乗る）が、それぞれ活躍し、幕末の医学教育の総元締めの役割を果たしている。

明治二（一八六九）年の冬、紀州熊野浦高芝の船人で豊太郎の母方の中地屋（なかじや）の一族である佐藤治右衛門（二十一歳）らが乗っていた船「住吉丸」が漂流、太平洋を漂っているところをアメリカの補助機関船に助けられるという出来事が起こる。サンフランシスコに上陸すると、佐藤百太郎（ももたろう）という在留の日本人少年が通訳に出てきた。治右衛門は望郷の念に駆られ、二ヶ月くらいで帰国するのだが、その際百太郎の母堂宛の手紙を託され、届けたことが大変喜ばれ、感謝された。

その日本人の少年佐藤百太郎は、順天堂の二代目佐藤尚中の長男であった。手紙を届けた親切が幸いして、順天堂では紀州高芝の者と云えば好意をもってくれていたという。百太郎は医科の道に進まず、実業家として日米貿易の先駆者となり、日本における百貨店の創設者ともなった。明治四年には、岩倉使節団一行の通訳も務めている。

豊太郎が東京に遊学して順天堂で学ぶのも、治右衛門と百太郎の関係がきっかけになったからだった（佐藤良雄

『熊野懐旧録』所収「熊野漂流民佐藤治右衛門と順天堂百太郎のサンフランシスコの出会いについて」参照）。

豊太郎が順天堂で外科を志して師事した松本順が、明治二十三年春、田辺から中辺路を経て本宮に入り、瀞峡を見学して、新宮にやってきたことがあった。新宮からは豊太郎が案内して、那智、勝浦、下里、古座を巡り、串本の無量寺で円山応挙、長澤蘆雪の絵を鑑賞した。それらの絵にいたく感動した松本は、応挙と蘆雪の子弟関係の機微について豊太郎に話し、国宝級のこれ等の絵を一般閲覧に供しているのは危険で、紙質の保存上も良くない、複製品の代え襖を作るのが良いと言って、寄付のノート帖を作らせて、最初に「松本順」と記した（春夫「熊野と応挙・蘆雪」）。松本は日本最初の陸軍軍医総監で、後に森鷗外もこの職に就くが、わが国の衛生学の基礎も築き、マスク使用の有効性を初めて主張したとも言われている。この年九月、勅撰の貴族院議員にもなっている。後に松本順が「熊野病院」と揮毫した書が落款つきで残されていたのは、これが機縁になったものだろう。

遡って「懐旧」によれば、豊太郎が太地村の長尾医師の下に寄留して、儒家の塾に通い、「書生生活」の第一歩を踏み出したのは、十二歳の春。小学校を卒え、今度は義父の生家那智山下の宮本家に寄宿して、物理化学の初歩を学んだ。医師をめざそうとしたのは、この頃からであるという。医学修業のために郷関を出るのは、明治十一年三月、十七歳の時だった。親戚宅に滞在し東京へ出て大学予備門に入るつもりであったが、まもなく重い脚気病にかかってしまう。脚気は明治三年、四年にかけて大流行し、以後毎年六五〇〇から一万五千余の死者を出していた難病で、当時は原因不明で、結核と並ぶ二大国民病であった。病原菌説や中毒説など種々論じられたが、帝国陸軍では白米規則を頑なまでに貫き、日清・日露の戦役では多くの戦病死が脚気によるものだった。豊太郎も志を果たせず、故郷帰還を余儀なくされる。豊太郎の一つの挫折体験である。幸い回復したが、遠方に行くことは許されず、和歌山の医学校に「翌明治十二年四月入学し」、一年後主席を占め、「三年の課程」を経て卒業した。上京の念は消えがたく、譲渡されるべき資を当てに上京、順天堂で学んで医業を積み、主に外科学を修得して帰郷、二十三歳になっていた。

これまで豊太郎自身の回想記「懐旧」を手掛かりに、その履歴を辿ってきたのだが、新たに「懸泉堂文書」と読んでもいい〈文書控え〉が発見された。それは、百樹（鞠峯・豊太郎の養父）が身内の種々な上申文書等を写し取った控えの束である（「明治十年以来諸願届出類」と「明治参拾参年四月以来諸届類（大正四年五月廿七日改正）」）。

この頃は修学に出るにも届け出を要したようで、豊太郎の事績として「明治十七年二月二十五日付」のものには、明治十五年十二月より「二ケ年」「和歌山県和歌山区湊南組南牛町四拾四番地」竹田槌五郎方に寄宿していたが、「今般医術研究ノ為メ」「東京府湯島切通し阪町山田道造方」に寄留するという届け出である。年齢は「二十二年二ケ月」とあり、百樹が代理で届け出ている。それより先、「明治十五年十二月廿日」の竹田方への寄留届けもある。これらを勘案してみると、豊太郎の和歌山での就学期間は、まさに「和歌山医学校」が開校し、その変革期のまっただ中で学んでいたことになる。和歌山での就学を終え、すぐに上京して順天堂で学んだことにもなる。しかも「明治十七年十二月廿九日付」の「帰省届」には、「去る十一月十九日帰省」とあるから、順天堂で学んだ期間は当初予定の「二年」ではなく、丸一年にも満たない。「懐旧」では、豊太郎の記憶違いということであろうか。

まだ明確な医師免許制度も確立しておらず、明治十六年に医師免許規則と医術開業試験規則が公布され、試験は前期と後期に分けられて、受験するにはそれぞれ一年半以上の修学履歴が必要であったというから（「我が国の医学教育・医師資格付与制度の歴史的変遷と医学校の発展過程」『医学教育』二〇一〇年四一号）、豊太郎は最短の修学で免許を取得したことになる。豊太郎の〈猛勉強〉ぶりが想像される。

また「明治十八年一月廿二日」に豊太郎が「自用乗馬鑑札」の申請をしている所をみると、帰省してしばらく懸泉堂での往診などに利用したものと思われる。

その直後の豊太郎の新宮での開業は、政代との〈自由結婚〉を巡っての、養父母らとの齟齬をきたしたことが主な原因であったろう。さらに実子に医学志望者が居る中で、豊太郎は養父の心持も忖度して、早くから別家の道を選択していたのでもあろう。

懸泉堂主百樹（鞠峯）の戸主は長男が幼くして亡くなり、三男の延吉（明治十三年生まれ）が継いでいたようで、二男の良吉（明治四年生まれ）もまた戸主となっていたこともあるようだ。明治二十四年徴兵適齢期に達した時、京都の医学校に学んでいたことから、「徴集猶予願」が明治二十五年一月に関係機関に出されている。しかしながら、明治二十八年十一月「死歿御届」が提出されている（いずれも百樹の上申文書控えより）。延吉への嘱望がいや増しになったものと思われる。後述するように、延吉もまた学業半ばで病に倒れ、帰らぬ人となる。

*

和歌山の医学校は和歌山病院と称していて、もともと明治七年十一月和歌山市七番町四番官邸の敷地・建物の払い下げを受けて、医学校兼小病院として開設されたものが、明治九年二月に和歌山病院と改称され、東京医学校から院長を迎え、和歌山県病院条例、入学生徒通則・教則といった制度面も整えられて発足したものである。生徒通則によれば、正則と変則とに分かれ、正則は十四歳以上で定員は三〇名、就学年限は五年で、他府県出身者は授業料年一円を徴収された。豊太郎は変則で学び始めたのだろうか、そうすると、以後の東京の順天堂への遊学は、すでに折り込み済みのことであったのかもしれない。

「和歌山医学校」に改称されるのは明治十五年七月、設備・体制を整えて翌十六年二月の「和歌山医学校規則」によれば、早くも甲種医学校の認可を受けている。明治十五年五月に太政官達によって公布された「医学校通則」は、甲種医学校の修業年限は四年、入学資格としては初等中等科卒業以上の学力が要求され、卒業生は無試験で医術開業免状が交付される。明治十七年で府県立医学校三〇校のうち甲種医学校は一三校であった。しかしながら明治十九年四月森有礼文部大臣が諸学校令を公布し、特に「中学校令」の公布は、医学教育界をも大きく変貌させ、全国五ヶ所に設置されることになった官立高等中学校の医科を中心に再編成され、「和歌山医学校」は閉校を余儀なくされる。明治二十年四月から付属病院だけが和歌山県病院として、県の中核病院であり続けたが、それも日露戦争による財政難のために明治三十七年度限りで廃止となり、三十八年四月には日本赤十字社和歌山支部病院に引き継がれ、日赤和歌山病院は明治四十三年五月小松原四丁目に新築移転、七番丁の跡地は和歌山市役所となった（「和歌山県立文書館だより」九号参照）。

*

豊太郎は明治十九（一八八六）年三月十四日、かつて和歌山の医学校に通学した時、下宿した竹田家の長女政代と結婚した。竹田家の下宿から医学校までは、城のお濠を前にして、近い距離だった。政代は豊太郎より二歳年長であった。懸泉堂の実家とは齟齬（そご）を来していたから、新宮でのささやかな新婚生活の始まりであったろう。

この年四月一日町村制の実施によって、新宮は、新宮横町他二三町村の名称を廃止して、新宮町が誕生し、戸長役場が廃止され、新宮町役場が置かれた。十月には紀州勝浦沖でイギリス船ノルマントン号が遭難、英人乗組員二七名は全員ボートで脱出するが、船内に放置された日本人乗客二三名や中国人、インド人の火夫は溺死する。英国の領事裁判で、船長への判決が獄三ヶ月であったことなどをめぐって、わが国の世論が沸騰して、大問題になってゆく。鹿鳴館での舞踏会等にうつつをぬかし、西欧化ばかりを追い求めてきた姿勢への批判に拍車がかかり、欧米との不平等条約改正を進めつつあった政府も、その内容が漏れたりして一頓挫し、井上馨外務大臣は辞任に追い込まれてゆく。国会開設を間近にして、自由民権運動が次第にしめつけられてくる中で、その後の社会的動向にも大きな影響を与える事件だった。

巷（ちまた）では「ノルマントン号沈没の歌」が、一番は「岸打つ波の音高く・夜半（よわ）の嵐に夢さめて・青海原（あおうなばら）をながめつつ・わが兄弟（はらから）は何処（いずく）ぞと」、四番は「ついうかうかと乗せられて・波路（なみじ）もとおき遠州（えんしゅう）の・七十五里もはや過ぎて・今は紀伊なる熊野浦（くまのうら）」など、全部で五九番まである歌として、軍歌「抜刀隊」のメロディーに乗せて歌われた。わが国の権威はどこにあるのかと問う内容は、時節柄もあって国民のナショナリズムを高揚させ、不平等条約の改正要求が一段と強まってゆく。

漢方医としてではなく、はじめての西洋医としての豊太郎の新宮での開業は、そんな世論の中でだったが、豊太郎を庇護し、その後交流を深めたのは、豪商森佐五右衛門である。森は藩政の頃から藩の御用を務めた商人で、五十歳前に家業を長子（長子は明治二十六年五月から翌年の四月までわずか一年間だけだが新宮町長を務めている）に譲り、すでに隠居、時の藩主水野忠幹から「朗路（さえじ）」の名を撰せられていた。諸芸に優れ、ことに茶道、生け花、和歌に堪能であった。豊太郎は和歌の道を学んだという。森が隠居していた邸宅を借りて開業したことが、知遇を得る縁であった。

永広柴雪（えひろさいせつ）の『新宮あれこれ』（昭和三十六年十二月）は、「新宮人物十人」を採り上げているが、その一人が茶人森朗路、佐五右衛門である。

森の隠居さま朗路（さえぢ）

茶人森朗路は元佐五右衛門と云って代々の富豪、苗字帯刀を許されていた家柄である。朗路（さえぢ）という水野大炊頭忠幹公の選になったものだと云う。風雅人とて齢未だ知命に達せざるに令息に佐五右衛門の名を譲り、下船町の本宅から相筋三本杉の隠居所に移り茶と花の指南を楽しみにしておられた。

世の人は俗に森のご隠居と呼んでいたがなかなか行儀作法は難かしい方で電話がない時代とて小学校上りの丁稚を雇うて隠居から本宅への使いを命じていた。ところが隠居が他人の家に遊びに行かれたとき、丁稚が迎えに行ったが「森の隠居さまが来てないかのう」といったことがある。それを聞いた朗路は丁稚に対し「自分の主人を他人の家で呼ぶときは、呼びすてでよい、敬称語を使うのは無礼になるぞ」と注意を与えた。ところが其のち朗路が丁稚を連れて本宅に出かけたが佐五右衛門は川原へ行って留守だった。そこで丁稚に呼んで来るよう命じると畏りましたと直様川原に下り立った丁稚が大声張り上げ「佐五右衛門ヤーイ、朗路が呼んでいるがよう」これには流石の朗路も佐五右衛門も呆れ返ったとの話。

文人佐藤春夫さんの厳父佐藤豊太郎が下里から新宮に移住し医院を開業したのは明治十九年であったが、佐藤氏は俳号を竟水（ママ）と号し熊野雑俳界では大石玄卿氏等と双璧とうたわれた。茶道を朗路について時折稽古を受けておられた。或時三本杉の隠居所を訪ねると遊び人らしい風体の二人の若い男がアタフタと出て来るのと摺れ違った。

いつになく森の隠居の顔が冴えぬので佐藤は不審に思うていると、朗路は「佐藤さん今そこで若い二人の男に出逢わなかったですか。実は途方もない大間違いで無理難題を吹き込まれ困りました」と云う。そこで其の訳を聞くと二人の男は森の隠居さんは花を引いて遊んでいるから大分テラ銭が残っている筈だ。そこで朗路は花は花でも賭博の花札ではなく生花や抹茶を教えているのだと弁解したがなかなか納得しない。

どうしてもテラ銭を出さねば帰らないと、テコでも動かない有様に詮方なく、お前達が帰らなければ帰らぬで宜しい。私の方では沢田さん（新宮警察署長）を呼んで来る。署長も花の稽古人の一人だから来て貰って黒白をさばいて貰うと丁稚を警察まで走らせようとしたので急に弱くなった二人の若者はその儀には及ばぬと早々立ち去ったと云うのである。

豆腐が好物であったが明治初年頃丁稚連れで東京へ旅行するとき草鞋脚袢で八鬼山を越し伊勢伊賀路から京都に出て東海道を膝栗毛した。ところが東京の宿屋で豆腐ばかり喰わされ如何に豆腐が好物だといって三度三度豆腐を喰わされてはたまったものでないと大笑いしたことがあった。

*

森の隠居所は「千種菴（あん）（＝庵）」と言い、新宮町の西側の隅、相筋（あいすじ）にあり、本邸は下馬町（しもうままち）にあった。相筋は明治の末に遊郭が設置される、三本杉があって、丸池があった、その近くである。

森は明治三十四、五年頃から糖尿病に悩まされ、三十八年の九月に養生を兼ねて京都に移住した。森の母は京都生まれで、青少年時代からしばしば京都に遊んだという。明治三十九年豊太郎は見舞いのために上洛する。森は「はるばると渡り来まし紀の海のそれより深し君がなさけは」という和歌を詠んで歓待してくれた。医業も忙しかろうが骨休めも兼ね、しばらく滞在してはということで、十日間ほど滞在するうちに、森は急に、

> 脳症を起され溘焉（人の急な死）として長逝された。噫其永別の悲嗟（悲しい嘆き）誌さんとして筆進まず几上に俯して歔欷（むせび泣き）これを久うす。時に夜窓秋雨瀟々（寂しき雨）。／さびしくも閨の窓うつ秋の雨ふりにしことをしのぶ夜すがら

と、豊太郎は万感の思いを込めて記す。「ふりにし」は、雨が降ると「古いいにしえの思い出」との掛詞である。

京都で逝去した森を偲んで書いた「森朗路翁を憶ふ」という文章（『南紀芸術』第二編第一〇冊・昭和九年一月）の、結語の箇所である。その書き出し部分では、「翁の老友玉潔和尚は義気に富み且つ進歩主義の人で、私が開業した頃まだ西洋流の医者が少なかつたので私を鞭撻し又保護して下され、書生風を脱するには茶道を学ぶがよいと申され其初歩を授けられた」と書いている。豊太郎は森の周辺の文化人、知識人と親しくなり、漢学的な素養に磨きをかけた。のちに新宮中学開設に尽力し、春夫の中学時代の後見役にもなる、漢学の大家小野芳彦との交流もそんななかで生まれた。小野は豊太郎よりも二歳年長、下里の高芝の地で明治十年代に小学校の教員をしたとき、佐藤家と縁のある佐藤源兵衛宅に止宿、のちにその養女を妻として、やがて生地の新宮に帰ってきて馬町に住んだ。新宮中学で長く教鞭を執り、南方熊楠に資料等を提供するとともに、郷土史の大家となった。死後刊行された浩瀚な大著『小野翁遺稿　熊野史』（新宮中学同窓会・昭和九年三月）は、その成果である。死の直前まで書き継がれた膨大な日記（明治大正昭和に亘る四〇数巻・昭和七年二月九日、書き終えて床に就き明くる早朝、脳溢血で倒れ不帰の客となった。

享年七十三）は、新宮中学の歴史を辿るのに利用され（「新高八十年史」昭和五十七年刊の基礎資料）、一部『新宮市史史料編下巻』に引用されているものの、研究が手つかずのまま眠っているのがいかにも惜しい。

＊

春夫が父豊太郎の恩人森佐五右衛門に多く言及しているのは、最晩年の作品『わが北海道』の第四章「わが父のこと」である（『わが北海道』は昭和三十九年一月から三月「北海タイムス」に七四回に亘って連載。六月新潮社から刊行されるが春夫の急逝後だった）。実家から飛び出す形で見も知らずの地、新宮で開業した豊太郎にとって「その時の地獄の佛、親切な家主さんが、父の患者の第一号ともなつて生涯わが父をこの上なく信頼し愛して父の力強い後援者ともなつた」のが森佐五右衛門であった。「維新後も町内屈指の豪商であつた。偶然にもかういふ人を患家の第一号に持つた人の、医者としての信用は町でも重きをなして、わが父の医者としての信用の糸口はここにひらけたものであつた」ともいう。

さらに、この森佐五右衛門の援助が、「この病院ばかりではなく、父がかねての夢を知つてかどうか、北海道へ進出にあたつても後援者となつたのは実にこの森老人であつた」とも述べていて、豊太郎の北海道開拓の機縁も森を通してのものだった。

日清戦争後、木材を主とする新宮の商売人たちが、植民地となった台湾や朝鮮半島への注目から、そちらへ進出するものが多かったなかで、森が目を付けたのは北海道だったことで、豊太郎もすっかり意気投合したようである。かれらの先達として、大水害で被災した十津川村民が、大挙北海道開拓に活路を見出そうとしたこともひとつの励みになったようだ。

明治二（一八六九）年に、明治政府は蝦夷地を「北海道」と改め、開拓使という役所を置いた。開拓使は官営工場の運営や、鉱山の開発などを行い、また北海道の開拓のため、日本各地から移住者を募って、北海道に移住させた。

北海道の開発に伴い、先住民のアイヌ民族は従来の土地を失っていった。また、政府はアイヌに対して同化政策を強制、アイヌの風習の多くは否定されていった。アイヌの人びとは、日本語の使用や、日本風の姓名を名乗ることを義務づけられたことも忘れてはならない。

*

北海道での農地の開墾・開拓のついでに防備の仕事をする屯田兵（とんでんへい）として、士族を北海道に移住させた。開拓使の長官であった薩摩出身の黒田清隆は、「少年よ、大志をいだけ」（Boys, be ambitious）の格言で有名なクラークを、いわゆる「お雇い外国人」として札幌農学校の初代教頭として招聘し、クラークの指導の下、北海道の農業にアメリカ式の大型農業を取り入れた。しかし、北海道以外では、アメリカ式の農法は、あまり普及しなかった。黒田は開拓使の官有物を、同じ薩摩出身の五代友厚の経営する関西貿易商会に、格安で払い下げようとしたことが発覚、自由民権運動が大きなうねりを見せ始めていた時期で、反対運動が大きくなって、政府も国会開設を約束し、払い下げは取り下げられた。この問題も絡んで政争となり、大隈重信らは下野せざるをえなくなった。世に、明治十四年の政変と言われる、伊藤博文らによる一種のクーデターのようなものだった。

屯田兵制度に続いて、明治十九年には植民計画のもと全道的な開発が始まるが、特に樺太経営とロシアの南下への防備対策から、石狩平野の開拓は喫緊の課題とされていた。

新天地を求めて六〇〇戸、二四八九名の者が、被災の難を逃れて、奈良県十津川村を後にしたのは明治二十二年十月、神戸から三班に分かれ船で小樽に向かった。ドック原野に入植したのは翌年六月、政府の保護の下ではあったが、未開の大地の厳しい自然との格闘は辛酸を極めた。文武両道を尊んできた村人は、明治二十四年三月に南北に一校ずつ小学校を建て、明治二十八年には母村にならって高等教育の場の私立文武館を建てた。明治三十年代になると北陸地方などからの移住者も増加した。

豊太郎が森の意向をも受けて北海道への視察旅行に出かけるのは、明治三十一年夏のことであったというから、開拓をめぐっての国の諸問題はいちおう下火になって、新十津川建設に向かっての槌音の響きも、熊野の地には伝わってきていたのであろう。そうしてこの頃では、政府の力こぶ（補助金の支出など）も石狩川流域から十勝川流域に広がっていた。しかし十勝川はこの年と三十七年に大洪水に見舞われている。

『幕別町史』（昭和四十二年九月刊）によれば、「明治三十年三月二十七日の国有未開地処分法によって、幕別の地にも三十万坪（百町歩）以上の大地積を持つ者が続出した。無償貸与を受けた者のほとんどは牧場経営が目的であった。その後、入殖者の増加によって、農場経営者も増え、また所有者も移りかわった。大正七年現在、十勝国に百二十四の農場があった。幕別の地で大地積を持ち、農場または牧場を経営していた者の氏名は次の通りである」とあって、二一名が列記されているが、なかに「佐藤牧場」もある。また、巻末の年譜の明治四十年の項には、「藤吉敏雄・佐藤豊太郎が止若で医院開業」とある。

父も追々目鼻もついて来るとは言へ田舎の城下町の小病院では満足し切れない夢を持つて、こんなせせこましい井戸の底のやうな小世界の安住からは脱け出したい。と言つて、既に妻帯して、男女ふたりの幼児をかかへた身は、今更、若い者たちの争うて出かけるアメリカへ出かけることもできない。

（『わが北海道』第四章「わが父のこと」）

という春夫は、そこに「身の不遇を歎じて風雲を得たならば、もつと為す有る身であつたやうなことを愚痴つてゐた父」の姿を見、父の北海道行きは、「明治の日本人相応に開拓者精神からの行動」であったと評価する。

『わが北海道』によれば、船酔いで苦しむ母子を介抱したことから知り合ったのが河西支庁長であったことから、その便宜を受けて払い下げを受けた最初の土地は、明治三十三年十二月「十勝国中川郡十弗原野基地七番地から東一線二十六番地に亘る二十戸分約百町歩の土地」で、その後、無償付与の許可も受けて、豊太郎は本腰で農場経営に乗り出していった。

明治四十年から四十一年にかけて、わたくしの父は郷里で募集して数家族に旅費、支度金を貸与して渡道せしめた。みな小作人として開墾地に入植したのである。この一団とともに父自身も病院は一時閉鎖して他に貸しつけ、薬局生をひとり書生としてひきつれ止若村に仮寓を設けたのも四十年であつた。はじめて渡道してからちやうど十年目で、彼が北海道の土地や林と取組んでゐる間に国は満州でロシヤと戦争をしてゐたのであつた。

豊太郎が仮寓として定めたのは、十勝国中川郡止若（やむわつか）（現十勝郡幕別町）、十弗（とうふつ）（現豊頃町）で、農場を経営した。最初に借り受けた十弗の原野一〇〇ヘクタールに幕別村猿別など近隣の原野を買い足し、一時は六〇〇ヘクタールになったという。明治三十八年に根室本線の鉄道釧路・帯広間が開通、狩勝トンネルが開通して四十年には旭川とも繋がった。明治四十二年には止若には製渋（せいじゅう）（タンニン）工場も出来ている。タンニンとは、渋（しぶ）とも言われ、多くの植物に存在する水溶性化合物だが、強い結合力を持ち皮類を鞣（なめ）す働きをする。動物の皮などはそのまま使うと腐敗したり、乾燥すると固くなったりするので、その欠点を取り除く方法が「なめし」であって、「皮」が「革」になる。

春夫が母親と初めて北海道に渡り、父の農場を見、父が春夫の進学先と考えた札幌の農学校を見学し、帰途東北の松島を遊覧したのは、明治四十一年八月のことで、新宮中学四年生の夏季休暇を利用してのものだった。父の仮寓の裏には馬小屋があって、「わたしはその夏中、薬局生の若者と一しよに、毎日夕方になると馬小屋から馬を曳き出して、家の前の広いま直ぐな道を十勝川の一支流らしい流のそばの花の咲いた宵待草の茂みで馬を洗ふのを日課にしてゐたが、しまひには馬は曳かないで、それに乗ることを習ひおぼえ、危つかしい乗馬を慰みにした。」（「わが北海道」）と言う。春夫は中学校の始業のこともあり、末弟の秋雄だけを残して、母親と次弟夏樹とともに、新宮への帰途に就いた。

＊

豊太郎の新宮での開業は、かなり早い時期からの目論見であったのかもしれない。大阪遊学から東京への望みが脚気病によって絶たれ祖母や養父母の強い要望を容れて、和歌山の医学校への入学が決まる以前、明治十一（一八七八）年十二月（日不詳）に、佐藤豊太郎は新宮町七六三四番地の「佐藤辰右衛門」の廃嫡の戸籍を再興、届け出が受理されているからである。

父が目星をつけた土地が栄えたと同じやうに、父が創設した病院も成功してゐた。

父は外科が専門で、山間の労働者に多い怪我人を治療する目的で、外科を主にした病院を思ひついたものらしい。養父母が実子に跡をつがせたい意嚮のあるのを見て、当然の相続権を放棄し、その代りに勝手な結婚をしたわたくしの父は、那智山南麓の祖先の地から新宮に出て、廃家になつてゐた同姓の他人の家を相続した形で、養父母とは全く絶縁してゐた。それが養父母の側にも、その干渉なしに生きられるわたくしの父にとつても好都合であつたのであらう。（「追懐」）

と、春夫は述べているが、戸籍再興の時期は結婚のはるか以前のことで、春夫の姪で豊太郎の孫にあたる佐藤智恵子も、「懸泉堂と春夫」（『熊野誌』三八号・平成四年十二月）という文章で、絶家していた家を再興し別戸を開き戸主となったことに触れていて、そこでは明治十一年のことと、明確に記されている。豊太郎はまだ十七歳だった。

豊太郎の養父鞠峯（百樹）には五男二女がいたようだが、一人は幼少の内に亡くなり、二男は既述のように学業途中で逝去、三男は学業半ばで病に倒れている。長女もやがて兄たちの後を追い、二女梢（こずゑ）は若林欽堂の後妻となって、若林芳樹らを生み育てた。昭和三十六年芳樹が編した『欽堂詩鈔』の叙で、春夫は中学生の時代、学校傍の若林宅に昼弁当を食べに立ち寄り、その書斎を眺めた思い出などを記している。

鞠峯の三男の延吉は、明治十三年四月の生まれ、東京の独逸協会に遊学して医学の道を目指し、後継として期待されたが、病魔に侵され止む無く帰郷、その後熊野病院に入院して治療に努めたが、甲斐なく明治三十六年十一月に没している。延吉は「採圃」とも号して句作にも精を出したようで、その詩魂は春夫にも受け継がれているのではないかとは、清水徳太郎の見立てである（「新宮町新派俳句事始」『熊野誌』特集号・昭和五十五年六月）。

「自分は辰右衛門家を再興したのでその佛をまつって居ますし今はどうすることも出来ません。ただ自分は一旦別戸した以上自分でどこまでも貫きたいという一心です。決して家を思はぬというような不心得はないのですという話をしました」と百樹死後に書いた回想記にしるしています。何としても自分を納得させられないものがあったようですが遂に止むなく、新宮の佐藤家は（名跡のみですが）春夫にゆずり、自らは下里に帰って名実共に懸泉堂の四代目の戸主となったわけです。大正十一年でした。（「懸泉堂と春夫」）

と、跡継ぎをすべて亡くして失意の鞠峯から、懸泉堂の相続を再三依頼された豊太郎は断りの言を伝えながらも、引き受けざるをえなくなった事情を、佐藤智恵子は先の文章でこのように記している。

ところで、豊太郎が熊野病院の経営からやや遠ざかり始めたのは、総合病院としての新宮病院が開院されたことも大きな原因だった。新宮町内の有志を中心に奈良県の十津川や北山の山林業者、木材業者などにも呼びかけ、出資者八十名余、拠出金二万四千円で建てられた総合病院、内科、外科、耳鼻咽喉科、産科、婦人科、小児科を有し、しかも東京帝国大学出の医師を多くそろえた病院であっただけに、なかなか太刀打ちできない状況が生まれてきたのではないか。さらにそこには政治的な状況も絡んでいて、総合病院招致に力を尽くしたのは、いわゆる「実業派」（旦那連）といわれる人たちで、豊太郎などが支持した「改革派」「革新派」と言われる人たちとは、一線を画しており、種々な施策をめぐって対立が先鋭化し始めていた。

新宮病院は明治四十一（一九〇八）年九月、筒井八百珠（つついやおじゅ）の勧めで、一般人の寄付によって、この地に紀南地方唯一の総合病院として出発した。初代院主は新宮で開業していた松井南洋（まついなんよう）、院長は東京から招聘した西川義方（にしかわよしかた）が務めた。

開院当初は現在よりももっと面積が広く、木造二階建て、表は槙の生垣で囲まれ、松や青桐、山桃などの植え込みがあり、玄関は洋風。北側の裏は、第一尋常小学校（丹鶴小）に隣接していた。しかし、この建物は、昭和二十一（一九四六）年十二月の南海大震災による火災で焼失した。

筒井八百珠（一八六三―一九二二）は、新宮仲之町の生まれ。筒井家は新宮藩の剣道指南の家柄、新宮病院隣りに屋敷を構えていた。三重県医学校から東京帝国大学医科大学を卒業、千葉医学専門学校を経てドイツに留学して研鑽を積んだ。その著『臨床医典』（大正十年・南江堂刊・ドイツ語医書の翻訳）は、当時の医学生の必読の書で、長年のベストセラーであった。筒井が千葉にいた頃、新宮の裕福な木材商らが東京深川の木場に支店を多く出していた。それらの人々に総合病院の設立の要を説いて、医師派遣の手配などを行った。大正二（一九一三）年岡山医学専門学校の第二代校長に任ぜられ、その後岡山大学医学部創設に尽力した。絶えず郷土の人々を思いやり、よく面倒をみて、病人の保証人も買って出たという。「鳩ぽっぽ」や「お正月」の作詞者東くめは、筒井の姉琴世の長女である。

病院長の西川義方（一八八〇―一九六八）は和歌山市の生まれ。東京帝国大学医科大学卒業後、筒井八百珠の推薦で、新宮病院の院長として新宮にやってきた。文学的な才能も豊かで、すでに『明星』派の同人として活躍していた。「挽材の鋸屑道のやはらかき熊野の海の春の長閑けさ」「熊野川若鮎さ走る早き瀬に妹とし立たば何か思はむ」など、熊野の地での歌を多く残している。新宮在任中、尾崎作次郎の娘やすゑ（明治四十二年新宮高等女学校卒業の第一期生）と結婚。大正三（一九一四）年院長を辞職して上京、日本医学専門学校（現日本医科大学）教授となり、その後、大正天皇の侍医を務めた。

ドイツ文学者池内紀に『二列目の人生　隠れた異才たち』という本（平成十五年・晶文社刊のち集英社文庫）がある。一番を選ばない生き方としてモラエスほか一五名が取り上げられているが、そのうちの一人が西川義方である。

＊

元治元（一八六四）年生まれで、代々太地の地の医家の息子で、勝浦で開業していた長雄道二の私家版『漫筆』

（昭和九年二月）の中に、「熊野と病院」と題した次のような文がある。道二は豊太郎より二歳年下であるが、幼いころから切磋琢磨した仲で、先に「老父のはなし」に出てきた那智山下井関村の長雄友諒は、道二の叔父で、豊太郎も道二も薫陶を受けている。道二も和歌山の医学校に学んだ時、豊太郎と同じ竹田家に止宿、「或夏佐藤豊太郎氏に随伴して根来に至り、一廃寺を仮りの宿と定め起き臥しせしことありき」（『漫筆』より）と言う。

　我が熊野に於ける病院の元祖は明治二十年時代に佐藤豊太郎氏の設立せる熊野病院にして、規模広大ならざりしも、遉は地方に於ける唯一の治療機関として将又斬新の治術を渇望せる時代の寵児として、引く手あまたの繁盛振りは佐藤の敏腕を事実の上に表はして、多年の奮闘遂に絶大の効果を獲得して熊野杏林界の花と謳はれ王者と仰がれたり。然るに処世に巧なる彼は何を感じ何を策してか、突然病院を捨てて北海の国に躍進せしが幾何もなく帰郷して、祖父以来顧みざりし懸泉の清水にゆあみしつつ世外に超然たり。予惟ふ渠は沈思遠慮小心膽大にして経済的観念強く進退去就に吝ならざる人なり。蓋今日の大を致せる是等諸因の化学的飽和作用に因らざるはなし。予曽て佐藤に倣はんとして能はず遂に糟糠を嘗む。今にして之を懐へば実に夢のうき世に夢を視し心地ぞするなり。（『漫筆』）

「吝ならざる人」とは、惜しむことはない、悔やむ事はないの意であるが、道二は旧知の間柄である豊太郎の生き方の大胆さ、豪気さに、やや不安を感じながらも、ある意味羨望の念を抱いていたことが分かる。

熊野新報記者であった永広柴雪は、熊野病院が建設された頃の思い出を「新宮史話」として綴っている（『紀南新聞』昭和三十二年七月九日）。それによれば、病院の横の登坂の道路は急坂で、左側には民家はなく、右側お濠の土手の上に小さな木造平屋の新宮町役場があった。役場から向こう右側に三勢文という木賃宿ほか、三、四軒の民家が並び、共同井戸があって、そこを右に折れ、椎の木林の山道伝いに伊佐田に通じていた。

城の山裾を開いて石積み工事を行い、そこに建てられた熊野病院は、速玉神社の鳥居と向き合う形で西側に面し、前の石段に二筋の石が敷かれているのは、人力車の運行の便宜を考えてのものだった（口絵写真24参照）。正面左側は仲之町方面にかけて芝生の土手が続いていた。土手の向こう左側には、「お下屋敷」と呼ばれる下級武士の長屋で、通りに面して武家屋敷特有の真ん中に横木が入った「曰く窓」付で、二、三ヶ所に入口があった。やがて中学時代の春夫らの溜まり場にもなる「お下屋敷」である。

永広はまた、宴席での豊太郎の様子も伝えている。

東牟婁郡医師会の総会は瑞泉寺（大寺）と決まっていて、「酒も可なり強く」（下戸であった春夫とは対照的である）、酒席では頼山陽の「鞭声粛粛夜河を過る」の詩吟を朗唱したという。武田信玄と上杉謙信との「川中島の戦い」を題材にした、頼山陽の漢詩「不識庵機山を撃つの図に題す」の謡い出しで、不識庵とは上杉謙信の法号、機山とは武田信玄の法号で、謙信の軍勢が機先を制して夜中千曲川を渡った様を叙している。一方で、老妓の三味線で端唄物などもうたった。端唄というのは江戸時代に流行した三味線音楽としての小唄類で、特に「紀伊の国は音無川の水上に立たせたまふは船玉山」ではじまる端唄「紀伊の国」は、幕末に大流行した。作者は、新宮藩の江戸詰め家老関匡と玉松千年人兄弟が作り、二世の川上不白が校閲したものであることを、小野芳彦が調査、それを受けて南方熊楠が『民俗学』（昭和五年七月・八月・十月）に発表している。豊太郎が愛唱したのも「紀伊の国」だったのかどうか、硬軟取り混ぜた対応と言える。

このころ、瑞泉寺の本堂は新宮では一番広い空間で、さまざまな集会が催されたようで、町議会の議場にもなっていた。

熊野新報社社長で医師でもあった宮本守中は、長く医師会会長を務めた関係で、永広も記者としてではなく、会長秘書のような役割で総会に参加していたようだ。

禄亭大石誠之助が「大逆事件」に連座させられ拘束されて東京に護送されてゆくとき、人力車の上から永広柴雪に投げかけたという「門外先生によろしく」との最後のことば（『熊野誌』六号・昭和三十六年・四六号に再録・平成十二年）は、門外と号した医師仲間の宮本守中のことである。宮本はいわゆる「改革派」の領袖で、明治三十八年三月から翌年二月まで新宮町長を務めている。

佐藤豊太郎が新宮の地で開院していたのは、北海道へ行って途中閉鎖していた時期があるとはいえ、明治十九（一八八六）年から大正十一（一九二二）年までのことである。

例えば、『牟婁新報』明治三十九年一月二十四日付二面には「○熊野院長解任　東郡新宮町の熊野病院長医学士森田槇太郎氏は今回院務の都合により解任となり去廿日東郡を発し東京に向ふ」の記事が出ている。解任の理由等、これ以外の事はまったく不明だが、明治四十一年病院を一時閉鎖して青木眼科医院に貸与したことといい（春夫全集の年譜では明治四十年とあるが、四十一年が正しい）、豊太郎の北海道行きと関連していることは間違いがない。豊太郎の北海道での農場経営も、任せていた人に背かれたりしたことなどもあって、順調であったとはいえず、本拠を止若から十弗に移したりしている。十弗で診療所のようなものを設けたこともあるようだが、大正期に入って再び熊野での病院経営に力を尽くし、新しく耳鼻咽喉科の医師を招いたこともある。

豊太郎は熊野での病院を再開していたのであろう、大正六年十月北海道の農場の問題の処理に、妻政代が派遣されたことがあり、東京から春夫も同行した。さらに春夫は、大正十三年八月今度は弟の住む北海道の農場を訪れている。その折の体験談が、蜜蜂を飼う男の話「雁の旅」（『中央公論』昭和十二年四月）である。母親の姓である竹田を継いだ弟夏樹は、慶応大学理財科で学んでいた時から、演劇や映画に興味を深め、小山内薫の劇活動に係わったこともある。松竹の映画部、外国部所属で働いたこともある。しかしながら関東大震災の災禍はそれらの道を断念せしめ、北海道の父の農場に定住することになる。三十歳直前の時である。土地の人が、風は強くてとても住宅には向かないという豊頃町十弗の高台に居を構え、「馬耳東風荘（ばじとうふうそう）」と名付ける。馬の耳に念仏、周りの人の言うことには耳を貸さない、という意味を込めたものである。農地は次第に縮少してゆかざるをえなくなり、弟秋雄の留学費の一部を土地を売って充当させたり、戦時期には、猿別の農地は飛行場用地に収用されたりした。夏樹はクリスチャンとして地域の人たちの厚い信頼を勝ち取り、「馬耳東風荘はかうしてその名とはうらはらにこつけいにも部落の「よろづ相談所」と化し、若者たちの絶好の集合所として、読書会、音楽会、座談の会場となつて（略）現代的に言へば「農村文化運動の拠点」の観を呈した。」（「わが北海道」）と春夫は述べ、「馬耳東風荘主人は無意識であつたに違ひないが、期せずして、彼は少年時代に心ひそかに羨望しあこがれを持つた伊作さんー後の文化学院院長西村伊作氏の出京前のやうなことをしてゐた。」と続けている。近所に郵便局がなくて不便だというので特定郵便局を作り（昭和十年初代十弗郵便局長）、昭和三十一年隣町に池田女子高校が出来たときは英語教諭として赴任、男女共学となって池田西校と改称され二代目校長に就任（昭和三十九年四月〜四十四年三月）、それ以前昭和三十三年一月春夫は池田女子高等学校の校歌を作詩、息子の方哉（まさや）が作曲を手掛けて贈っている。やがて池田町から幕別町に移転して江陵高校と改称したが、令和三年三月六十五年の歩みで幕を閉じている。

春夫は『わが北海道』の「序章　ふるさとの思ひ」では、「この土地には父母とつながる思ひ出が多い。しかも、熊野の地にゐる時の父母よりもかへつて印象は深かつた。／そもそも、ふるさとといふのは縁故のある土地といふ意味だから、生れたのもふるさと、育つたのもふるさと、住んだところもふるさとと呼んでよいのである。さういへば、北海道の十勝は、ほんのふた月あまりであつたとは言へ、わがはじめて住んだ他郷であつたから、一種のふるさとには相違なく、その時は家族みんな揃つて住んだため他郷ながらも今になるとふるさとの感がふかいのでもあらう。」とも述べている。

・母方の系譜と春夫の〈初めての旅〉など

「甘やかされた子ども」は「いつも詩人である」、「つまり詩人をつくる為めには甘い母が必要なのだ」（「わが父わが母及びその子われ」）とされる春夫の母政代は、和歌山市湊の竹田家の出で、「紀州徳川家の御庭奉行」であったと言う（全集年譜）。

春夫の作品「追懐」（『中央公論』昭和三十一年四月）によれば、伏虎城（和歌山城）の写真を見て、前景に映っている「扇の芝」という広場は、「わたくしの母の家の裏木戸につづく二百歩ばかりの小路を出た突き当りに見える広場」であった。母のおぼつかない記憶によれば、竹田氏は「もと四国の某藩主に仕へてゐたが、その藩主が入婿として（？）（ママ）和歌山へ迎へられた時、竹田氏の祖先も供人となつて来て紀州の藩士となつた家であつたが、代代槌五郎を名とし、最も重く用ゐられた時代がお庭奉行と云ふものであつたといふから」とあるところから、「御庭奉行」という職が当てられているのだが、春夫は「殿様のお茶室のぐるりにゐた閑職らしく」と解しているものの、「御庭奉行」はむしろ隠密、密偵の役割である。紀州藩主から八代将軍に就いた徳川吉宗は、江戸幕府のなかにこの職を設け、紀州から連れてきた一七人の者を主に大奥の動向を探らせたのが始まりで、やがて将軍直属の密偵として市中の風聞や諸大名の動静を探る役割を担うようになっていった。

武内善信氏（元和歌山市立博物館学芸員）の示教によれば、「四国の某藩」とは紀州藩初代の徳川頼宣（よりのぶ）の次男頼純（よりずみ）が藩主となって三万石で入封した伊予西条の松平家で、紀州藩の支藩のような立場で、西条松平家の藩主は三度紀州藩の藩主になっているが、「入り婿」の立場の者はいない。最初は、五代藩主吉宗が将軍となったので、六代に西条から宗直が、八代の重倫が幕府から隠居を命じられたので、九代に治貞が、一三代の慶福が将軍家茂になったので、最後の藩主として一四代茂承が、それぞれ紀州に入っている。一四代は幕末なので、竹田氏が同伴して紀州入りしたというのは、六代の宗直か、九代の治貞の折であろう、と言う。

竹田槌五郎の父豊三郎が載った藩士名簿には（「文久元紀士鑑　乾」「和歌山御家中御目見以上以下　伊呂波寄惣姓名

帳」『和歌山県史近世史料二』所収）、豊三郎は「切米二五石」「虎之間席並　大御番（おおごばん）」と出ているということで、春夫が「追懐」で述べる「家が近かった」「沢の老人」というのも、当時の絵図には竹田家の隣家に出ている沢善右衛門のことで、その子が沢潤一郎であろうという。沢家も「勘定方」ではなく、同じ「大御番」で「切米二五石」、下級武士であるが、藩主に「御目見」（直接、接見が可能）以上の藩士で、「大番」とも呼称される「大御番」は、歴（れっき）とした戦闘部隊の役割だった。

　何しろ母の祖父の槌五郎は一種の幇間的寵臣であつたらしく、扇の芝に近い湊南牛町といふ城に近い土地に相当に広い屋敷を与へられてゐたもののやうであつたが、長州征伐以後藩の財政の困難につれて藩士一同も困つてゐるところへ維新になつていよいよ微禄にしてしまひ、はじめは人に貸して置いた土地を追々と人に掠められた末、（略）徳川さままでも瓦解のご時勢だからといつも口癖のやうにさうつぶやきながら一切をあきらめて、（略）終に十間ほどあつた母屋の大半を開放して、そのころ出来た県庁の小役人や諸学校の教師や学生などを止宿させて口を糊するまでに落ちぶれてゐた。（「追懐」）

ということである。

佐藤豊太郎はこの竹田家に下宿して、医学校に通った。

明治三十一（一八九八）年七月、春夫六歳の夏、母政代に伴われての「初めての旅」は、母親の里和歌山への里帰り、伯父の竹田槌五郎が四十一歳で病没した時の前後だった。「追懐」や「日本ところどころ」では、明確に「弔問」と記されているのだが、「回想」では「母はその時、中風で死の床にゐる兄を見舞ふために和歌山へ出発したのだ。さうして僕は伴はれた」とある。「わが生ひ立ち」では、「その枕辺に座つたことがあつた—それもまだ生きてゐた病人（な）のか、それとも、う回復しなくなつた病人の枕辺であつたか、それさへ思ひだすことがおぶつかない」とあって、記憶ははなはだ曖昧である。そうして、どの作品にも野辺送りの叙述がまったく描かれていなくて、記憶から飛んでいる。

どの作品にも共通して描かれているのは、小さな船（一〇〇トンとも三〇〇トンとも）の船旅の困難さ、和歌山の紀ノ川河口の港青岸での艀（はしけ）での上下船、母の里の佇まい、それから母の母、祖母の実家を訪れた時の田舎の屋敷の佇まい、などだが、ただ就寝の折、新宮で待つ父親が急死してしまうのではないかという恐怖感に襲われたということである。伯父の臨終に立ち合ったからだろうか。

母親の危篤の兄の介抱、臨終の看取り、野辺送り、一段落しての母親の里への汽車の旅、

全くこの旅行は、思ひも及ばないほど僕に有益であつた。僕が能くものを観たり感じたりする力は、別個の周囲に置かれて、その間に著しく養成せられたらしい。僕はこの幼少の旅に就て、数多くのさうしてより以上に質に於て渥味（こく）のある印象を、今も心に蓄へてゐる。―いずれは至極あどけないものではあるが。

と言い、

この旅を一期劃としてこの以後、僕には子供ながらにも多少つながりのある生活らしいものがややに展開し出してゐるのに気がつく。即ち、ものごころが完全についたのだ。

とも言う（「回想」）。

春夫はこの年四月、新宮尋常小学校に学齢より早く変則入学していた。四月九日生まれの春夫は、学齢通り通学させるよりも、早い目に通学させる方が有益だろうと考えての、父親の計らいだった。

＊

政代の兄、竹田家の当主竹田槌五郎は、明治三十一年七月三日和歌山市南牛町の自宅で亡くなっている。進行性筋萎縮症を患い、死因は沈墜性肝炎であった（死亡診断書より）。安政四（一八五七）年三月二十二日の生まれだから享年四十一歳である。

母の兄の最後の槌五郎ははじめ小学校の教師などをしてゐたが、後には妹婿（つまりわたくしの父）をたよつて熊野の方へ来て三等郵便局の局長をしてゐたといふ。ちやうどわたくしの生れた明治二十五年ごろは紀州の勝浦にゐたので、新宮まで五里の道を駆けつけて妹の安産を喜び、わたくしの前途をも祝福してくれたと聞く。しかしわたくしはこの伯父に見おぼえはない。この人はわたくしの六歳の晩夏に脳溢血か何かでまだ四十を出たばかり、あと厄だかの若さで亡くなつたからである。（「追懐」）

と春夫は述べているが、「はじめ小学校の教師」をしていた明治六、七年頃、和歌山市湊紺屋町の雄（おの）小学校で教えたのが南方熊楠だった。熊楠は「当時七、八歳なりし小生をことのほか愛し、平民の倅ながら後来必ず天下に名を抗（あ）ぐるものと毎々いわれ候」と記している。この手記は、春夫が亡くなってから公開されたもので、春夫は眼にする機会がなかった。熊楠の伝記本としては三作目に当たるとされる佐藤春夫の『近代神仙譚―天皇・南方熊楠・孫逸仙』が乾元社から刊行されたのは昭和二十七（一九五二）年三月で、この手記を目にして、自身の伯父が熊楠の幼少期にその才能を見抜いていたことを知っていたならば、何か一家言はあったであろうことを想像させられるのは楽しい。この本は平成二十九（二〇一七）年十一月河出書房文庫で『南方熊楠　近代神仙譚』と改題されて刊行されたが、「今なお色あせない名著」として、唐澤太輔が解説文を書いている。「本書が、今なお色あせず、むしろヴィヴィッドに我々に迫ってくるのは、佐藤春夫の抜群の言語センスと鋭い洞察力によるものであろう。また、その素晴らしい構成力にも感嘆させられる」として、その後の研究では一般化している、熊楠と羽山家の人たちとの不思議な縁にいち早く着目した春夫の慧眼に触れている。

「姉は後に和歌山の伯母の許に寄寓して和歌山の女学校に学び、祖母の家へもよく行つたから村の名もよくおぼえてゐるであらうが、わたくしは家での呼び方に従つて湯川氏の在所をただ「三つ家（みや）」とばかりおぼえてゐる」（「追懐」の「その三祖母の家」の項）とある、春夫の祖母（とみゐ・天保四年生まれ）の里湯川家の「三つ屋」とは、那賀郡小倉荘の満屋村（現和歌山市）のことで、父は湯川嘉左衛門という。『紀伊続風土記』の「満屋村」の箇所には、家数四九軒、人数一七四人、「地士　湯川善十郎」の表記もある。地士とは、戦国期紀州は土豪の小勢力が分割支配したにとどまり、戦国大名が成長しなかったこともあって、紀州に入った徳川頼宣は、土着のまま名字帯刀の武士身分を許し、庄屋とともに地方の代官の役割を担わせた。時代と共に地士の数は増え、商家や医家などにも広がっていったようである。その地士湯川善十郎と嘉左衛門との関係は不明だが、おそらく一族と解してよかろう。

その「三つ家」の家は、「子供ごころにも甚だすばらしい家に思へた。黒い柱やすすけた台所の天井に見る小屋組のがつしりと見えてゐる田舎屋がめずらしく、そこの大きな戸を自分であけようとしても、とても子供の力では開けたてできないのが面白くくやしくて」完全に自分で開け閉めできるように努力した。さらに、「最も気に入つたのは祖母の家の奥座敷が大きな池の上にのし出して造られてゐたことで、わたくしはその座敷のまはりの椽の手すりにつかまつたままいつまでも池の鯉を飽かずに眺めて遊んだものであつた」（「その三祖母の家」）ことが、後年春夫が池といわず、静かな水に面した風景が最も好ましいものになった原点でもあろうか。

晩年、自身が命名した湯川の〈ゆかし潟〉の地に、居宅を構えようとしていたということも、長年の夢の実現を試みようとしていたのであろう。

＊

既述した長雄道二の私家版『漫筆』の、「竹田と鈴木」と題する項には、

吾が勝浦に小学校を創設せしは明治八年なるが、明治二十年新小学校令実施に因り勝浦小学校と改称し、同三十五年高等科を併置して勝浦尋常小学校となす。其の間訓導の更迭屢ありしも明治八年就任の竹田槌五郎と明治二十年就任の鈴木珍丸とが任期最も長かりし。而して竹田は資性高潔国士の風格を備へ、鈴木は剛毅朴訥近仁の性格ありし。

とある。現在勝浦小学校に残る記録によれば、竹田槌五郎は明治二十一（一八八八）年に赴任したように受け取れるのだが、それは明治十九年の小学校令施行後の記録であって、実に明治八年という早い時期の赴任で、和歌山で南方熊楠を教えたその直後ということになる。勝浦小学校は明治八年十二月十三日正念寺において開校式を挙げていて、児童四〇名教師二名であったという、この二名のうちの一人が竹田槌五郎であったのだろう。同十年九月海翁寺に校舎を移転、十五年十月二十六日脇の谷に校舎を新築、那智小学校勝浦分校と称した。二十一年四月一日、二学級六九名で、勝浦村立尋常小学校と改称している（『那智勝浦町史』下巻）。

これまでは春夫の言などもあって、漠然と妹政代が佐藤豊太郎に嫁したことなどが槌五郎が熊野にやってきた機縁であろうと推測されてきたのだが、長雄の発言の方が信憑性は高い。豊太郎や長雄道二が竹田家に下宿したのも、槌五郎を介してのものであったかもしれないし、熊野から和歌山の医学校で学ぶ人脈のようなものができていたのかもしれない。

まだ正式な教員資格のようなものも存在せず、全国に小学校を普及させるに当たって、巡回教師の制度なども行われたらしく、槌五郎と勝浦との関係もそのなかで実現したのかも知れない。勝浦小学校の自立の功績が評価されたのであろうか、長年の勝浦での実績があったればこそ、村長にも推されたのである。槌五郎が勝浦小学校訓導を辞職するのは明治二十三年七月十八日、この年九月二十四日から二十五年四月一日まで勝浦村村長を務めている。妹政代が長男春夫を出産した時、喜びのあまり勝浦から新宮まで、五里の道を駆けつけて来た四月九日は、まさに村長を退いた直後だった。

*

豊太郎の新宮での開業、熊野病院の開院など、その成功もあってか、政代の実家竹田家ゆかりの人々も、豊太郎を頼って新宮にやってきた。豊太郎も十分な面倒をみたのであろう。政代の妹熊代（文久二年八月十五日生まれ）も比較的早くから同居していた。春夫は熊代にはあまりなじめなかったようだ。熊代も理屈っぽい春夫を敬遠した風で、母親べったりの春夫からすれば、やむをえないものがあったのだろう。

春夫兄弟が上京して一家を構えていたとき、熊代も上京して身の周りの世話をした。槌五郎亡きあと、熊代が竹田家を継ぎ、大正十五（一九二六）年九月十八日に没したあとは、春夫の弟夏樹が竹田家を継いだ。

春夫の作品、「実（みのる）さんの一族は、私の母方の遠い親戚に当つてゐる。実さんのお父さんは事業に失敗してからは、私の父をたよつて海を渡つて来た。さうして私の父の病院の会計をしてゐた」で始まる「実さんの胡弓」（『赤い鳥』大正十二年七月）は、童話風の哀切極まりない話である。「海を渡つて来た」とは、和歌山からやってきたの意であろう。

実さんは、姉と弟三人の五人兄弟であったが、母と父とを相次いで亡くなってしまう。「五人の兄弟は皆そろつて私の父に引取られた。」実さんは十五、六歳の時、アメリカへ行くのだと言い出した。「私の郷里の方では渡米熱が盛んで、みんなそこへ出稼ぎに行つたものだ。」というが、周りの者はまだ子供だからと反対した。実さんは頑として応じなかった。母は実さんの心持ちを推し測って「あの子だつて、そんな遠いところへ好んで行きたくはなかつたにきまつてゐる。ただ親がなくつて兄弟が四人もよその家で世話にならなければならないのがいやだつたのだらう。それに較べるとお前など仕合せなものだ。」と、「私」は諭された。父の洋服を仕立て直したりして実さんは出発していった。町外れの森の中にその姿が見えなくなった時、母は「癪（しやく）を起した」、以来母の持病となった。「癪を起す」とは、胸や腹が急にさし込む痛さに見舞われることである。

実さんは父が神戸から乗船するように勧めたにも関わらず、東京見物でもしたかったのであろうか、横浜から乗船し、直後に横浜でコレラが流行、しばらく下船が許されず、神戸からの乗船者はすぐにサンフランシスコでの下船が許されたものの、横浜組は二ヶ月ほど留め置かれた。

続けて「私の母方の祖母」（「実さんの胡弓」）というから、満屋村から竹田豊三郎（文化十四年生まれ）に嫁にいったとみゑ（天保四年生まれ）のことで、この人もまた「やつぱり父の家にゐた」。「私」はおばあさんの部屋へ行ってよく話し相手になったので、「親切な子」だと亡くなるまで褒めてくれた。おばあさんは頻りにアメリカのことを聞きたがった。それは、「私」の伯父の家内というから、槌五郎の妻立岩カメノであろうか、その兄がアメリカで医者をしていた。それに実さんもアメリカに渡った。実さんは「そこで皿洗ひをしたり葡萄採りをしたりして金を儲けては勉強してゐるといふことであつた。何でも夏休みの時だけ仕事を精一杯して、外の時には学校へ行くのださうだ。」という。

恐らくアメリカに渡る前に実さんも読んだであろう『渡米雑誌』。そこには苦学しながら生活する術や体験談が多く記され、盛んに若者の渡米熱を煽っていた。実さんのアメリカでの生活も特殊なものではなく、スクールボーイという制度などもあった。上流家庭に住み込んで、家事なども手伝いながら、通学を保障してもらう、そんな生活である。後に新宮で医院を開業する大石誠之助もスクールボーイとして、アメリカの地で医師免許を取得している。そうして、自身のアメリカ体験やアメリカ生活の心得などを、『渡米雑誌』に寄稿しているのだ。

＊

実さんがアメリカへ渡ってから五、六年、ある年の暮近く、実さんの久しぶりの便りの他に、「例の母の嫂(あによめ)の兄」からの便りでは、実さんは結核が悪くなって日本に帰りたいのだが、旅費に困っていると書いてくる。それから一ヶ月半後、実さんは「父の家」に帰ってきて、離れで養生することになる。お土産として買ってきた一二個の缶詰めのうち一個が膨れあがっている。それは腐っていると言って、父は開けてみると大変な異臭がして人の指が出てくる。「実さんのことを考へると、きつとあの気味の悪い指の罐詰のことも思ひ出す。どんな人の指であらう、わざ〳〵日本まで来て私の家の空地の隅へ埋められたのは」とある。後年の、プロレタリア作家葉山嘉樹の名短篇「セメント樽の中の手紙」の哀愁に通ずるものを感じさせる。

タイトルの「胡弓」は、最後にしか出てこないのだが、「それは罐詰の罐を上も底もくりぬいてしまつて、その上を油の滲み(し)た画学紙で張り、竹の棹をすげて、絲(いと)は針金でできてゐた」という手細工の胡弓である。「私」はしきりに実さん部屋を訪れるが、アメリカでの経験を聞かせてもらっているうちに、急に黙って胡弓を弾き出したりする。そのうち離れへの出入りを禁じられる。縁側で日向ぼっこをしながら、実さんの胡弓が漏れてくるのを聴いている。「その後二三年して実さんは死んだ。多分二十六七であつたらう。今ゐたらもう四十になつてゐるであらう」で結ばれている。

実さんのことやその兄弟のことは、「新秋の記」（『我が成長』所収）にも描かれていて、MやSのこととして、「実さんの胡弓」と重複する部分もある。

＊

豊太郎を頼ってくる母の一族と言えば、春夫の「ただ一人の従兄」、伯父の故竹田槌五郎の家族のことがある。槌五郎の死去四、五年後、妻「カメノ」と遺児「達」、それに政代の母「とみゑ」が、和歌山から新宮にやってくる。明治二十一年生まれで春夫より四歳年長の従兄は、城跡のお城山周辺の遊び相手としては格好の友人になった。明治三十四年四月から和歌山県立第二中学校（田辺中学）新宮分校が設置されることになり、

わたくしの父は義兄の遺児のために学資を和歌山へ送る代りに、手許に置いて勉強させようといふつもりで一家を新宮に呼び寄せたもののやうに思へる。三人を呼んでみたが、家に置くことはしないで、家からあまり遠くない場所に借家を一戸借り与へて住まはせたのが、登坂を越えて向う側、熊之地の入口のさびしい場所で、お城山の東にある森と小山と三方を山や丘や森に囲まれて、南の一方だけはひらけた袋小路の奥のやうな、町の発展から取りのこされた盆地であつた。（「追懐」）

先に祖母は父の家に同居しており、春夫が部屋をよく訪ねたという記述もあったことから、この家には母子だけ

が住んでいたのかもしれない。それは小浜(おばま)へ抜ける道にも通じていたのであろう。

従兄はその後五十年足らず生きてから、戦時中に胃癌で死んだが、その頃からひどい胃病で癌の心配をしてゐたものであつた。胃病の治療策として彼は運動熱心で野球に熱中してゐた。小さなわたくしが中学生の野球仲間に加はつたのも従兄がゐるからであつた。しかし従兄もわたくしとともに野球をすてて、それに代へて散歩をしようと云ふので、外に仲の好い友達もなく、いつもわたくしを散歩に誘ひ出したものであつた。

それから毎日のように、「わたくし」がいままでほとんど隈なく知り尽くしていたつもりの間道を次々と見つけ出していった。「従兄とのこの散歩は十歳のごろのわたくしの軟い頭に深く刻み込まれてゐると見えて、その崖の径やその下に大きく渦巻く青い淵など、その後久しくわたくしの東京での夢のなかに現はれたものであつた」という（「追懐」）。この従兄の住まいは、春夫の後年の作品『わんぱく時代』で描かれるお昌ちゃん母娘の住んでいる佇まいに投影され、間道を散策した経験は、わんぱく少年たちの行動に描写されていったのだ。

春夫の作品で母親にスポットを当てたものに、「慈母の恩」（『芸苑』昭和二十一年一月）がある。次男や三男が主に乳母に育てられたのに比べて、春夫は「自分は十ぐらゐまで母の乳をふくんでゐたもののやうである」という。この作品の最後の方で、生前は子どもにも話さないでほしいとあったので、母の死後、父が母が幼い時養子に出され興行師に回されて曲芸などしていたという母の秘話を語る場面がある。父は「お前たちの母といふ人は子供ながらにさういふ苦労にも堪えた人だつたといふ事を知らして置きたかつたからである」と結んでいる。

厳格な父と優しい母、春夫は少年時代から優しい母に救われて、何度かの窮地を潜り抜けることができた。生来神経質であった春夫の行いに、親身に寄り添ってくれた母が年を追うにしたがって、その恩を春夫自身も肌身に感じ取っていった。

二、春夫の小学校時代から中学校へ

・春夫の小学校時代

春夫の父親の系譜、母親の系譜などを多岐にわたって記述してきたために、なかなか春夫自身の成長する記述に辿り着けない。ようやく小学校時代に辿り着いた。

春夫が新宮尋常小学校（後の丹鶴小学校）に入学するのは、明治三十一（一八九八）年四月、六歳の時で、教育熱心な父が当局と掛け合って、学齢より一年早く変則での入学を許可してもらったからであったことは、既に触れた。この年七月、就学児童の増加によって、高等小学校、第二小学校を分離して（熊野地の地に独立）、新宮尋常小学校は「新宮第一尋常小学校」と改称されている。児童数は男五四〇人、女四八九人であった（「にづる」昭和四十八年七月・丹鶴小「創立百周年記念特集」）。

春夫は小学校時代から学校嫌いであった、学校と言う制度、その規制には全くなじめないものがあった。集団生活での苦手意識は、終生ついて回った。

その年ごろのすべての子供たちがさうであるやうに、私も学校といふものに就ては憧憬を持つてゐたやうに思ふ。それにも拘らず、学校は私には少しも愉快なところではなかつた。私は私の生涯に於て学校から教へられたものは何一つないといふ反抗的な気持を、私の知つている限りのあらゆる学校に対して抱懐してゐる。外のことは今言はないとして、小学校に於ては、私はそこではたゞ口を利いてはいけないといふ悲しい時間をあとへあとへ与へられたにしかすぎないと思ふ。

と、春夫は「わが生ひ立ち」で述べている。また「回想　自伝の第一頁」（『新潮』大正十五年一月〜十一月）という文章では、先生との相性の悪さにも言い及んでいる。

僕は禁を犯してものを言つてしまふことが時々あつた。すると先生は長い竹の根の鞭（子供らはそれをネブイチと呼んでゐたが）で、したたかに教壇をたたくのだ。さうして太鼓部屋へ放り込みますと宣言する。尤も、事実は別にそんな監禁はしなかつたけれども、しかし、最初にさう言はれた時の僕の恐怖はすさまじいものであつた。太鼓部屋といふ一語が僕をそれほど脅したのだ。

春夫にトラウマを植え付けた「太鼓部屋」、その太鼓は、新宮城への登城を促すものであったのが、廃城後は移されて学校の始業を告げるために打ち鳴らされていた。校門の傍らにあって、三階の小さな部屋、昼も蝙蝠が飛ぶという薄暗さ、その太鼓部屋は、いたずらをした子どもを折檻するために閉じ込めておく場所として、子どもたちには恐れられていた。

また、「僕はまた学校でなかなか友達といふものを容易につくれなかつた。さうして幼年期の記憶の重なるものは、決して学校にはなくて、重（ママ）に家庭にばかりある」（「回想　自伝の第一頁」）とも言っている。

小学校時代、高等小学校時代の春夫について、一緒に遊んだ古谷金喜は「親分肌」であったと回想している（聞き書き「明治っ子の生活―佐藤春夫と遊んだ少年時代」『灯台』昭和五十一年四月・『新高八十年史』に転載）。

勝負事としての「メンコ遊び」。ショウヤケンとかシャッケンとか言われた、武者絵や軍人の画が描かれた丸い券を打ち付けて（すべて丸で四角のものはなかったという）、相手のものをひっくり返すか、掬うかして勝ち負けを競う、その券を売り買いもする、そんな遊びに興じたのと、あと「バイ回し」。貝殻を作為してコマとして廻して競い合う、スリバチの中などでもやった。

小学校四年生から高等科にかけてやったのは、ハゼ釣りと川エビ掻き。ハゼ釣りは熊野川の河口へ、エビ掻きは川を遡って支流の相野谷川（おのだにがわ）との分岐あたりへ、タモ（口輪に竹や針金のついた袋状の魚を獲る網）を持参で。日曜日などは弁当持ちで出かけた。時に、船を操ってのこともあった。船を操る時は大人も係わったのであろうが、この子供の遊びにも類する「エビ掻き」は、のちに幸徳秋水を迎えての大石誠之助らの舟遊びにも通ずるものだった。秋水乗船の折に、子どもや女性も乗り合わせていたとされるのもごく普通のことだった。

春夫が親分肌であったとする古谷の回想も、「佐藤君、佐藤君」と付いていって、着物と草履姿で野山を駆け巡った「いくさごっこ」などでも、大将役であったというが、古谷も春夫と同年生まれ、いつも往診してもらった医師の息子であるということで、一目置かれている面もあったようだ。

「大将格」になるためには、春夫自身の試練も必要であった。他人よりも一年早く入学したために、体格的にも小柄で神経質、いじめられたことなどもあって、まずは「学校ぎらい」から出発したが、「復讐」の項目（「回想　自伝の第一頁」）に描かれているエピソードは、春夫を「大将格」に押し上げる要素となったのかもしれない。同じ話が「性癖」の項（「わが生ひ立ち」）にもある。

僕が八つぐらゐの時に近所のいぢめつ児に摑まつて、さまざまな難題を持ちかけられたり折檻されたりして、くやしさが骨身に沁みた事は以前にも書いたがぼくはそれから六七年も経つた後までどうしてもその怨恨を忘れ得なかつた。

と言う。近所のガキ大将は、二、三歳上、理由も分からないまま殴りつけられた。そんな状況が二、三年続いた。「狼に追いかけられる兎を私は体験した」と記している。そんな「私」が十三歳か十四歳になった頃、自分が強くなったという自信を得た。それは体力的にも精神的にもということだろう。高等小学校に進んだ頃ということになろうか。

或る日、かつてのいじめっ子が、幼い弟を連れて、無断で春夫の家の敷地内の庭で遊ばせていた。その不当をなじった「私」は、過去の行いを糾弾し、突然に石垣に首を押さえつけて殴り掛かった。無抵抗であったのは、ひょっとして自分の敷地内だったかもしれないと思って、後日、街中で呼び止め、再度挑発してみたが、かつてのいじめっ子は、すごすごと退散していった、そんな復讐話である。

春夫はそこまでは描いていないのだが、このいじめっ子への〈逆襲〉は、いじめっ子の立場からすればまさに〈不意打ち〉で、分別がつき始めた年齢の意識からすれば、次第に家庭環境なども作用して、子ども社会に位相を生じさせ、諸事情が重なって、いじめっ子といじめられっ子の立場が逆転されるのも、「子ども世界」ではありうることである。既述のように医師の息子であったことから、一目置かれる状況が生まれてくるのも、成長するにつれて子ども達の意識下では起こりうることで、春夫自身がどこまで身の周りに起こり始めていた状況に自覚的であったかは、判然としないものの、描かれているのは憤怒の激情である、それが自身の〈性癖〉としての把握である。繊細さと大胆さとを併存させながら、春夫は成長していった。自然界への注目、愛着を内包させながら、人間界、子ども世界への係わりも深めていったのだと言える。

この第一尋常小学校時代、学校の改築等があって一年間程馬町の妙体寺（みょうたいじ）を仮教室として使ったことがあり、この頃が一番思い出の多い楽しい時であったと回想するのは、同級生小林敏久である（「佐藤春夫さん」『熊野誌』十二号・「特輯文豪佐藤春夫」昭和四十年十一月）。この頃の遊びは、「「かくれんぼう」「追いかけっこ」「石蹴り」「巡査ごっこ」昼間の「肝試し」「石合戦」「蜜柑合戦」（蜜柑は城山でちぎってくる）「足投落し」等で春夫さんは此の「足投落し」が得意中の得意で、学校でもクラス随一であった。夏は御濠端で蜻蛉採り、鮒釣り。水泳には子供と一度も行くことがなく、他に子供の友達はいなかったようだった。」と言う。

また、「学校で先生が出席をとる呼名は佐藤春夫を（しゅんぷ）と呼び、小林敏久を（びんきゅう）と呼んだ。それが面白くお互に「おい、びんきゅう」「おい、しゅんぷ」と呼び合い、以後春夫さんとも佐藤さんとも呼ばず、「しゅんぷ」「びんきゆう（ママ）」で通したのであった。」とも言っている。

春夫は明治三十五（一九〇二）年三月、新宮尋常小学校から第一尋常小学校へと名称変更した学校を四年で卒業し、通りを隔てた下本町にあった修業年限二ヶ年の新宮高等小学校男子部に入学する。

それより先、明治三十二年四月、新宮高等小学校は男子、女子の二校に分けられ、女子高等小学校は谷王子の地に新築移転、開校していた。小学校令の一部改正によって、尋常小学校が修業年限六年に延長されるのは、明治四十年三月のことである。

・春夫の高等小学校時代から新宮中学入学へ

明治三十六年二月十一日、新宮男子高等小学校で紀元節恒例の拝賀式が行われているが、いつもと違うのは、椿和歌山県知事の出席のもと、部長以下各地の学校長も召集されていた。知事の臨席は、近隣にできた新宮第一尋常小学校の開校式が引き続き行われたためで、高等小学校でも祝意を表して、三日間休校、展覧会などを催した。

この期間、新宮の短歌界が、新しい動きを始めるきっかけにもなった。前年四月下里から男子高等小学校に転勤していた清水儀六（号は友猿（ゆうえん））が、「睦月会（むつきかい）」に参加を誘われ、新派短歌の運動に積極的に係わり始め、やがて指導的な立場を発揮してゆく。さらに数年後、新宮高等小学校に教員として赴任してきた和貝彦太郎（号は夕潮（ゆうしお）・芦風とも号す）が、「睦月会」とは距離を置いていたものの、中野緑葉（本名・匡吉）や坪井紫潮（本名・英一）らが回覧雑誌を発刊し、やがて月刊の謄写版「みどり葉」を刊行したというが、和貝は教師としてその指導的な立場で、短歌会などを自宅で開いて啓蒙した。

同じ高小生下村悦夫（紅霞とも号す・本名は悦雄）も加わり、そこに卒業生で新宮中学に進学していた佐藤春夫や奥栄一（愁羊あるいは愁洋と号す）も参画した。残念ながらその痕跡は回想にしか存在しない（中野緑葉「熊野歌壇の回顧」『朱光土』一号・大正十二年六月　口絵写真19参照）。

そのことと関連して、春夫の回想によく出てくる、明治三十七年四月の新宮中学に入学の際に、面接で答えたという「文学者を目指している」という科白である。「その時わたくしは将来の志望はと問われて文学者と答えたのは、ほんの子ども心にそう思っただけで、第一に文学というものをそれほど知っているはずもない」。春夫自身も「私の履歴書」（昭和三十一年七月『日本経済新聞』に八回にわたって連載）で述べているように、まだ文学に目覚めているとは、とても言い得ない状況であった。

その参考になる資料が最近河野龍也氏によって発見された（「佐藤春夫関係日記翻刻（一）」『年報』第四十一号・実践女子大学文芸資料研究所・令和四年三月）。明治三十七年一月から七月までの日記である。それは、ちょうど春夫が、高等小学校を卒業して新宮中学校に入学する時期に当たる。日記や備忘録をほとんど残さなかったとされてきた春夫だけに、貴重な発見であった。

まず「一寸光陰不可軽」（一寸の光陰、軽んずべからず）と題した冊子（以後「日記」と記す）には、「日誌ハ毎夜褥前必ス記スベシ　日誌ハ事実ヲ有ノ儘記スベシ　日誌ハ事実ニ就テノ感想ヲ飾(カザラ)ズ記スベシ」と見開きに記されている。寝る前に今日一日の事実をありのままに感想を交えて記すようにと、父豊太郎の教訓として述べられたもので、父の筆跡である（口絵写真8参照）。日記の記述も、教育熱心な父の〈強制〉によるものであって、そこには〈素直な少年〉春夫が仄見えていると言えようか。

しばらく、その記述を辿ってみる。

　卅七年一月一日　金曜晴天　華氏六十一度

　朝六時起ントセシニ母ニ止メラレ六時三十分寝床ヲ出デ、先第一ニ空ヲナガメシニ一ツノ雲モナクハレワタツテ居タノデ又家ニ入ツテ着物ヲ着返ヘ雑ニヲ祝ヒテ後学校へ行カント門ニ出シニ処々ノ松カザリハ喜瑞ヲ表シ又戸毎ノ旭旗ハ国威ノ盛ナノヲ表シタル如ク見ヘナク雀ノ声サヘイトウレシゲニキコエル八時四十分学校ニ行テ　拝顔式ヲ行ヒ終テ請川君等ト年始週リニ行再ビ行ヒル飯後双六ヲナシテ遊ンダ後夜双六ヲシタ八時寝ニ付ク

これがまず書き出しである。全体、片仮名表記であるが、以後引用等はひらがな表記に改めてみる。

その前にひとつ確認しておかねばならないことは、この年二月に日露戦争が開戦になることと、春夫は四月に新宮中学校に入学することである。高等小学校を卒業して中学校に進学するに際し、ほとんど日常の変化はなく、その心構えというようなものも記されているわけではない。

その前に入学試験が行われた気配がないことに加え、面接で文学者になりたいと答えたという、その面接の形跡もうかがえない。開校間もなくの新宮中学では、当初は入学選抜が行われたようだが、次第に定員割れの状況が続いて、選抜試験は行われず、面接のみが行われたのであろう。それは、前年のことであったかもしれない。「日記」から窺えるのは、文学に目覚めているとはとても言い得ない状況を伝えているばかりである。テニスに興じたり、「ベースボール」（正岡子規の「野球」という訳語はまだ定着していない）をしたり、城山で遊んだり、弟秋雄と小浜（おばま）に遊泳に行ったり、休みの日に熊野川を渡って（「渡船」で、まだ架橋されていない）友人宅に遊びに行ったり、ごくありふれた普通の子どもの生活実態が描かれている。一方、そこには日露の戦意高揚に呼応する子どもとしての姿も鮮明である。

春夫が正月から読み始めている『少年世界』は、巌谷小波を主筆として明治二十八（一八九五）年一月に創刊されたもので、昭和八（一九三三）年頃まで、大手の出版社博文館が刊行していた少年向けの総合雑誌である。博文館はこの年二月二十日に、『日露戦争実記』を刊行して、一大ベストセラーになっている。春夫もそれを目にしたのかどうか、目にした可能性は十分にある。

それでは、春夫が本格的に文学の道に進もうとしたのは、いつの時期からか、そのことに向けて春夫の新宮中学時代を詳しく辿ってみる。

・日露戦争に鼓舞される少年

春夫の日記によれば、二月九日夕刻号外が届き、「日ロ開戦我軍大勝利敵艦二隻を撃沈したと、万歳大利勝(ママ)〳〵〳〵」(原文片カナ)とある。大勝利が繰り返されている。翌十日は三時に学校から帰ると号外があったので見ると、「又我軍大勝利三隻沈めた」とあって、この号外は朝来たのであろうと言い、夜も一二隻沈めたとある。「万歳大勝利」と続く。十一日は「紀元節」、八時から式典、勅語奉読、校長祝辞、紀元節の歌など歌って、午後は大浜で軍人の運動会を見学、「今日は愉快である」で結んでいる。急に戦時色が田舎の町にもしみ込んできている。十七日には「徴兵を送る」の記述もある。

歴史的な事実を述べれば、二月四日御前会議でロシアとの交渉を打ち切り軍事行動に出ることを決議、国交断絶を通告、八日陸軍先遣部隊が仁川上陸を開始、連合艦隊が旅順港外のロシア軍艦二隻を撃破している。春夫はその号外を目にしたことになる。ロシアに宣戦布告の詔勅が発せられたのは、十日である。各種の年表では、この日日露戦争始まると記述されている。春夫の日記によれば、学校で宣戦詔勅奉読式が行われたのは十六日、式後遠足に出かけている。二十六日には全員講堂に集められ、校長から日露戦争の由来から、仁川や旅順の開戦の話を聞き、「軍人の忠勇」や「魯(ママ)軍の油断」などについて理解できたと記し、「油断大敵」と結ぶ。三月一日にも校長から日露戦争の続きの話を聞き、「日本人は忠勇である」と結ぶ。三月十三日、十四日と、号外が立て続けにきて、旅順、大連攻撃、「我軍大勝利」「旅順陥落し敵兵退去」などが出ている。しかしながら「旅順陥落」は、なかなか実現しなかった。この年秋から第二次、第三次と攻撃は続けられ、膨大な犠牲者を出して二〇三高地占領に成功するのは、この年の歳末から年初にかけてのことであった。

春夫の日記に戻れば、七月二十七日には、「大石橋の戦い」での勝利を伝える号外を目にしている。遼東半島での戦いは、二十四、二十五日に成されたもので、田舎町への早い伝わり様である。この日「ロカン」と記すロシアの軍艦が、新宮沖に現れると言うことで「城山」へ登ってみたが、霧がかかって遠望がかなわなかった。

七月二十九日までで欠落している「一寸光陰不可軽」と題された日記は、定期的に父の点検を受けていたらしく、七月四日には、あまりに「記すことなし」と続く記述に、「記すことがないと言うことは、唯食べて何もすることがないのと同じ」という意味の叱正を一ページほど述べた後、「造糞器」になるなと諭されている。食って寝ての生活を「造糞器」と喩えているのは面白い。この訓戒を「日誌の序文」とするとあって、「父梟睡」とある。

時に日露戦争の「勝利」が号外で伝えられるたびに驚喜するなかで、高等小学校から中学校へ、春夫の学生生活が大きく変化している風もなく、友達と遊び、学んでいるのだが、しかし七月三日には、軍艦初瀬の犠牲者「岡崎キシ彦氏の葬儀」があり、中学生や小学生も参列している。「戦で死んだ人はわれわれにかはつて死んだのである、我も国民も深く謝すべきだ」と感想を記している。五月十五日にロシア海軍が敷設した機雷によって、戦艦「初瀬」と「八島」が爆沈され、初瀬の犠牲者は四五八名で、なかに新宮出身者もいたということであろう。戦争の影が田舎の町にもこんな形で忍び寄ってきていた。

春夫は後年、「私の履歴書」のなかで、「日露戦争の事」の項を立て、

> 海陸の勝報を伝える号外の鈴の音は国民を蠱惑してみな戦勝に酔っていたが今にして思うと、国力から見て、その二年足らずを精一杯の苦しい戦をつづけていたのであろう。わたくしの町などでは、戦の中ごろから早くも全国的な食糧難の兆が現われていた――他の地方ではあまり気づかなかったことと思うが。

由来、交通不便な半島の先端たる熊野地方は海と山との土地で耕作地に乏しいため、平素も山間では三食とも芋やとうもろこしなどの代用物による村が多いというが、町でも米は讃岐や三河から熊野川口へ運んで来ていたのが、戦争になると、さぬき米や三州米が来なくなってただ外米ばかりになった。石の多くまじったへんな臭のする色の黒い米の飯は、悪衣悪食に慣らされて、うまいまずいなどは子供のいうべきことではないとしつけられていたわたくしの口にも持てあますものであった。

バルチック艦隊が太平洋から津軽海峡をぬけて日本海に入るかもしれないというので、父の家の裏山でわたくしの遊び場たる城山には物見の塔が建てられて監視の青年が日夜沖を見張っていた。

と記している。年が明けて明治三十八年旅順が開城されると、新宮町でも一月四日から各種祝賀行事が行われ、各町山車（だし）を繰り出し、作り物をし、各戸国旗を掲げ、通りは万国旗を連ねた。祝賀の提灯（ちょうちん）行列も行われ、春夫の父も興奮して、しこたま酒に酔って帰ってきたこともあった。春夫は「国外で行われていた戦争そのものは、せいぜいこの程度のことですんでしまったが、思いがけないその影響がすっかりわたくしの生涯を決定してくれたように思う」とも記していて、日露戦時下、戦後の教育の在り方も、徐々に自由な雰囲気を奪いつつあったのである。日露戦争の戦意高揚、国民の戦勝への意識の高まりは、熊野の地まで浸透してきたことは分かるが、ここでやはり冷静に世の風潮を観察して反戦論を唱えていた、大石誠之助らの言行をも指摘しておかねばならない。当時は反戦の意の「非戦」のことばが一般的である。

明治三十六年十月、勤めていた萬朝報社（よろずちょうほうしゃ）が、販売のための意向で主戦論に転じたのに抗議して退社した幸徳秋水、堺利彦は、新たに非戦を掲げて平民社を起し『平民新聞』を刊行する。医師の大石誠之助は、『平民新聞』などによって、日露戦役の本質を把握し、戦費調達の国債発行などが地方に押し付けられて苦慮する姿をエッセイ等で描出し、戦争未亡人の問題や、戦勝に浮かれる庶民への皮肉を的確に指摘していた。新宮キリスト教会では、非戦のひとり演説なども開いていた。

浄泉寺の住職高木顕明も、戦勝祝賀の提灯行列を苦々しい思いで境内で聴いている。やがて日露戦争に鼓舞されて、明治四十一年大道というところに建立される「忠魂碑」について、町内の僧侶として ただひとり反対し、僧侶仲間からは排斥されていった。

だから、町民たちの提灯行列の「バンザイ!、バンザイ!」の連呼は、大石や高木らにとっては、「アブナイ!、アブナイ!」としか聞き取れないものだった（もとは大石誠之助「まぜもの」（『はまゆふ』一七号、明治四十年一月）の記述から。劇作家嶽本あゆ美が「太平洋食堂」（二〇一三年初演）の作品の中で提灯行列の連呼に脚色した）。

・第五回内国博覧会をめぐって

ここで、明治三十七年の春夫の「日記」の記述に戻ってみれば、和歌山の高等女学校に通っていた姉保子が三月二十七日に帰省してきて、三輪崎港まで迎えに行っている。三時頃三輪崎に着いたがなかなか船は入って来ず、八時ころ入港（当時は港に着岸するのではなく、艀での往来である）、自宅に帰りついた時は、十時になろうとしていた。春夫が新宮中学へ入学した後の四月二十日に、姉は和歌山へ帰っている。この時はまだ新宮に女学校はなくて、富豪尾崎作次郎の還暦の寄付によって町立新宮高等女学校が開校するのは、明治三十九年四月のことである。

ちょうど一年前の明治三十六年三月、春夫がまだ高等小学校の時、四歳上の和歌山に居た姉を誘って、大阪での第五回内国勧業博覧会を見学している。三月一日から七月末日までであったから、すぐに見学に訪れた感である。今の天王寺公園から新世界までを含む広大な会場で、出品二七万六〇〇〇点、五三〇万人が入場したというから、これまでの東京や京都で開かれた四回の開催とは桁が違った。もともと明治十年代に、明治政府の「富国強兵・殖産興業」政策の手段として始まった内国博覧会であったが、第五回ではエレベーター付き高層建築などに注目が集まり、まだ一般家庭に電灯さえ普及していない時期だけに、夜間のイルミネーションは殊の外、人々の目を驚かせた。自動車・カメラ・タイプライター・冷蔵庫などが初めて公開されたのも、この博覧会であった。

春夫は病院の事務をしていた人に連れられて訪れたのだった。この時、第二会場として水族館が設けられていた堺にも立ち寄り、後に深いかかわりをもつ与謝野晶子の生家なども訪れている。

この博覧会では、久保昌雄（まさお）が出品した「雨中の瀞（どろ）峡」の写真が特選になっている。これが、瀞峡の風景を一躍有名にしたと言っても過言ではない。古来、三輪ヶ崎は万葉集に詠まれ、那智の滝は清少納言の「枕草子」に述べられているのに比べて、瀞峡はまったく知られていなかった。幕末の文人墨客が遊んだ記録が幾つか残っているものの、広くは知られる存在ではなかった。熊野詣での道から外れていたことも一因であろう。

この時、新宮中学の二、三年生、つまり第一回生、二回生、一一〇余名も見学している。五月七日から十三日の大阪方面への修学旅行においてで、九日に見学している。そこで、新中生らは、引率教諭のひとり、美術の赤松麟作（あかまつりんさく）の一五〇号という大きな絵にも出会う。明治三十四年第六回白馬会に出品して、白馬賞を受賞している、代表作となる「夜汽車」で、戦後の教科書などにも掲載された。この出品作が七月には褒章を受章している。こんなに偉い先生だったのか、生徒たちはあらためて感心したはずである。赤松麟作は新宮中学には一年余しか在籍しなかったが、やがて有名な画家になって、関西画壇を牽引してゆく。春夫が入学した年に少しは重なる。後年赤松は何度か熊野の地に遊び、串本の絵なども残している。

先ほどの久保昌雄は、明治三十三年に『熊野百景』という上下二巻の立派な写真帖を刊行して、宮中（きゅうちゅう）にも献本されたと言われている。当時、写真器材一つ持ち運ぶのにも、大変だったはずだ。交通の便もずっと悪い、そんな中、串本から熊野市、さらに熊野川を遡（さかのぼ）った川丈筋と（川丈筋は、まだ道路も通っていない）、実に数々の貴重な風景写真を残しているのである。串本の、それまで立岩（たていわ）と言われていた岩を「橋杭岩（はしぐいいわ）」と名付けたり、木ノ本の「獅子岩（ししいわ）」

なども、久保の命名だと言われている。『熊野百景』という写真集は、息子の久保嘉弘に受け継がれて、何回か改訂を加えられている。嘉弘は新宮中学の五回生で、春夫と同級で幼馴染み、だから春夫も少年時代から写真に興味を持っていたわけだ。

幕末には、写真を撮ることが魂まで抜き取られると、本気で考えられていた時代から、まだ三十年ほどしか経っていない。ちなみに明治末、新宮には最少四軒の写真屋があったことが確認できる。先程の久保写真館、田中写真館、熊野写真館それに東陽軒である。現在のように写真を撮るということがまだ一般化していなくて、ある程度裕福な家庭でないと撮れなかった。当時の写真は、写真を張り付ける台紙がしっかりしていて、保存を一番に考えた頑丈なものだった。その台紙に写真館の住所と名前が刷られている。これらから明治末に四軒が確認できるのである。

ところで、第五回内国勧業博覧会が一大イベントで、多くの熊野の人々にも関心を高めていたであろうことは想像できるのだが、もうひとつ忘れてはならないのは、この博覧会が「人類館事件」と言われる、人権問題を引き起こしていたことである。「学術人類館」というところで、アイヌ民族、台湾高砂族、沖縄琉球人など三二名の人々が、民族衣装姿で一定区域内での日常生活の営みを〈展示〉するという形で行われていた。沖縄県と清国から展示の有り様について侮辱するものであると抗議が起こり、問題化したのである。そこには、十九世紀末から二十世紀にかけて植民地主義の下、先住民らの村の生活を再現して〈展示〉したパリ万博をまねた趣向がうかがえ、一言で言えば日本にも、〈植民地主義〉が根付き始めていたとも言える。

博覧会見学から春夫がどのような感想を持ったのかは分からないが、新しい時代への好奇心、向上心が旺盛であったことは、春夫が大阪ほどの規模ではないものの、再び大掛かりな博覧会を観覧していることで分かる。それは、時が経って、春夫がようやく新宮中学を卒業し、上京の途についた時で、名古屋の共進会である。正式には名古屋開府三〇〇年を記念した、関西の府県が連合した第十回関西府県連合共進会である。鶴舞公園を中心として、明治四十三年三月十六日から九〇日間の会期で、一日平均三万人弱、合計二六三万人の入場者を記録した。名古屋が大都市として〈近代化〉する魁（さきがけ）となった。三月三十一日に新宮を出立した春夫は、四月四日に東京の師の生田長江（いくたちょうこう）宅に到着しているから、その間ということになる。ちなみに春夫の後輩たち、五、四年生八一名も三教諭に引率されて六月四日に新宮を出立、名古屋共進会を観覧し、京都、奈良、大阪地方への修学旅行を行っている。

春夫は、〈近代化〉のさまざまな装置や情報を眼に焼き付けて、東京の地での生活を始めることになるのである。

・春夫の英語学習とクリスマスのこと

春夫の日記の記述で気になることのひとつに、高等小学校時代、放課で帰宅すると毎日のように英語を学びに通っていることである。それはキリスト教会新宮教会であったと思われ、英会話であったのか、リーダーの読解であったのか、その内容は判然しないが、こまめに通っている印象である。

春夫はクリスチャンであったわけではないが、信仰面では晩年は浄土宗の法然に帰依した面はあるものの（本墓が京都知恩院にある所以）、少年時代の春夫に与えたキリスト教的な文化雰囲気はやはり無視できないだろう。それは春夫だけではない、明治十（一八七七）年生まれの由比くめも、日曜学校に通っていたようだし、やがてくめの夫となる東基吉は、明治十八年六月洗礼を受けている。

基吉は新宮の須川家に生まれたが、両親と死別、東家の養子となる。新宮キリスト教会などで苦学して英語を学び、しばらく小学校代用教員をした後、和歌山師範、東京高等師範に進んでいる。卒業後まもなく明治三十三年、東京女子師範学校（現・お茶の水女子大）助教授兼附属幼稚園批評係になった。日本の幼児教育の礎ともいうべき場で、リーダーとなった基吉は、これまでの欧米直輸入的な保育手法を、自由主義的、児童中心的な方向に変えてゆく努力を行い、その八年間に及ぶ努力は、先駆的なものとなった。基吉は、明治三十年代、わが国黎明期の幼児教育において、最初の体系的保育論の書『幼稚園教育法』を著している。ドイツの教育者にちなんで「日本のフレーベル」とも言われた。この頃、くめと結婚、くめに口語体童謡の創作を薦めたのも、そうした教育の推進の立場からである。

くめは、新宮領主水野家の家老職由比家の出であったが、早く父を亡くし、母方の筒井家で育った。叔父筒井八百珠に養育された。明治二十年第一尋常小学校を終えると十歳で大阪のウキルミナ女学校に入学、そこで初めてピアノに触れ感激、東京に出て東京音楽学校に進んだが、まだ十三歳であったので選科生として処遇され、その後同学校を卒業、東京府立高等女学校教諭になった。校長の嘉納治五郎の推薦であった。二十三歳で同じ新宮出身の東基吉と結婚、基吉は明治四十一年から宮崎、栃木、三重の各師範学校長を歴任、最後に大正六～十四年、大阪の池田師範学校長を務め、池田に住居を定めた。くめの音楽学校在学時の二年後輩にいたのが、「荒城の月」の作曲者として有名な滝廉太郎で、ふたりのコンビで多くの口語唱歌が作られた。「鳩ぽっぽ」「お正月」「鯉幟（こいのぼり）」「雪やこんこ」などである。明治三十四年に刊行された「幼稚園唱歌」の大半は、ふたりのコンビで作られたものだったが、滝廉太郎はその後も名を残したが、くめはほとんど忘れられていった。昭和三十三年NHKのテレビ番組「私の秘密」にくめが登場して、改めて脚光を浴びることになったのである。くめもまた、幼いころ献堂されたばかりの新宮教会に通って、外国人宣教師などから英語を学び、西洋音楽に触れる機会をもった。

くめより一五年後に生まれた春夫は、後年、キリスト教のクリスマスを祝う少年時代の素朴な雰囲気を懐かしんでいる。そうした素朴さは次第に失われ、むしろ商業主義に堕してゆく風潮を批判的に見て、「ばかばかしいクリスマス」と言っている。

またばかばかしいクリスマスが近づいて来た。何もクリスマスそのものがばかばかしいといふのではない。わたくしも古往今来第一の大詩人であり大思想家であるクリストの誕生は大に祝ふ。ただ近ごろわが国一般のクリスマスの祝ひ方をばかばかしいといふだけである。

で始まる文章（「愚者の楽園」『読売新聞』昭和三十三年十月〜三十五年十二月、後『窓前花（そうぜんのはな）』に改題して、昭和三十六年、新潮社刊）で、

もう半世紀も前のことであるが、わたくしも日曜学校の生徒としてクリスマスのつどひに姉とともに列して、ゐなかの牧師さんから馬屋のなかのお誕生、東方から来た三人の博士たちの話などに耳を傾けた一夜のよい思ひ出がある。あのころゐなかではまだ、子供にサンタクロースも訪れず、ゐなか町の商店街はさわがしくなく、酔つぱらひが新年並みにうろつきもせず、教会のオルガンが静かな夜の町にただよひ、子供心にもほんたうに何か聖なる夜のやうな気がしたものであつた。時代がよかつたのだか、ゐなかがよかつたのだかは知らないが。めづらしく教会ではストーヴをたき、人いきれがして暖かい会合が果てて戸外へ出ると、南国も十二月の夜は身ぶるひが出た。その寒さもなつかしいその時の思ひ出をわたくしは次のやうに言つた―。

新しき星の寒さよクリスマス

と述べている。

・日本基督教新宮教会のこと

春夫が姉とともに通った日曜学校は、「日本キリスト教会新宮教会」のことで、新宮の仲之町に基督教会堂を設立、献堂式を挙げたのは、明治十七年六月十日のことである。

大石余平らの努力によって、アメリカのカーバーランドの長老教会からの支援を受けることなく、自力で建立したものだった。当時の仲之町は、竹藪など繁っていて、江戸時代の土壁の武家屋敷なども残っていた。

大阪にある堀江教会代表山本周作、余平の弟の大石誠之助、日方愛隣教会代表奈古新七、東京品川教会代表で串

本出身の神田佐一郎等が来会した。この年、誠之助もすでに大阪に出ていて、大阪西教会の最初期の受洗者のひとりとして受洗、受洗名簿のようなものは残っていないが、後の人々に語り伝えられている。誠之助は九月には、同志社英学校に入学している。

大石余平とキリスト教との出会いは、余平の生涯を決定付けたと言っていい。最初の橋渡しをしたのは、妹の睦世であった。余平が進学を目指す睦世を伴って大阪へ行ったのは、明治十三（一八八〇）年六月、木本（現三重県熊野市）出身の医師喜多玄卓の世話で、睦世は梅花女学校に入学する。二年後睦世は浪花教会牧師沢山保羅から受洗、翌年兄に漢訳馬可伝を贈った。明治十七年四月に余平は喜多玄卓に伝道師の派遣を要請し、六月にやってきたのが、浪花教会会員で文人画家の米津方舟である。七月には、聖書販売でやってきた山本周作と、馬町の寄席でキリスト教演説会を開いている。

大阪から紀伊半島にかけてその伝道に力を尽くしたのは、「わらじばきの伝道者」と言われたヘール兄弟（A・DヘールとJ・Bヘール）だった。開拓精神に支えられていたとされるその伝道の中で、教会堂を自力で建築し、最初に献堂式を上げたのは、新宮教会であった。やがて、A・Dヘールは新宮教会の父、J・Bヘールは田辺教会の父と呼ばれるようになる。

明治十（一八七七）年来日したJ・Bヘール夫妻、翌年来日したA・Dヘールの家族たち、いずれも京阪神での活動から紀伊半島の伝道に導いたのは、「神の声であった」ということだが、それは明治十四（一八八一）年三月の和歌山伝道から始まる。最初の日本語教師として雇った青年小幡駒造と、医学や薬学を学ぶ青年で伝道のために洗礼を受けた山本周作とが、紀州田辺の出身であったことが、紀伊半島への着目のきっかけとなった。しかし、小幡がA・Dヘールを案内した最初の和歌山伝道は、ものの見事に失敗に終わった。旅館は「毛唐人」ということで宿泊を拒否され、集会するための一部屋も確保できなかった。路傍に立って話しても耳を貸すものは誰もいなかった。十一月の御坊から田辺にかけての伝道では、J・Bヘールが担当し、ヘボン博士から西洋医学を学んだという田辺の村上春海という医師が尽力し、田辺の夜の集会では二〇〇人も集まったという。田辺以外では、和歌山と同様で、海岸が説教所となり、海岸や木の根に腰掛けての語りは、さながらイエスがガリラヤの湖畔で岩山を背に福音を伝えた姿を彷彿させた。A・Dヘールは宣教師の資格とともに、医師資格も有しており、来日当初は医療方も手伝っていたが、やがて布教に専念するようになる。婦人宣教師オールとレビットも来援し、二人はまだ二十歳前後の妙齢の女性で、田辺に滞在して活動する姿は、息子山本周作の受洗に涙ながらに反対していた母親をも、異国の地で信仰一筋に生きる若い女性の働きに感じ入って入信させたと伝えられている。

ヘール兄弟による新宮への伝道は、田辺伝道と並行して進められた。

明治十八（一八八五）年三月には、新宮教会に付属英語学校が開設され、同志社大の卒業生伊藤静象が教師として着任、聴講生は六〇人を数えた。東基吉も含まれていたろう。四月には、四十六歳の谷口武平ら四人がA・Dヘールから受洗した。武平は幼名を光治郎といい、腕力で鳴らした喧嘩大将として名を馳せ、人々は切支丹光治郎と呼んで恐れたという。明治十六年のある日、光治郎は隣家の余平宅の説教会を立ち聞きし回心する。以来熱心に伝道し、後に長老に選ばれている。

余平の妹睦世が梅花女学校を卒業し帰省、女児のための日曜学校を開設したのは、この年明治十八年の七月のことである。同じ年の夏、A・Dヘール一家は新宮で過ごすことになる。和佐恒也、愛川えいも一緒であった。ヘールは英語学校でバイブルクラスを担当、夫人と愛川嬢とは女子の学級を開いた。ここには東くめも含まれていたろう。男女共学が困難な時である。やがて愛川嬢が大阪に帰らねばならなくなり、女子学級を閉鎖せねばならなくなったとき、保護者は男子学級で学ぶことを望んで実現させた。おそらく、男女共学の嚆矢とも言える。英語学校として自立できる寸前まで、新宮で英語熱が高まっていた。A・Dヘールは、伝道事業報告の中で、この年の新宮伝道を「受洗者二〇人（男一七人、女三人）、現在会員三一人、女学校生徒七人、日曜学校生徒一〇人、婦人出席者八人、伝道献金一八ドル、臨時費一二ドル、英語学校生徒六〇人」と報告している。翌十九年六月には、宣教師ミス・レビットが新宮に来て、九月末まで集会や聖書研究会、英語教授等に力を尽くし、伝道のために働いた。

世は鹿鳴館の時代、西欧化が錦の御旗として声高に叫ばれた頃、多少そういった世の動向に動かされた面があるとはいえ、新宮教会の活動は幅広く展開されていった。

時を同じく、三重県南牟婁郡尾呂志村の人山田作治郎が、明治二十年八月天理教信者となり、新宮での布教に従事し始める。一部僧侶による大々的な反対演説会が開かれたりもしているが、それを乗り越えて明治二十四年二月天理教南海支教会を設立、十二月には下本町旧藩主屋敷跡（二の丸）に教会堂を建立している（「天理教南海支教会の成立」『新宮市史　史料編下巻』所収）。春夫の父豊太郎が、その隣の地に熊野病院を建てるのは、三年後の九月のことである。

明治二十二年の熊野川大洪水の被災に際しては、天理教徒にしろ、キリスト教徒にしろ、その奉仕活動、義捐活動に大いに貢献したのだった。

キリスト教については、熊野地方での布教において大々的に「邪教」として排斥されたという記録は残っていなくて、人々の多くは、キリスト教文化を享受できる環境にあったと言える。余平の子息西村伊作は当然のこと、幼い春夫らにもその影響は及んでいた。

・春夫入学の頃の新宮中学校―〈熊野大学〉といわれた

ようやく、春夫の新宮中学時代の記述に辿り着いた。新宮中学校は、開校してまだ間もない頃である。

和歌山県立新宮中学校（現県立新宮高校）が、第二中学校分校（田辺）として開校したのは明治三十四（一九〇一）

年四月二十七日、二日後授業が開始されているが、この日はのちの昭和天皇の誕生の日にあたり、国民的祝いのなかで出発を遂げた。司馬遼太郎の「街道を行く」シリーズの「古座街道」によれば、古座川筋のひとびとにとって、新宮中学校はまさに「熊野大学」とよばれるほどの、天上の場所のように感じられたと言う。

新宮中学校が開校するまでには、さまざまな政治的動向の具にされた気配がある。県会議員たちに猛運動を展開し、分校開設の立て役者となったのは津田長四郎らで、上県して陳情の効果を上げた一行が、明治三十三年十二月新宮に帰ってきたときは、「新宮では百台近くの腕車を動員して、当時の汽船発着場三輪崎町へ長蛇の陣を作つて出迎へるなど、まるで凱旋将軍を迎へる騒ぎだつた」（『朝日新聞』和歌山版・昭和十五年四月十七日）という。「腕車」とは人力車のこと。

これより先、中学校誘致のために新宮町長らは、一万円を寄付しようとする動きなどをみせている。当時の一万円とは、明治三十四年度新宮町の歳出総予算額は二万円強、明治三十二年度三輪崎町の歳出額は三三〇〇円弱であることを考えれば、中学校設立のために、新宮町歳費の約半分、三輪崎町歳出の三倍の額を寄付しようとしていたわけで、地元の熱意がいかに高いものであったかが分かる。とはいうものの、結果的には、同じ時期に第三中学（粉河）が独立校として出発したのに比べて、新宮は「分校」としての出発であった。

こうして開校された新宮中学だが（正確には既述のように第二中学分校。第二が田辺に改称され、田辺中学分校）、定員百名の第一回の入学生（明治三十四年四月二十六日入学式、翌二十七日は仮開校式、いずれも完成したばかりの第三尋常小学校で挙行）は、いろいろな道を歩んできたものが集まっていて、尋常小学校を終えて入学したものはごく少数で、呉服屋の番頭だったもの、職人であったもの、小学校の準教員であったものなど多彩を極め、年齢の差が大きかったうえに、服装もまちまちだった。髭を生やした新入生もいた。入学当初生徒たちは、教師が点呼すると、「ヘイ」と返事することが丁重であると心得ていたとみえ、名を呼ばれれば「ヘイ」と答える。全国各地から赴任している教師たち（と言っても、校長と職員四名という体制）にとってよほど聞き苦しかったようで、以後「ヘイ」と言うべからず「ハイ」と答えよ、という御触れが出たりしている。

熊野の火祭りとして名高い「お灯祭り」の舞台、神倉山の麓の畑に建てられた校舎は、さながら牧場の牧舎のよう、運動場では畑の畝がそのまま残っていた。「空気清浄の処、春は学窓近く、胡蝶の菜花を縫うて渡るを見得べく、秋は万朶の紅葉を校内より眺め得べき絶好の地たり。」「師弟間の感懐互に相融和し、師の吾等を見る赤子の如ければ、吾等も亦、慈親に対するの情を以て師に就き、その間、何等の凌轢（引用者注・しのぎしること。軋轢と同意）を知らず、いさゝかの不和を聞かず、真に当代稀に見る平和黄金の学園なり」とは、『会誌』一号（明治三十八年一月）にみる「吾が新宮中学校」の一節である。

教師と生徒が一体となって、「ベースボール」や「ローンテニス」に打ち興じた思い出は、この頃学んだ多くのものの脳裡に刻まれていたようで、佐藤春夫も昭和三十九（一九六四）年五月六日朝日放送の「一週間自叙伝」録音中、新宮中学時代の「野球」に触れたところで急に胸が苦しくなって息絶えた。田園的牧歌的な雰囲気は、ベースボールには不適であったものの、自由な校風は培われていった。しかしそれは一面では、施設制度等のまだ不備であることからくる、あるおおらかさでもあった。施設制度が充実してくるにつれて、新宮中学校も明治の国家、中央の教育制度の仕組みの中に確実に組み込まれていった。一言で言えば、日露戦後の国家主義体制と言うべきもので、「ベースボール」や「ローンテニス」に代わって、銃剣撃や「兎狩り」などの実習等が課せられてきた。

わたくしはしかし学校の勉強は少しも心がけないで、野球の練習にうき身をやつしていた。

というのは、その父が亡くなったために、義理の叔父にあたるわたくしの父をたよって和歌山の本校から新宮の分校に転校して来た四年上の従兄が、当時鳴らしていた和中チームの選手ではなかったが野球部の一人であったというので、転校後、まだ満足にルールも知らない新宮中学にコーチをしていたので、わたくしも従兄に仕込まれて有望だとおだてられていた。わたくしはまた父が往診用の自転車に乗り習ったり、中学二、三年のころまでわたくしはスポーツ少年であった。

（「私の履歴書」『日本経済新聞』昭和三十一年七月）

と、春夫は述べている。

ところで、新宮中学一回卒業生二九名は、第一高等学校医科、第三高等学校工科、東京高等商業、第五高等学校工科など、続々と有名上級学校へ進学して、その優秀さはいまでも土地の語り草になっている。定員百名の入学試験を突破して入学した第一期生が、五年間のうちにわずか二九名になっているのは、種々な事情で学業を続けられなくなったり、落第に追い込まれたりしたのだろうが、卒業までの関門の難しさに驚かされる。明治三十九年三月、春夫は三年生に留め置かれる事態に立ち至ったので、一回生の動向をつぶさに観察する余裕などはなかったであろう。一回生は待機組などの関係で、一一五名が応募、入学試験が行われふるいにかけられたものの、二回生以降は、定員割れが続く状況で、いわゆる一斉に統一的な入学試験は実地されていなかったのではないか。

四回生として入学した春夫は、明治三十七（一九〇四）年三月、中学入学試験を受験した気配が、「日記」からはうかがえないことは、すでに指摘したが、間際に入学試験を受験した気配がない（すでに「日記」を通して述べておいた）のは、全員入学だったからではなかろうか。

それを窺わせる四回生の西弘二の回想がある（岡嶋輝夫編「五十年誌」私家版・『新高八十年史』所収）。春夫二年次への進級前の明治三十八年三月のことと推測される。西は二年次の編入試験を受験するため、初めてひとりで潮岬から新宮にやって来ている。年少であるため途中親切も受けるものの、新宮では宿所を探すのに困難を強いられている。そんななかでの編入試験は、一年生の学年末試験と同じものであったというから、春夫も一年生末に受験したものであろう。西は英語の成績が良くなかったけれども、その後面接指導があり、夏までに他の生徒に追いつける自信があるか訊ねられ、頑張るように力づけられて入学を許されたのだと言う。

さて、第一回生の動向で他の県内の中学校（和歌山中学・田辺中学・粉河中学・徳義中学）と比べて際立っているのは、「海外渡航せし者六名」を数えていることである。校友会誌には「渡米　英文学研究」と記されている。当時『渡米雑誌』なども刊行されていて、渡米熱が盛んであったが、必ずしも「英文学研究」などという悠長なものとはいかなかったはずだ。

春夫より三級下で太地出身、当時寄宿舎生活を送っていた石垣栄太郎は、明治四十二年九月中途退学して、先に渡米していた父に導かれてアメリカに渡っている。第一回生等がアメリカからの便りを『会誌』に掲載したりしているから、栄太郎も目にしていたろう。そうして、この退学の時期は、後述するように、まさに五年生の春夫が、講演会登壇事件で無期停学を言い渡された時期に照合し、その後中学のストライキによって、寄宿舎生も巻き込まれてゆくのであるが、それは栄太郎が退学した後のことで、すでにアメリカの地に足を踏み入れていたのだろうか。また、「大逆事件」後のことというが、教会で「天皇とキリストとどちらに深く頭を下げるべきか」と問うた日本人に、日本人牧師は「天皇には軽く、キリストには深く」と答えた際、「そうだ」と同意の大声上げた栄太郎は、牧師ともども在留邦人の迫害を被り、身の危険を感じて逃亡せざるを得なくなった。やがて片山潜などの社会主義者などとも出会い、抵抗の画家として「鞭打つ」などの出世作を発表して、抵抗の画家としてアメリカ社会で認められてゆく。

・春夫の新宮中学学生生活から―海外出稼ぎ子弟と通学路探索

春夫の『わんぱく時代』（昭和三十二年十月から翌年三月まで『朝日新聞』夕刊に一四四回に亘って連載・挿絵を和歌山市出身の画家川端龍子が担当）の「遠い学校」の章は、「小学校とは違って遠い学校へ通うようになったため、僕は寒い日も早く家を出なければならない」で始まる。さらに次のように続く。

本町の四辻から直角に曲って横町通りを一直線に南のはじまで約一キロぐらいか、ぶっ通して苦しくない程度の速歩で二十分以上を要する距離である。僕はまだ時計を持たず友だちに借りて時間を計ったものであった。
この中学校はおかしな学校で、出稼ぎの人の子供に限ってみなだれよりも早く懐中時計を持ち、そればかりか彼等はまだ一流の学者でも新しいもの好きな二、三人しか万年筆というものを使わないころから、みな最新式の万年筆を使っていた。彼等は南筋出身の学生で、それぞれに父兄がアメリカ出稼ぎに行っていたから、子弟の中学入学祝いには申し合わせたようにワンダラ・ウォッチと万年筆とを送って来ていた。僕はうらやましくて、ある時こっそりと、万年筆や時計などは貧乏人の持つ品物だと言ったら、持っていない連中はみなよろこんだ。笑ったのはみな、僕と同様にそれがうらやましい町内の仲間なのであった。

文中に「彼等は南筋出身の学生」とある「南筋」とは、「海岸筋」と言い換えてもいいもので、海外に、特にアメリカ、カナダ、さらにオーストラリアの真珠貝採集などの出稼ぎを多く輩出している地域で、三輪崎、太地、下里など、それに潮岬も加味されよう。

話はやや逸れるが、春夫の実家、下里の八尺鏡野（やたがの）にある「懸泉堂」の近くの下里小学校の校歌は、戦前の昭和八年に佐藤春夫によって作詩されている。曲が付けられたのは、しばらく後のようだが、戦前から唄われてきた古いもの。その四番まであるうちの二番が、「奥はけはしき荒山も／ここは姿なごやかに／名も大丸の山と呼ぶ／その山すそのわが校舎／うべもとみけりとのつくり」である。

多くの卒業生、年配の方を含めて、最後の一節「うべもとみけりとのつくり」の意味がわからないまま歌ってきたと、よく耳にする。春夫の詩には「うべさかしかる」などともあって、「うべ」は漢字で書けば「承諾する」などと言うときの「諾」という漢字が当たる。「ああ、納得した、この立派な作りの富んだ校舎は」というような意味であろう。この学校の校舎は、海外に出稼ぎにゆき、その仕送りのなかから、寄付されてできたのだということを、強調しているのだ言える。当時としては立派な木造二階建ての校舎（昭和二年十二月に新築校舎の礎づきが、多くの人々が集まって行われている）が、この下里の地に建てられた。

それより先、昭和二年四月にアメリカ人形が送られてきたり、在米の人によって郡内で初めてピアノが寄贈されたりしている（六月）。同じ年の四月には、三輪崎小学校の校舎が県下初の鉄筋コンクリート造りと言うことで話題になっていた。総工費八万円の多くは、出稼ぎ者からの送金に頼って建てられたもの。また、歌詞の大丸山とは懸泉堂の裏山のことである。

さらにこの校歌では、三番、「学ぶべきもの書のみか」とあり、「まなこをあげて山にとへ／耳かたむけて波にきけ」と続く。山や海からも、つまり自然からも学べということを強調している。臨川書店版の『定本佐藤春夫全集』は、校歌や社歌や市歌なども掲載されていると評判になったのだが、隣の三重県熊野市にある木本高校の校歌も、佐藤春夫の作詩である。三番に「なぞ書にのみ学ばんや／目を挙げて見よ熊野路の／深山に海に行く雲に／啓示は尽きぬ天地を」になっている。ここでもやはり、書物だけじゃないよ、熊野の自然から学べ、と言っている。

ところで下里の地は、多くの移民を出した地域でもある。雄飛するという心意気が盛んな場所でもあった。アラスカ方面に出掛けてラッコの捕獲で成功し、「ラッコ・サイベイ」という異名をとった橋本才五郎などもいる。春夫が直接橋本から聴き書きした作品が、「太平洋双六―ラッコオベエ老人物語―」である（全集では初出未詳とあるが、『公論』昭和十五年一月掲載。初出には「老人」の表記がある。『びいだあ・まいやあ』文園社、昭和十五年所収・ラッコ捕獲はその後禁止になる）。春夫ら新宮の町の者が羨ましがった、海外渡来の成功者の子弟の群は厚かったと言える。

＊

先ほどの中学校への春夫の通学路が遠くなったことに関して言えば、「本町の四辻から直角に曲って横町通りを一直線に南のはじまで約一キロぐらいか」との記述は、正しくはないと指摘するのは、清水徳太郎の「春夫の通学路」の文章（『熊野誌』三五号・平成二年二月）である。「本町の四辻」から直角に、現在のように、「横町通り」がすぐに一直線になっていたのではなく、少し行って曲折するのを春夫は無視していると言うのだ。そこに、春夫の深層心理を読み取っているのは面白い。清水の記述によれば、

左側、曲り角は厚い木の格子の入った尾崎銀行の建物、ここを左に曲がると横町。（略）銀行の隣にしもたやが一二軒あって福田時計店、次がまからんや帽子店、その次が洋館づくり―タテに上下する二枚の細長いガラス窓、短い廂、横に板を張りつめ、白か青かのペンキで塗立てた典型的な明治の洋館仕立て―そこで、亦、道は右折し今度こそ真直ぐ南へ延びて行くのである。

とある。正確に言えば、少し行って左折し、まもなく右折して直進と言うことになる。

この洋館風の建物こそは、春夫にとっては「初恋の人」大前俊子の生家の瀬戸物店であった関係から、春夫は曲がり角の曲折を省くことによって、春夫の心の曲折をも回避したのだと、清水は推測している。

清水は、昭和四十年代の町の撮影写真を挿入しながら、『わんぱく時代』に描かれた通学路を三つに整理している。先の「一直線」に加え、まず三番目として挙げるのは、

道をいろいろに歩いてみたが、家の表門からおしも屋敷を仲ノ町に出て、谷王子（たんのじ）の女子高等小学校門前の井戸のわきを登って、日和山につづく丘陵を越え、町の中心にのさばっている明神山の東麓の寺などのあるさびしい山際のだらだら坂から藺ノ沢（いど）の浮島の前をはじめ真南に、それから斜一直線の畑中の道を校門まで突き切るのが表通りを行く直角三角形の二辺に対してその斜辺に当る距離だし、人通りが少なくて走るのにもじゃまが少なく、樹木が多くて夏は涼しく、東南を受けて冬は温い。山道の寺の庭からは桜や木蓮などが道に散りかかったし、畑に出ると季節によって菜の花や豆の花、ソバの花などが眼を楽しませた。僕はよろこんでこの道を通うことにした。

のである。ここには、女学生への関心を引き立てられる少年の好奇心が仄見えている。「明神山の東麓の寺などのあ

るさびしい山際のだらだら坂」は、現在でも残っており、寺は真宗本願寺派の「仏照山専光寺」である。

順序は後先になるが、二番目に数えているのは、

僕は書物のために、学校への通路も変えた。夏は涼しく冬暖かに、路に変化があって、路傍にも同級の女子たちがよろこび遊んでいるのが見えるあの楽しい路のかわりに、町の大通りや、通りと通りとの間を斜めに横ぎっているせせっこましい抜けうらの小路などをえらんだ新しい通路を毎日の通学の路としていた。往き帰りに本屋の前を通るためであった。

と言う。「通りと通りとの間を斜めに横ぎっているせせっこましい抜けうらの小路」は、新宮では「セコ」と呼んで、水路を塞いだどぶ板などが架けられていた。ここの「本屋」は今出丹鶴堂、主人は「草根木皮（くさねもくひ）」と名乗った趣味人、鏡水と号した春夫の父豊太郎とは俳句仲間、雑俳仲間には禄亭と号した大石誠之助が居り、二人の奈良県月ヶ瀬への探梅紀行が残されている。

春夫はこの書店で、月二〇円ほどの書籍を買い込んでいたという。その中には、永井荷風の『あめりか物語』、島崎藤村の『藤村詩集』や『破戒』、森鷗外の『うた日記』などの名作もあったと、春夫自身が明かしている（『わんぱく時代』）。

この二番目の通学路こそ、やがて、「新聞雑誌縦覧所」にも巡り合い、三年級での落第という苦い体験を経て、〈春夫文学〉開眼のきっかけになる道筋ともなったものだ。

・新宮中学生の投稿熱

春夫より八歳年長で明治十七（一八八四）年生まれの和貝彦太郎（号は夕潮）は、明治四十年三月に新宮中学を卒業した第二回生であるが（春夫は四回生として入学した）、中学生の投稿熱について次のように述べている。和貝は春夫等

の世代を「文学」への傾向に導く、その先導役を果たした人だった。自身も中学時代に投稿熱を煽った一人である。当時東京では青年子女（中学・女学生）を対象とする多くの文芸雑誌が発刊され、各地からの投書学生が自然グループを形成していたが、その主なるものは「秀才文壇」「中学文壇」「文章世界」などで、私たち熊野グループの面々もこの時流にのり、割合に優勢を持続していた。新宮中学は学科勉強主義の学校で、成績のせり合いが激しかった関係上、いつの間にか脱落者相つぎ、ついに私一人が踏み止まって投稿を続けるうち、程度の高い「文庫」「新声」に舞台をかえるに至った。（「熊野文壇の回顧」『熊野誌』七号）

ここに引用されている『中学文壇』の明治三十七年八月発行の第一四七号によれば、和貝自身が盛んに投稿しているのが分かる。「軍国文壇」欄では、「北韓の夕月」と題して、おそらく日露の戦役を報じる新聞などを手掛かりにしたのであろう、血に染まって戦いに倒れた愛馬、白馬の骸の前に佇む若き兵士への思いを、感嘆符や読点を多用して記述している。夕日から夕月へ、「戦果てし北韓の野」を描いている。「和歌山県立新宮中学校　和貝蘆風」とあって、「蘆風」は和貝の俳号である。同じ号で「新体詩」、「和歌」（佐佐木信綱選）、「俳句」（伊藤松宇選）にも採られている。

さらに目につくのは、先輩の一回生保田宗次郎の活動。『中学文壇』の同じ号に、「昏(く)れの吟声　紀伊新宮中学　保田宗次郎」が採られている。短いので全文引用してみる。

ふりさけ見れば、白砂疎松の王子が浜は、夜の自然につゝまれて、東仙精舎の七堂伽藍、地上にうすく影を印するの時、「孤軍奮闘をついて…(以下ママ)…。……絶壁の間。／吾が剣已に折れ吾馬斃(たお)る。……古郷の山。」絶＝漏＝絶＝熊野み浜の風に動き、松より畑、畑より田、田より川、川より橋、橋より庭を徘徊ふ吾耳に伝はりぬ、幽静なり、閑遠なり、自然の定め、こゝに妙を含む⁉

評として「吟詩断続のところ、趣向なり、読者注意すべき点か」とある。保田もまた、和歌や俳句でも採られている。

保田はまた、談話、弁論でも秀でていたようで、生徒や職員間で校友会設立の機運が高まり、有志らで学校当局に幾度か陳情して校友会が誕生した時、生徒代表として挨拶しているのは四年生の保田である。それは、明治三十七年七月九日で、会長は校長なので学校の管理下にあり、校長の「発会の辞」などもあった。二百余名の参加者の一人が、一年生の春夫であった。春夫はその日の日記に「今日校友会式で保田宗次郎の演説があったがあまり感心もせなんだ」と、一言記すのみである。校長の「発会の辞」などには、一切触れていない。

第一回生の保田は、渡米組のひとりで、新宮中学校友会の『会誌』五号（明治四十二年三月）に「米国通信」を書いている。明治三十九年八月に新宮を発って神戸からアメリカへ渡航する様子が日を追って記述されていて、九月十一日にロスアンゼルスに到着している。また同会誌には、四年生春夫の「小品数篇」も載っている（九一頁参照）。

＊

春夫にとっておそらく活字になった最初の文章に「予の好きな友人」がある。明治三十九（一九〇六）年四月『日本少年』に投稿されたもので、臨時増刊として刊行された『懸賞当選少年千人文集』に収録された。「予の将来の目的」など、一〇の項目の一つに「予の好きな友人」の項目がある。昭和十一年二月の『綴方生活』（昭和四年から十二年にかけて刊行）五六号に、「三十年前の少年文」として再録されたのは、著名作家の初期の文章ということで、五等当選七〇人のうちの一編としてであった。「紀伊新宮町熊野病院内　佐藤春夫（一四）」とある。また、再録文に「我が家の庭園（選外佳作）　和歌山県東牟婁郡新宮町新宮男子高等小学校生徒　永田衡吉（一三）」が続いている。永田は後に劇作家として名を成す。

予の好きな友人、僕は躊躇なく云ふ鳥井輝夫君、鳥井輝夫君と僕とは同級で体の丈夫な目の大きいくり〳〵肥えた見るから元気のよい少年ですそしてテニスのチヤンピオン野球のキヤツチヤー学問の可なり出来るして悪いことはどし〳〵云つてくれる僕等にはこよない好友人！
　僕は鳥井君が大好きだ登校する時でも十分間の休息時間も学校を退る時でも復習する時も遊ぶ時も何時でも僕と共にして兄弟も及ばぬ程仲がよくつて交り始めて二年にもなるが未だ只の一度も口論さへしたことはないそれ故同級間では僕等をおし鳥と云ふ
　僕は人が何と云はうが必ず長く交つて互に助け合はうと約束して居るのだ。
　僕は鳥井君と遊ぶことは一番楽しい去年の夏休みにも共に瀞八丁へ行つて来たのだで今年の試験休みにも又行かうと今から楽しんでいる
　しかし何故こんなに親しいかと云ふ事は自身にも解し兼ねる
　唯意気相投ずと云ふ友人だ！　益友だ!!

　中学二年次のこの作文からは、まだ春夫のその後の才覚というものはあまり感じ取れない。そこには何か、ホモセクシュナルな雰囲気も伝わってくるが、またこの頃は、後述するように、初恋の人との出会いがあった後でもある。がその全文で、「評曰、みんな羨んで居りますよ」と寸言が付いている。

　ホモセクシュナルということで言えば、春夫の『南方熊楠　近代神仙譚』（河出文庫）の解説「今なお色あせない名著」で、唐澤太輔が「本書が、今なお色あせず、むしろヴィヴィッドに我々に迫ってくるのは、佐藤春夫の抜群の言語センスと鋭い洞察力によるものであろう。また、その素晴らしい構成力にも感嘆させられる。例えば、羽山家との不思議な関係（縁）についてである。現在でこそ、熊楠と羽山兄弟（繁太郎・蕃次郎）との深い関係（同性愛的関係）の研究がされつつあるが、そのような事柄がまだ曖昧だったであろう頃に、既に佐藤は、熊楠と彼らとのつながりにしっかりと着目しているのである」と指摘していることが思い出される。春夫はただ本書の「渡米前後」の章で、熊楠の岩田準一宛書簡を引用して述べているだけなのだが、岩田が同性愛研究等で著名であったことからすれば、羽山兄弟についての言及そのものが、そこに言外の意味が隠されているのかも知れないという解釈である。「鳥井輝夫」は「岡嶋輝夫」の仮名である。岡嶋の「嶋」が「山」に「鳥」だから、「鳥井」の姓が思いついたのではとする考えも面白い。それは、岡嶋輝夫の孫娘西本元子が、再録された「予の好きな友人」を読んで推測している（「春夫と我が祖父岡嶋輝夫」『佐藤春夫記念館だより』一九号・平成二十六年九月）。西本によれば、貧家に育った祖父は小学校三、四年頃から酒屋に丁稚奉公しながら通学、養父亡き後養母と文房具店を始め、ようやく中学校へ進学できるようになった。春夫より二歳くらい年上であったという。毎日のように春夫宅を訪れた。教科や教師の好き嫌いにムラのあった春夫を心配した母親は、「多分、くそ真面目で「優等生だった」祖父に、「一緒に勉強してやって下さい」と云って、行くと歓迎して下さった、それも嬉しかったようです」と、西本は記している。

岡嶋本人が「佐藤春夫君の想出」を書いていて（講談社版『佐藤春夫全集』月報五・昭和四十二年四月）、次のような記述がある。玉置口で校長をしていたのは、実父であろう。

その瀞行というのは、中学二年の夏休みに私の父が瀞峡の下手一キロの、玉置口村の小学校にいた関係で、遊びに行こうと誘ったのであった。新宮から約十里の山路を、暑い日中を弁当腰に、歩いていったものだった。

翌る日一日は、小船を浮べた瀞八丁は、両岸屹立した巌石の間を澄み切った水が深淵をなし、山の緑と岩の色とを調和して、水に写った美しい景に、少年佐藤もだまって見入っていた。一日船遊びにつかれて帰ってから私の父に「瀞峡の事はよく聞いていたが、あんな処とは思わなかった」と盛に感想を述べていた。

彼は幼少の時から文学書をよく読んだ。家の蔵書を読みつくし、新刊書を手当り次第買い込んだ。二年の頃にはフランス文学書も読んでいた。

書斎は母屋から少し離れた家で、押入は全部書棚にしていた。それを目あてに私共は押しかけていって、好きな本を引出して、寝ころんで読みふけったものだが、書評や、文学論では歯が立たなかった。

岡嶋らとの〈瀞行〉は、春夫にとっても忘れられない体験であったとみえて、春夫は「旅の思ひ出」（『東京新聞』昭和三十一年七月、八月連載）で、「草鞋脚絆の二日旅」として、（上）（下）に亘って書いている。

中学生らの投稿雑誌が、実用性や日露戦後の時代への即応を求められ、むしろ〈文学〉臭を削ぐものとして作用したことも指摘しておかねばならない。投稿熱が盛んになることは、逆に、当時の文学界を席巻しつつあった〈自然主義文学〉などを、「危険なもの」「排除すべきもの」と認識させていった。春夫の当代の〈文学〉への興味、関心はしだいに育まれつつあつたものの、〈表現〉として噴出するまでには、もうしばらく時を待たねばならない。そんななかでの『明星』への投稿が、和貝彦太郎によってなされ（明治四十一年七月号）、「白鳥吟社（はくうぎんしゃ）」での春夫らの和歌が、石川啄木の選に掬い上げられたのだった。

・春夫の新宮中学生活あれこれ

同級生で、下里の「懸泉堂」の縁者であった汐﨑慶三は、春夫の新宮中学一年次に描いたと言う水彩画を大切に保管していた（口絵写真3参照・現佐藤春夫記念館所蔵）。昭和三十四（一九五九）年七月、湯川楼に宿泊していた春夫を訪ね、久闊を叙した後、その水彩画を見せ、「少年時戯画　春夫」という筆書き、つまりお墨付きをもらった。犬を連れた異国の少年風の姿と右側にやはり異国風の家々が描かれている。その背景に大きく湾曲した川が描かれ、三反帆らしい河舟が描かれている。そうすると、これは団平船（だんべえ）と言われた、熊野川の河舟である。異国風の街並みも新宮の街のイメージなのだろうか。同じ頃、春夫は鞠と遊ぶ猫の絵も描いていて、「ひさかたの　ひかりのどけき小猫かな　ハルヲ」と添え書きが付いている（口絵写真3参照）。

汐﨑はまた、「新中二年頃の佐藤文豪行状記」という、メモ風の回想記を残している。それによると、国漢担当の小野芳彦は、「佐藤の作文はもう私が訂正することができない」と驚嘆していたという。作文の力を付けるにはどうすればいいか、春夫に訊ねたところ、「君は談話部委員で話がうまいじゃないか、話す通りに書けば良い」と、言った。汐﨑の下宿にやってきてこの本を読んでおけ、と置いていった本は、さっぱり内容が理解できなかった。春夫はガキ大将で、部下を督して、無邪気ないたずらを、特に若い教師たちに仕掛けたと言う。教卓の白墨箱に、蛇や蜘蛛を入れていたりして、それぞれの先生の弱みを知ってのいたずらだった。さらに入口の床や教壇に蠟を塗りつけて転ぶのを待ち構えたり、空き缶に水を入れ、入口の戸に仕掛けたり、さらには教室に目覚まし時計を持ち込んで、僕は懐中時計がないのでと言って、嫌いな時間中に鈴を鳴らしたりしたと言う。朝礼で校長が、最近生徒に頭髪が長いものが目立つ、と訓戒した時は、翌日二名の者がすっかり剃刀で剃って青坊主になって登校した。ひとりは春夫であった。飴玉をしゃぶってリーディングの授業を受けている時、急に指名された。飴玉を呑み込んだために眼を白黒させる「ハップニング」もあった。―汐﨑が記す春夫の中学生活の、いたずら好きの一面で、それぞれの行いに付いて、理屈を付けて反論するものだから、教師も叱るに叱り切れなかった。

現在残されている小野芳彦の明治三十九年度学籍簿によると、三年次作文の評価は、殆ど一〇〇点、九五点で、断然他の者を上回っている。

＊

新宮周辺で教員生活を続けた岡嶋輝夫は、新宮中学卒業後五十年に当たる昭和三十四年四月に、私家版「五十年誌」を編んでいる。限定二五部という僅少であったが、二五名の同級生（新宮中学第四回卒）に語らせた貴重な文献である。本来なら同級のはずであった五回生春夫が書を寄せ、口絵を飾っている。「旧友たちに示す　もろともにあハれと思へ　やまざくら　紅顔老いて　ミなしなびたる」の色紙。

なかに先の汐﨑慶三が「十月三十日事件の真相」を書いている。明治三十八年のこの日、博物の授業をボイコットした詳細な記録である。「目的」は「言葉のわからぬ博物教師佐藤信治先生を栄転せしめんとしてストライキを断行す」とある。参謀格として、春夫も参加したことになっている。

　これより先、明治三十七（一九〇四）年四月十四日、入学直後の春夫は、日記に「今日博物があつた、博物の先生は一番生徒におしえる事がうまい、これより後もかよーな先生にならいたい」とある。多くの生徒も同様な感想であったのだろう。この時の博物担当は明治三十五年五月着任の川北実であろう。川北は書道も担当したようであるが。二年次になって、博物はこの年赴任してきた佐藤信治に変更したので、余計に反動、反発は大きかったのだ。

　春夫が中学に入学して、博物の授業に興味を持った理由の一つは、春夫が見つけた「たからもの」に関係している。新宮中学に入学する直前の三月二十日「春季皇霊祭」の日の日記に、「今日ハ天気ガヨイノデ大久保ト二人デ城山へ遊ビニ行キマシタソレカラ小浜ノ方へ下リテ石灰ヤクトコロヲ見テカヘツテキマシタ」とある。春夫の鉱物嗜好は、中学入学前から芽生えていたものとみえる。「わが生ひ立ち」（『女性改造』大正十三年八～十一月）に、「たからもの」の章がある。

「そのころ私に一つのたからものがあつた。それはたつた一つの石であつたけれども、私はその後の生涯でも、あれほど長い間、あれほど純粋に愛したものは、二つとないと言つてもい、やうな気がする」で書き始められる。石への思い入れは、場所とも結びついていて「このあたりの変化のある土地は、そのころ私の最も愛した遊び場所であつたが、全くあそこほど私に影響を与へた場所は無いのぢやないかと思ふ」と言う。それは登坂から熊野川へ下りる狭い山道を抜けた所の川淵にある「小浜（おばま）」の地で、やがて『わんぱく時代』の重要な舞台ともなる場所である。

　中学一年になつて私は鉱物学といふものを学んでゐるうちに、ふと四五年も前に私にあれほどの熱情を湧かせたものは果して何であつたかゞ知りたくなつた。そしてその石が今でもあそこにあるかどうかを案じながら、覚えのある場所へ行つて見た。そこには依然として私の石があつた。（略）その石は、大部分大理石で、その中に方解石が眼（がん）になつて出来てゐたことを知つた。教師は私がそんな重い標本を遠くから持つて来た熱心を他の生徒たちの前でほめてくれた。

その教師に対して、授業ボイコットの策に出た。東北訛りが聞き取りがたく、不平が募るばかり。

春夫は、『わんぱく時代』の「遠い学校」の章で、

興味のある新しい学科の博物は、先生が東北生れで、僕が崎山からもらった石灰石の大きなのを運んで行くと、「シトウはマンズメでカンスン」とほめてくれた。それで僕は「カンスンのマンズメ」というあだ名を得た。この言葉でもわかるとおり、鼻にかかった東北弁のだみ声は聞き取りにくく講義はわからない。（略）それよりも東北人のねちこちした性格が南国の軽快を喜ぶ気風には合わない。こういう感情はすぐ相手にも反映するもので、先生の方でも小ナマイキに軽佻（けいちょう）な小僧どもと言いたげな様子がそれとなく見える。双方のこの気持のせり合いに、せっかく面白い時間が不愉快に終る。

と、述べている。さらに「あまのじゃく」の章では、

あの東北出身の博物の先生を追い出しにかかったことである。もっともこれは僕が首謀者ではなく、首謀はごくマンズメなはずの級長と副級長とか、これでは一同の学業も進まず、先生も気の毒だから、どこか先生の言葉のよくわかる地方へ転任してもらった方が先生のためにもいいという、立派な口実をもって、実は戦争にそそのかされたヤジ馬気分ではじめたことに、僕はやっぱり参謀格で偵察や連絡など二、三の配下をつれて加わっていたらしい。当の首謀者がこの「わんぱく時代」に書きもらさないようにと、この間くれた手紙が僕の記憶をゆり起した。

首謀者たちは町の子ではなかったから、町の地理に不案内で、一同の集合地点や集合方法などを僕に相談したのに対してよせばよかったのに僕が提案したものらしい。

とある。この手紙の主は汐崎であろう。

春夫は、教室を退出してゆく様子を描写した後で、

> 博物の先生のあの愚直げな顔が五十余年を経た今も目について申しわけがない。
>
> 博物の先生は、ついにその学年末に転任になったが、転任先が果して出身地に近い東北の地であったかどうかはだれも格別注意もしていなかったし、その後の消息も、まるで知らない。

と、悔悟の念を記している。春夫には一抹の後ろめたさが残った。

汐﨑自身の文章によれば、「汐﨑は近日退学の沙汰があると待っていたが、何らの通知もなく、全級無事に目的を達した。佐藤先生は一週間後転任され、御出発の日汐﨑一人後姿に合掌してお別れした」と言う。『会誌』二号（明治三十九年三月）の「校友会日誌」の項によれば、明治三十八年十一月二十日「佐藤先生職を去らる」と一行記すのみで、着任はこの年二月二十七日であったから、十ヶ月に満たない在職であった。履歴書によれば、明治元年七月仙台市の生まれ、月俸三〇円で教諭心得として赴任している。「依願職務ヲ免ズ」とだけあって、その後の足取りは分からない。

*

この十月三十日の坊主山（ぼうずやま）に集合した授業ボイコットは、後述する明治四十二年十月の、新宮町を巻き込んで展開された大々的な新宮中学の同盟休校と比べれば、単に一クラスの小さな些細な出来事に過ぎない。しかしながら、理不尽や不合理を感じ取ったとき、正面切って抗議する姿勢が育まれていったと言えるのかもしれない。

首謀者とされる汐﨑は下里の出身であったので、新宮の町に下宿していたか、寄宿舎に入所していたかであろうが、新宮中学の寄宿舎「神風寮」は、明治三十八年四月開設され、それはちょうど五回生が入学したときで、春夫や汐﨑らは二年次であった（口絵写真10参照）。寄宿舎は運動場の北半分を占領、南北二棟で、校舎一棟分相当、県下でも最高、最新を誇ると言われたから、たちまち七〇名近くが入所した。当時、二七〇余名の生徒数で、徒歩通

学生一二〇名ほど（四五％）、下宿か寮生は一五〇名（五五％）ほどであった。集団生活が始まれば、伝染病など病気への配慮も当然要求されてくる。明治三十九年の和歌山県の湯浅地方でのペスト流行は、幸い熊野の地まで及んでくることはなかったが、四十一年の脚気流行は、舎生の半数が罹患した。末梢神経から中枢神経が冒され足元がおぼつかなくなり、重症化すると心不全を起こすこともあった。日清戦争や日露戦争でも兵士の脚気問題に悩まされ、戦病死の多くがこれであったと言われている。陸軍と海軍とで見解を異にし、その対処が定まらず、早くから海軍は麦飯などで対応したとされるが、原因は不明なままで、細菌説なども横行した。日露戦争にも従軍し後に陸軍軍医総監も務めた森鷗外は、むしろ細菌説に近かった。そんな状況下で、新宮中学寄宿舎では早くから麦飯などで対応していて、先見の明があったといえるが、脚気流行の気配は収まらず、翌年の夏季休暇の延長にまで及び、後述する春夫無期停学処分に影響してくるのである。

春夫が『会誌』五号（明治四十二年三月）に書いている「小品数篇」の全文を、次に引用してみる。

　少なくとも、其の当時の自分の頭は、間違つてゐた。自分は森林は写生せられる為めに、また物思ひに耽る自分を逍遥せしめる為めに、造られてゐると思つてゐた。今、森林の奥から聞える伐木の音は、かう信じて居た自分には、他の人よりより大きなひびきとして聞える。

　〇

　文字の如きもの丶刻まれた石片が畑中から探り出された。博士らは集うて読まうと試みたが遂に読めなかつた――偉人の勲功を表はしたものであるか、それとも、亡国の恨をのこしたものであつたか――石片は前世界の遺物であるから……。

　〇

　ほこりを浴びて古ランプが物置の隅に置かれてゐる。

電気燈が出来てから必要がないと云ふのだ。石油などは無論入つてゐない。唯、二寸ばかりの短かい先端が黒くなつた心(芯、ママ)があるのみだ。

○

僕の時計は壊れて仕舞つた。もう直らぬさうだ。いくら振つて見ても、新しかつた当時のカチ、カチは無論、古くなつてからの濁つたセコンド音をたに今(は)(だカ、ママ)聞くことが出来ない。針は昨日も今日も五時二十六分を指し示してゐる、恐らく明日も明後日も十年後も百年後も……。

僕はかう思つて時計の針を動かしてやつた。針は動いた。しかも音のしないのを、とう(ど)しやう。

○

学校の図書室から蓄音器がひびく。生徒が皆それをとり囲んで聞いて居る。否、見て居るのだ。後の方の者は背のびしてまで蓄音器のひびきを見て居た。

「馬鹿だなあ、蓄音器を見る奴があるものか」と云ひながら、私もやつぱり何時の間にか蓄音器を見てゐる馬鹿の一人となつて居た。

中学生活の一端をほんのスケッチ風に認(したた)めたものだが、校友会誌という、どちらかというと当時の国家観や国勢などの意気盛んな文章が多い中で、さらに時代の道徳観のようなものが反映されがちななかで、淡々とした筆致はむしろ新鮮味があり、余裕さえ感じ取れる。春夫の表現世界の拡がりが、十分にうかがえるものだが、ここに至りつくまでには、果敢に挑んでいる短歌の革新から、散文世界への関心の深まり、さらに何より、落第と言う屈辱的な体験や初恋の人の面影などを宿しながら至りついたものだったということを確認しておく必要がある。

・初恋の人、大前俊子との出会い

春夫にとって女性に興味を抱き始める思春期——「南国生まれのわたくしははなはだ早熟であった。そうして色情と詩情とはほとんど同時に知った。思うに、この二つは根本では全く同質のものではないだろうか。少なくともわたくしにあってはそう思われる」（「青春放浪」『読売新聞』夕刊・昭和三十七年四～五月）と述べている。

これまでも引用してきた春夫の作品「追懐」（『中央公論』昭和三十一年三、四月）の、「その十　三人少女」は、女学校に通う二少女から、もうひとり、本命の少女の記述へと展開してゆく。

わたくしは女学生の多く通る町筋を逆行して進む事にした。するとその町では、わたくしの通学時間には、おほよそ六七町に及ぶこの町筋にはえび茶袴の女学生が絡繹（稿者注・人や車馬の往来が絶えないさま）として、或はひとり或は二人三人の不規則な縦隊が進んで来る流れに逆らつて進むわたくしは、金魚の群を突破する鯉のやうに颯爽とふるまつてゐる自分を意識しないでもなかつた。さうして山かげの石垣の間や田圃の小路で見出す花よりも、町で見るこれらの少女たちの顔の方がもつと楽しいものと思ひ初めるやうになつてゐた。

町立新宮高等女学校が、和歌山市に継ぐ県下二番目の高等女学校として開校するのは、明治三十九（一九〇六）年六月のことで、地元の富豪尾崎作次郎の還暦祝いの寄付が発端となった。町内には、大正六（一九一七）年の町立商業学校が開校するまでは、なぜ女学校が先で、商業学校ではないのかという不満がくすぶり続けた。春夫は三年次である。ただ中熊野地にあった第二尋常小学校校舎（第二尋常小は後の蓬萊小であるが、当初は本州製紙工場社宅付近にあった。新宮駅近くに移転するのは大正六年、校長が自宅裏山から移植した大藤棚は同校の名物になる）を借用しての「間借り」での出発であった。新校舎が上熊野地（やがて丹鶴通りが完成し、丹鶴町になる）に完成し、第二尋常小から移転するのは、翌年の九月である。大正期の初めに新宮鉄道が開通し、町立高女の南側に少しずつ建物が建ち始めるまでは、徐福の墓を除けば、坊主山や広角の麓まで見渡す限りののどかな田園風景で、牛の泣き声なども聞こえてきた。方角こそ違え、新宮中学と環境的にはほぼ変わらない田圃の中の校舎だった。春夫もその後、この新開地の徐福墓畔の家に住むことになり、姪の智恵子（関東大震災後転校を余儀なくされた）はここからほんの目と鼻の先の女学校に通う。

新宮高女生の服装は、着物の袖丈の規制はあったようだが、それ以外は割と自由で、袴は白線二本入りのエビ茶色と決められていた。この白線の二本線こそが女学生のプライドであり、町の娘からも羨ましがられた。町の人たちは、「ツーライン」とか「ツー」とか呼んで、高女生の代名詞のようになった。モス（モスリンともメスリンとも）の紫の風呂敷に教科書本を包み、弁当は赤い風呂敷包み、通学時の履物は、「利休下駄（日和下駄とも。木地のままの二枚歯のもの）」。まだ石ころが多い道はさぞ歩き難かったことだろう。履物が靴になるのは大正二年のことであった。

新宮高等女学校は大正二年四月から郡立に移管、大正五年四月からは県立に移管している。

春夫が、「かうして毎日行き交ふ間に、一週間ほどしておほよそ四五十ほどの顔をおのづと見知る事になつた。そのうちの二つ三つほどは幾日も経たずに、二三町も前方から顔ばかりではなくすがた形を一見して見分けがつくやうになつた」と言う。そのうちの二人、「一つは品種の悪い薔薇のやうな、一つは白百合のやうなこれら行きずりの二少女」と、春夫はやや冷ややかに形容しているが、それは第三の女性に言及するための序章であるからで、彼女たちのその後を記述する際にはフィクションを忍び込ませている。

『わんぱく時代』では、「町に、一二を争う材木問屋の豪商尾山松蔵のむすめで、色白の大柄、明眸皓歯にこやかに、全級がこれを美とするのは僕も同感であった。天質の美に加えて富豪の子はいつも身ぎれいに装い、もの腰上品にしつけられていた」「尾山瑞枝さん」として描かれている。また、「九つの時だつたと思ふ」として、小学生時代、腹が痛くて便所に駆け込んだ時、ドアを開けてしまい、その女の子がしゃがんでいるのを眼にして、顔が真っ赤になった経験を記し、それ以後、その子を見るたびに顔が真っ赤になる習性になってしまったとして、「これが僕の「ヴィタ・セクスアリス」の第一章である」とも述べている（「回想　自伝の第一頁」『新潮』大正十五年）。

春夫と小学校以来の同級生で新宮中学へも一緒に通い、春夫の日記にもしばしば登場する玉置徐歩（大石誠之助の兄玉置酉久の三男）は、「佐藤との昔話し」（『熊野誌』一二号・昭和四十年十一月）で、「今地方事務所になっている所にあった新宮女子高等小学校の前を通り、運動場に沿うて歩き、登校前の新鮮な気持で白線の二本入の袴をはいた水野のおときさん、尾崎のやっさん、和田しず子さんなどの後ろ姿や横顔を見るのが狙であった」と、告白している。「尾山瑞枝」のモデルは、先に新宮高等女学校設立に際し寄付を申し出た尾崎作次郎の娘尾崎やすゑである。やすゑはその後、初代の新宮病院長として赴任してきた西川義方と結婚することを、新宮病院の開院について記述したところ（四〇頁参照）ですでに述べた。

＊

その三番目の少女、本命の少女こそ、高等女学校生ではなかったものの、「わたくしの意中にはその特別にひとりの少女」（「追憶」の「三人少女」）がおり、四、五年前から知り合っていて、通学路から「大きな角店の」二階のカーテン越しの彼女の振る舞いなどが仄見えるのが楽しみになった。

春夫が「黒瞳の少女」とか「お伽話の王女」（「私は恋愛とともに生育する」『婦人公論』大正十年十月）とか呼んだ「初恋の人」大前俊子（戸籍面では「とし」）との交流は、次のような事情で始まった。

後年の『詩文半世紀』は、「序章　恋と文学」から書き始められ、小見出し「忘れられぬ童女」をその劈頭に据えている。

「父の病院の上等室三号と呼ばれた最もよい室に入院中の少年患者」に絶えず本を届ける妹がいて、「わたくしより一つ年上の童女であった」。「後に明眸皓歯とか王女とかいう美人の形容詞を知るようになってから必ずあれがそれだなと思い出すのが、その童女のその後四五年を経て少女さびたころの姿であった。うすいそばかすがあったが色は抜けるように白く、ややうすく大きめな朱唇の形よく、黒瞳はつぶらに大きく、大柄で姿がよい。そのころ一代にもてはやされた竹久夢二描くところの少女そっくりであった。その麗質は早く童女のころから現われていた」という。

俊子の家の近所に住んでいて、幼い頃よく遊んだと言う多田（旧姓草加）たみのは、二歳下で琴を一緒に演奏したこともあり、丸形の色の白い眼のぱっちりとした優しい方であったといい、他人と喧嘩することなどもなく、どちらかというと母親に似て大柄でよく目立ったが、割と謙虚で、あまり外に出たがらないタイプであったという。

春夫の俊子へのイメージは、色白でつぶらで大きな黒瞳に象徴されている。時の女性像の象徴、竹久夢二描くところの「宵待草」のモデル長谷川カタも、新宮出身の須川政太郎（音楽家・第七高等学校（現鹿児島大学）の「北辰斜めに」の作曲者。第一高等学校の「ああ玉杯に花受けて」、第三高等学校の「紅燃ゆる」に次ぐ寮歌などの名歌として歌い継がれる）と結婚し、昭和四十二年に亡くなって、いま南谷の須川家の墓地に眠っているが、その下の方、入口近くには夭折した俊子も眠っているのも何かの奇縁である。

春夫が上京後、本郷の下宿屋で、管理人との手違いで古鞄を紛失してしまったことがあったのだが、そこには習作原稿の反故類とともに、俊子から送られた大切な写真も収めてあった。「例の夢二式美少女がわが出郷に当たつてわたくしに与へた写真がそのなかに雑つてゐたのだけが心残りであつたが、わたくしは物ぐさで失つたものを捜し出さうともしなかつた。過去を過去として葬り去るつもりであつた」（『詩文半世紀』）と述べている。

熊野病院二階の陽当たりも見晴らしも良い「病院の上等室三号と呼ばれた最もよい室」は、大正期に入って春夫が新進作家として認知される以前、帰省の折の執筆などに使用して、「ガールフレンドの面影が去来して、わたくしを鼓舞する部屋であつた」ともいう。

＊

春夫の両親が熊野病院の三号室への入室を禁止したのは、肺結核の感染を恐れてのことだった。最初は肋膜炎であったものが、やがて肺結核に進行したものだろうと春夫は推測しているが、「忘れ難き人々」（「回想」『新潮』大正十五年一月）の一人であったのは、その妹の存在も大きな意味を持っていたのは勿論だが、「知らず識らずのうちに、読書の習慣を与へたその小さな病人」でもあったことである。巌谷小波が編した「日本昔話」や「世界お伽話」のシリーズなどが、妹の風呂敷包みで連日届けられていた。

俊子の兄大前十郎は、明治二十年生まれで次男、明治三十九年三月新宮中学第一期生、二九名のひとりとして卒業している。新宮中学一回生は、既に述べたように一高はじめ続々と有名上級学校へ進学したり、渡米したりして、その優秀さはいまでも土地の語り草になっている。十郎が熊野病院に入院していたのは、春夫が新宮中学に入学した年の秋の頃からで、十郎は三年生に在籍した折である。

卒業後、十郎は勉学のため上京しているが、志半ばで結核が再発、悪化、兵庫県の飾磨郡視学をしていた江田重雄（俊子の十歳上の姉しづの嫁ぎ先）の居宅、播州の印南郡曽根町（現高砂市）で療養している。しかしその甲斐もなく卒業一年にも満たない十二月中旬死去した。時は日露戦後、戦勝気分があふれていて、しづの次男江田秀郎は、離れで静養していた叔父に軍艦が戦争している図を毛筆で描いてもらった記憶がある。母しづには離れに行ってはいけないとは一度も言われたことはなかった（以下の記述には、江田秀郎の筆者あて私信に拠る所が大きい）。

丈の高い色の白い優しい男而かも奇言怪語其の少さき口より湧きぬ、明治三十九年三月本校を卒業するや高等商業学校入学の春の希望を夢みつゝ、上京せしが道途病を得青山博士の勧告により学志を廃し同年五月の半姫路に去り六月初めつかた姫路を距る三里なる播磨国印南郡伊保村中筋と云ふ曽根の松の名所に十九才を最後として三十九年十二月十一日午后八時二十五分に歿しぬ噫！今や此の肖像に梓（引用者注・あずさの樹は立派な柩などに使われる）せらる、の人となるされど君の手になりし記念樹はいやか上に緑り栄えつ、校庭に面影を忍しむ

と、新宮中学同窓会の『会報』六号（大正二年十二月）が写真を掲げて追悼している。十二月二十日新宮で葬儀が行われ、新宮中学職員一同も、〈土塀〉（ほぼ直線に延びた横町通りは、南の果てで中世以来の〈土塀〉に突き当る。葬儀への一般参列者はこの土塀まで送るのが習わし。その後、南谷の墓地に埋葬する際、水野家の墓地下を通って南谷に至るまで、駆け足で遺体を運んだのは、神倉山の天狗が遺体を奪いに来ると言われたからである）まで送っている。春夫が、「彼女の気の毒な兄は、終に養生かなはず、須磨の借り別荘でなくなつたので、姉とともに遺骨を持つて帰つたと、路上の立ち話に人目も憚らず涙ながらに語つた」（『詩文半世紀』「序章　恋と文学」）と言うのは、この折であろう。

　ちなみに、『会報』同号に大前十郎と並んで写真を掲げて追悼されているのは、新宮中学を首席で卒業して第一高等学校医科に進んだ崎久保与三郎である。

　君は級中の秀才として前途望を属せられたる人、幼にして郷里の小学を出で明治三十四年四月廿七日本校に入るや蛍雪の勉労其効果空しからず同三十九年三月二十四日最優等を以て卒業し次で第一高等学校に入学尚進んで東京帝国医学大学に入学する不勉不撓（引用者注・不屈不撓だろう・心がかたく困難に負けないこと）他生の模範となり天性の秀蕾益々其香気を含み當に月桂の花を開かんとするの明治四十五年四月二十六日不幸病を得遂に大正二年十月一日南郡市木村松風悲しき自邸に於て眠るが如く逝かれぬ時に青春に富む二十九の十月一日

とある。第一回生二九名の内、早逝したふたりである。

　十郎の妹俊子も、後に三十二歳の若い命を肺結核でおとすことになる。夫の死後、子どもを連れて新宮に帰ったあと、結核を患い、子ども達との同居もかなわず、いま、重要文化財になっている西村家住宅の前の大前の実家の居宅においてであった。

全国的に著名であったキリスト教宣教師金森通倫（通称つうりん。熊本バンドのひとり。後に政治界、実業界でも活躍。自民党の石破茂の曾祖父）が、新宮教会の招きでちょうど新宮に来ており、多くの町民に感化を与えていた。宣教師チャップマンの居宅に滞在した金森は、キリスト者であった俊子のために、隣の居宅を訪れて瀕死の枕辺で祈りを捧げている。俊子が息を引き取ったのは、金森が新宮を発ったその翌日だった。

それより先、大正八年九月のシベリア出兵に際し、海軍の軍人で出征していた俊子の夫の中村楠雄は、ニコラエフスク（尼港）でパルチザンの襲撃に遭い捕虜となっており、九年五月に殺害されていた。世に「尼港事件」と言われた。春夫の一歳上で幼馴染であった中村楠雄は、大正四年俊子と結婚、まもなく長男が生まれている。出征後生まれた長女は、後述するように、俊子自身と同様に、父の顔を知らないまま出生した。出産、夫の死の衝撃などで体調を崩した俊子は、東京での海軍合同葬や、新宮町内での町始まって以来と言われる追悼祭にも出席はかなわず、病床に就いたままその生涯を終えた。中村楠雄の墓の隣、やや小ぶりの俊子の墓の側面には、いかに夫に献身したかの文章が刻み込まれている。海軍主計少佐楠雄の墓の裏面には、小野芳彦撰文の顕彰の辞が刻まれている。

中村家墓地を少し回ったところに、大前家と中口家の墓域があり、俊子の父大前雄之助、母田鶴、それに兄の大前十郎の墓がある。中口理兵衛は、三男であった雄之助の長兄で中口家を継ぎ、その二代後が中口光次郎、大石誠之助らとも親交を結び、雄之助の政治的遺志を継いだともみられ、薬種商の傍ら革新（改革）派として政治活動にも励んだ。大正期に中川三蔭新宮町長の下、助役も務めている。光次郎の後添えが誠之助の妻生熊ゑいの妹ちゑで、その墓も並んでいて、大前、中口両家の結びつきの深さが感じ取れる。

＊

春夫に「猶太なる大工の子より我が街の瀬戸物屋なるかの子恋しき」（『スバル』明治四十三年二月）の和歌があるように、これまでは年譜的にも俊子は陶器店の娘とだけ把握されることが多かった。陶器店を切り盛りしていたのは、やり手の母田鶴で、父大前雄之助は実業家で、地元選出の政治家であった。生まれは三重県南牟婁郡神川村神ノ上（現熊野市）、明治初年に新宮に移り住み、西村家（西村伊作の先代）の木材を売りさばいていたという。新宮での顔役で、新宮に貯木場を作り、河口の石の堤防を設計したりした。現在、熊野地方での状況がほとんど把握されていない自由民権運動にも参画、国会開設運動なども展開した。三重の尾崎行雄や、岡山の犬養毅らとも交流していた。大阪での自由党の決起集会にも熊野の代表として参加している。大前家には尾崎や犬養の書簡類も残されていたらしい。県会議員在職の明治二十三年、国会開設の最初の衆議院議員選挙に立候補、選挙運動を展開していたが、ユスリにきた暴漢を追って二階から陥落、それが致命傷になって急死、四十二歳であった。県の内外からその死を悼まれ、葬儀には自由党の副総理であった中島信行（神奈川県選出の初代衆議院議長）も参列した（『和歌山県議会歴代議員名鑑』昭和四十四年九月刊）。俊子が生まれたのは、その翌年、母親田鶴も三十歳過ぎで寡婦となったが、まもなく幼い長男を亡くしてさらに苦境、男勝りの度胸と腕とで、病気がちの十郎やしづ、俊子を育て、明治三十年代では新宮一の瀬戸物商になっている。

　秀郎は名古屋から注文取りに来た男から聴いた記憶として、「あんたのおばあさんは大した人で瀬戸の窯元まで来て一山買い取り、自分の必要な品物は選び取り、残りは売り捌いて結構一商売して帰る。男勝りの度胸と腕とを持った人じゃ」と話してくれたと言う。夫の雄之助と同郷で、寺子屋の教育しか受けていなかったようだが、朝日新聞を毎日丹念に読む人であったと、秀郎は感心している。

　俊子の十歳上の姉江田しづが、子供たちを連れて新宮に引き上げてくるのは、明治四十年十月で、夫の江田重雄が飾磨郡視学から鹿児島県視学に転任するに際してのものだった。初めの数ヶ月は、陶器店の二階住まい、隣の倉庫の天井には商品の土瓶がたくさん吊るされていて、階段下の小さな囲いには荷造り用の藁が入れてあった。そこへ大石誠之助宅の飼い犬ブラが居ついて、子犬を生んで育てたこともある。茶と白の斑毛の雌のきれいなセッターで、大石が拘引された時から行方不明になり、悲劇的な最期を遂げて遺骨が墓地に埋葬されるとき、突如何処からともなく現れたという、あのブラである。

その後しづの家族は、第一尋常小学校の向かいの、「お下屋敷」と呼ばれた一画、二軒棟割りの一軒、二間の小ぢんまりとした家に引っ越した。築地塀で囲って門も庭もある、下級武士の住まい跡である。息子の秀郎は、明治四十一年頃のこととして、春夫が父に叱られて、よく母の家に憂さ晴らしに来た。母が機を織っていて、杼が椿の木の方へ飛んだ。春夫が拾ってくれたのを、母は未来の文豪に杼を拾わせるのは恐縮だと言いながら受け取った光景は、鮮烈な印象として残っているという。

春夫や二級上の中村楠雄らの中学生が、「お下屋敷」のしづの家に出入りするようになったのは、この明治四十一年の頃で、春夫にとっては中学二度目の三年生の終わりから四年生にかけてで、心の憂さを慰めるのには恰好の場になった。「彼女の姉はしばらく婚家から離れて故郷で暮らす間、店では狭いから姉妹は一戸を構へて住むといふ。その家がわたくしの家の近くに決まつたので、わたくしは今度はこの姉妹の家に日夕入りびたつた。」（『詩文半世紀』「序章　恋と文学」）

春夫はさらに書いている――

文学書を読むといふことが、その時代には学校でも家庭でも一つの禁忌であつたのである。そこでわたくしは、かの三号病室の今は亡き少年患者の姉妹の家へ、文学書を持ち込んでそこで読むことにしてゐた。この姉妹は文学を真に理解してゐたわけでもなかつたらうが、何故か、わたくしの文学志望に興味を抱いてわたくしの志を励ましてくれるやうな傾向があつた。また一種のわが精神的パトロンである。

しづの三人の子どもたちは、何度も熊野病院の厄介にもなった。秀郎少年は、春夫に連れられて、お城山や蜜柑畑にも行った記憶を留めている。しづはかつて教師を務めていたこともあり、文学的な関心も高かったとみえ、春夫から新刊書を借り受けて読んだり、かるた取りの際には読み手を務めたりしている。おそらくそういう場には俊子も同席したであろう。

秀郎によれば、俊子は「おばさん」と呼ばれることを嫌い、春夫らもそう呼ぶので、一時禁句になった。春夫については「佐藤さん」「春夫さん」、時には「反歯（そっぱ）さん」とか、「出歯さん」とか呼び合い、中村楠雄は「楠（くす）さん」であったと言う。

春夫の短編「少年」（『女性改造』大正十三年五月）には、十六歳の芳子、十七歳の行男、十五歳の等が登場する。水彩画を描く等は春夫自身がモデルである。城山の望遠鏡に映し出される、坊主山での点景—芳子と行男と芳子の姉と、姉の子どもふたり、草の上に座ったり鬼ごっこをしたり—は、俊子と姉しづ、二人の子どもたち、俊郎と秀郎がモデルである。行男は後に結婚する中村楠雄がモデルに違いない。「少年」はのちに『佐藤春夫十年集』（昭和三年十二月刊）に収められるとき、著名な「少年の日」の一節を一部改変して、題詞として添えられる。—「影多き林をたどり／夢深きみ瞳を恋ひ／温きま昼の丘べ／さしぐまる赤き花にも」。この頃の姉妹の生活ぶりの一端は、「追憶—幼年時代—」（『中央公論』昭和三十一年四月）などにも描かれている。

春夫らにとって癒しの場所でもあった「お下屋敷」への出入り、和みの時間もそう長くは続かなかった。明治四十一年十二月、夫の江田重雄が、韓国政府の招聘官吏として渡韓することになり、小学四年生の俊郎だけを残して夫に同行すべく新宮を離れたからである。

しづが新宮を発つ、間際であったろうか、春夫は姉妹に二枚の色紙に揮毫した和歌を与えている（口絵写真15参照）。

一枚は俊子へのもの—「ふるさとの柑子（かうじ）の山を歩めども癒（い）えぬなげきは誰（た）がたまひけむ」。一枚はしづへのもの—「悲しくも汝（な）が住む国はいにしへの筑紫（つくし）よりなほ遥（はる）かなるかな」。俊子へのものは、俊子の手には届かなかったとみえ、俊子は終生目にすることはかなわなかった。しづの手元に残されたままであったから。

俊子に送られた色紙は、春夫の『殉情詩集』に収められた「ためいき」の詩の第六章に該当する。この「ためいき」の詩は、最初大正二年『スバル』に発表されたときは、実は全体が七章から成っていて、「悲しき心となりて古郷にかへりし日の歌なり、これらの歌も亦かのひとに捧ぐ」と添え書きがある。「かのひと」とは、ここでは日本画家の令嬢尾竹ふくみを指し、春夫が上京後プラトニックな愛情を捧げた相手だった。春夫はふくみへの思いのはざまに、さりげなく第六章として俊子への思いも滑り込ませて、全八章の詩に改変させたのである。春夫の代表的な詩のひとつ「ためいき」の成立裏話である。

詩集『東天紅』（昭和十三年十月刊）に収められた「望郷曲」の詩は、亡き俊子を、ゲーテの作品「ヴィルヘルムマイスターの修業時代」のなかの「ミニヨンの歌」になぞらえていて、南国に眠る俊子を悼んで、実に哀切極まる文語詩になっている。

旅回りの一座から引き取った少女ミニヨンが歌ったこの詩は、森鷗外が「即興詩人」で訳して、南国イタリアへの憧れとされる「君知るや南の国」の科白は、時の女学生たちを大いに魅了したと言われるが、そのミニヨンに紛う、区別できないほど似ているという俊子像である。

ふるさとはみんなみの国
みな月の青葉ににほひ
かがやかに照る日のもとに
たちばなの花さきしかげ
われをよぶつぶらひとみの
ミニヨンにまがひしひとは

早く世にあらずなりぬる。

さすらひの二十年（はたとせ）ののち
海近き丘のふもとに
みいでたる杉の木の間は
おくつきに照る日もくらし
みんなみの国にはあれど
ミニヨンにまがひしひとは
早く世にあらずなりぬる。

大正十二年九月の関東大震災以後、春夫はしばらく熊野に滞在するが、その折であろう、俊子宅に悔みに訪れたと言い、おそらく墓参もしたのであろう。

春夫の昭和三十一年発表の「追憶」の文章は、登場する人々は仮名で記され、フィクションも忍び込ませていることはすでに述べたが、その最後は「今から数年前、信州の松本市で講演をすましての帰り、車中で突然近づいてわたくしの名を呼びかけ、ご講演を拝聴させて頂きましたと名刺を差し出した三十がらみの青年紳士」は、俊子の息子であることを名乗る。

名刺によるとアルプス山中の某発電所勤務の技師であつた。わたくしの名を幼い時の彼におぼえ込ませて置いたものはその父であつたか母であつたか。それとも祖母か、大伯母か。問ひたい事は多すぎる。わたくしは無言で、あの頃の幼児をこれだけに育てあげた歳月をふりかへり、わが身の白髪の窓ガラスに写し出されたのを見入つてゐるうちに、汽車はとまり、その紳士は「ここで降ります。失礼しました。」と一語を残したまま去つた。

で結ばれている。このことは事実らしく、終戦二、三年後の話として『詩文半世紀』でも語られている。

この「青年紳士」こそ中村楠雄、俊子の子息で、大正四年七月佐世保で出生した中村一郎である。その後大正八年九月には秋子が呉で生まれている。大正九年六月に父を亡くし、大正十一年七月母を亡くし、子どもたちも早く両親と別れざるを得なかったなか、多難な昭和、戦時下を生き延びたのだった。

三、〈反骨少年〉の誕生

・〈反骨少年〉の誕生―三年次での落第

春夫は『詩文半世紀』の中で、

落第に逆効果があつて、わたくしは噓から出たまことのように、本当に文学者になつてやるぞという気になつて来た。わたくしは本来アマノジヤクの性格なのである。

中学の二三年級上に新詩社の同人で歌をつくるのがゐて、わたくしも人真似に歌といふものをつくりはじめた。そのころの仲間に中野緑葉と号し郵便配達夫がゐた。また梅田酉水(ゆうすい)と号した北陸生まれで町に流れて来て酒屋の小店員になつてゐるのがゐた。銀行のボーイをしてゐたのが下村悦雄(ママ)(雄は本名)といふ才走つた少年で、これが後年紀潮雀(きのてふじやく)のペンネームで大衆小説を書くやうになつたのである。

と述べている。

春夫の自筆年譜(『現代小説全集』第六巻・新潮社・大正十五年六月)によれば、明治四十年三月「同校第三学年に於て原級に留めらる。代数幾何を解すること浅く、且、文学書を耽読し、放縦にして不良性生徒として懲戒するの意あるものなり。奥栄一と相知り、日夕、共に文学を談ず」とある。

春夫が三年生に留め置かれ、留年、落第の通知を受け取った日は断定しがたいが、三月三十日には入試の合格発表、すぐに入学式が行われる習慣になっていたので、二十日前後には卒業式が行われたろうから、それ以前だったはずで、その折の様子が、『わんぱく時代』の「日和山の半日」の章に描かれている。小説として多少デフォルメされていようが、落第が決まったその日の半日を知る上では貴重である。

お昌ちゃんが三河に「売られてゆく」日、「僕」は何も打ち明けられず、自責の念に囚われ続ける。打ち明けられなかったこととは、落第したことである。お昌ちゃんのモデルとされる大前俊子は、お昌ちゃんとは境遇が違い、また、春夫が俊子の姉の家「お下屋敷」に出入りするのが、二度目の三年生の秋以降のことなので、春夫に慰めの言葉を掛けるような関係はまだ生じていなかった。『わんぱく時代』で「僕」の心理を屈折させているのは、落第の一言を言い得なかったことが、お昌ちゃんと共に、「社会主義思想」に興味を持ち始めかけている「崎山栄」に知られることの困惑、弱みと感じる心理も共存させていることである。

「成績発表の日」、一、二学期で芳しくなかった数学が、学年末では取り返せたと思っていた。しかし事務室で受け取った成績表には「落第」とあって、あとから思えば手渡す事務職員も「少し馬鹿にした」表情であったと思い返す。校門を出ても帰宅する気にはなれず、「不満とろうばい」とを抱いたまま、同級生らの顔色をうかがっていると、「僕がそのころ文学などを話し合うただ一人の友だち」岡貞一がしょんぼりした歩調で校門を出てくる。「彼は気の小さい正直な性格だから、はっきりと、それが全身に現われていたが、見えも何もないこのしょげかたはてっきり彼も落第の仲間らしかった」とある。

「僕」が誘って、海や河口などが見晴らせる「日和山（ひよりやま）」に上って、「一軒の掛茶屋が、とうふ田楽を売るしるしの旗を春風になびかせている下に僕らはねころんだ。」

「僕」は急に思い出して、いったん帰宅、父は往診中で、母にだけ落第の事実を告げ、母の狼狽ぶりを尻目に日和山にとって返す。「僕は岡を誘って、一箱五銭の田楽を、用意の銀貨一つ分、十箱注文した」。田楽をほおばりながら、試験勉強も忘れて読み耽った島崎藤村の「破戒」について論じ尽くす。ちょうど一年前の明治三十九年三月に自費出版されたものだった。

この「掛茶屋」は河路為七（俳号を玉枝）が経営していたもので、日和山は別名河路山とも称された。日和山はこの頃、はるか大海原を見渡せる場所として、観月の名所にもなっていた。まもなく井上弥惣吉が譲り受け「井上楼」となって、大王地から昼夜となく芸妓や舞妓が人力車で駆け付け伊佐田の坂に梶棒を下ろしたという。ちょうど木場への通路にもあたっていて、材木屋の店員の遊び場にもなっていた。

高知生まれで波乱万丈の人生を歩んできた依岡省三が、乳牛四、五頭を日和山に放牧し、熊野牧牛舎を起して牛乳販売を始める、ちょうどその頃のことで、「僕」や「岡」が傷心を慰め合った頃ではなかったか（『新宮市史 年表』では、明治四十年九月との表記があるのだが、明治三十六（一九〇三）年三、四月の『熊野新報』には、「熊野牧牛舎」の広告が載っているので明らかにそれよりは早かった）。

この日和山が第二次大戦後、高度経済成長の下、開発の対象となって削り取られて平地となり、「新宮の地図」が一変されていった。春夫の生誕から五十四年後に生まれた中上健次が、

佐藤春夫について同郷の、しかも五百米も離れていない所で生まれ育った私が論を進める事は、多分に、自分の思い描く紀州が必然的に孕んでしまった物語を語らねばならないことになる。

つまり、同じ血を持ち、同じように物語に過敏な紀州新宮出の後から来た者は、春夫を読んで、春夫が絶えずその最初の転向につまずいている事に気づく。（「物語の系譜」の「佐藤春夫」の項）

と書き、同和対策事業とも結びついた日和山開発の問題が、自身の文学のバックグランドになってゆくのだが、そんな経過などは、「僕」も「岡」ももちろん知る由はない。

『わんぱく時代』では、その後、「岡」の隣の寺の「赤木顕真和尚」が、「崎山栄」を頼もしい若者だとほめていたという話を「岡」がし、「僕」は友達がほめられて愉快な気分になる。

『わんぱく時代』の先行作品と言っていい『我が成長』（新小説社・昭和十年十月）に収められた、「二少年の話」

（『中央公論』昭和九年二月）の「加藤」が「沖」から「南がこのごろドクトルさんの薬局生になつてゐるさうだという噂を聞いた」「中学二年に進級したころ」とある部分に重なる。「加藤」は春夫で、「沖」は奥栄一、「南」はやがて「崎山栄」に造形されてゆく先駆けの姿である。そうして「南」の家近くから眺める光景―

> その列の尽きるあたりの川上に見える茂みが権現様の森でその向ふが千穂ケ峯であらうが、いつも東からばかり見なれて平凡な形の山と思つてゐるのがここで見ると危つかしく後へ倒れかかつた妙な山に見える。ここは三重県の南のはづれで、その上に筏を浮せた青い水の熊野川を隔てて向ふ岸が和歌山県の新宮町（以下略）

とある描写は、武蔵坊弁慶の生誕の地という伝説が残る鮒田辺りからの的確な描写で、筏こそ廃れたものの、いまでもその印象は寸分も違わない。

急流の熊野川は、千穂ヶ峰の岩盤に突き当って大きな蛇行を強いられ、その岩盤の姿こそ千穂ヶ峯の裏からの形象である。蛇行してからの辺りに、渡し場があった乙基や速玉大社の祭礼の重要な舞台御船島がある。

日和山でほぼ半日を過ごしたふたり―

> 僕らは屠所の羊のような歩みで山をおりた。僕にもわが家の窓の灯が父の怒りの眼光のように見えたが、片親の岡にとっては女親の嘆きを想像して彼の足を重くしている。僕はまわり道をして彼の家の近くまで彼を送ってから、わが家に来てみると、そのころ僕の部屋の前庭に投げ出したマキ割とともに僕の愛車のピアス総ニッケルは車体がめちゃくちゃにゆがめ傷つけられてほうり出されていた。そのそばの庭の片隅には一山の黒い灰とそのなかに焼け残った本の表紙とが見られた。問わずして怒りを爆発させた父の荒れ狂った名残りと知れた。
> 僕の机辺にはうず高く積み上げられていた文学書類は一冊も影をとどめていなかった。僕の愛車や愛書は僕の身代りにされたのである。

春夫が落第した当日の模様は、このようなものであったろう。ここに登場する「岡貞一」は奥栄一がモデルであり、奥の住んでいた家の隣の寺は「遠松山浄泉寺」、「赤木和尚」のモデルは「大逆事件」で犠牲になった高木顕明が住職であった。高木は「遠松」と号して新派の俳句なども作っている。「崎山栄」については、やはり「大逆事件」で犠牲になった崎久保誓一に近い命名であるが、春夫が崎久保と接した様子はない。イメージ的には、同じように「大逆事件」で刑死した成石平四郎に近い感じはするものの、春夫が成石とも交わった事実はうかがえないから、春夫が当時から、或いは後年も含めて見聞きし、自身のなかで築き上げた「大逆事件」の犠牲になった若者たちをデフォルメした像と考えた方がいいだろう。「僕」にとっては、そこに後ろめたさとともに憧憬の姿をも感じ取っていた。「僕」と作者春夫との距離を推し測ることが、作品『わんぱく時代』を考える要諦(ようてい)である。

・奥栄一との交友

春夫に「落第祝福」という一文がある（『婦人公論』昭和二年三月号）。

恐怖といふものはそれを予想する時に一層大きい。つまり不安である。私は全くその予想的恐怖―不安なしに落第してしまつた。（中略）その時一緒に落第したのが奥栄一君で、この人はもう以前から十分落第する自信をもつてゐたらしく、発表以前には毎日僕の所へ遊びに来て、文学談の末には屹度成績表の噂をして嘆息を漏してゐるのを僕は慰めたものだが、斯うなつてみると自信がなかつた丈に僕の方が一層面目ない次第で、それ以来二人は甚だ親友になり、毎日のやうに春先きの麗かな野原や海岸なぞをうろつき廻つて家へは寄りつかなかつたものだが、或る時なぞは見晴らしのいゝので人々がよく遊びに行く或る山へ上つて、そこの茶店で売つてゐる豆腐の田楽を二人で十二人前分ぐらゐ喰つた。尤も一人前といふのはほんの少しなので、大ていの人は三人前ぐらゐ喰ふが、十二人前は少々多過ぎたやうに思ふ。

落第仲間、却って交友の密度を増したかに思われる奥栄一との、思い出深い、日和山の茶店付近での語らい。

奥栄一本人の思い出も聞いてみよう。「少年佐藤春夫の追憶」と題する文である（講談社版『佐藤春夫全集』月報七号・昭和四十二年）。

春夫はその頃の学制で高等小学校の二年から、一つ年上の私は三年から新しくできた町の中学校に学ぶことになつた。わたしたちが親しく口をきくようになつたのは、中学に入つてからである。

小さな町のことであるから、おたがいに、顔は見知つていたが、一方は、町でただ一つの病院の息子であり、私はうどん屋の伜であるから親しく口を利いた記憶がない。中学へ入つて、毎日顔を合わせているうちに、三年になつた頃には、もう大人のよむ文学書や雑誌をむさぼるように読むようになつた。そうして三年から四年に進級するとき同時に落第したのである。（中略）

わたしたちは手の舞い足の踏みようも知らないほど驚いて、発表のあつたあくる朝、町はずれの小山に登り、善後策を相談することになつた。

一望千里、春光をあびた太平洋を見渡しながらわたしたちは、何を話しあつたか、今は覚えていない。覚えているのは、午後になつて、佐藤がおなかがすかないかといつたことである。私は朝から何も食べないので、やつぱり少々空腹のようである。

「よし」佐藤はそういうと、茶店の方へかけていつて、豆腐の田楽を仕入れて来た。この茶店は春さきになると、豆腐の田楽を売物にしていた。

「今朝出かけるときに、薬局でちょつとくすねて来た」

佐藤はそういつてあははと笑つた。

私はおどろいたのである。この男はこんな時にもそんなことをする余裕をもつている。

ここでは、『わんぱく時代』の描写とは違って、翌日のこととなっているが、日和山で田楽を頬張った話は共通する。

また、奥には、新進作家として注目され始めた春夫について、『新潮』が大正八年六月号で「人の印象」特集（二十九）で、「佐藤春夫氏の印象」を取り上げた際に、「思ひだすがまゝに」を書いて、「佐藤君は私の子供の時からの友人である。今更あらたまつて佐藤氏の印象を語れと云はれると、二十年近くも親しくしてゐる彼の千差万別の印象が頭の中で騒然とせざるを得ない。／が、何はともあれ彼は現文壇の所謂新進作家の中では、正に鶏群の一鶴である。と云ふ事が、彼を褒め過ぎるやうに聞えると云ふなれば、所謂新進作家と云ふ先生方に、案外つまらない方が少なくないやうには思はれると云ふ逆定理を記して、聊か岡目八目、自惚の定石を打つて置かう」と記している。奥もこのとき、批評家の地位を占め始めていたのである。他の執筆者は、谷崎潤一郎の「佐藤春夫君と私と」、生田春月の「驚くべき早熟の男」、芥川龍之介の「何よりも先に詩人」、与謝野晶子の「一人の親友として」、生田長江の「即興詩人として」という、豪華な執筆陣である。

奥栄一の簡単な履歴を記すと、新宮町の生まれ、春夫よりはちょうど一年余前の明治二十四（一八九一）年三月二十七日に生誕、春夫と同じ頃上京して早稲田大学英文科に入学したが、中退して一時帰省、大正七年東雲堂書店店主西村陽吉や新宮出身の大石七分（しちぶん）（西村伊作の弟、関口町の春夫邸の設計者）、永田衡吉（こうきち）（劇作家、民俗研究家として活躍）らと、『民衆の芸術』創刊に関与（編集兼発行人は大石七分、編輯所は民衆の芸術社、発行所は庶民社）、西村伊作や大杉栄、伊藤野枝（のえ）らの投稿も得て、自らも詩や評論、小説「大海のほとり」などを書いた。またこの頃上京して、堺利彦の「売文社」にも勤めている。『民衆の芸術』（大正七年九月・第三号）の「遠近消息」欄には、「僕のとこは警察署の前で、米騒動の連中が、がやがや喧しいので原稿がかけなかつた。月末に上京します」とある。この新宮警察署こそは、高木顕明の寺浄泉寺の前でもあって、高木や大石誠之助が取り調べを受けた場所でもある。奥は同誌のこの号に、「紀州は海と山の国／山にMuhonの木が実り／海に情の恋が住む／／海は紫、山緑／今年は誰が死ぬのやら／／鉄の鎖と黒髪に／紀州名代の雨が降る。」という「紀伊の国」と題する詩を投稿している。「Muhon」

は「謀反」である。テオフイユ・ゴーチエの「金羊毛」を翻訳、出版（新潮社・大正九年）、「死刑囚最後の日」「モスコエ海峡の大渦巻」などの訳書もある。

＊

後年、春夫は「悪女礼讃」という文章（『婦人画報』昭和三十三年五月・全集未収録・『熊野誌』六〇号で紹介）で、まず悪女の定義の難しさを手始めに、「悪女とは強烈な個性に生きる婦人」とし、「本当に生きる彼女らは理想の遂行のためには時に世俗的な悪をも顧慮せず、悪女とかたずけられるのをも意に介しないであらう。然らば悪女とはまた一種の女傑の謂でもある」と言い、「僕はわが五十年来の親友をここでは彼と呼び、その細君を彼女とよそよそしく呼んで話を進めたい」と言う。

「彼」と「僕」とは少年時代からの友人で、幼い詩歌を作り、自然主義時代の作家の品評をし合った仲、一緒に落第もした。

その頃の彼はやや小柄でおとなしく可憐な美少年で勤勉な読書家であつたが社会改革の熱情に燃えて、大杉栄などの仲間とも親しくしていた。さうして多分その間にであつたらうと思われるが、才情と容色とを兼ね備えた彼女と相識り、やがて相思の間柄は結婚にまで進んだ。

と記す。彼には出生にまつわるコンプレックスがあり、母の不幸を慮（おもんぱか）って、「社会改革のうちでも特に婦人問題に対して深い関心を抱いて婦人の自覚と社会的地位の向上や家庭からの解放などに関して内外の名著を多く読みあさつて研究し思索するところも浅くなかつた」と述べている。彼は自ら学び得たところを彼女に教え、彼女は彼の教えを体得、彼女の名前で世に発表し、広く受け入れられてゆくのをむしろ喜んだ。彼女は「立派に新時代の婦人」になっていった。

彼女は彼によつて一個の婦人評論家としての名声とその実質とを持つに到つた。彼の注入した智識と精神とは完全にその女弟子たる妻の彼女のなかでゆたかに実つたのである。

彼は青春を賭して彼女を教育し、彼女に二児を生ませた外には彼自身、何の為すところもなく一個の有名で有為な婦人評論家の無能な夫となつて十数年の歳月は過ぎて行つた。

とも述べている。

この「彼女」こそは、消費者運動や協同組合運動など婦人活動家として目まぐるしく活躍、戦後は「台所から政治へ」をモットーに、「おしゃもじ」に象徴される主婦連合会を立ち上げた「奥むめお」である。『野火あかあかと―奥むめを自伝』（ドメス出版・昭和六十三年九月）には、「売れない詩人」である夫との新婚生活の模様が描かれている。奥栄一は上京後、本郷村と呼ばれた売れない文学青年たちの溜まり場に住んだ。辻潤や生田春月らとも親しく交わった。辻潤は、ふたりの新婚時代にも虚無僧姿で現れたりしていた。春月とは、後述するように春夫とも親しく、春月の妻花世とはむめおも親友であった。春月は「いかにも線が細く」やがて入水自殺を遂げる。

二人の新婚生活の場所は「四谷愛住町のお寺の離れ」で、

八、六畳の二間。よくみがかれた回り縁と広い庭がうれしかった。新聞社が祝福の写真をとりにきた。来客も多く、その世話に追われた。夜になると、ふたりで連れだって夜店に通い、おでん屋や焼鳥屋で有り金をはたいて遊んだ。

よく洗濯をする働き者の妻は、さして貧しさを感じることもなく、もう世に出る心も捨てて、原稿生活に力を入れれば勉強もできるのを楽しみに、良人の翻訳物の清書などしていた。あの頃はそのようにしても、ささやかな原稿収入で飯の食える黄金時代であった。

と、記している。

むめおは出産後床の中で、仰向けに寝たまま原稿を書いて、出産費用を作ったほどだったが、自分は怠けているから貧乏なのじゃない、社会のために働いているから貧乏なのだと、意気軒昂な貧乏生活を送っている。「いつでもどんな時でも、働く婦人は朗らかに笑い、楽しみ、そして堂々と怒り、悲しみたい」という言葉を残している。むめお自伝によると、関東大震災で罹災した家族は、新宮に避難、新宮で長女を出産、地名にちなんで「紀伊」と命名、後に、母親の片腕として活躍、主婦連会長などを務める中村紀伊である。むめおが新宮時代の忘れられない思い出として挙げているのは、高群逸枝(たかむらいつえ)の身元引受事件である。新宮警察署からひとりの婦人を保護しているから引き取りに来てほしいとの連絡、駈けつけてみると知人の高群逸枝、夫の橋本憲三との生活に疲れて家出をし、新宮まで落ちのびてきたのであった。自殺を心配して憲三から捜索願が出されていた。逸枝が憲三の献身的な協力を得て、わが国の女性史学の礎を築いてゆくのは、それから後のことである。

奥栄一も憲三と似た立場で、春夫が記すように、妻が有名になり世間に認められてゆく状況を、寛容に傍らで見守り続けるのである。

栄一は「働く妻を持つ夫の手記」(『婦人公論』昭和四年八月)を書いている。三人称的な記述で「若いフエミニストとしての彼は、妻を飼う事を、その代償として、妻に侍かせる事を、共通のプライドにしている凡ゆる男性の心に反発を感じてゐた」と述べ、いわゆる良妻賢母型の妻を望まないで、妻の運動にも理解を示している。しかしながら、むめおが運動家としての実践を積み上げて行けば行くほど、栄一からは離れていった。この文が書かれてからしばらくして、二人は離婚している。むめおは築き上げた奥の姓を手放さなかった。

むめおは戦後、数少ない女性参議院議員となり、三期一八年の長きにわたり務め上げた。春夫がむめおを「悪女」として規定した頃、全国の消費者団体が結束し、第一回全国消費者大会が開かれ、消費者宣言が発表されている(昭和三十二年二月)。この年七月には、ブラジルのリオデジャネイロ市での列国議会同盟会に議員代表として出席、南米、アメリカ、ヨーロッパ諸国、エジプトなどを二ヶ月に亘って視察、むめお六十余歳の華やかな活躍の時期でもあった。

一方、栄一はその後、静岡、埼玉などで農場開墾に従事、戦後は地味に生き、ほとんど表舞台に出ることはなかった。再婚の妻浜子との詩歌集の共著『蓼(たで)の花』(私家版・昭和四十七年)が稀覯本(きこうぼん)として残されている。序文を記すと約束していた春夫は、すでに世を去っていた。

・沖野岩三郎、春夫の家族を描いた短編「自転車」

明治九(一八七六)年に和歌山県日高郡寒川(そうがわ)村(現日高川町)に生まれた沖野岩三郎が、明治学院で学んだ後、キリスト教新宮教会教師試補として赴任してくるのは、明治四十年六月、約一年前、夏期伝道で新宮を訪れており、大石誠之助らと出会っていた。

沖野岩三郎の熊野・新宮での一〇年間は、明治四十三年六月三日をもって反転する。短絡的、比喩的に言えば、紀伊半島の先端近く、新宮の町で沖野が体験したのは「談論風発した」町の三年間から、「恐懼せる町」(佐藤春夫の「愚者の死」・なお『牟婁新報』などにもこの言葉は表記されている)への七年間の反転であった。

三年間の沖野は、それ以前からそうであるが、筆力旺盛で、新宮での二新聞と田辺の『牟婁新報』等に盛んに作品を発表している。京都の『日出新聞』にも作品が載っている。新宮から転出して記者をしていた徳美夜月との縁である。また『早稲田文学』への投稿なども確認できる(「紀州文壇近況」明治三十一年九月)。『新宮市史 史料編下巻』に収録されている「沖野岩三郎の観た明治末の新宮」の項は、天上や地下、縦横から見た鳥瞰的な新宮観察記になっていて、皮肉や批判も滲ませた独特な文体的な特長を発揮している。

その後沖野は上京して、ユニテリアン(東京統一教会)に改宗、作家として活躍するが、大正五(一九一六)年に春夫らと同人雑誌『星座』を発刊する評論家の江口渙は、大正七年「最近文壇に於ける四氏」として、佐藤春夫、菊池寛、葛西善蔵とともに、沖野岩三郎を取り上げ論じている（大正九年四月刊の評論集『新芸術と新人』所収）。沖野も春夫も、この年、作家として認められたと言っていい。後述するように、春夫は沖野の創作に対する態度には、終生疑問を抱き続けていたようだが、それは一言で言えば、沖野作品にみられる宗教色に対する違和とでも言えようか。

その沖野に「自転車」という短篇がある（『新公論』大正七年六月、『煉瓦の雨』福永書店・大正七年九月所収）。「鳳一郎は非常な子煩悩であつた」で始まるこの作品は、春夫の家族らをモデルにしたもので、春夫は「長男の一夫」として登場する。四年次の事とされていて（実際は三年次である）、「一夫」は部屋に閉じ籠ってしょげ返って、それを二人の弟が慰めているのを見た鳳一郎（豊太郎がモデル）は、落第通知によって生じた立腹を、せがまれて買い与えた「自転車」に向ける。時に「激情」を律しきれない側面が有ったとされる豊太郎を描出している。

鳳一郎は、

庭の桜の根下にニツケル鍍金（めっき）のきらきら光る自転車が寄せかけてあるのを見た時、いきなり飛び降りて行つて其自転車を右の足で力を籠めて蹴つた。がちやり！と音を立てゝ車は倒れた。傍にあつた手頃な庭石へ鳳一郎の両手が掛つたと思ふと直ぐに「えーい、此奴めが！」と言つて其石を高く差上げてドスンと力一杯に自転車目がけて投付けた。美しく磨き立てた車輪が見る見るくちやくちやに歪（ゆが）んで了（しま）つた。彼は更に其石を拾ひ上げて他の車輪へ今一度力任せに投げつけた。すると今度は、ぽうーんーと大きな爆音を立てゝタイヤアが破れた。

彼は「これで好し！胸がすつきりした。」と云つて足袋跣足（たびはだし）のまゝ勝手の方へ走つて行つた。

とある。鳳一郎は、何と乱暴者なのだろうと自戒しつつも、「姉娘が癇癖の強い夫（をつと）を持つてゐる事などを連想して急に悲しくなつて来た」と記す。

「自転車」は、鳳一郎が一時病院を閉じ北海道へ行く話や、再び熊野で開院する話などを挟みながら、一夫が講演会に登壇した事件や無期停学に言及し、やがて一夫が東京で小説家を目指していて、どうやら同棲している女性が居ることなどに展開してゆく。講演会での演説内容は、多分に脚色されている節はあるものの、後述するように、その場に作者の沖野自身が居合わせた事実は興味深い。やがて、一夫は女性を連れて帰省してくる。姉娘はすでに二人の子どもを連れて離婚してきており、孫の寛一（竹田龍児がモデル）が机でしきりに家族の名前を記述している。病院の看護婦等の名もあり、そこに「トリ」「ビョウニン」「ネズミ」「クルマ」などとともに、「ジテンシャ」もある。一族の集合が描写され、やがて一夫の弟たちも上京してゆく。鳳一郎はそこに時代の移り行きを感じつつ、不遇な身の寛一の優しい気高さにそっと涙するのである。

この「自転車」と言う作品には、春夫は否定的だった。父親宛ての書簡（推定年を大正七年として全集では採られているが、内容を勘案すれば大正六年が正しい・八月二日）で、この作品には人間が描かれていないと指摘して、批判している。

○昨日、沖野岩三郎氏が来ました。同氏も九月には書物を出すさうです。私にも序文を書けといふやうなことでした。同氏の自転車は作品としても悪作です。しかし作者がモデルとして実在の人を描く場合に、描かれた人はどんなに書かれても不快なものに相違ありません。けれども、モデルは必ずしも作中の人物と同じものではありません。寧ろ作者その人です。私は沖野氏が実在の人物を書くといふことに異存はありませんが、沖野氏のあまり円熟したとは許し（評カ）がたい人生観の見界から、人間を書き出して居ることを面白くないと思ひます。沖野氏のなかに出てくる人間は、ほんとうの人間のやうな活き活きした点が一つもありません。その人間の真実と、霊活とが書けて居れば、たとひどんな不快な事件を書き出して居てもいいのだと私は思ひますが。……（ママ）理屈は、面倒になつて来ましたからやめませう。兎に角、沖野氏の創作家としての態度は、腑に落ちません。昨日はいろいろそんな話も少しはしました。

*

沖野岩三郎が大正七年九月に福永書店から刊行したのは、『煉瓦の雨』である。表題作ほか、「自転車」や、浄泉寺の住職高木顕明（たかぎけんみょう）をモデルにした「彼の僧」、新宮中学のストライキを製材所のそれに置き換えた「山鼠の如く」など、九作を収めている。表題作は、濃尾大地震でチャペルが倒壊して「煉瓦の雨」に打たれて即死した新宮教会の恩人大石余平夫妻をモデルに、余平の弟誠之助が「大逆事件」で刑死させられ、その家族を、困難な中、東京に脱出させた経緯を踏まえて、幼な子らに語る趣向である。

この『煉瓦の雨』に収められた跋文は、与謝野寛、晶子、西村伊作、生田長江ら一一名が記しているが、春夫は「手紙を以て跋に代ふ」を、「一九一七年八月三十日」の記述入りで記している。そこには、父宛て書簡で記されたような、あからさまな批判はやや控えられているものの、沖野文学への率直な批判も窺える内容である。それは、「世間での噂話の域」や「耶蘇教的の憂鬱」という言葉に仮託されている。

ところで、春夫の落第問題に戻ってみれば、『詩文半世紀』の中で書いている―「それでも本当の文学好きになったのは中学で二度目の三年級というのは一年落第してからであったろう。数学の点数が足りなかった」と言い、「文学書を読むということが、その時代には学校でも家庭でも一つの禁忌であったのである」ということ。落第後の春夫の態度の変貌である。日露戦後、世の中の不安や不満が、国民の間にも浸透し、自然主義文学への関心や社会主義思想への興味も高まりつつあった。

明治三十九年六月、学生の思想風紀の振粛についての文相の訓令が出されるのも、そんな風潮への警戒からで、新宮中学でも数種の小説や雑誌の閲覧が禁止されている。それらのことへのいささかの異議申し立てもあったのだろうか、この年夏ころ、大石誠之助や熊野実業新聞記者徳美夜月が、「新聞雑誌縦覧所」を仲之町に設けて、若者たちに刺戟を与えている。春夫の「二少年の話」（『中央公論』昭和九年二月、『我が成長』新小説社・昭和十年所収）には次のようにある。

町に新聞雑誌縦覧所といふものが出来た。広い土間の中央に大きな素木の卓布もかけない卓子が一つとやはり白木のままの素人細工みたいな椅子が五六脚そなへつけてあつた。その卓子の上には新聞や雑誌が一面にのせてあつたが、新聞は萬朝だの二六だのそれから平民新聞だとか町ではよそであまり見かけない種類のもの、雑誌では反省社の中央公論を一般的なものとして外に家庭雑誌だとか「火鞭」だの「直言」だの「天鼓」などといふあまり名も聞かぬ週刊らしい小雑誌の外には二三のキリスト教雑誌、その外雑誌だか本だか判らぬ片々たる印刷物もあつて単行本では平民科学といふ簡単な体裁の本が五六冊と「火の柱」や「良人の自白」などの小説もあつた。

『火の柱』『良人の自白』は、キリスト教社会主義者であった木下尚江の著作で、明治三十七年から三十九年に発表され、若い読者に熱狂的に迎えられていて、まさに同時代のベストセラーだった。『わんぱく時代』では、明治四十年三月の落第体験の後に「新聞雑誌縦覧所」に出入りするような記述になっているが、新聞雑誌遊覧所の設置は、それ以前の明治三十九年のことで、僅か数ヶ月であったが、この年は、新宮の文化状況にとっては期を画する時になったことは、後述する。春夫らはまだその状況に名乗り出るほどの存在ではなかったものの、春夫と奥栄一にとっては、すでに「落第の予兆」は孕まれつつあった。

・〈俳句〉から〈短歌〉へ――熊野新宮の文化状況の変遷

文学に関心を示す若い学徒たちにとっては、春夫が「僕は短歌から出発した」と常に口にしていたということは、当時の新宮の「文化状況」を考えてみることによって、その意味を納得することができる。

この頃の新宮の短歌界の事情を知るうえで、欠かせない三つの文献がある。大正十二年新宮短歌会発行の雑誌

『朱光土』連載の中野緑葉の「熊野文壇の回顧」（新宮市立図書館蔵、欠号がある）、と和貝夕潮の「熊野文壇の回顧」（『熊野誌』七号・昭和三十七年三月）とが、まず当事者の発言として注目される。さらに清水友猿の息徳太郎の、友猿資料を駆使しての「熊野浪漫派誕生―新派和歌濫觴記」（『熊野誌』一五号特別号・昭和四十四年一月）があり、熊野短歌界の変遷を詳細に跡付けてくれている。清水は書いている―「明治四十年に入って、熊野歌壇は急激な変貌を遂げた。前年十一月の寛来熊により、うしほ会の人々がこぞって『新詩社』へ入社、『明星』一色に塗りつぶされたからである」と。和貝夕潮、成江醒庵、鈴木夕雨の三名が中心となって短歌結社「うしほ会」が、西村伊作のアトリエで結成され、発会式を上げたのは、明治三十八年九月十四日で、清水の指摘はここに繋げて考えられる。

「うしほ会」結成という新しい短歌の動きに先立って、新派俳句の動きも押さえておかねばならない。一言で言えば俳句から短歌への動きとも言えるし、もちろん両方に係わった人も多い。熊野の新派俳句の揺籃期については、清水徳太郎に「新宮町新派俳句事始　附・金曜会始末記」（『熊野誌』二六号特集・昭和五十五年六月）の力作もあり、土山山不鳴に「熊野俳壇前記」（『熊野』昭和三十七年一月、『新宮市史史料編』下巻所収）がある。

もともと新派の俳句は、ホトトギス系につながる正岡子規を中心として始まった。新宮の地でも、「友猿遺稿」（清水友猿・明治期から新宮の俳句界を牽引した一人）によると、新派俳句を新宮に広めた人として湯田円久（えんきゅう）（号は猿叫（えんきょう））の名を挙げる。明治三十二年七月、春夫の父の熊野病院に赴任、キリスト教新宮教会の牧師間宮弦月（まみやげんげつ）と画して、「金曜会」を立ち上げた。猿叫は、子規とも親交が深かった石井露月（ろげつ）と親しく、医師仲間でもあった。新宮で闇汁（やみじる）句会などが開かれているのも、子規らからの素早い影響である。子規と露月ら仲間たちは、同じ年、食べ物を持ち寄って句会を開き、子規は「闇汁図解」というエッセイを、『ホトトギス』に寄せている。露月が秋田で出していた『俳星』や、中川四明が京都で関与した『懸葵（かけあおい）』などの俳誌が清水友猿宅に残されていたのも、熊野と各地俳句会との交流が盛んだったことの証（あかし）でもある。

春夫の父豊太郎（号は鏡水・梟睡）らも、旧派から新派に移行して金曜会に参加した。「遠松」と号した浄泉寺の住職高木顕明も、メンバーのひとりだった。

猿叫はほぼ一年後、田辺の地で客死、弦月は讃岐に転じたが、明治三十三年三月熊野実業新聞が創刊されて、京都から子規直系の俳人大釜菰堂が赴任してきて、京都以来の俳誌『種ふくべ』新宮版を出した。同じく京都から赴任してきた徳美夜月が、明治三十四年二月の同新聞に「庚子の熊野俳壇一覧」を書いていて、そこには金曜会から始まって、木本町や五郷村から、古座川奥の七川村などに至る一九の会の総勢一七六名の俳号が記されている。今となっては、ほとんど実名は分からない。木本町では中西可客が俳誌『くぢら』を発刊していて、一部は今にも残っている。ちなみに「庚子（かのえのね）」の年は明治三十三（一九〇〇）年である。

『くぢら』に負けじと新宮で創刊されたのが『はまゆふ』（明治三十八年七月）で、大野郊外、清水友猿、東旭子らが主唱したもので、第一次と言われる。その後復刊される第二次のものと比較して、第一次が俳句中心、第二次が短歌中心とよく言われるが、それは俳句興隆から短歌隆盛へという、時間的な経過も考え合わせたもので、どちらも総合文芸誌的な色彩も濃い。ただ、大野らが俳句結社吹雪会の幹部であったことと、第二次をリードした和貝夕潮（彦太郎）が短歌に力を注いでいた事情はある。

『明星』明治四十年二月号（成江醒庵が初登場した号）の「同心語　文芸彙報」欄に「はまゆふ」評が出ている。これは、同年一月一日付発行の『はまゆふ』一七号を対象としたもの。

◎「はまゆふ」は紀伊の新宮から出る雑誌だ。同地の「熊野実業新聞」と共に熊野の俳壇及歌壇の消息が知れる。短歌は新詩社同人鈴木、清水、成江の三人、及び夜月、泥庵、夕潮等の諸氏が近来頓に熱心を加へて製作して居る。「実業新聞」の方では「大容堂日記」と泥庵禄亭二氏の短文が面白い。

「大容堂」とは徳美夜月、泥庵とは熊野実業新聞記者の村田泥庵、禄亭とは大石誠之助である。

前年十一月、与謝野寛（この頃は「鉄幹」という号を使わなくなっている）が新宮を訪れたとき、世話になったという清水友猿宛ての礼状ハガキに「禄亭泥庵二氏の風貌殊に忘れ難く」とあったのが思い合わせられる。

第一次『はま（浜）ゆふ』は、現在七号（明治三十九年一月）以降しか残されていなくて、二一号で終刊したようだが、一七号からは、西村伊作の王子ヶ浜風景の画が表紙を飾り、裏表紙にも伊作の別々の挿絵が飾られている。「自転車」と題されたカルカチュア（滑稽、戯画）風なものもある。

さらに、俳句興隆でもうひとつ挙げれば、子規と同じ俳句仲間、把栗（はりつ）と号した新宮出身の福田静処（ふくだせいしょ）が明治三十九年春帰省して、地元俳人らによる歓迎句会が催されている。子規は高濱虚子、河東碧梧桐とともに、把栗を「錚々（そうそう）たる者」と高く評価したことがある。静処は漢詩での評価も高く、京都での禅僧生活も送った。筑摩書房から刊行された『明治文学全集』全九十九巻の第六十二巻は『明治漢詩文集』であるが、そこに静処の漢詩と解説も収められている。

与謝野寛が、将来を嘱望されていた明星派の青年歌人吉井勇、北原白秋、茅野蕭々を伴って、伊勢から熊野への旅を行うのは明治三十九年十一月で、翌四十年の『明星』に各人の詩や歌となって発表されている。この時の日程などの記録は、『明星』明治三十九年十二月号の「同人遊記」欄に詳しい。またここに、新宮で面会した人々の名が網羅されている。時の新宮中学校校長や教頭、新宮高等女学校校長、医師、弁護士、新聞記者、実業家等多彩な三五名である。大野郊外、清水友猿、鈴木夕雨、和貝夕潮、成江醒庵、徳美夜月、村田泥庵の名も見える。さらに、佐藤梟睡（春夫の父豊太郎）、大石禄亭、西村伊作らも含まれる。「団体としては熊野談話会、吹雪会、うしほ会、有為会等、思想上及文学上の諸団体を合せたりき」であったという。

また同誌の翌四十年一月号には、新宮・速玉神社境内での記念写真が載っている。このとき清水友猿や成江醒庵、鈴木夕雨はすでに『明星』の新詩社と結びつきを持っており、寛らの来熊もこれらの人たちの尽力が大きかった。新宮中学五年生であった和貝夕潮も、これを機に新詩社加入を決意し、和歌七首が新詩社詠草欄に載るのは、『明星』明治四十年三月号、新社友として紹介もされた。同号には、東京の太田正雄(木下杢太郎)らも新社友として紹介されている。その後の新宮の短歌界を担う地位に就く和貝が、寛にすっかり心酔し明星調に傾斜していったことは、後進の者たちの進路にも大きな影響を与えずにはおかなかった。「明治四十年に入って、熊野歌壇は急激な変貌を遂げた。前年十一月の寛来熊により、うしほ会の人々がこぞって「新詩社」へ入社、「明星」一色に塗りつぶされたからである」と清水氏は書いている。しかしながら、寛の『明星』はすでにそのピークを終え、妻晶子の名がますます高まる一方で、寛への評価は下降気味であった。それだけに、熊野の地で殊の外歓迎されたことは、寛にとっては望外のことで、二度目の来訪や熊野の地への思い入れにつながってゆく。

中野緑葉も、

茲に注目したいのは、ひとしく和歌を作り始めた私なりその他の人々のそのいづれが云ひ合せたやうにその出発が俳句に始まつて居る事である。当時熊野文壇に於ける俳句界はかなり隆盛を極め、およそ書に目を通すほどの青年は、たいてい、俳句をつくつたものである。

と『朱光土』一号で述べている。

寛の来熊は後述する『はまゆふ』の復刊の契機になったことは間違いがない。

寛らの来遊の折、新宮中学の三年生だった佐藤春夫は、人力車で町から去ってゆく一行を、「中学校の校門の前で遥拝するような気持ちでいつまでも見送った」(『詩文半世紀』)だけだった。まだ春夫は熊野新宮の文化圏に登場してはいない。そうして春夫には、中野のように「俳句」に接近していた気配はない。自分は「短歌」から出発したという春夫の真意は、熊野新宮の文化圏への登場の背景をも語っていると言える。また一面では、俳人でもあった父豊太郎への違和、あるいは自立の意味を内包していたのかもしれない。それだけに「短歌から出発」したということは、決して余暇としてではない短歌に対する真剣な態度が示されていた。「革命に近づける短歌」という短歌論を発表するのも、必然のことだった。

・春夫の〈自我意識〉の象徴―「佐藤春夫殿下小伝」

ここで、落第した春夫の、以後の新宮中学生活に戻ってみる。

明治四十一年三月二十一日、新宮中学校内で茶話会形式での謝恩会が開かれ、二十三日には第三回卒業式が挙行された。三〇名が卒業したが、内の一人が中村楠雄で、次席という優秀な成績だった。

三月二十四日、おそらく楠雄の卒業記念であろう、春夫を含めて四人で記念撮影をしている。楠雄が正面を見据えているのに反して、春夫はやや斜めの横向き顔で腕組み姿、心なしか寂しそうな気配である。二度目の三年次を終えていた（口絵写真12参照）。

残されていた中村家の写真からのものだが、この写真台帳の裏に、「佐藤春夫殿下小伝」が記されている。写真が出来上がって、後日、春夫が認めたもので楠雄宛てに送られ、それが中村家で大切に保管されていた。楠雄にとってはめでたいハレの日々であったろうが、春夫にとっては四年生への進級が決まってはいたろうが、やはり悶々たる日々が続いていたのではなかったか。

新宮中学ではこの年の新入生が一〇〇名で、前年より一学級が増え九学級編成となっていた。五月四日には米国宣教師フェルフォールドがやってきて、米国社会の現状について談話をし、翌日四、五年生と英語会話をしている。春夫も四年生として参加できたはずである。

撮影から二ヶ月後、自筆で認められた全文である（口絵写真13参照）。

佐藤春夫殿下小伝

本写真中最も天才的容貌を具へたるものを佐藤春夫殿下となす　畏れ多くも　佐藤春夫殿下は明治二十五年四月九日を以て大日本紀州新宮町舟町に御誕生あらせらる　有名なる睦仁は殿下が御叔父君なり　殿下幼にして天資御聡明に渡らせられ日々三度右手に然も二本の箸を把るを忘れさせ給はず　長ぜらるゝに及びて益々其御才能を発揮し給ひ就中数学に於て最も然り　然れども大器は晩成なり明治三十九年再度中学参年級を御勉学あらせらる　御性温厚篤実体操点六拾弐点也　笑ひ給へば二本の牙を露出し給ひ宸怒あれば臼大の尻を有する下女の類をすらおそれしめふけば滔々半日に及び給ふ
近眼十八度明治四十一年三月眼鏡を初めて使用ならせらる
実に模範的好デカダンなり
嗚呼澆世何んぞこの馬鹿者なるを得んや
明治四十一年五月弐拾八日

御名御璽

明治四拾壱年三月弐拾四日撮影

この文を評して、池内紀は記している（『美しき町・西班牙犬の家他六篇』・岩波文庫解説）。

いかにも大人びた中学生だった。しかし、この種のタイプはどの学校にも一人はいるものだ。めでたく成人したあかつきに、とんとめでたくなくなる。かつての特徴のあらかたが、きれいさっぱり消え失せる。

当新宮中学生の場合、「小伝」にみるところの文体がクセモノだろう。十五歳の少年の手になる戯文のあざやかさ。この点、彼はとっくに大人だった。完成された〈ことばの人〉だった。諧謔で盛りつけた戯小伝ごときは、ことさら筆をかじるまでもなく、すらすら書けたにちがいない。

この戯文の評価は、池内の言に尽くされていると言えるが、内容からみて、数学特に幾何の点数が満たないで三年級に留め置かれた現実を、相対化するために取られた自己卑下、それを一年過ごした後の自己客観化、「二本の牙」の露出、他人の評価によるであろう「ホラを吹く」気性、「近眼十八度」の自画像など、斜めから自我を捉える筆致は、のちの春夫の鋭い批評の出発点になるものを孕んでいよう。「近眼十八度」は春夫独特の鼻眼鏡になるのだろうし、「二本の牙」は新宮の三大反っ歯と自称した自虐像になるのであろう。さらに、天皇の「御名御璽」の表記、「畏れ多くも」の前後や「殿下」の前の一字アキなど、皇室表記法にも慣れた手つきである。

春夫が急逝した直後に、幼馴染の岡嶋輝夫が思い出の文を綴り、その見出しに「オレは新宮の三大そっ歯　故佐藤春夫君の中学時代」（五月十日『読売新聞』）とある。岡嶋は言う――

> 校則違反ではないが、彼の鼻メガネは、彼の文学的才能と共に新宮でも有名だった。またその鼻の上部がうまく隆起していて、メガネがちょこんとのっかり、よく似合ものである。メガネ越しにまじめな目つきで、教師たちのアダ名を片っ端からつけては、われわれにきかせて喜んでいた。彼にかかってはだれかれなしにアダ名をつけられるが、彼自身のアダ名は、だれもつけようがなかった。「仕様がないから自分でつけようか。オレは新宮の三大そっ歯の一人さ」たしかに彼はひどいそっ歯だった。当時の新宮中学の寺内校長、町の自転車屋の主人、この二人と並ぶそっ歯だと自ら宣言したのである。イヤ気がさしてきた新宮中学の校長を引きあいに出し、人一倍の気取り屋の春夫君が、三大そっ歯の一人と名のるあたり、いかにも彼らしかった。

と。先に俊子の甥江田秀郎が春夫のことを「反っ歯さん」と呼んだということとも呼応する証言である。

すでに触れたように、写真の主のひとり中村楠雄は春夫にとっては、「お下屋敷」の、大前俊子の姉の家の集まり仲間。先輩の「優等生」というところ。やがて大前俊子を妻として迎える。

楠雄は明治二十四年十二月二十三日和歌山市に生まれている。春夫とは、学年こそ違え、半年の開きもない。その後三歳の折、奈良県十津川村大字平谷の藤井富次郎に養子として入り、尚武の精神、「十津川武士」の感化を受けたという。平谷の小学校、高等小学校を経て、藤井が新宮に移住するのに合わせて、新宮男子高等小学校に転校、三十六年四月新宮中学に入学している。四十一年三月新宮中学を卒業、翌四十二年志を立てて上京、九月海軍主計委託生として東京高等商業学校に入学、大正二年七月同校を卒業、海軍少主計に任ぜられている。「主計」とは、軍の会計、給与を取り扱う部署である。さらに海軍経理学校でも学び、海軍中主計となって軍艦笠置主計として従軍する。大正五年十二月海軍大主計に昇進、その前年の四年に大前俊子と結婚している。五年から八年までは軍艦最上に乗船、俊子ら家族の居住地は、軍艦の寄港地と関係してであろうか、広島県の呉、長崎県の佐世保と移っている。大正八年秋、シベリア出征、九月十四日付敦賀から発せられた養父宛てのウラジオストックに向かう心意気を述べた書信が残されているという。その後に、ニコラエフスク（尼港）で、ロシアの過激派パルチザンに襲われて七百余人の邦人が殺害され、一三〇名ほどが捕虜となった。パルチザンの襲撃は、休戦協定のために派遣されたロシア人を、日本側が殺害したことに端を発していた。日本側が一時停戦に応じながら、パルチザンを襲撃したりしたことから、捕虜全員を殺害してパルチザンは撤退した。ロシア側は責任者を処分したが、日本は責任を負うべき政府の実現までという口実で、北樺太を占領した。そんな動きの中で、中村楠雄は大正九年三月十三日三十歳で命を落としている。

六月二十四日貴族院衆議院の議院内広場での追悼祭儀には、遺児一郎、母楠枝子、親戚代表で中口光次郎、甥の江田秀郎が列席した。母校の新宮中学では七月十三日追悼会を、八月三日には新宮町公会堂で葬儀が執り行われ、町始まって以来の追悼会だと言われた。しかし、いずれの会にも妻俊子の出席はかなわなかった。新宮に引き取られた二人の遺児たちも、母親との同居はかなわず、祖母の手に委ねられた。俊子は結核を患ってすっかり体調を崩しており、その後回復をみることなく、楠雄のもとへ旅立った。「君風格清秀識慮超卓ニシテ至性アリ　義ニ勇ニ情ニ厚ク精悍ノ気眉宇ニ溢レ談忠孝節義ノ事ニ及ベバ意気激越声涙倶ニ下リ躬親シクソノ境ニ立チ　ソノ事ニ接スルノ概アリ」とは、恩師小野芳彦が記す人物評である（大正九年三月刊冊子「新宮第二尋常小学校編　新宮町戦没者略歴」より）。俊子も初めての結婚生活には躓いたものの、再婚して新しい家族を築き始めた折の悲劇だった。

現在残されている中学時代の春夫の記念写真で、早くから知られていたものに、明治四十二年三月二十三日撮影の岡嶋輝夫の所蔵であったものがある。

この日、新宮中学の第四回卒業式が新築なった演武場で行われ、二五名が卒業している。終了後、春夫の呼びかけで久保写真館に向かい卒業記念として撮影したものという（口絵写真16参照）。中村楠雄らと記念撮影したものと「書き割り」の背景などはほぼ同じ。左側の正面を見据えて一人立つ和服で下駄ばきの春夫がひときわ目立っているが、この日の主役は制服、制帽姿で中央に座る、正面を見据えた岡嶋輝夫と、腕組みをしてやや斜め左上を眺めている鈴木三介の第四回卒業生で、右端の春夫と左端で私服の和服姿で横向きの奥栄一とは、見送る立場である。この四人は、一緒に読書会などもした仲であったが、卒業間近になると、「春夫君の天才ぶりはもうわれわれとは別世界」にあり、「文学について語る構えも寸分の妥協も許さなかった」と、岡嶋は先の追悼文で述べている。

ところで、熊野の風景写真の祖ともいえる久保昌雄の『熊野百景』という上下二巻の立派な写真帖は、息子の久保嘉弘（よしひろ）に受け継がれて、何回か改訂を加えられているが、嘉弘は新宮中学の五回生で、春夫と同級になった人で幼馴染、だから春夫も少年時代から写真に興味を持っていたともいえる。

『わんぱく時代』を執筆するに当り、春夫は「はじめこの物語を草するに当って、年久しくそむいている故郷の地の遊び場を思い出す資料にと、町の写真師で中学時代の親友K君を煩わして、僕はむかしの土地を二十カ所ばかりも指定して撮影してもらった」と記している。

最近、それらの写真二二葉が見つかった。内八葉が小浜（おばま）へ超える道や丹鶴姫の祠など、作品に十分に活かされたものである。なかには、「崎山の家のモデル」と注記されたものもある。日和山からの眺望のものもあった（口絵写真26・27参照）。さらに、明治期の思い出地図一葉も含まれていた。K君こそ久保嘉弘である。また遡ること、昭和十一年の『熊野路』上梓に際して、地域の風物とその地域出身の画家とのコラボとして企画された、小山書店の『新風土記叢書』のシリーズで、春夫は全体企画としての画家採用ではなく、久保の風景写真を採用しているのである。

中学時代の春夫の写真で、明治四十二年四月撮影の鬼が城（現三重県熊野市）の奇岩を背景にしたクラス写真がある。遠足で訪れたものだろう。後列の左端に腕組みして立っている。写真裏に「厳然トシテ立ツ春夫」と書き込みがある。また、最近発見されたものに、明治四十一、二年頃の神倉山登り口の石段に座り込んでのクラス写真がある。留年後のクラスである。石段脇の灯籠は今のものと変わりはない。この頃の神倉神社は、例の神社合祀の余波を受けて、廃所寸前に追い込まれ、「お灯祭り」も行われていなかった。速玉神社に合祀され廃社となっていた神倉神社が、復活の許可を受け、小祠を建立、遷座祭を行ったのは、大正七（一九一八）年二月五日のことである。さらに、会誌に紹介されているものだが、明治四十三年三月の卒業生一同での記念に撮影されたものがある。

時代的にも誰もが写真撮影をしたり、被写体になることも日常的ではない状況の中で、中学時代の春夫は、写真への興味も深かった。被写体としての自覚も早くから有していたように思われるのだ。

・思索の場としての徐福墓畔

熊野の地で方士徐福（ほうしじょふく）が「徐福さん」と慕われ始めたのは、何時の頃からだろうか。とにかく「徐福の墓」があるのは、熊野新宮だけだということで、観光の目玉の一つになっていて、いまではJR新宮駅前には立派な徐福廟がある。いわゆる「徐福の墓」が作られたのは、江戸時代、紀州藩祖徳川頼宣（よりのぶ）が儒学者李梅渓（りばいけい）に書かせたもので、緑色片岩で、高さ約一・四メートル、幅五〇センチほど。鎌倉時代頃から、徐福と熊野の関係が注目され始めたようだが、何せ中国の秦の時代は、それよりも一五〇〇年も前の話、徐福が不老不死の秘薬として求めて来たとされる天台烏薬（てんだいうやく）は、むしろ中国からわが国にもたらされたもので、それも江戸時代。司馬遷の「史記」に描かれていることなどから、徐福が秦の始皇帝の命を受けて、東方に船出したとされるのは、歴史的事実だろうが、紀元前三世紀ほどの話、全国各地（九州や丹波など）に徐福伝来の話が伝わっている。はるかロマンを秘めた話は、那智山の信仰が遠くインドからの僧裸形上人によって開かれたとされる話などとも結びつき、熊野の地が南方からの様々な文化的な伝播を有していたことを想像させるには十分である。

春夫がこの徐福墓畔に佇んで、瞑想に耽った頃は、墓石建立から三〇〇年近くが経過しており、墓石の周りに大きな楠が二本ほど残る淋しい一画になっていた。明治四十一（一九〇八）年三月、『会誌』第四号に掲載された「徐福墓畔に佇む」の文は、次のように記述している。

自分は何となく、只何となく淋しいと云ふ感に打たれて、逝く秋のこの夕暮をひとり徐福墓畔に佇んで居るのである。

回顧するが人の子ひとりとてなく、唯々高い楠の二本と、石碑と、自分と、いづれも寂寞にたへぬと云ふが如く、茶褐色の枯草の上に立つて居るばかり。

自分は石碑の側に蹲つた。石碑は蹲つた自分の倍位ある。

するともなく瞑目すると、先づ幼時父に伴はれて此所に来て聞いた徐福の話が心に浮ぶ。あゝ、自分はも一度あんな時に返つて見たい。不老不死、不老不死、自分は心の中で幾度ともなく叫んで見た。空想は其から其へと翼を広げて、三千里外万里長城の劈頭、自分の心は今昔の感にたへないのである。

自分の上楠の枝のやかましい鳥の鳴く声に、ふと我にかへると、オレンジであつた夕空は早くも江戸紫に変じて、四日ばかりの月が白く中空にかゝつて居る。かくして我等は刻一刻「死」に近づきつゝ、あるのではないか。

「徐福墓畔」は、いろいろな形で、春夫のその後の文学活動にも影響を及ぼしてくる。少し、上京後の春夫にも筆を伸ばして記述してみる。徐福は「父が深く」愛した人で、父は登坂の病院を閉鎖し、懸泉堂に隠居したあとも、墓畔近くに家を入手したこともあって（新宮町字徐福七一七二）、帰省した春夫は、ほぼ一年近く、ここと懸泉堂とを行き来していた気配がある。ここから甥の龍児が新宮中学校に通い、関東大震災後東京の女学校を引き上げてきた姪の智恵子は、ここから近くの新宮高等女学校に転校して通った。春夫の母政代の妹竹田熊代が、面倒を見たようである。

この家から新宮高等女学校に通った、佐藤智恵子は、次のように回想している。

……大正十五年だと思う、春夫は父豊太郎の病気見舞のため帰って来たのだった。（略）その時新宮にはもう春夫の「わんぱく時代」の家はなく、知人の斡旋で新宮川奥から（というだけで委しいことは知らない）取りこわし住宅を買取り急遽徐福の墓近くにあった土地に移築して住居として間に合わせたのである。家は田舎の家らしくしっかりしたものであったが、庭は庭と云えるようなものではなく、植木を数本植え、下草をあしらい竹垣をめぐらしているだけのおそまつなものであった。

春夫はしかし、すでにその前年新婚の多美夫人と共に数ケ月ここに滞在している。

若草の妻とこもるや徐福町

の句がある。（略）この徐福墓畔に滞在中、中学時代の同級の友人奥栄一氏、及び夫人奥むめお氏も見えたような記憶があるし、岐阜や他のどこだったか文学愛好の青年が二、三訪れてきたことがある。

（「徐福墓畔の家」『佐藤春夫記念館だより』二号）

土地台帳などによると、佐藤春夫の父・豊太郎は、明治四十五年一月「徐福の墓」の北西三〇メートルにある土地を購入、広さは約一九〇坪（約六二七平方メートル）。大正十一年三月、春夫が相続、昭和十三年二月この土地が売却されている。家がいつ建てられたかははっきりしていない。

春夫に「恋し鳥の記」（『女性』大正十四年七月）と題した文章がある。新開地となった徐福墓畔、徐福町と名づけられた辺の変わりように、はなはだ辛辣な目を向けている。

明治四十二年「軽便鉄道法」が公布され、小規模路線の「軽便線」が全国的に普及。新宮の木材業者らが発起人となって、翌年四月新宮鉄道ＫＫが資本金七〇万円で設立され、翌々年の大正元年十一月勝浦—三輪崎間が開通して運転を開始、大正二年三月には新宮まで開通。最初は木材運搬が目的だったが、次第に乗客も増え、大正六年には勝浦駅で乗降客が年間一五万人余に達している。新宮町の交通の要衝が、熊野川から汽車に変化して、新宮駅に近い徐福町も新開地となっていった。一方で、定期船の寄港が廃止された三輪崎町は、町の財政の四〇パーセントが減少する大打撃を受け、逆に、勝浦は大阪商船の桟橋が付けられ、人の交流が盛んになって、湯治客相手の旅館も建ち始め、観光地の様相を呈し始めてくる。

春夫は書いている。

変つたと言へばただその界隈だけではない。現に私が今このペンを動かしてゐるこの家だつて、やつぱりこの町の新開地だ。それも、私の家などが最も罪が深い。—ここの新開地は、徐福町と名づけられたとほり、徐福の墓と言ひ伝へるあたりである。いや現にその古塚は私のこの窓から日夜見える。人は私の新らしい家の在所を尋ねるから、徐福の前と答へて、戯れに墓畔亭と呼んだ。ボードレールの文のなかにも「墓景見晴亭」といふのがあるから亭号になるかも知れない。（中略）
古蹟と呼ぶのも気まりが悪いほど風情がない。秦の始皇帝の為めに不老不死の仙薬を求めに来たと云ふお伽話めいた道士の墓にしては、今の徐福の墓はあまりにせちがらい。尸を埋めるには三尺の地で足りるし、況んやこの伝説的な墓は尸を埋めたかどうか怪しい次第だが、それにしても新開地のこせこせした家並のなかに纔か十坪にも足りない空地になつて残るのは、浪曼主義の敗北である。さうしてつひこの間―十年ほど前までは、現実主義ももつと遠慮してゐたのだ。あの一基の古塚の両側に今は枯れ朽ちてゐる老いた楠の樹は二本とも、まだ少しではあつたが青い葉をつけてゐたし、墓のぐるりの畔はもつと広かつた。（中略）さうしてその塚のぐるりは一面の田であつた。そんな中にしよんぼり、枯れかかつた二本の大樹の楠のしたに一基の碑と、それをやや離れて取めぐつた七塚とは、青田にそよぐ風に蛙が鳴き初める頃の夕暮、或は又、褪めやすい秋の夕焼の下で収穫に余念のない百姓などをその間に点出した時などに、詩趣とは何であるかを人の子に教へる価はあつた。私は時々、父にひつぱられてこのあたりへ散策に来た覚えもある。その田圃が今は一帯の人家である。さうして人々を非難しようにも、私自身の家がここにあるのだ。（中略）私はまだ青年で、故郷を出てから十五年にしかならない。それに時折によく帰つてみた。しかし少しゆつくりと住んだのは今始めてだし、それも昔ながらの蕙雨山房（稿者注・新宮市登坂の成育の家）に於てではなく、その墓畔亭が身に馴染ないせゐか、また新開地であるせゐか、ものごとに昔が好かつたやうに思へて生れ育つた故郷が妙によそよそしくていけない。

（「恋し鳥の記」『女性』大正十四年七月）

当時の界隈を伝える次の文章も参考になる。

まだ鉄道が通っていない明治三十年頃、徐福塚付近はもとより、駅前本通はまだできていないが、この辺りから南方は下熊野地まで一軒の民家もなかった。田と畠ばかり、そのなかを市田川がうねり、貯木場に注いでいた。その後、徐福塚前の道路に沿って成川の人が「栽美園」という盆栽店を開設、その東側に「熊野館」という旅館と、坊主山の南方に、太平洋や七里御浜が遠望できる料亭が誕生、新宮鉄道開業の酒宴は、ここで行われた。「熊野館」はあまり長続きはしなかったが、戦後まで池田通りに移築されて残っていた。

（永広柴雪「新宮あれこれ」）

この新開地や下里懸泉堂に、春夫は新妻を伴って帰省し、ほぼ一年ばかり滞在した。大正十三年十一月から翌年十月までの時期である。その間に、春夫は神経衰弱に悩まされるほどの苦境に陥った。春夫の自筆年譜によれば、大正十三年三月「小田中タミ（当時二十二歳）を妻とす。教坊の出なり」とある。「教坊」とは、ここでは花柳界のことである。秋田の生まれで、小樽から赤坂に移り、「徳勇（一説には太子）」と名のっていたと言う。一女美代子を連れて春夫に嫁いだ。

そんな日々の中、大正十四（一九二五）年三月十七日、新宮の文学仲間であり、「紀潮雀」の号で、大衆作家として名を成しつつあった下村悦夫らが徐福町の家を訪ねてきた。悦夫に請われて、春夫は大部の揮毫をした。『殉情詩集』所収の「同心草」の内の一三編で、みずから一七頁にわたって揮毫して、金縁のアルバム帳を仕上げている。その跋文に言う――「友人下村悦夫君は好事の人なりたり。一日われをしてわがうたを自書せしむ。悪詩と拙筆と情癡と蓋し三絶なり。乃ち一笑して之を諾す」「於徐福墓畔　佐藤春夫」とある（『新編図録　佐藤春夫』では、借覧して写真掲載しているが、現在は所在不明になっている）。それは、新宮の徐福町で作製されたものである。春夫は、神経衰弱の憂いからひととき開放されたのだろうか。

春夫は、「移転通知に　若草の妻とこもるや徐福町　春夫」の短冊も残している。また、「汽車通る徐福墓畔の菫かな」の句を詠んだという、下村悦夫の証言もある。

春夫は多くの印を用いているが、なかに「家在徐福墓畔」というのがあり、春夫もお気に入りであった。「家は徐福墓畔に在り」とでも読ませるのだろうか。父豊太郎も多くの篆刻を残しているが、なかにこの印を彫ったものもあったという。豊太郎は請われて、谷崎潤一郎の印も彫っている。

昭和四年刊行の『支那童話集』には「徐福」が載っている。昭和二十八年「徐福の船」という詩を発表（『文芸日本』昭和二十八年三月、『詩の本』昭和三十五年所収）。昭和五十八年山崎裕視によって曲がつけられ、翌年「新宮はまゆう合唱団」によって発表された。

もう少し大正十三（一九二四）年の徐福墓畔と、春夫らの文学仲間の存在を追ってみる。

人家が増え、新開地になるにつれて、徐福の墓の境内は一時、わずかに三〇坪ほどになったというが、大正五年に熊野地青年会の幹部が境内を修築、「七塚の碑」も建立され、境内の周囲が整備された。翌六年保田宗次郎が隣接地を寄付、大正十四年熊野地青年会の幹部を中心に徐福保存会が設立され、四〇〇余円を募金、隣接地一〇〇坪余を買収、境内を拡張していった。翌十五年徐福保存会とは別に、徐福信徒の人達が徐福講を組織、九月一日を八朔（はっさく）の日（旧暦の八月一日。お盆の盂蘭盆の最後の日にあたる）と定め供養の祭りを始める。現在も使われている徐福の御詠歌は、この時作られたものである。

・下村悦夫と富ノ澤麟太郎

ところで、春夫の熊野への帰省滞在が、一年ほどに及び、そうして神経衰弱に悩ませられたのは、ひとつに新進気鋭で将来を嘱望された作家富ノ澤麟太郎が、熊野の地で僅か満二十五歳で急逝したことと関連がある。

富ノ澤麟太郎が春夫の下に出入りするようになったのは、熊野出身の詩人中井繁一を介してで、大正八年二月のことである（大正十五年『現代小説全集』の春夫自筆による。『定本佐藤春夫全集』の年譜で十二月とあるのは誤り）。麟太郎は、早大の同級生横光利一や中山義秀らと同人雑誌『街』や『塔』と係わり、作品を発表していた。麟太郎は、春夫の推薦で当時有力な雑誌『改造』に「流星」を発表（大正十三年十月号）、新進作家として注目され始めていた。次回作を書き悩んでいる麟太郎を見かねて、帰省予定の春夫は熊野へ誘い、そこでの創作活動を勧める。

麟太郎を春夫に紹介した中井繁一は、「さめらう（醒郎）」とも号して、春夫より二歳年下、三重県五郷村湯谷（いさとむらゆのたに）（現熊野市）の出身、ローマ字運動に参加、社会運動にも関心が高く、大正五年熊野で『KUMANO-KAIDOO』というローマ字の口語詩集を上梓、わが国初のローマ字詩集の地位を得るが、それが仙台の中学で学んでいた麟太郎の目に留まり、以後ふたりの文通が始まって、上京後さらに交流が深まった（なお、平成五年十一月『中井繁一詩文集』㈠㈡が、田垣内利晃編で刊行されている）。

大正十五年八月、中井繁一は『ゼリビンズの函』という詩集を刊行しているが、春夫は「『ゼリビンズの函』の著者」という序文を寄せている。

この詩集の著者は、予の弟が少年時代からの友人である。

彼は自然に恵まれた熊野川上流の地に育つた。郵便局に勤めてゐたが、ローマ字運動に驚異的の感興を起した。彼が今日、上京してゐる最初の動機は多分これだらうと思ふ。

彼は貧困のなかでよく詩を愛した。ドイツ製の封筒と書翰用箋とを持つて、近郊から市中へ行商に来る時、彼が携へたものは一個の大きな握飯と林檎とであつた。全く詩的な弁当ではないか。

彼は後に職業を転じて、今はさるささやかな印刷屋の主（あるじ）である。（略）

と。跋文は鳴海要吉、装幀は武井武雄。武井は「童画」の命名者で、デザインや装幀の分野でも新機軸を出し、玩具製作などもしている。その後創作玩具に興味を示していた春夫とコラボした作品も残している（例えば「ジャックと豆の木」（昭和三十一年十一月『こどもクラブ』創刊号・全集未収録）は、三行一連で三七連から成るさながら叙事詩の形態で、子どもが暗唱しやすいような配慮もなされている）。版元の恵風館は、東京・芝区白金の「鈴木恵一」となっているが、中井が立ち上げた印刷屋との関係は詳らかではない。ゼリビンズとは、小さな豆の形にして乾燥させたゼリーに糖衣をかけ、蜜蠟（みつろう）でつやを出したキャンディー。麟太郎の「流星」の中にも、「赤や白のゼリビンズ」という表記がある。

中井は春夫の弟秋雄とも交流があり、さらに富ノ澤麟太郎などと拡がってゆく。麟太郎が熊野への誘いに乗ったのも、こういった交流とも係わっていよう。

しかしながら麟太郎は、熊野に到着まもなく、ワイル病という感染症で病臥の身となり、二月に入って、母親がひとり息子のために看病に熊野にやってくる。その二週間後、急性の心臓麻痺が原因で帰らぬ人となった。大正十四（一九二五）年二月二十四日のことである。

臨終の場に立ち合ったのは、医療処置を行った春夫の父豊太郎、春夫、麟太郎の母、それに改造社の編集者宮城久輝らである。宮城は「春宵焼友（しゅんしょうしょうゆう）」という哀切極まりない文語調の文章で、麟太郎の荼毘の様子を伝えている（『文芸時代』五月号の富ノ澤追悼特集）。その地は、懸泉堂近くの万葉集以来の歌枕の地、玉の浦海岸である。息を引き取る間際の様子は、次のように記されている。

> 佐藤氏は、夕方より注射や酸素吸入に一心をこらす氏の尊父が、君の枕頭近く酸素吸入をし給ふ下より手を差出せしに、君も先生の手を握りて、「先生、お世話になりました。お母さんをよろしく」と言つた。
>
> 信ずる者に厚き佐藤氏のその時の哀惜の情は、只だその場にありし人々のみ、よく知るであらう。

遺骨を抱いて憔悴しきって帰京した母親は、息子の急死をめぐって、春夫家族の対応に不満を漏らしたことなどから、麟太郎の親友の横光利一が、春夫への不信を吐露（「富ノ澤麟太郎の死」・大正十四年三月五日『読売新聞』）し、母の言を鵜呑みにした横光、さらには、ライバル誌『改造』に肩入れする春夫を快く思っていなかった『文藝春秋』誌が、「佐藤春夫、富ノ澤麟太郎の死に冷酷」というゴシップまがいの記事を流したりしたことなどから、春夫は思わぬ渦に書き込まれてしまう。そのことが、春夫の神経衰弱を増進させ、上京の機会をより遅くさせてしまった。そんな苦境を察してか、芥川龍之介が慰めの言葉をかけてくれた思い出を、春夫は『改造』昭和三年七月号の「芥川龍之介を憶ふ」の文章で述べている。この時芥川はすでに亡く、自裁した後のことだった。

横光利一も翌年「富ノ澤の死の真相」（『文藝春秋』二月号）を書いて、自分の誤解であった旨の発言をし、非を詫びているが、このことについて春夫の側には、弁明めいた発言は皆無であるものの、春夫の横光に対する心情には、軽侮の念と、横光の人脈に対する確執は長く尾を引いたようだ。

富ノ澤が亡くなった直後、『改造』五月号に「あめんちあ」が掲載される。「あめんちあ」とは、急性の精神錯乱を表すラテン語である。タイトル後に「遺稿」とあって、記者がこの作品が力を入れた作品であると本人が強調して、旅費を前借りして紀州に旅立っていったと、注記している。さらに『文芸時代』五月号は、遺作「二狂人」を掲載するとともに「富ノ澤麟太郎氏の追憶」特集を組んでいる。なかの中井繁一の「私の郷国に死んだ富ノ澤麟太郎」は、埋葬前の麟太郎の遺骨を机上にして、この稿を書いていると告白している。母親の介在もあってか、春夫との関係がややギクシャクしている印象を受ける。中井は親友の富ノ澤麟太郎の『夢と真実』という作品集を、昭和三年限定一五〇部で自費出版している。

『文芸時代』という雑誌は、いわゆる「新感覚派」と言われる文学を推進したとされるが、その代表川端康成は「新進作家の新傾向解説―新感覚的表現の理論的根拠―」（同誌・大正十四年一月）のなかで、麟太郎を新感覚派の一人として位置付けている。

一方で、春夫は大正十四年一月『童話ピノチオ』を改造社から刊行している。イタリアのコルローディ原作の「ピノッキオの冒険」のわが国での受容史においては、貴重な作品となる。春夫は「『ピノチオ』の移植―その訳者の一人として」を書いていて（『イタリア』昭和十七年十一月、『随縁小記』文林堂双魚房・昭和十八年所収）、それによると英語訳本を春夫に教えたのは、下村悦夫であった。春夫は英訳本によってその存在を知り、童話雑誌の『赤い鳥』や『女性改造』に、日本語に訳して連載してゆく。そんな折、この書を春夫から借り受けた西村伊作は、東京に出て文化学院を創設する前で、まだ新宮に住んでいる頃、小学生の娘あや等に話して聞かせ、それを基にあやは絵本に仕立てて刊行する（キンノッツ社・大正九年）。ちょうど伊作も住宅に関する本『楽しき住家』（警醒社・大正八年）

がベストセラーとなっていた時期で、話題に拍車をかける。だから、作品ピノッキオ受容は、英訳本を通して、熊野・新宮の地で胎生、醸成されていったとも言えるのである。

ここまでは、一応、春夫の証言などでほぼ確定していることである。そこに、ピノッキオの話を下村悦夫に教示したのが、富ノ澤麟太郎であったという、下村の長男麟太郎の証言がある（「父下村悦夫の生涯」『熊野の伝承と謎』所収）。麟太郎の命名も、富ノ澤と父との交友から生まれたのだと母は話したというが、富ノ澤の上京時期を勘案すればやや無理がある。しかしそれ以前、中井繁一とはすでに交友があった富ノ澤だから、悦夫との接点も考えられるし、上京後の早い時期に、ふたりが交流の機会を持ったとも考えられる。ピノッキオ受容に富ノ澤麟太郎が絡んでいる可能性は十分にありうる。下村は「富澤麟太郎」と表記しているが、「富澤」の方が本名であり、「ノ」を入れるのはペンネームである。下村悦夫と富ノ澤麟太郎との繋がりを示す資料は、下村の息麟太郎の証言が唯一のものなのだが。

そうすれば富ノ澤が熊野の地で病臥している頃、悦夫も新宮に住んでおり、病床を見舞ったことさえ想像される。「紀潮雀」のペンネームで大衆作家として名を馳せ始めた悦夫は、新宮で口述筆記などをしながら創作をつづけていた。大正十四年一月新たに創刊された『キング』に、下村悦夫名でその代表作となる「悲願千人斬」の連載を始めたばかりだった。

大正十四年三月十七日、下村悦夫に請われて作製された揮毫一七頁にわたっての金縁のアルバム帳を仕上げた佐藤春夫。それは、富ノ澤麟太郎の悲劇的な死からほぼ一ヶ月後、新開地の徐福墓畔邸でのことであった。その時、春夫も悦夫も、麟太郎への思いを共有していたのではなかったか、春夫にとっても神経衰弱の憂いからひととき開放されたものとなったのではなかったか、とはすでに述べた。

新開地の徐福墓畔邸は、そこから広がった春夫を巡ってのさまざまな人脈を考えると、春夫の文学的な営為にも、多くの蔭を落とす場所でもあった。春夫は「徐福さまは幼なじみの事」という文章で、「自分の故郷は古の熊野神邑の地、和歌山県新宮市である。（略）秦徐福墓と称するものがある。（略）自分が能火野人と号し、又、家在徐福墓畔という印を用ゐるのはこのためである」と述べている。「家は徐福墓畔に在り」と読ませるのであろう。ちなみに、「能火野人（のうかやじん）」の「能火」は、「熊」の字を分割したもの、つまり「くまのびと」の謂いである。

・復刊『はまゆふ』とその挫折

徐福墓畔邸の記述が、上京後の大正時代の春夫にまで及んで長くなったが、春夫や奥栄一の新宮中学時代に戻る。和貝夕潮（彦太郎）が、新宮中学を卒業するのは明治四十年三月、直後に新宮男子高等小学校に奉職する。その頃中野緑葉（匡吉）や坪井紫潮（英二）らが出していた回覧雑誌は、師和貝の梃入れで、月刊の謄写版『みどり葉』に変身し、新宮中学生の佐藤春夫や奥栄一も参加してくる。『みどり葉』二号の頃から、和貝宅での短歌会も始まったらしい。

熊野歌壇の現在をあらしめた人として、和貝夕潮氏を忘るべからざる人である。氏が十年一日のやうに歌をつくつて発表し、後進を指導し、熊野歌壇を開拓した努力は、熊野歌壇に特筆していい程大きなものである。熊野歌壇の先輩中、氏は最も長く牛耳をとつた人であり、且つ最も永い間作歌した人である。当時醒庵、芦月など漸く熱を収め、夕ざめ、夕潮両氏によつて、僅かに新派和歌の存在を保つてゐた。その内和貝夕潮を主宰とする謄写版印刷の雑誌『みどりば』が発刊されるやうになつた。（中野緑葉「熊野文壇の回顧」『朱光土』一号・大正十二年五月。口絵写真19参照）

明治四十一年八月、復刊『はまゆふ』が刊行される（十日・第二巻第一号・以下、表記が「はまゆふ」「浜ゆふ」など統一していない）。編輯発行人は和貝彦太郎（夕潮）、発行所は「濱木綿社」になっている。「濱ゆふ」と題する与謝野寛の歌五首が巻頭を飾っている。

丹塗舟(にぬりふね)錨(いかり)帆の綱鱶(ふか)の鰭(ひれ)にほふ日向(ひなた)に濱ゆふの咲く
橘の蔭(かげ)に朝睡(あさい)す八咫(やた)がらす熊野の烏さはな呼びそね
水いろの衣(きぬ)きる母のふところにありし日見ゆれ瀞(どろ)に歌へば
那智山の那木(なぎ)の杖つき早歌を念仏(ねぶつ)に申す恋の順礼
青海のほとり紀人(きびと)はましら玉ふた丈(たけ)高き磯(いそ)に船おく

いずれの歌も、明治三十九年秋の熊野来訪の折の歌で、歌群五〇首が明治四十（一九〇七）年三月の『明星』に発表されている。「瀞に遊べば」が「瀞に歌へば」になっている異同などがある。なお、二首目の「橘の蔭に」の歌には、『明星』では、「（新宮にて、清水氏の家に宿る）」の付記がある。これ等の歌は、与謝野寛の第七歌集『相聞(あいぎこえ)』（明治書院・明治四十三年三月）に収録されている。

寛の巻頭歌に続いて、和貝の「蘇生の辞」が出ている。どちらも他の諸作品と比べて大きめの活字が眼を引く。和貝は言う――

砂に埋もれし浜ゆふの甦らんとして。声あり。

（略）

浜ゆふは甦れり。
あゝ天外の福音！
吾が師、与謝野寛先生の深きみ教へこそげに
浜ゆふの生命なれ。

『はまゆふ』復刊の立役者は、和貝夕潮であること一目瞭然で、与謝野寛の熊野来遊が大きなきっかけになったこ

とがわかる。最大の協力者は、七里御浜の潮騒から「潮鳴(ちょうめい)」と号した中学生佐藤春夫で、表紙絵に烏と猿とが対面する絵を描き（口絵写真17参照）、「鼻の人」と号して編集後記に当たる「熊野烏」欄を書いている。表紙絵ははなはだ不評であったようだ。

成江醒庵(せいあん)が「予の観たる自然主義」（復刊『はまゆふ』一号）と題して書いているが、そこにはむしろ「自然主義」の「無理想無解決」ゆえに「危険なる思想」を起こしやすく、「血潮の燃ゆる青年子女、殊に人生の行路に迷へるもの、如きは断じて自然主義の作物に近かざるを可とす」という結論は、当時の一般世相の主調の域を脱してはいない。例の春夫登壇演説の波紋が広がった際に、春夫に同情的な感想を述べた醒庵さえも、自然主義に対しての理解はこの程度であった。

「禄亭」の大石誠之助の「無題雑録」（復刊『はまゆふ』一号）では、「今の教師はパンの為めに働くから、其売る所の修身は商品と同じやうなものになり、医者はパンの為めに病人を迎へるから、終に薬売りになつて仕まふ。」と述べ、『はまゆふ』復活については、

> 政治雑誌の発行を続けようと思ふならば何うしても世の政権と金権に諂(へつ)らひ、侵略を謳歌し投機を称揚し、驕(きょう)奢(しゃ)（引用者注・おごりぜいたくにすること）淫佚(いんいつ)（引用者注・楽して怠けること）を讃美せねばならぬ。然るに文学雑誌となれば有難い事には、積極的にそんな階級者の提灯を持たずとも、唯だ之を黙認して置くだけで立つてゆく。結局浜ゆふの再生は女の子が生れたやうなもので、あまり活発な仕事を望む事は出来ぬにしても、徴兵に取られる心配がないので、先づ安心と言ふ位の事だらう。

と、大石独特の皮肉交じりで辛辣な書きぶりである。政治と文学との関連で言えば、文学にはやや冷笑的である。後に、春夫が社会主義と芸術との関連で誠之助に食って掛かる、その萌芽がこの辺にあったのかも知れない。

「濱木綿社詠草」欄の「潮鳴」と号していた春夫の和歌は、例えば「み熊野に吾れ人となる斧ふるひ雲湧く中にわ

れ人となる」とか、「え動かず五尺のむくろいと細き五色の糸の一重からみて」「ひとつひとつ悔（くひ）のきざはしのぼり来て闇なる室（むろ）に吾はさまよふ」などである。「紅霞（こうか）」と号した下村悦夫の歌は、「赫耀（かくしやく）（ルビはママ・引用者注・光輝く様子）と夏の光はどよめける市にもの乞うわが顔を射る」「病みぬれば獣の如し牛の乳もてる若人目をあげて待つ」など。「愁羊（しゆうよう）」と号した奥栄一は、「若き目のあまた来りておとろへし心の闇に星のごと照る」「ふときゝぬ闇をへだてゝふと聞きぬ死の凶鳥（まがどり）の羽ばたきの音」などである。和貝夕潮には、「蜑（あま）の子は浜ゆふ咲ける浦にゐて父待つ吾はみ船をぞ待つ（与謝野先生の再遊を待ちて）」と言う和歌もある。

「佐藤潮鳴」での「馬車」と「食堂」と題する二編の詩もある。「蛍がり」という短文は「蛙聖（あせい）」の作で、愛嬢の行子がせがむので蛍見物に出かける話である。「蛙聖」とは、「大逆事件」で大石誠之助とともに刑死した成石平四郎の号で、ふるさと請川（うけがわ）の大塔川の蛙の鳴き声に由来するもの。死刑が決定した時、戒名は不要だから「蛙聖成石平四郎之墓」とだけ、小さな墓石に刻むように遺言していて、その通りの墓石が残されている。

復刊『はまゆふ』は、その年の秋に二号を出して中絶したようだが、二号は現存していないので、その内容は詳らかにはしえない。中野緑葉が「濱ゆふ」第二号は出た。第一号に比して、内容は、短歌に於て非常に豊富で、且つ歌も第一号に比べて優れてゐた」という記述において知ることが出来る（『朱光土』三号・大正十二年八月　口絵写真20参照）。ただ、三号の予告が出ているものの、実際出た気配がないのは、今から述べるような、春夫ら若い世代の、和貝からの離反が影響していよう。

ところで、明治四十一年七月の『明星』に、春夫ら若い世代の和歌が掲載されたことはよく知られている。

にごりたる水なにごとか罵りて風にさからひ海に押しゆく　下村紅霞

我が燈火（ともし）七たび明りあなあはれ七たび消えぬ風もなけれど　佐藤春夫

斧うつをゆるさぬ天の老木に攀じなむとして大風に落つ　奥愁羊

七つの灯消えつ明りつ夏の夜の涼風かよふきざはしをゆく　中野緑葉
わが胸の木々の病葉（わくらば）おもひでの風ふくごとにかなしみて鳴る　坪井紫潮

ちなみにこの時の選者は、やがて朝日新聞の校正係をしながら、同新聞の短歌欄の選者を務める石川啄木である。

『明星』の新進歌人として頭角を現していた。投稿は和貝の意によるものらしく、春夫は、

わたくしは時々に詠み捨てた幾首かを浄書して雑誌『趣味』の歌壇（選者はたしかに窪田空穂氏ではなかつたかしら）に投稿して、必ず幾首かは採つてもらえる常連になつた。これがわたくしのものの活字になつたはじめてである。もつとも田舎新聞や校友会誌は別として、また明星などにもわたくしの歌が出たこともあつたが、そのころわたくしは明星には投稿しなかつたから、当時のわれらの歌の指導者が選択の上で会の詠草として寄稿したのかも知れない。

と述べている（『詩文半世紀』）。

『明星』に投稿しないのは、むしろ意志的なもので、いわゆる明星調と言われたものへの反発もあった。下村悦夫や奥栄一らにも共通する認識でもあった。〈明星調の克服〉は、若者たちに短歌の世界からの浮上を促進させ、詩の世界や小説の世界へと大きく視野や関心を広げる作用をも果たした。

一言で言えば〈若者の反抗〉として片づけられないこともないのだが、ちょうど中央でも与謝野寛離れが起こっていて、明治四十一年（一九〇八）十一月『明星』が一〇〇号で廃刊に追い込まれざるを得ない状況にも呼応している。

・春夫らの明星調からの離反

再び、ここで中野緑葉の回想に戻るが、その前に中央の文学界の動向を辿っておかなければならない。

明治三十年代の浪漫主義文学を先導したのは、与謝野寛が主宰した『明星』であったことは、誰もが認めること

である。ところが、明治三十九年を境として、西洋の文学的な動向も導入されて、象徴主義や自然主義の影響が顕著になるにつれて、詩歌壇も急激な転換期を迎える。与謝野寛が熊野を来訪するのは、明治三十九年秋であったことも、ここで想起したい。島崎藤村が『破戒』を自費出版して波紋を呼ぶのもこの年で、翌年には田山花袋が「蒲団」を発表する。自然主義文学の代表とされる作品である。雑誌『明星』もそれらの余波をまともに受ける。

明治四十年十二月号の『明星』は、「「明星」を刷新するに就て」と題する新詩社同人の宣言を載せている。なかで言う——

見よ、無益なる自然主義の論議に日を消する諸君、そこにも、彼処にも。又見よ、性慾の挑発と、安価なる涙とを以て流俗に媚ぶる、謂ゆる自然主義の悪文小説は市に満つ。想ふに、彼等、人として統一的自覚なく、文人として天分乏しく、甚だ空想と情熱と詞藻とを欠き、古代文芸の修養浅く、はた、社会競争の苦闘より未だ心上の鍛錬を嘗めざる平凡の徒が、偶ま茲に平凡なる安堵の地を見出でて、姑らく落居せむとするものか、詩歌の浄城も亦漸く彼等が跳舞の場たらむとす。あゝ我等、不敏と雖、此際に努力せざるべけんや。

『明星』は年明けの新年号から大刷新を図るとして、『明星』派内部にも浸透していた自然主義的な風潮を一掃しようとの狙いで、「反自然主義宣言」と言われる。与謝野寛の筆になる。

しかしながら、この宣言が不当であるとして、北原白秋、吉井勇の熊野来訪組はじめ、木下杢太郎ら七名が連袂（稿者注・たもとを連ねる）脱退事件が起こる。裏には、寛の古い宗匠意識に我慢がならなかったという事情もある。『明星』の前途には逆に危機が押し寄せ、結局、大刷新の意図も空しく、『明星』はこの年十一月の一〇〇号記念号を出して幕を閉じざるを得なくなる。与謝野寛は、「わが雛はみな鳥となり飛び去んぬうつろの籠のさびしきかなや」と嘆きの歌を詠んでいる（『相聞』所収）。与謝野寛が熊野の地を再訪し、この地との係わりを深めるのは、それ以後、明治四十二年夏のことであった。

その間寛は、精神的な苦境にも瀕していた。山川登美子をめぐって、晶子との間に離婚の危機も抱えていた。春夫は、後年『晶子曼陀羅』（講談社・昭和二十九年）の中で、寛の庭前での奇妙な振る舞いについて描写している。せっかく百号まで続けて来た明星も百号を大々的に記念号として廃刊した後は、門前も自ずとさびれて訪う人もないのを、わざとらしい強がりに面会謝絶などと貼り出した彼の本心は来客の恋しい所在なさに、いつまでも庭に居て、土いじりかと思えば、事もあろうに、童子のいたずらのように蟻の大群を石でたたき殺しているのであった。

それを見咎めると、ふりかえって、蒼白い真顔で、ただ一言、「憎いからね」と云う意味は、晶子にはすぐわかった。とるにも足らないものが、ただ頭数だけをたのんで横行するのが、文苑や詩壇の有象無象（うぞうむぞう）の徒党のように思えて、罪とがもない虫にこう当たっている。それほど憤ろしくさびしいのである。今はそれを諷詩に歌うすべをすら忘れかかっている。彼はもう発狂の一歩手前まで来てしまっている。

晶子もこれには慄然とした。

『晶子曼陀羅』の九十四章である。

この寛の蟻殺しのエピソードは、すでに晶子自身の自伝的な小説「明るみへ」（『東京朝日新聞』大正二年六月～九月・未完）でも取り上げられていて、世に知られている逸話だった。寛は精神的にもかなり参ってしまっている、それが明治四十一年ぐらいの時期の寛の姿であった。だから翌四十二年に寛が石井柏亭、生田長江とともに、この熊野に来遊したときは、そういう点では心の病いの回復というような意味があったのかもしれない。

そんな中央での動向に対して、熊野での和歌の世界はどうであったのか。中野緑葉の回想が参考になる。

当時中央歌壇は、与謝野氏の明星派に対抗して、尾上柴舟氏を主宰とする雑誌「新声」が頭を擡げ、明星派が星菫の臭味を持つた貴族的遊技とは全く反対に、別に一新体を為した「人生派」とも名づくべき内容と調子を持つた新派和歌を発表して居た。その勢は漸次高潮して遂には「明星」と相伯仲するやうになつた。斯くて歌壇は東に「明星」西に「新声」がおのおのその態度を表明してにらみ合ふやうになつた。当時新声派が生んだ収穫として今日残つて居る人は、若山牧水、前田夕暮、土岐哀果の三氏で、哀果氏は当時湖友と号して居た。この両者の対峙を中心として中央歌壇はいろんな傾向を所々に小さく生んだが、その大なる潮流は、依然として明星と新声の二誌が為して居た。この潮流が、いつともなく熊野歌壇へも注ぎ入つたが、毎週一回の短歌会で発表される歌の中にも、おのづと各種の色が出て来た。それはこれまで和貝氏を対照(ママ)として盲目的に進んで来た「みどりば」時代の人々が、漸やく目ざめの第一歩に自然的に踏み入つて居た証左であつた。当時の状態から推して、私共の唯一の対照(ママ)であり指導者であつた和貝氏自身も自分の行くべき道、歩む入るべき道が、どんなであるのか判らなかつたやうに思ふ。従つてそれを唯一の頼りとして歩いて居た私共の歩調が、どんなであつたかは想像に難くないであらうと思ふ。

（『朱光土』一号）

若い歌人たちが与謝野寛の下を翔(と)び起ち始めていたように、熊野の地でも春夫ら若い世代は、和貝夕潮の軛(くびき)から抜け出そうとしていたのである。

だから、明治四十一（一九〇八）年七月の『明星』に、春夫ら若い世代の和歌が、和貝の投稿によって掲載されたことは、ある意味では皮肉の意味を含んでいたことにもなる。

和貝夕潮の「籠(かご)」から飛び立った春夫を筆頭に、奥栄一や下村悦夫は、和歌仲間の連中から「急進党」と揶揄された。中野は書いている。

「浜ゆふ」の人々の中でも新声派の影響を多分に享けた佐藤春夫、下村紅霞の両君は人生派の歌を楯にして明星派の歌に抗弁した為和貝氏から「君達は急進党である。吾々はランプ党で君達は電気党だ」と戒飭(かいちょく)（引用者注・いましめること）された結果、遂に和貝氏から破門された。

（『朱光土』三号）

春夫らの「破門」は、明治四十一年十月の頃と推測され、こういった経緯が、ただ若者の反抗というだけでは収まらずに、『みどりば』の続行を困難にし、復刊『浜ゆふ』の中絶をも強いていった。和貝も〈破門〉したとは言っても、交流が途絶え絶縁したわけではない。和貝も和貝なりの困難を抱えていたと見え、高等小学校を辞して、熊野実業新聞社に入社するのは、明治四十二年一月のことで、この年の夏の与謝野寛の再訪に尽力することになる。

春夫は明治四十一年十月十五日付の『熊野新報』に「紅林檎」と題する八首を、管見では初めて単独で発表している。さらに、十月二十二日付の『熊野実業新聞』に、「二人のうた」と題して、下村悦夫と四首ずつの形で発表している。〈破門〉後の彼らの示威活動らしくも見える。「向かひ居てただかたるだに腑し目がちわが本性のか弱さを愧ず（紅霞＝悦夫の号）」「ちくたくと時を刻める夜の時計この世の外にわれ眠る間も（春夫）」など。「紅林檎」には、「悲しさを「悲し」と云はずわが性（さが）の「うれしからず」とわれに云はせぬ」などとあった。悦夫は自身の〈か弱さ〉を十分に認識してか、しばらく「弱き人」と名乗ったりする。

春夫の「黒瞳」七首も、これは「初恋の人」大前俊子に捧げられたものと解釈できる、自意識と憧れの心に引き裂かれた作者の姿が投影する。

「秋の夜や君は語らずみひとみの黒きを見つゝわれ云はずまた」「ナイフいま紅き林檎の皮と実のあいをかすかに音たて、へぐ」「わが過去を悔ゆるにあらず反抗のなみだ滂沱と頰をくだるかな」「ひれふしてわが身を君に委ねんとすれど男の子のほこりわれもつ」など（『熊野実業新聞』明治四十一年十一月十二日）。黒い瞳は、「つぶら瞳の君」俊子の象徴であったことは、後の抒情詩ではっきりとする。

・春夫の「革命に近づける短歌」

「急進党」「電気党」（比較的はやく普及した新宮の電気事情ではあるが、この頃はまだようやく電線がお目見えし始めた頃である）と揶揄された春夫らであったが、明治四十一年末に春夫は「革命に近づける短歌」を発表している（『熊野実業新聞』十二月十八日）。「急進」では収まらない「革命」という言葉を使って、短歌の世界の行く末を論じている。

明治四十一年末の春夫の短歌論調には、脱明星の色彩が濃厚で、例えば、前田夕暮の和歌の評価などにも表れている。夕暮は明治十六年神奈川県の生まれ、中郡中学を神経衰弱のため中退、『中学世界』『中学文壇』『新声』などに盛んに投稿して文学的な関心を継続した。明治三十七年上京して尾上柴舟に師事、二松学舎などで学んだ。若山牧水や三木露風も柴舟に師事していた。夕暮は、僅か二号で終わったが、『向日葵（ひぐるま）』を明治四十年発行、『明星』の浪漫主義に対抗して鋭い批評を行い、注目された。四十三年処女歌集『収穫』を刊行して、自然主義歌人と目されていた。春夫も同調したわけだ。「前田夕暮の歌は未成品かも知れない。然し僕は好んで近代人を歌ひ美を去つて真につく其の努力が好きだ」と口癖のように述べていた。その論調が「革命に近づける短歌」を書かせた。

そこで春夫は、三木露風が『文庫』誌上で「覚醒せざる短歌」という語で現今短歌を批評し、与謝野寛と応酬があったことに触れ、「露風、寛両氏は年令としては僅に十数年の相異にすぎない。然し其思想に至つては恐らく十数年の相異ではないであらう」と述べ、続けて「時代は猶予なく進歩して行く」としながら、

新しい時代の一部の青年は口々に強い文明の圧迫を感じて批評的となり神経過敏となつた冷やかな理性と若々しい青春の感情とはこゝに一種恐ろしく病的なる複雑なる思想を生んだ。虚無思想とでも云ふか生きて居るに足るべき理由をも知らず然も死すべき理由をも見出し得ずまあパンでも喰つて居やうかと云ふ風な思想があまねく青年の胸に漲り渡つて忠君だの愛国だのと云ふ所謂健全なる思想は渠等の胸から次第にその影を止めずなつて仕舞つた。悪思想であるとは云ひ事実は事実である恐らく斯る青年に対して現代の教育は一篇の覚醒せる無名作家の短篇よりも勢力なきものではあるまいか。吾人はこゝに至つて転た悲壮の感なき能はざるのである。

と、一部虚無的な青年へのむしろ同調、所謂「健全なる思想」への反発を内在させている。

「曰く人生は不可解」という巌頭之感を残して、第一高等学校生藤村操が日光の華厳の滝から僅か十六歳で身を投げたのは、明治三十六年五月二十二日のことであった。日露戦前の学生やマスコミ、知識人たちに大きな衝撃を与えた。春夫の頭にはこのことも刻まれていたに違いない。

続けて三木露風の主張を要約しながら、

　若い批評家は近代文学の要素は偽らざる自個そのものを表すことを外にしてこれなしと云ふ立場からして誇張されたる感情と絢爛なる文学とはた又現実を外にしたる内容とを斥けて、人生の真を歌へ。今少しく内観的であれ、（傍点ママ）と論じたのは甚しく吾人の意を得たものである。

と述べる。「青年が心酔する時代は去って青年が批評する時代に達したのではないか」とも言う。

「偽らざる自己そのものを表す」という表現は、翌年夏に「偽らざる告白」と題して講演会に登壇し、物議を醸すことになる、その内容に直結していくものであろう。

ここには、自然主義思潮を十分に吸収した短歌の在り方が説かれている。春夫の〈短歌観〉にとどまらぬ〈文学観〉の一端もほの見えている。時代思潮と深く係わる文学の在り方である。「革命に近づける短歌」には、冷めた目で〈人生の真〉を見ようとする態度への共感があり、当時の短歌の主流に近かった明星調への違和感、反感でもある。反明星調と言ってもいい、中央文壇への着目もうかがえる。換言すれば、芽生え始めている自然主義的な短歌への動向に対しての着目、目を自己の内面に向け始めたことの立証にもなる。

早速、「静観生」が「駄言録」を書いて、春夫文を批判している（『熊野実業新聞』十二月二十日）。批判の内容は、師である和貝に反発するなど、道に欠ける、というほどで、春夫の短歌観、文学観なりへの批判にはなっていない。小生意気な若造が、ほどの意識であろう。春夫も「答へざる所以、其他」を書いて、即座に反応している（『熊野実業新聞』十二月二十四日）。

「文壇の新思想」を知ろうと努力しているのだから、「僕は」「君等と」「下らん議論をして居るやうなそんなヒマを持たぬ」と言い、「一体熊野の歌人（？）（ママ）なぞ云ふ連中に相当な短歌観でもあるのであらうか」と辛辣に問う。そうして、「本月号の太陽に内藤晨露といふ人の短歌が発表されて居る。ちよつと紹介する」とあって、

「君、妻となれり」別れてまたあはず此一日よ心安きかな
対ひ居て殺意すら胸を打つわりなし君に涙ながるゝ（引用者注・もとの内藤晨露の歌は「殺意ひたすら胸を打つ」で、春夫の引用ミスか）
「生きよ生きよ未知の友よ」と其書（ふみ）に博士は云へり痛く稚（おさな）し
あゝさびしあらゆる人の侮（あなどり）を誹（そしり）をうけて一日生きたし

の四首の和歌を引用し、「吾人はこゝに有力なる味方をまた一人得た。〇〇（二字不明）時代思想はかくまで偽ることの出来ないものであるか。（春夫）」と結ぶ。

春夫が「有力なる味方」と同調する内藤晨露は、明治二十一年新潟県長岡の生まれ、明治三十八年上京、前田夕暮の世話になり、雑誌『向日葵（ひぐるま）』の編集などを助けて、自身も歌集『旅愁』を刊行する傍ら、後に有名になる窪田空穂、高村光太郎、北原白秋などの歌集を刊行した。自身の和歌は、鉤括弧や、読点などを多用したのも特徴である。むしろ内藤鋠策の名が一般化しているが、有力雑誌『太陽』に発表されたこれらの歌は、「君、妻となれり」と題された一連二四首で、目次にもはっきりと記名されている。他に「君妻となりし日知らぬ日の中にたづねて倦み果てしかな」などもある。全体的に虚無的な心情が吐露されていて、それらの心情が春夫の心に響いたに違いないが、一方で、才気、野心溢れた十八歳の年少歌人として上京したことなども、春夫は十分に認知し得ていたであろう。

二年後、春夫は上京して、長岡と深い係わりを有する堀口大学と巡り合い、終生の友人となることは、まだ春夫の預かり知らぬところである。

春夫の〈反明星〉の姿勢は、『趣味』への投稿となって表れてゆく。明治四十（一九〇七）年九月作の「蟋蟀（こほろぎ）よ秋の夜長を人恋へと枕の下に夜もすがら啼く」が窪田空穂の選に入った（『趣味』十月号）ことをきっかけに、同誌への投稿が次々となされてゆく。十一月には、『明星』は一〇〇号記念号を出して廃刊となる。十二月以降には『文庫』に投稿、相馬御風（ぎよふう）（早稲田詩社を起し、自然主義の論客としても活躍。早稲田大学校歌「都の西北」の作詞者としても著名、日本大学の校歌をはじめ、全国二〇〇を超える校歌を作詩）の選に入り、『新声』では前田夕暮の選に入る。

自然主義の主潮を反映させて、短歌雑誌『創作』が、新人として活躍していた若山牧水を編集主任として、窪田空穂、前田夕暮、土岐哀果、石川啄木、北原白秋、吉井勇ら『明星』から出発した者らも加わって刊行されるのは、明治四十三年三月のことである。尾上柴舟が「短歌滅亡私論」を書いて、自然主義の主潮に共鳴する形で、短歌形式が自己を表現する手段としては、近代文学の要求に応えられぬ時代遅れなものだとして、歌壇に大きな衝撃を与えたのは、『創作』十月号だった。

それより先のことだろうか、和歌仲間の下村悦夫が「思ひ出一つ」（『創作』昭和三年十二月号）として面白いエピソードを記している。

それは、私が確か十六歳の秋？　土地の銀行で給仕をしてゐた時分の事であつた。一日、銀行から帰つて来る途中、これも学校から戻りの佐藤春夫君にバツタリ出逢つた。佐藤君はその頃中学の四年か五年で、同じやうに歌を詠むところから、私はよく同君の宅へ遊びにいつたりしてゐたのであつた。

佐藤君は私の顔をみるとニツコリして、書籍の包みから一通の手紙を取出しながらからかう云つた。

「下村君、牧水へ手紙を出したら、こんな返事が来たよ。これだ、読んで見給へ」

それは一間に余る長い手紙だつた。私達はそれを拡げながら読み読み歩いた。その手紙には、短歌の革新が叫ばれ、平面描写といふ事が強調されてあつた。

「牧水と云ふ人は中々話せるね。この意見には僕は同感だよ。君はどうだね？」
才気煥発で、それ故に可なり生意気だつた佐藤君は（佐藤君はこれを読んだら苦笑するだらう）熱心に読み耽つてゐる私の横から顔を突き出しながらから云つた。（中略）
二人とも殆ど夢中だつた。先生の手紙を引ツ張りあひながら、先生のお作に就いての批評や感想や、さては新らしき歌の道に就いての意見などを語つて歩いた。

『創作』創刊より先、『明星』への内部批判から、刷新して刊行された『スバル』は、森鷗外の命名とされ、精神的な支えの下、平出修（ひらいでしゅう）を支援者として明治四十二年一月に刊行されていて、そこにも春夫は投稿を始め、やがて上京して、春夫の本格的な文学的出発を成す重要な舞台となる。同じように上京した和貝夕潮も、平出修の法律事務所に勤務しながら、自身も作歌、石川啄木と併称されるほどの活躍をして、啄木とともに『スバル』編集の重要な働き手となってゆく。『明星』に心酔していた和貝であったが、『明星』はすでに廃刊、上京後、歌壇の趨勢を感取して、『スバル』への関与を深めてゆく。

近代短歌史に造詣が深い太田登氏は、「短歌史を創る「一握の砂」の意義」と題する文章の中で、このように明治四十三年にすぐれた歌集が集中したのは、歌人が滅亡論をきわめて危機的にとらえていたからにほかならない。短歌の存亡を危機的にうけとめることで、短歌という表現が近代文学として存続するということを立証するのは、かれらにとって歌集という文学作品でしかない。『収穫』『別離』『NAKIWARAI』『酒ほがひ』などの作品世界には、啄木とほぼ同世代の歌人たちの都市生活者としての哀歓がみごとに表出されている。

すでに篠弘『自然主義と近代短歌』（昭和60年11月）が指摘するように、文学史的には自然主義は散文である小説に新しい自己表現の方法をもたらしたと見なされているが、むしろ韻文である短歌にこそより大きな表現意識の変革をもたらした。和歌にせよ短歌にせよ三十一音という短詩型は、もとより一人称詩としての**くびき**

から解放されることはないが、そのくびきを自己を覚醒させるかけがえのない表現方法として再認識することによって、自然主義思潮の洗礼をうけた若い世代の歌人たちもまた自己表現の可能性と発展性を見いだしたといえよう。

　そのなかでもひときわ精彩を放ったのが啄木の『一握の砂』であった。

と述べている（『啄木　我を愛する歌』八木書店・令和四年十二月）。

やや先を急ぎすぎたが、明治四十二年一月、春夫は『熊野実業新聞』（一月二十八日）に「この十日ほど」と題する九首を発表している。

　逆（さから）はであればおかしきこともなくたゞすぎ去りぬこの十日ほど
　要するにわかき女と文学とすてなばこの世爾（これ）を讃（さ）むぜむ
　好（よ）き敵（てき）を見失ひたるさびしさに如（し）くさびしさはあらじとぞ思ふ
　こともなく見せたる面に秘（ひ）め置（お）きし深きうれひをしる人ぞ欲し
　「諾」と云はん時にも「否」とこたふるはわが性（さが）にしてわが習慣（ならひ）なり

そのうちの五首からは、熊野・新宮の小さな町での論争がしばし収まって、平穏ななかでの〈反骨〉の性情を持て余しかけている春夫の姿が窺える。若い女性と文学とへの関心を失ったなら、この世にはもう賛美するものは何もないという、若者特有の奔放さも顔をのぞかせている。春夫の「革命に近づける短歌」は、ある意味、明治四十三年の太田氏が言う「近代歌集史の第二期黄金期」への先取りを成していたとも言えるのだ。「革命に近づける短歌」は、「わが短歌の革命は今や目前□（ママ）せまって来た。新しき時代の曹よわれらは新芸術の為めにベストを尽さう。
囚はれたる古色蒼然たる頭の老青年は挽歌を力のかぎり歌ふのも又いさましいであろう。論じて茲に至る吾人は再び悲壮の感に打たれざるを得ない」と結ばれている。

和貝夕潮は教職を辞して、この年一月八日から熊野実業新聞記者として活動の場を移している。この年三月新宮中学の新しい演武場（九二坪）が完成し、第四回卒業式が新築なった演武場で二十三日挙行され、岡嶋輝夫ら二五名が巣立っていった。この日、春夫が記念撮影に誘い出したことは、すでに述べた（口絵写真16参照）。

四、新宮中学最終年の〈反骨〉

・春夫の講演会登壇事件

　春夫の反明星の色彩が濃かった『趣味』歌壇への投稿は、明治四十一年九月から始まって、四十二年に入っても続けられた。『新声』への掲載も四十一（一九〇八）年十二月、四十二年一月に見える。

『趣味』『新声』ともに、明治の末期を代表する文芸総合雑誌である。『趣味』は文学史的に画期な働きをしたわけではないが、『早稲田文学』の姉妹誌とされ、ロシア文学の紹介や自然主義作家に誌面を提供するなど、新文学の推進の一翼を担っていた。生田長江は『趣味』の明治四十一年三月号に力作「自然主義論」を発表していて、自然主義系の論客としても名を知られるようになった。一方『新声』も、地方支部などを作って、新文学勃興に力を尽くし、現在まで続く『新潮』の先駆けとなった。

　明治四十二年四月、佐藤春夫は奥栄一らとともに新宮中学の最終年、五年生に進級した。四月十四日『熊野実業新聞』に五年生になった奥栄一の詩が掲載されている。

　　荒みたる吾が青春
燃えんとして荒ミたる
我が青春の血潮のくすぶり
そが鈍き炎に対する哀愁と
心細さと痛痒と糜爛せる

感情の荒み、
そが苛責と弁解、嘲笑と暗愁と
○○(二字不明)に対する反抗と恐と悲と
生の倦怠と好奇心と、
ピストルと恐怖と、馬鹿らしき
懐かしき周囲の物象と
そが不可解の苦しき
絶えざる絃の響と、あ、かくて
忘○(一字不明)と嫌悪と、現在の空虚(うつろ)と
憧憬(あこがれ)と破壊と、すべてに対する
悔恨と、誇と絶望と
涙と高笑ひと

奥栄一がしだいに短歌の世界から詩の世界へと移行しはじめていたとき、つまり、青春特有の虚無感を短歌表現の定型のなかにおさめ切れなくなったとき、春夫もまた短歌表現を超える内実を醸成しつつあった。春夫は後年「わたくしにとっては一分身」と述べて、奥栄一との交友を記している（「青春放浪」92『読売新聞』夕刊・昭和三十七年五月二日）。

明治四十年ごろ、ほとんど週刊文学雑誌のような趣のあった読売新聞の日曜付録を見るために共同でこの新聞を取ったり、またお互いに読んだ書物を交換して見せ合ったりしてともに文学を語り、そのためにともに同じく中学三年で落第し、同じく上京したわたくしの友人は町の富豪とその婢女(ひじょ)との間に生まれた子で、父には引

き取られず母のつれ子となって他家に養われた身の上の人であったが、そんな境遇にひけめを感じてか引っ込み思案な性格で、そのために文学青年になったかと思われるが、彼は上京して早稲田の文科に入学した。しかし学資の都合であったろうか間もなく帰郷してしばらくは機械で縄をないながら独学で勉強したり、また故郷の町に近い村の小学校の代用教員などにもなっていたらしいが、再び上京して大杉栄などの一派の間に多くの交友を持つようになった。

春夫と奥栄一とは性格において、まるで対称的であったようだが、文学仲間としてお互い刺戟しあう友人であった。もう一人の文学上の友人、上級学校への進学がかなわず銀行の給仕をしていた下村悦夫はどうであったか。

明治四十二年六月ころ、大和五条の文学雑誌『シキシマ』の支部が、坪井紫潮の奔走で新宮に置かれ、「潮光社」と名づけられて、短歌活動の再興をはかっている。そこに、下村悦夫と中野緑葉も参加している。春夫と栄一とは参加した気配はなく、和貝夕潮は明らかに参加していない。『シキシマ』と新宮との結びつきは、明治四十年八月同誌の選歌にあたっていた明星派歌人藤岡玉骨の来訪あたりが端緒であると思われる（藤岡は、昭和九年十一月から十一年四月まで和歌山県知事として赴任）。

下村悦夫は、このとき短歌への情熱を捨てずにいる。たとえば、以後この年九月の『熊野実業新聞』に「孤独」と題する短編を発表してはいるが、悦夫は終生短歌への執着を持ちつづけた。

「まことに短歌は私にとつて欠く可らざる生命の糧であり奉ずる神への信仰である。だから私は今後も私の生命の続く限りなほ深く歌ひ入り歌ひ続けてゆくであらう」とは、大正十二年五月の悦夫自身のことば（第一歌集『口笛』の自序）である。その後、紀潮雀の筆名で書き継いできた時代小説が、昭和初年の大衆小説の流行にのって、たちまち時代の寵児になっていったことはあらためていうまでもない。それでいて、昭和十六年三月歌集『熊野うた』を刊行、佐藤春夫が序文を書いている。

思へば荏苒たる歳月、三十数年の前、余はわが父の門外を日夕往還する紅顔の少年の眉宇の間に俊秀の気を湛へたものを屢々見た。彼のは沈欝といふものでもなく大人びたといふでもないが、言はば既に人生の愁を知るともいふべき風貌がわが子供心にも深く印象されたのであつた。

と、悦夫との出会いを記し、

然し君が大衆小説は君をして多く米塩の資を得させたとは言へ、君が天禀の詩魂は悉くこの尨大な一巻の歌集に留めたのであらう。余も亦頻しく歌を学ばぬではなかつたが遂にその門にだに入ること能はずして早くこのものわが性に協はずとして道を去つた。かくて、君が集の価値を論(ママ)はん事は遂にわが任ではない。ただ君が生涯この敷島の道の一すじに繫がつて少年の志を遂げたのを見て、今日になつて菊つくらんと思ふ人の羨望と嫉視とを感ずるのみである。

と言う。

悦夫の文学的軌跡を、つねに春夫を意識したそれとする見方は、清水徳太郎氏の「下村氏の短歌とその背景」(『熊野誌』九号・昭和三十八年十一月)や亀井宏氏の「下村悦夫―ある大衆作家の修羅―」(『関西文学』昭和四十六年五月)に詳述されているが、いっぽう「わが性に協はず」として〈歌のわかれ〉を決意した春夫の眼からは、一面悦夫の営みは「今日になつて菊つくらん」人にのみ映るのでもあって、最初のふたりのあゆみを分ける時期が、明治四十二年の夏前ごろであったとも言える。その辺を重複(オーバーラップ)させながら、春夫はその序文をしたためているかにみえる。

*

前年、第八回生として入学していた春夫の弟の夏樹は、二年級に進んだ。この年(明治四十二年)、学校側は夏季休暇の延長と冬季休暇の短縮を決定、夏期休暇を五七日間とし、冬季休暇を六日間とした。生徒などに蔓延し始めていた脚気への対応からである。四月二十七日の第九回の開校記念日は、新しく出来た演武場の竣工式を兼ねていて、式後演武大会が行われた。

春夫は、五月二十八日に校友会第一八回談話会で、小山内薫の「月夜蟹」（月夜には蟹は月光を恐れてエサを漁らないから、肉が付かない、痩せて身のない蟹。中身のない事に喩えられる）を朗読し、「抑揚頓挫ある例の好口調、満堂を酔はしめた」と、会誌六号は伝えている。この時、奥栄一も「呪はれたる子」を朗読している。

春夫五年生のこの夏、明治四十二年八月二十一日、新玉座（現熊野速玉大社横手・角池前）での講演会に登壇し、それが新宮中学から無期停学処分を受ける理由になったことは有名で、春夫自身の作品でも種々回想されている。しかしそこには記憶違いやデフォルメも成されているようで、正確なところはやや曖昧な部分を残している。当時の新聞記事などを手掛かりに、正確さを期してみる。

それより先、会場になった劇場新玉座について少し触れてみる。

新宮城下は浄瑠璃が盛んで、川原に芝居小屋が臨時に作られ、旅役者の興行も珍しくなかった。株式組織で「新玉座」が相筋の地に開業するのは、明治三十年一月、新春に開業したための命名。木造で間口八間、奥行き一五間、左右と正面三方に二階桟敷。階下中央は土間、天井は張っていなくて荒削り、花道がなければ倉庫のような感じの建物だった。回り舞台はあったが、回転には手間取ったようだ。電灯のない頃はランプと百目蠟燭（一つが重さ百匁もある大蠟燭）を使用。名古屋、三河方面からよく役者がやってきた。なかには新宮に居ついて地元の芸妓と一緒になって料亭を開いた者もいる。小津安二郎監督の名画「浮草」のエンドは、旅芸人が伊勢の多気の駅舎で伊勢から「新宮」へ行くことを暗示して終わる。

この劇場の名を後世に残したのは、与謝野寛らが講演した時、中学生佐藤春夫が飛び入り演説をして、物議を醸したことによる。

この日八月二十一日、与謝野寛やニーチェの翻訳で著名であった新進評論家生田長江（いくたちょうこう）、画家石井柏亭（はくてい）の前座として、春夫は二番目に登壇している。講師陣の到着が遅れて、引っぱり出された気配はある（和貝夕潮「熊野文壇の回顧」『熊野誌』七号・昭和三十七年三月）。夏のこととて開会予定の七時が八時過ぎになり、閉会は午後一一時前になった。入場料一〇銭を徴収、聴衆は二〇〇名ほどであった（『熊野新報』・生田長江の記録には三〇〇名余とある）。

この日の演題と講師名は次の通りである。

一、霊の反抗（鈴木夕雨）　二、偽らざる告白（佐藤春夫）　三、熊野と人物（大川墨城）　四、天下泰平論（沖野岩三郎）　五、文芸と女子教育（与謝野寛）　六、裸体画論（石井柏亭）　七、ハイカラの精神を論ず（生田長江）

大川墨城は、和歌山実業新聞の記者である。取材ででも訪れていたのだろうか。

もともとこの講演会は、「熊野夏期講演会」と銘打って、翌八月二十二日から五日間瑞泉寺で予定していたものだが、募集していた応募者が少なかったために、その前宣伝もかねて急遽企画されたものだった。

ところで、当の生田長江に熊野訪問の際の「紀州旅行日記」と称される罫紙一二枚の簡単な日記が残されていて、近代文学研究の権威であった曽根博義氏によって、解読、解説が成されている（『文学者の日記5』日本近代文学館資料叢書第I期・平成十一年）。この時、長江は新進気鋭の二十七歳。

それによると、生田長江、与謝野寛、石井柏亭の三人が、東京新橋駅を発ったのが、八月十日午後七時半、翌十一日午前五時過ぎに名古屋着、「乗換の四十幾分はプラットホームに立つて、市街の上を蔽ふいろいろの煙を見た」とある。石井柏亭は名古屋から別行動で、寛とふたりで伊勢に向かい、伊勢神宮に参拝、「大神宮は思つたよりも気に入つた。其シンプルなところが今の心持に適するからであらう」と記す。二見ヶ浦を見て、鳥羽からは三〇〇トンくらいの大和川丸の船旅で大王崎の難所はさながら横になったまま。十二日朝七時過ぎ木ノ本浦（現三重県熊野市）に入った。「上陸するところを写真に取られた。」紀南新報記者、郡視学、小学校校長などが出迎えてくれた。宿は「酒甚（サカジン）」、「町は一千戸と号す」、午後鬼ヶ城へ行こうとするが、波が高くて見合わせ、絵葉書をもらって、安着の便りを出した。

十三日には石井柏亭がやってきて合流、船はずっと楽であったとのこと。午後二時から講演の第一回が開かれた。木ノ本では十三日から十八日まで滞在、その間「熊野林間講習会」をこなした。

十八日の記述に「午后、有馬の松原へ行つて見る。盥でもざるでも、大きな材木でも何でも皆頭の上へのせて運ぶ、妙な風俗だ。女がみな同じやうな顔をして居る。椿の葉で巻いて煙草を吸ふ」とある。熊野の「いただき」や「椿の葉の巻きたばこ」の習俗に関心を示している。

十九日は「瀞（とろ）八丁の景勝を探る積であつたのを、天気模様のあぶなげなるによつて思止まり、直ちに新宮へ乗り込むことにした」とあって、従来、春夫の記述などにあった、瀞峡散策は実現しなかったことがわかる。午後四時過ぎに木ノ本を発っている。

木の本より新宮に至る六里の間殆んど松原続きである。阿多波（稿者注・阿田和が正しい）の辺にはそのまゝ日本画になりさうな景色がだいぶあつた。鈴木、大畑の両君を加へて、五台の人力車が松原の闇を縫つて行く。忘れられない印象を刻まれた。渡舟を渡つて新宮に入る。お嫁に来たやうな感じである。

と記している。春夫が前年に「馬車」（『はまゆふ』明治四十一年八月）という詩を書いて、「松原の砂利の広路／うねうねと松の根あまたわだかまる」と記した同じ道で、そこは馬車も走っていた。「日本画になりそうな景色」とは、松林の間に海と川とが交差して見渡せる緑橋（みどりばし）の辺りの風景であろうか。

十九日の宿は「宇治長」旅館。「その三階の見晴しよきところに陣取る」とあって、近隣の三本杉遊郭や速玉神社などを見て回っている。「宇治長」旅館は、当時としては珍しい三階建て（口絵写真18参照）。近くの相筋（あいすじ）の三本杉遊郭は、明治三十九年二月に開設されたばかりだった。

これまで、全国で公娼が設置されていなかったのは、和歌山県と群馬県だけだったが、明治三十八（一九〇五）年十二月、和歌山県議会は公娼設置を認める議決をする。遊廓と言われる、女性を一定の場所に囲い込んで売春を認める制度で、主に衛生面から必要を主張する者も多かった。そのことに、女性の人権擁護の立場から敢然と抗議したのは、田辺の『牟婁新報』で記者をしていた弱冠十九歳の荒畑寒村である。横須賀の芸妓置屋の環境で育った寒村にとっては、女性の人権を蹂躙（じゅうりん）したこの制度は、切実な問題で、「売らる、乙女」という哀切な詩を書いたりなどして、厳しく抗議している。それに呼応して反対を表明したのは新宮の大石誠之助。県内設置三ヶ所のひとつが新宮であった。相筋三本杉の地を推す「実業派」と、堀地の地を推す「改革派」の対立はあったものの、制度そのものに反対したのは、ごく限られた人たちだった。僧侶高木顕明などは、遊廓の入口で、ひとりひとりを説得しようなどと主張したほど、反対派は少数で、孤立した闘いを強いられた。公娼制度については、全国の社会主義者と言われた人々の多くも賛成で、むしろキリスト者らが反対した。

長江は、二十日「熊野川の川端から熊野地の辺をぶらづいて帰り昼飯にする。河原の小屋掛町は大水が出ると直ぐに畳んで了ふのださうな。面白いロオカル・カラアである」と、川原家（かわらや）の様も記す。夏目漱石などに絵葉書を送っている。「晩に土地の色々な人が来た。沖野と云ふ日本基督教会の牧師さんや、大石と云ふ社会主義者も来た」とある。

木ノ本では、紀南新報社の記者で寛の主宰する『明星』の新詩社社友の鈴木夕雨（ゆうざめ）（斯郎）がその世話役、新宮では熊野実業新聞社記者で同じ新詩社社友の和貝夕潮（彦太郎）が差配した。木ノ本、新宮の講演会も名称は異なるものの、新聞広告には「同一基礎」とあるから、両町の文化人が後援していたのである。

＊

生田長江の日記の八月二十一日の条、「地酒に中てられたのか昼迄頭が上らず。夕方になつてもまだふらふらとして居る。がまんして夜の「大演説会」へ行く」とあって、講師の到着が遅れて、春夫が急遽引っ張り出されたとする根拠にはなる。

長江は「ハイカラの精神を論ず」と題して話し、「僕の演説は半ばあたりから油が乗つた。ソオシアリストの大石君なぞが頻りと拍手して居た」と記している。「帰りに伊達医学士の処へ引張り込まれ、御馳走になる」とあって、文学面にも精通していた伊達李俊に歓待されたようだ。李俊は、下里の出身で、東京帝大出の医師、今も残っている通称「角池」のそばの赤レンガ塀の医院で開業していた。北海道立の増毛病院長から新宮へきての再開業であった。『明星』の同人、徳冨蘆花等との交友もあった。しかし新宮での開業もうまくいかずに、半年後の二月ピストル自殺を図り、それが因で死去。享年三十三歳であった。偽の診断書を書いたなどと、大石誠之助らとの確執も噂されている。

李俊が蘆花に「暁斎画譜」を送ったらしく、そこで語られる安達君は李俊がモデルである。蘆花は「暁斎画譜」の一文（『みみずのたはこと』の「過去帳から」の章所収）で書いている、「安達君は医学士で紀州の人であつた。紀州は蜜柑と謀叛人の本場である」「安達君は此不穏な気の漂ふ国に生まれたのである」と。あまりにも早い才能の喪失を嘆いている。

ちなみに、角池の先に庵主池（通称・丸池）があり、そこに三本の杉が立っていた。別に形が丸かったわけではないが、角池に対してそう呼ばれたらしく、遊廓への入口、後に蓮池ともいわれ、三本杉も丸池もどちらも昭和の初期に消滅した。

まわり道をしたが、春夫の講演内容に戻る。

春夫自身が述べる飛び入り演説とされる内容は、「それは「父と子」の中のパザロフのやうな感情を述べたものであつた。今考へて見ると、恥ずかしいやうな、浅薄な事だが、その中の言葉や思想が過激だといふので、学校から無期停学を命ぜられた。」(「恋、野心、芸術」『文章俱楽部』大正八年二月)と述べている。「「父と子」の中のバザロフ」とは、ロシアの作家ツルゲーネフの小説のバザロフと称される登場人物。「ニヒリスト」ということばがこの作品から始まったとも言われる問題作で、バザロフは、自然科学だけを信じて封建的な道徳や生活感情、さらには芸術までをも否定する人物として描かれる。その予期せぬ死に方に対しても、当時の青年たちを魅了した人物像として捉えられていた。

春夫の演説内容を、新聞記事は次のように伝えている。

佐藤春夫君、中学時代に於ける学科成績を忌憚なく告白し、吾々の眼中には何物もない、唯其悲劇とするところは境遇にあらず性格である、而して世界に於ける学問は論理的遊戯として見て居る、そして吾人の信仰はといへば現実を以て充分ならずと雖も唯自己である、無理想無主義無目的で空虚である吾人は吾人の信ずるところへ向つて進むのみ、自己を知る者は自己なりと結論せしが言極端の嫌ひなきに非ずと雖も覇気に富みたり。

(『熊野新報』明治四十二年八月二十四日)

とある。しかし聴衆の間には、こんな人の教育には困ったものだと呟くものがあったとコメントしている。

また、成江醒庵は「学術演説会に於ける感想」を『熊野実業新聞』に掲載(九月六日)しているが、春夫の演説については、

佐藤春夫氏の偽らざる告白は極めて大胆なるもので虚無主義の傾向はありながら尚ほどこかに何ものかを求めつゝある形跡が見えるのである。斯の如きは到底不健全なる思想たるを免れ得ないのではあるが決して不真面目なものといふことは出来ない。

と多少好意的に捉え、「新時代の思潮に触れた人間を旧思想によつて圧迫し或は指導せうとするから困るわけで新思想を以て指導すれば決して危険に陥いる様なことがないのである。」と述べている。

春夫は一年前の九月三日、新宮中学の校内談話会でも「近世の大問題」と題して、「近世の大問題たる自然主義に関し大家の説を紹介して最後に自然主義派の小説を読むの是非を解決せり」（『会誌』五号・明治四十二年三月）と語ったというから、この日の談話も一言で言うなら、〈自然主義文学〉への共鳴を語ったものと解釈できる。この言は春夫の日頃の主張とさして変わらないものであったろう。先述した「革命に近づける短歌」の主張にも通底するものである。しかしながら、文部大臣の訓令などによって、新宮中学でも社会主義的な作品は言うに及ばず、自然主義文学作品の一部が閲覧できない状況であったことからすれば、当時自然主義文学全般が〈危険思想〉とされかねない雰囲気ではあった。

一方でも、この学術講演会が、新宮警察署から執拗に講師の住所やら職業を、取り調べのような形で詰問されたというから（和貝夕潮「熊野文壇の回顧」）、中学生春夫への風当たりも推して知るべしというところだろう。これには、前年夏、社会主義者の幸徳秋水が、しばらく大石誠之助宅で静養した折、新宮警察署前の浄泉寺で公然と講演会が開かれたことが警戒の緩みとされたことも尾を引いていよう。

「熊野夏期講演会」は、八月二十二日から四日間、午後六時から通称大寺で親しまれた瑞泉寺で開かれているが、初日は「聴衆は細長い間の左右に列んだ真中にほんの幾人か散らばつているに過ぎない」状況だった（『熊野実業新聞』明治四十二（一九〇九）年八月二十四日・石井柏亭「新宮の一夜」の文）。生田長江は二十二日に「近代文芸としての自然主義」を論じて、一時間半ほど喋っている。それ以後は、どうだったのか、日記には二十三日には「与謝野君のあとで僕がやる」とだけあって、表題はわからない。この日、長江は「此土地にももうあきた」と記し、「帰つて三階にねて居ると、例のホーカイ節の流しが通る。東京が恋しい」とある。春夫がこちらの夏期講演会に顔を出したという確証はないのだが、生田長江が西欧の文芸界との同時性としての自然主義を語るその論旨は、若い春夫らにも大きな影響を与えたことは間違いがない。

春夫は明治四十一年の九月から『趣味』への投稿を開始し、『明星』には飽き足らないものを感じていたことはすでに述べた。十一月『明星』は一〇〇号をもって終刊し、明らかにひとつの時代の終わりを実感させ、新しい自然主義や象徴主義と言われる、新文学の兆候が西欧の文学の影響などもあって、若者たちを捉え始めていた。そこには、〈虚無主義〉も影を落としていた。〈自然主義〉が〈社会主義〉などとともに、一からげに〈危険思想〉として位置付ける考えも、思想界や教育界に跋扈し、若者への啓蒙を強く主張する者達も、地方へも拡がり始めていた。『熊野実業新聞』は、明治四十一年九月二十八日付に「学校騒動取締方針」を掲げ、十月四日付には「文部と対学生策」と題して、九月二十九日の小松原文相の中等教員夏期講習修了式上の演説を掲載している。

・春夫、生田長江に同行

春夫は後年、生田長江との出会いについて、次のように語っている（「対談・現代文学史＝スバル時代＝」『文芸』昭和三十一年五月）。

ああ、それでね、その講演会の時に長江先生とぼくは肝胆相照らした、という感じです。長江先生の意見にぼくは非常に共感を感じて、それからあとの座談会の時に、大石誠之助と、「社会主義と芸術」というような問題で話合つたんです。大石は、社会主義の世の中になると、みんな金持ちになる、そうすると生活が楽になるから、誰も彼も芸術家になる、というような公式論を述べた。ぼくはそれに対して、そういう一面もあるだろうけれども、みんな金持ちになれば、社会現象が単純になつて、逆に小説のテーマとして面白くなくなるから、必ずしもいい面ばかり考えられない。生活がゆたかになることは疑わないとしても、必ずしも芸術の方面はトクでもない、というような話を、だいぶ、しばらく、してましたよ。長江先生、途中で冷かしたり、いろいろなことをしていてね、あとで「あの時の君の話は面白かつた」と、そう言つてくれたんです。まあ、そういうことで、この小僧、なかなかおもしろいと思つたらしい。それからぼくが京都へいく用があつてね・・・・（ママ）。

春夫と大石誠之助との論争は、『詩文半世紀』にも語られているが、春夫の〈社会主義〉への対応を考える上では注目される。大石はまた、石井柏亭とも、装幀の問題をめぐって論争をしたらしい（『柏亭自伝』）。

春夫は後年の回想で（「先師を憶ふ」昭和三十三年六月『現代日本文学全集』の長江に関する解説）、大石との論争をさらに詳しく記述してくれている。

その歓迎の茶話会の席上で、偶（たまたま）同じく出席してゐた禄亭大石誠之助（後年の大逆事件で刑死した一人である）が社会主義社会での文学の興隆を説いたのに対して、僕は子供らしい疑義を発してその質問がやがてつづいて駁論になり、論戦ともなく食い下つて行く僕の云ひ分を黙つて笑ひながら耳を傾けてゐてくれた先師は僕の云はうとするところを察して補足してくれたり、また禄亭の意見を僕のために諄諄と説き直してくれたりしてゐたが、やがて相方の云ひ分の尽きたところで行司役を買つて出て、それぞれに分相応の体面を保たせながら議論を引き分けにしてくれたものであつた。僕はその時以来、長江先生の知遇を得たやうにうぬぼれてゐる。

春夫は生田長江が「学術大演説会」の当日、「最近の文壇を論ず」を弁じたように語っているが、実際の演題は「ハイカラの精神を論ず」で、二十二日からの連続夏期講演会では「近代文芸としての自然主義」を論じている。これらの内容は、若き新進の批評家として、西欧文学への造詣の深さなど、地方の知識人たちにも、斬新な覚醒を促すものではなかったか。春夫は後年回想して（「先師を憶ふ」）、

自然主義小説一般から、花袋、藤村、そうして当時売り出したばかりの白鳥の作風や作品を論評した。白皙（はくせき）な顔にいかめしい髭（写真で見おぼえてゐる鷗外のものに髣髴（ほうふつ）たる）をひねり上げたこの若い文学士は爽快無比な口調で論じ来り論じ去つて人を倦（う）ましめないばかりか甚しく魅力のある—といふのは面白い表現やザックバランな口調に警句などを頻発する間にも学問的なものを適当に加味した、面白く内容のある、さうして多くの人々

にも親しまれ理解されるやうなこの弁士の雄弁は場を圧したものであつた。
と述べている。長江が「理想としての自然主義」を鼓吹し、近時の文芸界に西欧との同時代性を視ようとしていることなどは、若い春夫などにも多大な影響を与えるものだったはずだ。

生田長江は明治四十年十月『文学入門』を夏目漱石の序文を付して刊行し、春夫も愛読したが、この小冊子は「今回想するところでは極く簡単な文学概論のほかに文学者たらんとする青少年に必読の古典や内外の名著の目録を選んで解説やその必読書たる理由などを説いてゐたものであつたやうにおぼえてゐる」(「先師を憶ふ」)と語っている。

さらに長江は、明治四十一年九月には『外国文学研究法』を刊行して、世界の文学状況を知る格好の手引書として、読書界では広く迎えられた。春夫も長江に心酔する形で、以後、行動を共にする。

講師一行は八月二十六日新宮町を出発するが、長江日記によれば、「朝の七時半に新宮を立つ。佐藤春夫君十八歳京都まで同行せんとす。那智まで四里。第一の滝は濫りに入るを禁じられたるところへ佐藤君と共にもぐり込む。濛々たるシブキの中に立ちたりし快味は忘れがたし」とあって、その後「与謝野君等勝浦の船宿にて待受たりき。佐藤君の令弟（十五才）夏樹君も待ちありき。港外の景賞するに足る。皆はじめて犬の鼻引をかけさせたりき、犬の可憐なる形容するに辞もなし」と続く。那智の滝へは、春夫が長江だけを案内した模様で、犬の先挽きの姿には、動物虐待に通ずる憐憫の情を表している。

二十七日午後二時船は和歌浦港へ入った。「高等女学校教頭石井弘君出迎へてくれ、米栄にて御馳走になる」とある。「石井弘」は「石川弘」が正しい。石川はフランス文学への造詣も深く、「戯庵」と号して雑誌『スバル』などに翻訳を載せている。佐藤春夫や和貝夕潮と同じ号に、顔を並べていたりする。ルソーの自伝的著作『懺悔録』を大正元年九月に、菊判大冊二巻で刊行しているが、上田敏、森鷗外が序文を飾り、島崎藤村が跋文を書いている。

これまで『懺悔録』は森鷗外らによって独訳などから抄訳は成されていたが、フランス語からのそれは初めてで、しかも完訳本である。以後、広大な読者を持つに至り、島崎藤村の作品をはじめ、さまざまな作家に影響を与えた。上田敏はその序文で「明治文壇の一大事業」と讃えている。昭和五年十二月岩波文庫全三巻にも収められ、さらに人口に膾炙した。

その石川は、後述する『サンセット』五号（明治四十三年六月）に、「人が行く」という詩を発表している。「あのみんなの目を見ないか、／どんよりと炭色にうるんだの、／うつとりと伏目に／媒色の節穴みたいな＝然うだ！」とあって、「明るい目」が一つも通らないと嘆く。さらに「「狐疑」が脱け出してきたやうな／意味あるやうな、ないやうな、／いろんなものが、おづおづと、／おづおづと爪先立て、行く、行く！」と続き、そこには、虚無的な視線が注がれている。

その後、石川弘は大正六年七月から大正十三年六月まで、新宮高等女学校校長として赴任、「県立」になった高女校の発展や、地域の文化面での向上に貢献している。

講師陣一行は、和歌山で玉津島、和歌浦権現、紀三井寺、和歌山城などを見学、住吉に出て、石井柏亭、与謝野寛と別れている。天王寺の停車場で一時間以上も待ち、奈良に向かい、夜の十時前に奈良に到着、猿沢の池畔の印判やに投宿、夏季休暇中の春夫と夏樹も同行していた。

二十八日には、大和新聞記者の村田泥庵（俳人で、『熊野実業新聞』の記者を務めていた。近親者の回想集『忍び草』がある）が案内で、午前中は法隆寺、午後は興福寺、博物館、東大寺、春日神社などを回り、京都に入ったのは、一一時前であった。ここで春夫らとは別れたのであろうか。与謝野晶子ゆかりの「しがらき旅館」で、宿には既に与謝野寛と石井柏亭が来て待っていた。「西の京三本木のお愛さん」が経営するこの宿は、賀茂川上流の糺の森近くにあって、堺時代からの晶子の常宿で、晶子は第五歌集の『舞姫』に「お愛さん」への献辞を記している。長江は日記に「三本木のお愛さんも衰へたるかな」と記している。

三人は、翌二十九日の午前九時二十五分の汽車に乗って帰途につき、その日のうちに東京に帰り着いている。出発間際に薄田泣菫が訪ねて来て「語を交ること僅かに半刻」とある。

今度は、春夫の日録から辿ってみると、二十八日「生田先生と京に入る」とある（春夫「洛陽日記」『熊野実業新聞』明治四十二年九月）。二十九日には疎水を上って大津に入り、琵琶湖を眺めている。三井寺にも参拝している。夜は丸山公園を散策したようだ。

春夫らは京都で第一中学傍に宿を取った。この頃、京都一中は、左京区吉田近衛町にあったらしい（現在の近衛中学校）。その後下鴨に移転し、現在の府立洛北高校になる。洛北高校史の明治四十二年八月二十九日の項に「寄宿舎原因不明の出火」とあるように、春夫らが琵琶湖見学中に第一中学で火災があったらしい。弟夏樹は、三十日に「簡単な手術」を受けた。春夫は、三十一日、父の友人で俳人でもあった山路二郎の下で歯の治療を受けている。山路は明治三十七年五月新宮から出て来て京都富小路御池南で開業しており、毎年新宮にもやってきて出張診療もしていた。俳号を「二楼」と称し、徳美夜月や村田泥庵らと俳句会の金曜会を作った。二楼の句「病室のガラス戸震ふ野分かな」の「病室」は、熊野病院のことで、入院している俳友を思い遣ったものという（森長英三郎『禄亭大石誠之助』）。

京都では義兄西浦綱一と夕食を共にしているが、「「俺なんざあ、もう何も愉快な事がない。人間を辞職したくなつた」と何かしら兄貴は怖ろしくニヒリスト化したことを云ふ」とある（春夫「洛陽日記」より）。

義兄の口吻にニヒルな態度を見ているが、義兄は女児を授かったばかりだった。春夫は「姪生る」の文を七月に草しているように（『熊野実業新聞』明治四十二年七月）、西浦と姉保子との間に娘智恵子が新宮の地で生まれている。春夫はその後も殊の外姪智恵子を可愛がり、後年、智恵子の学識を信じて雑誌の編集に関与させたりしている。最近、女性誌『あけぼの』が発見された。昭和五年五月の刊。春夫の肝いりであることは、編集部が春夫の自邸で、編集人が佐藤智恵子になっている。巻頭の「「あけぼの」の使命」には、

第一に、若い女性の純な魂が育つてゆくのに、適当な、精神の滋養品を提供するために生れました。（略）第二に、魂はまことの生命であるが故に、その成長はまことの生活をすることに依らなければなりません。それ故「あけぼの」は若い女性のまことの生活の友となつて、その魂を汚し蝕むものを遠ざけ、磨き励ます力になることにつとめます。第三に、生命がのびそだち、魂がその本然の光をかがやかすための、真の力となるものは、やはりまことの生命、純な魂のほかにありません。それゆゑ「あけぼの」はまことの生活にいそしみ、すこやかな成長を願ひ求める者同志の、まごころのふれ合ひの仲だちとなり、壇場となるやうにつとめます。（後略）（編集同人）

とある。佐藤春夫が「人の言葉三つ」という短文（全集未収録作品）を、室生犀星が「風景」を書いている。佐藤惣之助の詩や茅野雅子、長澤美津の短歌も載っている。春夫がマスコミの〈大衆化〉の在り方には不満で、独自に雑誌を作る計画に邁進するのもこの頃で、『あけぼの』もその一環であったかもしれない（詳細は『佐藤春夫と谷崎潤一郎―離れえぬ縁（えにし）』佐藤春夫記念会・令和元年十月に紹介）。何号まで出たかは、不明である。それより先、中国旅行に妻多美とともに智恵子を同伴させている（昭和二年七月、来日した作家田漢に誘われての、上海、南京などへの旅。この時上海の宿で芥川龍之介の自殺を知る）。

ところで春夫が感じ取った智恵子の父の側のニヒルさにも要因があったのだろうか、やがて明治四十五（一九一二）年五月、姉保子が二人の幼児を連れて協議離婚している。「姪生る」は、姉を見舞った様子を描写して、

姉さんを見る、姉さんは仰臥しながら天井板ばかり眺めて居る、僕が接近すると瞳をぐると一週りさせたが再瞳が元の位置に帰つた、一昨年の秋初めて子が生れた時の如くうれしいと云ふ表情に少量の驚きを帯びた若い

表情は見られなかつた、たゞ心配だつたと云ふさびしい表情が其殆んどすべてである、姉さんも大分老婆化した、戯談じやない、こゝにも人生のさびしさがある。

とあるのは、先行きの不安を姉の表情に深読みしていたのかも知れない。

春夫も九月一日の二百十日の雨の京都の佇まいに「寂寞」の思いを深くしている。三十日、僕ら兄弟の下宿として春夫が記しているのは、「京都、岡崎、神蔵坂一、武友方」である（「洛陽日記」より）。この年新宮中学では、生徒の間に蔓延していた脚気病のために、夏季休暇は九月に入っても長めに取られていた。しかし「寂寞」の思いに浸っていられない現実が、たちまちに春夫の身に襲い掛かってくる。もっと長期に滞在する予定の「下宿」であったのであろうが、急遽帰宅を促されるのである。「洛陽日記」の連載も（二）までで打ち切らざるを得ない状況が生まれてきた。

・春夫への無期停学処分

この年（明治四十二年）八月二十日から、新宮中学では東牟婁郡内の夏期講習会が開かれていて、小学教員五〇名余が参加、その多くが二十一日夜の寛らの学術講演会にも顔を見せていた。ちょうどその頃、内務省の地方自治刷新に基づき、知事以下の訓令の下で、内務省直属の講師生江孝之（なまえたかゆき）による地方改良と報徳に関する講話が、二十三日新宮中学で開かれている。生江はこのとき四十三歳、欧米の視察から帰り、内務省地方局の嘱託になったばかりであった。日露戦争後の世相に危機感をもった政府は、国民に勤倹節約と国体尊重とを徹底する目的で、前年の明治四十一年十月、教育勅語と共に明治期の二大国民教化策と言われる「戊申詔書（ぼしんしょうしょ）」を渙発、その全国的な普及が、さまざまな形で行われていた。経済と道徳との調和をめざした地方改良事業は、運動としても位置付けられ、青年団体等への教化も促すものだった。そういった内務省の趣旨に添うものとして、この時生江の講演も行われた。

生江はその後内務省を離れ、日本女子大学の社会事業学部創設に係わり、『社会事業綱要』や『日本基督教社会事業史』などの著作を刊行、やがて「日本社会事業の父」と呼ばれるようになってゆく。

八月末か九月始めであろうか、講演会の直後、参加者の一小学校教師から新宮中学校長宛てに投書が届けられ、それは社会主義者や虚無主義者と認められるような学生をそのまま放置しておくのかという内容で、校長の責任を厳しく追及するものであった。あきらかに春夫の演説を糾弾するものであった。学校側としても放置しておけなくなったのである。ちなみに、この投書の教員は後に和歌山県の視学官になっている。さらに四名の委員を選んで校長に直談判し、詰問したとも言う。寺内校長は、小学校の倫理教育の欠点を指摘する倫理的講話を彼ら小学校教員に成していた後だっただけに、なおさら申し開きが出来なかったろう。

時の校長寺内頴は、小学校校長の学校管理の在り方を問う『新令適用　学校管理法』（宝文館・明治四十年八月・四十一年一月訂正再版）を刊行しているほどで、日露戦争後の国家主義体制の強化下の学校管理を体現していただけに、校長の方でも、春夫らの文芸活動を軟弱なもの、他の生徒に悪影響を与えるものという平素の悪感情もあって、渡りに舟の面もあった（森長英三郎『禄亭大石誠之助』）。

新宮中学の国漢の教諭小野芳彦に、未刊の「小野日記」が遺されている。春夫の父豊太郎とも知己の間柄、郷土史家としても著名で、南方熊楠や柳田国男とも交信があり、遺著『熊野史』（昭和九年刊・四十八年復刻）も刊行されている。「小野日記」によって、春夫停学の詳細な日時が確定できる。期間は九月十五日から十月二十二日までである。

九月十一日、講演会の一件で職員会議、「同生の事は重ねて懇嘱を受け居りし所なりしにかゝることに立ち成しことまことに洪歎仕切なり」と記している。十二日春夫の母親が小野宅を訪問、種々相談している。十五日の職員会議で春夫の停学が正式に決まっている。特に期限は定められず、謹慎状態を見て判断するということであったのだろう。この日は、翌日から始まる二学期の打ち合わせも行われている。

おそらく十二日であろう、すぐに帰宅するように要請する電報が京都の春夫の下に発せられ、春夫はすぐさま帰宅の途についた。和歌山の母方の実家まで辿り着いた春夫であったが、荒天によって船便が出ず、留め置かれて手間取った。徒歩で熊野街道の藤代峠を越え、湯浅まで出て、漸く勝浦行きの航路に乗り合わせた（『詩文半世紀』）。

そんななか、春夫は十六日に帰宅し、直ちに小野宅を訪れ、今回の不始末を陳謝している。学校側から正式に処分が言い渡されたのは、その前後であろう。十九日小野は佐藤宅を訪れ、春夫の謹慎ぶりの良さを記している。

九月十六日の始業式では、寺内校長は訓辞の中で、本人不在の中、春夫停学問題に触れ、「此憐れむべき青年をあんな奴と言ひ、馬鹿と言ひ、国賊と嘲ったそうだ。僕は之を聞いて余りにも意外の感にうたれ、若しや誤聞ではないかと多くの生徒を尋ねて見た所、全くそれに相違がないと言つた」と、報じられている（『牟婁新報』十一月六日・十二日「新宮中学生の停学事件に付校長寺内頴君の責任を問ふ」・「新宮町にて　門外閑人投」とあって、「門外閑人」とは熊野新報社主の宮本守中である）。これより先、九月二十一日『熊野新報』巻頭には「中学生徒の停学処分に就て　熊歩」が載っていて、春夫停学問題の反響が、寺内校長への批判を増大させて広まっている。「中学生の停学処分素より事甚だ小なるに似るも、決して然らざるものあり、吾人の観る所を以てすれば、この一事は止しく今日中学教育の欠陥を暴露せるものと云ふも可なり」と言う。

これらの騒動が春夫を巻き込んでいたとき、厳格な父豊太郎は一時熊野病院を畳んで北海道に移住していた。北海道十勝国中川郡止若（やむわっか）に仮寓、十弗での農場経営にのりだしていた。それは、明治三十一年に視察旅行をして、北海道での開拓を志し、明治四十年にいったん熊野病院を閉鎖、四十一年六月からは青木眼科に貸したりしたが、居宅部分は春夫らが住んでいた。明治四十一年の夏季休暇を利用して、春夫は母と初めて北海道に渡り、父の農場を見学、帰りに奥州の松島にも遊んだことは、すでに述べた（三六〜三七頁参照）。

豊太郎が正式に北海道移住を決め、出立のために小野芳彦に挨拶に訪れたのは、明治四十二年四月二十一日であったことは、「小野日記」から窺える。「松魚(かつお)を持参」して来校したという。二十四日には小野は佐藤宅を訪れ礼を述べているが、餞別でも託したのだろうか。五月十五日には北海道の十勝から豊太郎の葉書が届き、三十一日には小野が豊太郎に便りを認めている。このことから、豊太郎が新宮を離れたのは、四月末であり、やがて新宮に帰着するのは十二月のことである。春夫の無期停学から、上京、新宮中学ストライキにかけての間は、教育熱心な父は不在で、母政代がその対処方に苦労したことが察せられる。小野は再三、事態の推移を北海道の豊太郎宛に書簡で知らせた模様で、十一月四日付の豊太郎の書状には、「雪に香ありきくに色なきまかきかな」「ふるふるときくいたはるやあきのくれ」の句が添えられていて、月末には降雪三寸ばかりになったという。

春夫は書いている。

父が町会議員として実業派といわれていた町のボスたちの町政に反対した事のとばっちりがわたくしの停学処分に影響していたことを知って、わたくしは今までは知らなかった社会機構を知った。これらの事が、いよいよわたくしの文学志望の志を固めた。こうしてわたくしの文学者になるといった言葉が、さながらにウソから出たまことのように次第に実現してきた。

（「わが霊の遍歴」『読売新聞』昭和三十六年一月）

春夫の停学問題は、また、町の政争の具になりかけていたのである。父豊太郎は「改革派」と目され、同じ医師仲間であった宮本守中の立場に近かったはずだ。

・『熊野実業新聞』への投稿

『熊野実業新聞』は、明治三十三（一九〇〇）年三月、社主津田長四郎、主筆浅田江村で発行された。それより先、明治二十九年十二月に社主宮本守中、主筆山田菊園で『熊野新報』が発刊されていて、新宮町内の政治的立場を二分した「改革派」を標榜していたので、それに対抗する意味で旦那連の代表として「実業派」を結集しようとしたものだった。町内の有力者であった津田は、戸長の座に就いていたこともあって、県の役人や警察所長が赴任すると、まず津田の所に挨拶に来るというほどの隠然たる力を持っていた。実業新聞は中央から有力な記者を高給で招聘し、政治的な立場とは異なって、文化面では広くその向上に貢献した。浅田江村（彦一）は、のちに中央の代表的な総合雑誌『太陽』の編集長を務めたほどであった。大正二年九月号の『太陽』は、「大逆事件」の弁護人平出修の小説「逆徒」を掲載したために即発禁となって、削除された本が出回ったようだが、篤志の収集家が「逆徒」掲載の『太陽』を、新宮市立図書館に寄贈、それを見ると編集人が浅田になっている。

『熊野実業新聞』は隔日刊であったから、新報紙より早く明治四十二年五月二十二日付で「二千号記念号」を出し、大々的なイベントとして行われたのが、木ノ本—新宮間の記念のマラソン大会である。対抗する新報紙も「選手経過の沿道は流石目新らしき競技とて観覧者を以て堵（かき）を築き近来の賑わひなりき」と取り上げる程の盛り上がりぶりであった。優勝者は賞金三〇円がメインで各スポンサーからの諸景品である、水着や名刺一〇〇枚、四分金指輪一個、ビール二本、仁丹一五袋など一九品目が並ぶ。仁丹はこの頃新宮でも売られていたようで、看板写真が残っている。

年齢制限などもあり、参加を募ったところ八四名が応募、新宮—三輪崎間で予選が行われ、一五名に絞られた。予選で力を発揮したのは新宮中学の四年生の生徒、誰もが本選の優勝候補と噂しあった。

大会当日五月二十三日、まさに「南国の五月晴れ」、午後一時木本町亀齢橋をスタートした。行程六里一二町（約二五・三キロ）、ゴールは速玉神社境内、途中の熊野川にはまだ橋が架かっていないので、各自小舟と船頭を用意すること、という条件も面白い。期待が高かった新宮中学生は出発間もなくの有井村で落伍、池田の渡し場では、車夫と郵便脚夫とが接戦、結局は車夫が制した。タイムは一時間四七分八秒、二位とは二五秒の差だった。三位も郵便脚夫だった。

この大成功の大会に「マラソン」という名称を与えたのは、さすが時勢に敏感な新宮人の誉れとでも言えようか。

僅か二ヶ月前、神戸・大阪間のマラソン大会が「マラソン」呼称の最初と言うから。やがては「長距離競走」の呼称に戻ってしまったようだ。

さて、この『熊野実業新聞』に、春夫はいままでも短歌をはじめとして幾つかの作品を投稿している。それは、和貝夕潮を介してのことが多かったようだが、無期停学中も投稿していた。

春夫は、後年の『詩文半世紀』に書いている。

無期停学も、またわたくしにとつては大した恩恵であつた。わたくしはこれによつていよいよ文学志望の志を固め、おれはもう上級の学校などへは行けない。行かなくてもよい独力で自分の文学をやる。

この春夫の決意は、ふたつの行動に結びついたものと考えられる。

ひとつは地方新聞への作品の投稿、ひとつは十月末頃の生田長江を頼っての上京である。

三たび、中野緑葉の「熊野歌壇の回顧」(『朱光土』三号・大正十二年八月　口絵写真20参照)から、次の記述が重要である(口絵写真21参照)。

「浜ゆふ」の第三号……私共の期待した第三号は、其後経済上の関係で出版されなかつた。私共の落胆は非常なものであつた。然し熊野歌壇の意気はこの時も衰へず、和貝氏の宅で開かれる各週の短歌会の結果を「白鳥吟社詠草」として、新宮町で発行する熊野実業、熊野新報の両新聞に掲載されて、僅かに人々の発表慾を満たした。この頃すでに人々は、中央文壇に、色んなものを投稿し初めたが、その主なるものは、やはり短歌であつた。奥栄一君は「文庫」に佐藤春夫君梅田酉水君下村悦夫君それに私は「趣味」に。……奥君は「文庫」へは詩も投稿して居た。かくて和貝氏の巣に育てられた雛は、みなちりぢりにみづからの思ふところへと羽をあげて飛んで行つた。佐藤君が脚本や詩を、下村君が小品や詩を、奥君が評論などを書き初めたのは、それから以後間もなくであつたらう。佐藤君が脚本の処女作「寂ざめを」下村君が短篇小説(小品体)の「孤独」を熊野実業新聞に発表したのもこのころであつた。

明治四十二年十月の『熊野実業新聞』を眺めてみると、中野が言う通り、春夫の脚本「寝ざめ」（「寂ざめ」は誤植）、下村悦夫の「孤独」が「愁人」のペンネームで載っている（九月二十八日・三十日・十月二日）。

・春夫の試作、戯曲「寝ざめ」

「脚本・現代劇・「寝ざめ」（試作）」は、十月二十日・二十二日・二十四日の三回連載である。「現代劇「寝ざめ」（試作）」がタイトルに付されている（口絵写真22・23参照）。

設定は、「明治四十某年九月初旬」、場所、背景は「東京付近の海岸、茂雄の書斎兼病室、室の一隅に洋風の書物乱雑に置かれたテーブル及び椅子、別にその上に花瓶、花も挿さずすべて室内何等の装飾なし、茂雄床に横はる、物思へる様」とある。

母親が登場して、医者の言う通り、薬を飲んで早く身体を治すように哀願する。その時の茂雄の科白、身体は全快するかも知れないが、「然し一度（ひとたび）やぶられたこの僕の心は、誰が、如何（どう）して、癒すことが出来るものか《眼あやしく光る》《独語の如く》将に来るべき悲劇を思へ！。《この間すべて波の声す》」、主人公は精神的にも病んでいて、内的な告白を主とする劇になっている。その原因は明かされていない。寝覚めの際の「不安」に囚われている。

舞台一転、真昼の暑い中、茂雄がふと部屋から居なくなって、海辺で煙草をくゆらしている。友人らが駆けつけてくる。やがて、顔色を悪くして、茂雄は倒れる。若い医師も駆けつける。エンドの科白、ト書きは次の通り。

茂雄：貴様の処女作には「寝ざめ」と云ふ題で《苦しげに声聞えず》
三郎：うん「寝ざめ」と云ふ題で、岡！　それから……?
茂雄：囚（とら）はれまいとつとめて然も得なかつた己の生涯を《苦しげにのみ動く》（略）

三郎：《悲しげにその意を諒する如く》あゝ寝ざめ！

若き医学士：《謎でも解くが如く》寝ざめ？　囚はれまいとしてしかも得なかつた？　強き日光一同をてらす。

海光る波の音高し。静かに幕。

春夫が、「戯曲」から出発したとも言えるのは面白い。

後年の春夫には幾つかの戯曲作品もあって、上演されたものもあるようだが、大正十年九月には、『童話戯曲　薔薇と真珠』を刊行している。作品の上演はかなわなかったようだが、作家の中村真一郎は、人生そのものの寓話の観を呈し、わが国における反演劇（アンチ・テアトル）の先駆である、と高い評価を与えている。また映画のシナリオを意識した「春風馬提図譜」（『中央公論』昭和二年三月）や「黄昏の殺人」（『改造』昭和三年十二月）などもある。

「脚本・現代劇・「寝ざめ」試作」は、後の「一幕もの」の「暮春挿話」（『改造』大正十三年四月）や、「彼者誰（かはたれ）」（『中央公論』大正十四年一月）などに通ずる要素がある。内容の深さなどでは、まだ「試作」の域を出ていないようだが。

一方、下村悦夫の「孤独」は、「小説」と記され、他人となじめない性格上の悲劇を主人公に託していて、それでいて他とは違うという誇り（プライド）をも内包させた内容の「孤独」である。速玉神社の夜店の賑わいなども描写されている。

ところで、春夫の停学期間は、「小野日記」で確認すれば、九月十五日から十月二十二日までである。

春夫にとって、停学は解除されていたとはいえ、おそらく心中には復学の意図はなかったはずだ。独学で文学の道を目指すという、強い意志での上京であったろう。

春夫の作品発表は、停学中の身であるから、堂々と名前を名乗るわけにはいかない。作品の署名欄には「▽▲▽」の記号が記されているのみの作品が幾つか散見される。和貝夕潮が記者であったから、便宜も図ってくれたろう。あるいは、匿名の記述は、むしろ和貝の配慮であったかも知れない。

現存の『熊野実業新聞』を見る限り、該当する作品は「寝ざめ」「転宅」「転任」の三つの作品と和歌八首で、いずれも十月に集中している。

明治四十二（一九〇九）年十月二十八日付同紙の「熊野歌壇」欄は、「しぶかき」と題する成江醒庵の和歌六首と、「△▼△」の和歌八首である（△印が「寝ざめ」とは反対方向になっているのだが）。なかに、「その男その歌もふしをなさぬが於もしろきかな」「雑沓のいらいらしきにわが友の神経質が口ぶえをふく」「ある男桃中軒の義士伝を新渡戸の如き口ぶりに説く」「パン屑をかぢり居る間に秋の日のはやうすづきて夕となりぬ」「文学を知らぬやからが新らしき思潮をなみす笑ふべくぞある」などがあるが、当時の春夫の心境を伝えていると納得できる。

十月中というのも、和貝夕潮の熊野実業新聞社在任中と深く係わっていたはずである。和貝が、同社に入社するのは一月八日（同日付「入社の辞」）、十一月十日付に「秋風吟」と題する退社の辞、「夕潮兄を送る」という同僚記者達の文が出ている。夕潮が与謝野寛の再訪に尽力し、同社が支援したことは既に述べたとおりだが、後述する新宮中学ストライキ事件の報道に対して社長と意見が合わなかったことが退社の理由とされる。

ところで、私は「▽▲▽」印の作品「寝ざめ」を、先の中野緑葉の回想文（『朱光土』）の紹介と共に、学術雑誌である『日本文学』（昭和五十五年四月号）に、「佐藤春夫の処女戯曲―「寝ざめ」発見に寄せて」として発表し、まだご存命であった佐藤千代氏の許可を得て、作品「寝ざめ」と「洛陽日記（二）　春夫」とを全文紹介しておいた。その後、臨川書店から出ていた『定本佐藤春夫全集』に当然収録してもらえるものと想像していた。しかしながら、「洛陽日記」の方は、「春夫」という記名があったからか、収録されているものの、「寝ざめ」は採用されず、注釈で、「一部で春夫の戯曲であるという説もあるが」と軽くあしらわれた。熊野という地方で刊行されていた雑誌などの無名の者の回想は、取るに足らぬものと判断したのかもしれない。不本意な気分で読んだ印象は、忘れ難く拭えない。私は、これまでも地方の雑誌の内容を発表してきたが、軽くあしらわれた体験を再三してきたものの、『日本文学』

への拙稿に対して、反論や異議申し立てを受けたことはない。暗黙の了解が出来ていたと解釈していたのだが。後味の悪い「寝ざめ」ではあった。あえて想像すれば、「転宅」「転任」へと推測を広げ過ぎたことが、不信を招いたかとは反省する。ただ、停学中の春夫の執筆姿勢からすれば、旺盛に展開したと考える方がむしろ自然である。後に述べる象徴的な作品「若き鷲の子」の詩作品の背景を考える上でも、首肯できることでもある。

・与謝野寛の作品掲載

春夫が停学中、いくつかの作品を無署名で『熊野実業新聞』に投稿、掲載されていたであろうことを述べてきたが、この頃、同紙に盛んに作品を発表しているのは、夏に再来遊した与謝野寛である。そうして、和貝夕潮が同紙の記者で、文化面の編集を担っていたことも、これらの作品が集中的に掲載された理由でもあろう。

しばらく、与謝野寛の作品に関して記述してゆく。八月に寛が再び熊野にやってきて、熊野、新宮の人々との繋がりもさらに深まる。

ここに引用する「薄暮」という詩は、講演会登壇前の状況である。新宮でのお盆過ぎの夕暮れの小景というところだろうか。夏期講座で話す場所としての瑞泉寺(ずいせんじ)、通称大寺(おおてら)が目の前にある、「法界節(ほうかいぶし)」の連中が通る、こういった興行集団が庶民芸能を携えて訪れて来る、まさに熊野の文化状況の底辺を支えていたと言えるかもしれない。そうして、瑞泉寺での夏期講座の応募状況があまり芳しくないということで、急遽企てられたのが、すでに述べた新宮中学生佐藤春夫が「飛び入り演説」をして物議を醸(かも)すことになる、近くの新玉座での講演会だったのである。宿所は、元鍛冶町の三階建ての宇治長(うじちょう)旅館である(口絵写真18参照)。

薄暮

与謝野寛

昼寐より覚めたる後のかい懈さ。
元鍛冶町の旅籠屋の
三階の狭き座敷にただよふは
亜鉛の屋根の工場なる石油のにほひ。

伴なる絵師のかきさせる
朝の熊野の川口の
いと静かなる油絵は
次の広間の床の間の
贋物の景文の絵にならびたり。

昼寝より覚めたる後のしよざい無さ
伴は皆髭を剃りにや出でにけむ。
むし暑き夕なるかな。

団扇をとりて立ち上り
次の広間の欄に肘して凭れば、
屋根越しに山の麓の瑞泉寺
土塀の中に盂蘭盆の三筋の旗ぞ

しらしらと亡者の如く漂へる。
あはれ此時直下の町を通るは
自暴に滅茶なるすてばちの
琴かき鳴す一群の法界節よ、

つんとこ、つんとこ、つんとこ、つんとこ
旅の身の塞がれる痛き愁は
焼酎の甕の如くに裂けて流るる。

（『熊野実業新聞』明治四十二年八月二十四日）

寛の『熊野実業新聞』掲載作品の代表が、伊藤博文追悼の文章、連載三回（十一月十日、十二日、十四日付）で掲載されている「藤公の一側面」という文章、藤公というのは伊藤博文のことである。

また、「熊野地名への関心」という文章も、熊野地名考と言いうる内容である。これなども熊野の地名ということで、独自なもの、夏の来訪を機にそれらが生まれたと言える。

この熊野の地名への関心を述べた文章の中に、神社合祀に警鐘を鳴らす内容などもある。南方熊楠が神社合祀に反対したのは有名で、熊楠は田辺で刊行されていた『牟婁新報』に次々と反対意見を述べてゆくのだが、寛の警鐘は南方より少しばかり早い時期に当たる。

寛の伊藤追悼については、明治四十二年十月に伊藤博文はハルピン、中国の東北部（旧満州）で、韓国人安重根によって暗殺されるが、その追悼文を寛は新宮の新聞に発表しているのである。これは『東京二六新聞』に四回にわたって連載されたものの転載であるが、直後の転載で、うっかり伊藤の「伊」を欠落させたものとみえる。寛は伊藤博文と顔見知りであったようで、その文章を読むと、何回か一緒に話をしたなどということも出てくる。伊藤博文と与謝野寛との関係などはいままで誰もあまり注目したことはないので、そういう意味でも貴重な文章である。

だから寛が明治四十二（一九〇九）年夏に再び熊野にやってきて、熊野の人々とのつながりが一層深まっていった、その年の秋に熊野の新聞にそれらの文章が発表されてゆく、熊野の人々との交信もいくつかあった、証明する手紙なども残っている。当時、新宮中学で教員をしていた小野芳彦（おのよしひこ）に宛てたものなどである。

＊

寛にとっては、明治四十三年三月に、初めての単独の歌集と言える『相聞（あいぎこえ）』という歌集が刊行されるのだが、逸見久美氏が『評伝与謝野鉄幹晶子』（八木書店、昭和五十年）という大著のなかで、「寛の憔悴（しょうすい）と妻晶子の尽力」がこの歌集を生み出したと言っている。さらに「この歌集には寛の生命をとり戻そうとした晶子の悲願と深い愛情がこめられていた」と評価している。この歌集の編集はおそらく晶子が行ったのだろうと言う。その次の年、四十四年には寛は念願のヨーロッパへ渡ってゆく。「大逆事件」後のことになる。夫をフランスに行かせるための妻晶子の努力は、並大抵でないものがあり、和歌を認めた屛風を多く手掛けて販売し、渡欧の経費の一部に充当した。遅れて晶子も子どもらを残して後追い渡欧、夫と子どもらへの未練に引き裂かれる日々を過ごす。

『相聞』には、『明星』集成の感があって、明治三十五年以降の和歌約千首が収められている。その最後、巻末に「伊藤博文卿を悼む歌」というのが、一六首載っている。『相聞』の評価は、一般的にあまり高くはなかったようだが、ただ「熊野の歌」も含まれていることもあって、熊野の地では関心は高かったと見え、『サンセット』五号（明治四十三年六月）で、禄亭（ろくてい）（大石誠之助）や沖野岩三郎などが、感想を書いている。新聞型雑誌と言っていい『サンセット』に、寛も和歌を載せている。なかに、「白き犬行路病者のわきばらにさしこみ来り死ぬを見守る」「巡査らが社会主義者の紅旗(あかはた)を奪ひをはりて夕立きたる」「泣きながら妻と我が子の海を見る幻覚かなし青き夕ぐれ」などがある。「大逆事件」の契機となった「赤旗事件」の模様を歌い、離婚の危機を歌っているのであろう。『サンセット』では、『はまゆふ』のように、寛の和歌を特別扱いするようなことはしていない。

実はこの『相聞』という歌集をいちばん最初に評価したのは、歌人で民俗学者の釈超空（折口信夫）で、大正時代のこと。それ以後、『相聞』を評価する人でも、なぜ伊藤博文の追悼の歌が最後に出ているのか分からないというのが、いままで一般的解釈だった。しかしながら、『熊野実業新聞』に伊藤博文を追悼する文章を発表している寛としてみれば、その文章の中に書かれている博文と鉄幹（寛）との個人的な繋がりというものを十分に理解したならば、そんなに不自然なことでも何でもない、本当に心を込めて伊藤博文を悼んでいるのである。

伊藤博文が暗殺されて、十一月四日に国葬が行われたその日に、十何首の和歌を一気に詠んだ人が他にも居る。それは石川啄木で、啄木も非常な衝撃を受ける。鉄幹と啄木とは、ある意味では師と弟子だが、作風などでは随分と違う。鉄幹と啄木はともに、伊藤博文の死というものに影響を受けて追悼の歌を詠むが、その後一、二年のうちに思想的な意味でかなりの距離になってゆく。それが石川啄木への「大逆事件」の影響ということになるのだが、しかしこれは「大逆事件」が起こる前の話である。啄木も伊藤博文の暗殺事件にショックを受けて幾つかの歌を即座に作っている。啄木の著名な歌に「地図の上朝鮮国にくろぐろと墨をぬりつつ秋風を聴く」というのがある。また、「誰そ我にピストルにても撃てよかし伊藤の如く死にて見せなむ」と言うのもある。

韓国併合がすぐに始まる。伊藤博文はむしろ韓国併合には消極的であったらしい。伊藤博文は、内閣総理大臣を四度歴任したあと、初代の韓国統監を務める。韓国併合の張本人のように見られがちだが、そうではない面もあり、渋々にしろ韓国併合を推進せざるを得なかった事情もあるようだ。同じ長州でありながら、桂太郎・山県有朋の世代との間に確執めいたものも抱えていた。

この時期の新宮の町に話を戻すと、既に述べたように、明治四十二（一九〇九）年の夏八月に与謝野寛らがやって来て、佐藤春夫もそこで飛び入り演説をする、新宮中学から無期停学処分を言い渡される、新宮中学で一大ストライキが起こる、そしてストライキがようやく収拾した時期に、校舎が火災を起こす、年が明けて四十三年になって、六月頃からのちに「大逆事件」と目される捜査が熊野の地に飛び火してきて大石誠之助らが逮捕されてゆく、新宮の町は騒然としたまま推移してゆくことになるのだ。

・新宮中学ストライキへの展開とその余波

佐藤春夫の無期停学への風当たりは、大石誠之助らを中心に新宮中学への教育批判から、寺内校長個人への批判へと波紋を広げていった。なかでも、田辺の『牟婁新報』が報じた「新宮中学の怪聞」の四回にわたる連載は（三面トップ・十月二十四日・同二十七日・三十日・十一月三日）、まず新宮町の二紙（『熊野新報』『熊野実業新聞』）が、この問題を取り上げないのは遺憾だとしながら、都合二五ヶ条にわたって新宮中学及び寺内校長の非を追及している。一つは「共同学資金」の不始末で、校友会の運営費で、生徒一人一人から徴収しているにもかかわらず使途が不明になっていて、決算報告がなされていないことを、生徒側に指摘されているのにいまだ真相を明らかにしていない、という指摘である。当時授業料は月一円、学資金積み立ては月二〇銭であった。

「こそこそと悪所通ひの校長鼠／かじる共同学資金／猫がみつけて　ストライキ」と、当時はやりの鴨緑江節になぞらえて、新宮中学生はもちろん、小学生にまで巷で歌われていたという。ちなみに寺内校長は多少「出っ歯」の気配で、それを鼠になぞらえたのだという（濱畑榮造『大石誠之助小伝』、前述の春夫の新宮の三大そっ歯にも通ずる。この歌が春夫の作だと言う噂が巷には流れたと言う）。ちなみに鴨緑江節は、出稼ぎに駆り出された熊野の筏師たちが伝えたものだと言われている。

二つ目は、十月二十日に寺内校長が、中学批判の演説会の企画に対し、未然に防いでほしいと警察署に要請に行ったこと。実際にこの講演会は大石誠之助や成石平四郎、松井澄星らによって十一月五日に開かれている。

三つ目は、「試験問題の漏洩」疑惑で、新年度以来くすぶり続けていたようだ。卒業試験に際し、ある女性が恋人の中学生のために問題を漏らしたというもので、小説「恋の罪」がさらに輪をかけた。この小説は『熊野新報』紙に、この年七月三十一日から七回にわたって連載されたもので、無署名ながら岩本風庵の作と伝えられている。主人公の設定が校長宅に仕える侍女、疑われて校長から詰問され、親元の和歌山に返されたという。この年の新宮中学五年生二六名中、二五名が卒業、ひとつの「風聞」を生み出す事件だった。たくさんの項目のうちでも、「共同学資金」の問題がメインで、春夫の停学問題が波紋を広げてゆくまでには、これらの問題も伏流していたことは確かなようだ。

四年生の動向がストライキの先鞭をつけた。「天長節」の十一月三日、春夫の「少年の日」の詩の舞台、王子が浜に集結して、翌日からの決行を決議している。沖野岩三郎の小説「宿命」では、熊野製材所のストライキとして第四工場の職工から始まったとされているが、その打ち合わせ場所は、大石誠之助がモデルの田原ドクトルの奥座敷とされている。実際は高木顕明の浄泉寺でなされている。四日は、ハルピンで安重根に暗殺された伊藤博文の国葬の日で、一限目は全体講話で二限目からは休業に当たっていた。四年生生徒たちは「謹で我父兄諸氏に告ぐ」（口絵写真11参照）のアピールを出し、三年生、二年生に拡大して、五日からの同盟休校となった。五年生や一年生は登校したが授業にはならなかった。

学校側は町の有力者らを味方につけ、強硬姿勢を貫くことで保護者への働きかけを強めた。このストライキの進行過程には、長年新宮町内を政治的に二分してきた、保守派（実業派）と改革派（革新派）との思惑が深く絡み合っていた。『熊野実業新聞』が保守派を代弁し、『熊野新報』が改革派を代弁していたが、田辺の『牟婁新報』からみれば、どちらも甘く見えた。

一部の社会主義者が煽動しているとの見方もあり、それに対して、大石誠之助らは強く反発、寺内校長の不実を訴えたりしている。大石に「新中問題雑感」の小気味よい批判の文章があり、問題の本質を言い当てている（『熊野新報』十一月十二日・十五日）。当初は学校側と保護者側にも立って中立的であった沖野岩三郎までもが、「開書　寺内頴足下」の公開質問状を書いている（『熊野新報』十一月十五日）。熊野実業新聞記者であった和貝夕潮は、新宮中学問題で社主と意見が合わずに退職に追い込まれている（同紙のこの年一月八日付に「入社の辞」、十一月十日に「秋風吟」と題する退社の弁と同僚記者の「夕潮兄を送る」が掲載）。

新宮中学同盟休校が成立するのは十一月五日、一応の落着を見るのは十一月十二日。犠牲者は退学・諭旨退学者八名、停学者四名（「小野日記」より推定）、二教諭が煽動の廉（かど）で休職、配転、書記の更迭などの処分が成され、結局校長の責任は回避された。

・春夫不在の新宮中学ストライキ

二教諭が生徒の同盟休校を煽動したという廉で実質退任に追い込まれているが、表立った動きは何もないようだから、体よく馘首の憂き目にあったと解すべきだろう。物理学担当の原田岩平と修身担当の神門（ごうど）兵右衛門で、突然の休職辞令に小野芳彦も「日記」に驚きを記し、生徒の信頼殊に厚く、涙ながらに港まで見送ったことを記している。五年生担当の原田は佐賀市の私立学校へ転職ということであったが、四年生担当の神門も、故郷の福井に帰り、母校の武生中学などで教鞭を執ったが、大正八年大阪に出て実業界に入り、肥料製油原料輸入販売業で成功を収めたようである（『近畿在住福井県人史』大正十年十二月・福井県人協会発行・非売品）。今日残る「新宮中学教職員履歴書綴」には、ふたりの箇所には朱書きで「一一月二日休職を命ず」と書かれているだけ、遡っての辞令である。

ところで、神門兵右衛門の寄宿先は、下本町七六九四番地佐藤豊太郎方になっている。明治四十一年十一月、早稲田大学哲学科を卒業して修身科教諭心得として赴任、まもなく教諭になっている。明治十六年福井県の生まれで、父豊太郎が不在がちな中で、春夫の兄貴格であったように思われる。和貝夕潮が「鼻の人佐藤春夫氏」（『熊野誌』一二号・昭和四十年十一月）のなかで言及している。

氏自身（引用者注・春夫のこと）中央文壇進出の野望を抱きはじめたのは、三年生の後期かららしく、四年生になった春、早稲田大学文科を出た神門兵右衛門という先生が赴任して、いろいろ文学の話を聞くようになってから、佐藤生徒の天分は鋭どい光を放ち出したようである。

神門先生は北陸の出身で、私も親しく交際した人であるが、かつて湘南の海に投身、失神しているところを救助され、蘇生した経験の持主であった。佐藤生徒はある夜先生の下宿先で、その時の話から生死の瞬間に於ける感想などを聞いて以来、神門先生に対する憧憬は寧ろ信仰的なものに発展し、その影響は作品の上にも顕現されるに至った。

神門先生は赴任後短期間で職を辞し、失意の胸を抱いて北陸に去ったが、佐藤氏の中央文壇進出の希望を決定づけたのは、日を経て実現した与謝野鉄幹氏の熊野再遊の実現であった。

和貝はそのあと、『はまゆふ』編集に協力してもらったことを述べ、『はまゆふ』に佐藤潮鳴の筆名で発表された、二編の詩「馬車」と「食堂」を引用している。「潮鳴」の筆号は、木ノ本から新宮にかけての七里御浜の潮騒から名づけられたものだった。その松原に並行して馬車が走って砂煙を上げていた。春夫は、「潮鳴」の号が、「岩野泡鳴」から取ったものでないことを釈明している。

与謝野寛の熊野再遊は、神門がまだ滞在中のころで、講演会の聴衆のひとりであった可能性もある。和貝の記憶には、不正確なところもある。神門の下宿先が佐藤豊太郎方になるのも当初からではなかったのかもしれないが、神門教諭から受けた文学的な影響等については、春夫の後年の文章には全く触れられたことはない。ただ、後日談として春夫は、「わたくしが中学校で数学の不成績のため落第した時の先生の息子がここで国語の先生をしながら詩をつくつてゐて、わたくしのところへ校歌を作れと申し入れて来たのであつた。」と、「日本の風景」で述べている。春夫に記憶違いはあるものの、昭和三十一年の武生高校校歌作詩の由来に及んでいる。

神門が大石誠之助らと接触していた資料も皆無に等しいが、ただ明治四十二（一九〇九）年二月十二日、沖野岩三郎の教会で会衆二〇名余で「ダーヰン百年祭」が催された時、沖野や成江醒庵、大石誠之助らに交じって登壇している（『熊野実業新聞』明治四十二年二月十四日）。また、明治四十二年三月刊の『会誌』五号の巻頭論説には「正直と馬鹿正直」を書いていて、「……正直と馬鹿正直との分界点、相違点は、万に一の特別異時の際に、健全なる人格良心の判断に訴ふるか否かの点に有りと云ふのが、此の研究の成果である」と結んでいる。正義感の面目躍如の感があり、中学生のストライキに関しても生徒を煽動したとまではいかないものの、生徒の立場を充分に理解することは出来ただろう。四年生生徒の大浜での決起集合を留められなかったという「責任追及」であったろうか。

さらに、このストライキが「潜伏中の社会主義者」（「青春期の自画像」）や、「大石誠之助氏方に来てゐた若い社会主義者が画策しアジって起させた同盟休校」とか、「学校騒動の張本人」（いずれも『詩文半世紀』）などと春夫が記述していたり、沖野岩三郎の作品にもそれに類した表記が見られることについては、森長英三郎が『禄亭大石誠之助』の中でその不正確さと偏見とを指摘している。名指しされているわけではないが、これは「大逆事件」で刑死した新村忠雄を指していて、この「若い社会主義者」新村が新宮を離れるのは、この年八月二十日、二十二日には東京に帰り着いている。そうして、二十一日は与謝野寛らの講演会で、春夫の飛び入り演説が成された日だった。

成石平四郎らがストライキに際して学校側批判のビラを撒いたり、高木顕明の寺浄泉寺が集会の場になったりした形跡はあるものの、新村忠雄がストライキに関与する余地はまったくなかった。

新宮中学のストライキ期間中、春夫は上京中であった。

十一月四日に同盟休校が勃発したとき、春夫は五年生であるが、すでに停学処分は解かれていた。生田長江を頼って上京したのがいつの日かは、今のところ正確に把握できないが、おそらく十一月に入ってすぐの頃で、東京の『萬朝報』が十一月六日付で新宮中学の同盟休校を報道したようだから、春夫は東京で目にしたと思われる。また、後日の『萬朝報』の新宮中学の火災についての記事も目にしたという回想があるから、この頃までは東京に居たということである。東京・千駄木林町の長江宅である。

「退学」の決意をしていた春夫にとっては、おそらく復学の意志はなく、同じ年生まれの生田春月と親しく交際して時を過ごした。春月は十七歳で上京して長江の書生になったものの、養子先の質屋を継ぐことになって明治四十一年六月にいったん鳥取に帰省、しかしながら文学や上京への想い断ちがたく、絶えず師の生田長江に相談、翌年ようやく再度上京の決意をして十一月三日に故郷を立っている。春夫の上京とほぼ相前後していたことになる。

『詩文半世紀』によれば、「この間の在京は一週間にも足りなかつたが、春月の案内によつて上野の美術展覧会を見物して、たしか青木繁の「海の幸」や菱田春草の「黒猫」など評判の名作を見たし、通勤のため白山下の電車停留所までを馬で行く鷗外の馬上のうしろ姿を見ることもできたし、また紅梅町の新詩社を訪うて先生だけではなく、晶子夫人にも謁することができた」と言う。

上京に際しても、一度は母に内緒で上京を企て、近隣の三輪崎港からではなく、欺いたつもりの木ノ本港からの渡航の計画も、その行く手を阻まれた経緯があり、ようやく母の納得を得て実現したものであっただけに、火災事件という緊急事態の勃発は、母の要求に屈するほかはなかったのだろう。同盟休校が終息したばかりの十一月十五日夜に発した新宮中学での失火事件、特別教室の消失である。放火ではないかの疑いが、ストライキ騒ぎの余波がさめやらぬ中で、町民の間で「噂」として広がっていった。そんななかで、とりあえずは帰って来いと言う母の懇願に抗し切れなかったのであろう。生田長江の、とりあえず来春、中学校は一応卒業してから、という説得も効を奏したのであろう。

春夫は書いている。

その無期停学中に、学校で同盟休校が始まつて、私がその煽動者として見做された。私はその時学校をやめるつもりで上京して、一週間ほど生田長江氏の家に居た。其処で或日の「万朝報」を見ると、私のゐる中学校へ放火した者があつて、特別教室の一棟が焼失したといふこと事が出てゐた。さういふ事件の為めに又国へ呼び帰された。やがてその同盟休校の事件が落着すると、私は無期停学を赦されて復校した。それは多分生徒間に一種の勢力をもつてゐる風に、学校経営者から考へられたので、政策の為めであつたかも知れない。

（「恋、野心、芸術」『文章俱楽部』大正八年一月）

春夫は他の諸作品でも、無期停学中に同盟休校が勃発したように記述しているが、「小野日記」によれば、それ以前に停学は解除されている。そうして、「放火事件」として記述していることも多いが、結果的には「原因不明」で収束する。しかしそこには、ひとりの生徒の悲劇がまつわりついてくることは、後述する。また、この同盟休校の発端は四年生が主導したのであって、春夫はこの時五年生である。ただ、校長が保護者への説明で、中学生の不穏な会での登壇事件が、そのきっかけであるような発言はあったようだ。

すでに復学は認められていたものの、それを振り切って、文学者として立つと決意して上京した春夫であったが、父親不在のなか、正式な届け出が成されていなかった状況で、呼び戻されてからも学校行きを渋った模様である。沖野岩三郎らも説得に当たった節もある。春夫は新宮での文学環境にも嫌気がさしてきていた。あるいはそれ以上に、青雲の志がふつふつとたぎってきていたとも言えようか。

・生田春月との関係

先に紹介した、罫紙一二枚に記された、仮称「生田長江　紀州旅行日記」と言われるものは、長江が京都から東京に帰る東海道線の車中で、鳥取の淀江で籠居している春月の下へ激励の書簡と共に届けられた。熊野滞在中に送られた長江から春月宛て書簡の一節に、行動を共にしてきた与謝野寛への辛辣な批判が記されている。「与謝野寛君は悪人ではない、いやな男である。晶子女史の小説が拙いのも故あるかなと思ふ。一葉女史ならば、どんなことがあつてもあんな男に惚れはすまいと思ふ」とある。

わざわざ女に惚れられやうとして懸命に努力をするのは森田米松君だ。惚れられるやうな人格を作つて置かうとするのは生田長江だと、こんな自惚は君の前で丈け言はして貰ふ。何物をも恐れぬ―是が僕の根本道徳である。之を艶つぽく翻訳すれば、男にも女にも惚れられるやうな人格を作ることになる。

と続き、「人格を作り玉へ、惚れられるやうな人格を作り玉へ」と激励している。森田米松とは、学生時代からの友、森田草平のこと。草平は漱石の知遇をえていたが、明治四十一（一九〇八）年三月、教え子の平塚らいてふと塩原情死未遂事件のスキャンダルを起し、世間の厳しい非難を浴びた。その顛末を小説に書いたのが「煤煙」で、漱石の力添えで明治四十二年元日から『東京朝日新聞』に連載され、草平を新進作家の位置に引き上げた。

生田春月にも、この年九月から十月にかけての「淀江日記」と称するものが残されている。

この紀州熊野行の折は、与謝野寛にしろ、生田長江にしろ、悩ましき女性問題を抱えてのものであった。長江の女性問題については弟子の春月も知悉しており、だからこその言葉が日記や書簡からは窺い知れる。

この日記の所在は、春夫生前の時期から知られていて、春夫もそれを眼にした可能性について曽根博義氏は指摘している。春夫の急逝が、自身の回想の間違いを訂正する機を失わせたのではないか、と推測している（『文学者の日記5』平成十一年）。

さて、明治四十二年十一月、新宮中学のストライキを尻目に上京した春夫であったが、春夫を上野の美術館などに案内した、同年生まれの生田春月も、ほぼ同じ頃に再上京したばかりで、長江宅に住んだ。そうして、新宮中学を卒業して再上京した春夫は、明治四十三年四月四日から一〇日間ほど長江宅に滞在、その後本郷区駒込千駄木町三六の轟方に下宿した。森鷗外の居宅「観潮楼」の前の坂下で、深夜まで明かりが灯っている鷗外の書斎を仰ぎ見た。九月頃には、本郷区湯島新花町五四の本郷座の座方吉澤真次郎方（『会報』第三号。ちなみに奥栄一は早稲田大学在学で、牛込区市ヶ谷山伏町一八番鳥居春之助方）に、新宮中学の同級生で歯科医を目指していた東熈市（ひがしきいち）と共に下宿した。東は南牟婁郡尾呂志村（現御浜町）の出身、やがて傷心の春夫を台湾に誘うことで、春夫再出発のきっかけを作り、春夫にとっては筆舌尽くしがたい恩人となる。なお、『会誌』六号（大正二年十二月）によれば、この時、佐藤春夫は、牛込区矢来町三中ノ丸乙ノ五〇、七回卒業の弟夏樹も上京してきて受験準備中で、それより先に独協中学に通っていた弟秋雄共々居住し、母親や叔母が交々上京して、面倒を見ていた。ちなみに、奥栄一は「小石川区上宮坂二三の君が代館」に、東熈市は「本郷区壹町三六美芳館」に転居している。また、同『会誌』には、消息欄に「十月十三日」として、春夫の文章が掲載されている――「けふこのごろ何をなせる／と人のとひければ／ただ見れば何の苦もなき水鳥の／足にひまなく遊びをるなり」。最近、この頃の夏樹と秋雄との日録が発見されて（「佐藤春夫・夏樹・秋雄日記」影印版・別冊年報XV・二〇二二年三月・実践女子大学文芸資料研究所・解説河野龍也）、そこには「兄貴」の交友たちについても描かれており、この頃の春夫の動向を知る貴重な資料として、今後読み解きが成されてゆくだろう。

それより前、明治四十四（一九一一）年六月頃、春夫は長江の依頼で、転居することになった長江の居宅に同居することにし、それは本郷区根津西須賀町二のドイツの古城のような家で二階十畳の住人となった。春月も二階の別の間に同居、長江は翻訳中のニーチェにちなんで春夫や春月の同意をえて、「超人社」の看板を表札替わりに掲げ、やがては梁山泊のようになってゆく。「わたくしは弟たちが来て牛込に住むまでは、おもに本郷界隈や超人社に住んで、ここから三田に通った。そうして三田で学ぶよりも、新詩社や超人社で師友から学ぶところの方が多かった」（『詩文半世紀』）と、春夫は語っている。ジャーナリストをはじめ、有象無象の人が出入りし、後に「地上」で一世を風靡した島田清次郎、「根津権現裏」を書いた藤沢清造、尾崎士郎や大宅壮一の名が挙げられている。超人社には江南文三（明治四十五年六月頃）、青鞜社の尾竹紅吉（一枝）も同居してくる（十月）。春夫は紅吉の妹「ふくみ」を知り、「プラトニック」な愛を捧げ、「心身甚だしく悩めり。慢性の不眠症に罹る」ことに繋がってゆく。

春月は明治二十五年三月鳥取、米子の生まれ、実家の酒屋が破産した後、朝鮮半島に渡ったりして多難な道を歩んだ後、十七歳で上京して、同郷の先輩で評論家の生田長江の書生として創作活動を開始したのは、明治四十一年六月。新宮中学を卒業して、再度上京してまだ宿舎もない春夫と十日ほど同居し、更に「超人社」では二年余、起居を共にした。

＊

春月は、大正三年以来、亡くなる昭和五年までの足かけ一六年間を、弁天町・天神町など東京の牛込の地で過ごした。詩作のかたわら独逸語専修学校の夜学でドイツ語を学んだ春月は、ハイネなどドイツ文学を紹介したり、ツルゲーネフ、ゴーリキーらの作品を翻訳したりもした。大正六年、天神町在住時には第一詩集『霊魂の秋』を発表、翌年この地で発表した第二詩集『感傷の春』によって詩人としての地位を確立した。その後も『春月小曲集』『慰めの国』『夢心地』『自然の恵み』などの詩集や、自伝的長編小説「相寄る魂」、評論「真実に生きる悩み」「山家文学論集」など、すべては牛込の地で著された。その周辺には、春夫が住み、奥栄一が住んでいた。

そうして春月は、昭和五年五月十九日に大阪商船すみれ丸に乗船、別府に向かう途中の瀬戸内の播磨灘に身を投じたのだった。

昭和五（一九三〇）年七月刊の『文学時代』には、「生田春月追悼録」特集が組まれており、自殺直前の長編詩

「愚かな白鳥」や「新しい歌、より善い歌」が収められ、六人の知人、友人達が、詩や文章で追悼している。佐藤春夫は「流水歌」という詩を、奥栄一は「生田春月の思ひ出」を書いている。

五月二十五日に多聞院（東京・新宿弁天町）で告別式が営まれ、春夫も参列していて、一同撮影の写真が、同雑誌の口絵に紹介されている。また、その前日、日比谷の山水楼で作家龍膽寺雄の「アパート女達と僕と」の出版記念会が開かれ、そこにも春夫は出席、記念撮影した写真が同誌の次の頁に出ている。

奥栄一の追悼文は「その思ひ出の中の断想」とサブタイトルが付されているように、折に触れての春月との係わりを、個人的な感慨を含めて叙述したものである。

「蒼白く、細長い、その頤の突んがつた彼の顔は、彼自身も心ひそかに少年らしい矜持をもつて認めてゐたやうに、ハインリツヒ・ハイネのそれによく似てゐた」で書きだされている。春月を知ったのは明治四十三年春、初めて東京に出て来て間もなくの頃、名前はそれ以前に『文章世界』の投書を通して関心を持っていた。「彼はその極めて口数の尠い言葉を話すと云ふよりは呟く、独言のやうに口の中で私語いた。私は当時既に彼の友達であり、私の子供の時分の友達である佐藤春夫の通弁で、やつと彼と話す事が出来たのを憶えてゐる」と言う。以来、二十年の付き合いが始まった。

「彼にはとても常人では想像出来ない、いこぢな、さうして、どんな苦しい時でも、ぢつと自分だけで我慢してゐる強さが、その多感な内気な半面に一貫してゐた」とも言う。「三日にあげず訪れて行」ったという奥は、春月の詩作や翻訳に打ち込むノーマルな精進生活とともに、周期ともいうべき爆発的なアブノーマルな奇行の姿も捉えている。「新しい女」と標榜された雑誌『青鞜』に寄稿した文章を読んで、すぐに求婚して妻に迎えた花世とのエピソードも紹介。ふたりとも社会問題や女性問題に関心を持つ妻を迎え、極貧の生活を強いられたという相似た境遇が、当初の春月と春夫との親密度よりも、いっそう奥との親密度が増していったようにも見える。ふたりはアナーキズムについてもよく語り合った。一言で「無政府主義」と片づけられることも多いのだが、社会連帯や団結とも結びつく要素もあって、奥に言わせれば、春月のアナーキズムは「インデイヴイデユアル・アナキズム」であったというから、実践に結びつくものではなかった。その拠ってくるニヒリズムも「彼が好む処の逆説(パラドックス)を以て云へば、彼自らの野心を、彼自らの感情的な、余りに多感な性情を否定する為めの、意識せざる保護色ではなかったか」と、踏み込んだ鋭い分析をしている。そして聞くところによれば、として、数日後故郷でやることになっていた講演の題が「知識階級の行衛」であったことを明かしている。

春夫は春月との微妙な関係にも触れ、近頃は疎遠になっていたとも言うが、「流水歌―生田春月を弔ふ」の詩を捧げている。

君とわれとは過ぎし日の
歌と酒との友なりき
眉わかくしてもろともに
十年かはらぬ朝夕を
われらは何を語りしか

で始まり、

人に驕れるわが性(さが)は
君が怒を得にけらし

と、ふたりはしばらく疎遠になり、己が道を歩み始めていた。

かくて十年また過ぎぬ
眠なき夜のをりふしに

生き来し方を見かへれば
少年の友よき宝
またと有るべきものならじ

と、初めて出会った少年時代を懐かしむ。そうして、いよいよ永別の大団円、

よき折あらば手をとりて
杯くまん日もがなと
思ふねがひはあだにして
君今は世にあらざるか。

歌うづ高く世にのこし
むくろは水にゆだねつつ
騒愁の人いまは亡(な)し
ああ若き日の友は亡し
愛も憎もすて去りし
仏の前に額づけば
七情の巣のうつそ身の
わが目や水は流れけり
君葬りしその水は

と結ばれている。

汽船に乗り込む直前まで、大阪のホテルの一室で長編詩完成のためにペンを走らせ、活字の組み方やポイントの大きさ、行間アキの指示まで書き込んで投函したという春月の遺作詩が「愚かな白鳥」であった。女性問題の悩みを抱えている様子が窺えることばの数々からは、虚無の翳りがほとばしり出ている。そうして「一生は稲妻、／まぼろしを人はとらへて／詩はここに、死もここに」の詩句もあって、死の予兆も顕著である。春夫はまた、父豊太郎宛書簡（昭和五年五月二十一日）でも、

昔の友人生田春月自決せりと伝へられ、同人とは十年来不快の事ありて絶交のままなりしも、旧友の事とて多少の感慨有之、生き残り居られる身は多少の不満ありとも先づ神冥の御加護あるものと思ひ、万感を以て天地に感謝いたし、且つは旧友を弔ひ候ことなり。

と述べている。

僕が死んだら誄（るい）を述べる（弔辞を述べるの意）のは君だ、と春夫に言い残して、芥川龍之介が自裁したのは、昭和二年七月二十四日のことである。春夫はそれを、中国・上海の宿で知る。龍之介の残したことば――「ぼんやりした不安」は、昭和恐慌という不況が襲ってくる世相の中で、先行きの不透明を象徴する流行語になってゆく。それから三年、春夫が例の「細君譲渡事件」で世間をにぎわせ、千代との十年来の恋を実現させるのは、春月の自殺から数ヶ月後のことであった。

・「若き鷲の子」の詩の解釈と〈危機〉からの脱出

中学卒業直前の春夫の動向に戻る。春夫は書いている。

中学五年の時に、与謝野寛氏と、生田長江氏と、石井柏亭氏との三人が、東京から私の故郷の紀州新宮の町に来て、町の劇場で演説会を開いた事があつた。その時私はその中に交つて、演説をした。それは「父と子」の

中のパザロフのやうな感情を述べたものであつた。今考へて見ると、恥しいやうな、浅薄な事だが、その中の言葉や思想が過激だといふので、学校から無期停学を命ぜられた。

（「恋、野心、芸術」『文章倶楽部』大正八年二月）

一八六二年ロシアの作家ツルゲーネフによって発表された長編小説「父と子」は、「ニヒリスト」という言葉がこの作品から広まったとも言われるほどで、若者にも多大な影響を与えた。その典型の登場人物がバザロフである。春夫もこの作品に感化されたことは、既に述べた通り本人も言及しているが、作品の中で、もう一人の登場人物のアルカージー、その父が兄に対して言う科白（つまりアルカージーからすれば伯父）の中に、「兄さんは眼付からして鷲みたいな眼をしている」と言う箇所がある。「鷲の目」は、鋭く先を洞察する力がある、と言うのである。

「十二月九日夜稿」と付記された春夫の詩「若き鷲の子」は、そんな「鷲の目」を想像させる作品であるし、春夫自身も十分に意識した題名でもあったろう。新宮中学の機関誌の『会誌』六号（明治四十三年三月）に発表されているのも、ある意味、学校への対抗意識が十分に窺え、この頃の春夫の心情が比喩的に凝縮されたものになっている。「若き鷲」に自己を仮託して、孤独な調子（トーン）が全面に描出されているものの、その裏には将来への自信を漲らせていて、時に強い気負いすら伝わってくる。この気負いこそ、〈反骨精神〉を培ってゆく土壌ともなりうるもので、春夫が精神的な〈危機〉を乗り越えたことの証（あかし）とも言えるものだ。

そんななか父豊太郎が北海道から帰ってくるのは、年も押し詰まった十二月のことである。

さて、「若き鷲の子」は六章から成る作品で、一章では「父は何処にか行きけん、母は何処にか去りけん。下界に近く、海近く、巌の上に鷲の子は置かれたり、しばし翼を養へと情篤き親のこころなめり」で始まり、父母に置きさられた「巌の上」の「鷲の子」が描かれる。「若き鷲の子は天上を夢みぬ、然して飛び去らんとしぬ。然も渠（かれ）が翼はあまりに弱くありき」と結ばれる。

二章では、「巌近く」飛んで来るのは、「あはれむべき烏、鳶の輩」だけで、ともに「天上界を語るべき友」ではない。若い鷲は「ほこるべき孤独」のなかに居る。三章では、「幾星霜を経」て、「若き鷲の子は甚しく肥えたり」という。そこには自信も生まれてきた気配である。「敏き烏と鳶と」は、若き鷲の傲慢と無為とを嗤いながら、「若き王子よ、臣等とともにかけり給はずや」と誘いかけるが、若き鷲は「ただ、黙然として巌頭に立てるのみ」で、孤高を守っている。

以下四章では、春夫自身の講演会登壇と、それによる無期停学処分とが投影され、仮託されている。「今ぞ、わが時来る」という得意満面の叫びは、たちまち「嵐」に襲われる。五章では、「幾日かの後嵐は凪ぎぬ。／烏と鳶とはかの傲慢なる友が嵐の為めに敗れたる姿を嘲らんとして巌頭を訪」ねるが、そこに若き鷲の姿はなく、鳶と烏は、「呵々」と嘲笑しながら「憐れむべし、傲慢なるものの末路を、水底にありて今にして、彼は何を学びけん」と、「若き鷲」の末路を推測する。しかしながら、「焉ぞ知らむ、若き鷲は、今や日輪のかたへにありて小さきものの愚なる勝利をあはれめりとは」とあって、そこには艱難を梃子にして、世間の冷徹な眼差しや態度を乗り超えて、次への飛躍を期する春夫の態度が見て取れる。だから、六章の「友よ、わが友よ。若き鷲の子の象徴を問ふ勿れ／われ自らも知らざる也」の結びの、客観視する余裕も生れている。「日輪のかたへ」にある「若き鷲」の姿を対象化し得たとき、作者春夫はひとつの〈危機〉を確実に乗り超えて、明治四十三年という年を迎えたのだと言える。

ところで、この「若き鷲の子」の詩を、ニーチェの「ツアラトウストラ」からの影響を指摘して、詳細に分析しているのは、山中千春氏著『佐藤春夫と大逆事件』（論創社・二〇一六年六月）の第一章「大逆事件の衝撃」の第三節「精神的危機からの脱却」の項である。

生田長江訳の、ニーチェの「ツアラトウストラ」が新潮社から刊行されるのは、明治四十四（一九一一）年一月末のことで、「大逆事件」で幸徳秋水らへの判決が下り、直後に刑が執行されたのと相前後する頃であった。翻訳途中の長江の口から、春夫はその内容を聴き取り、内容を咀嚼する間は十分にあった。確かに春夫の詩句の中にある語句、「陥没／没落」「日輪」「海底」などのイメージなども、ニーチェから学んだのではないか、と推測される。「ふるさとのあらき高峯(たかね)の巌(いは)にふし鷲の子などとわらひてあらむ」（『帝国文学』明治四十三年三月）という和歌が生まれているのも、ある意味では「ことば」を与えられることによって自身を客観化しえて、危機を乗り超えたとも言えるのである。

さらに、上京後、

人間よ、
われら一同が手にもてる、
またこころにもてる、
時計や書物や大学の如き、
または衣服をも杯をも、
あらゆるものを海底に投げ捨てよ。

と叫び、

人間よ、
いざ疾く悪しき眠りより醒めよ。
すべての無花果の葉を捨てて
われら一同先づ獣に学ぶに若(し)かず。

と言い、

人間よ、

　日輪の如き放縦と単純とは
　われら一同これを獣に学ぶべきなり

と続ける。

　蓋し創生記に云ふごとく
　われら一同は祖先の出来心のために
　獣なるを得ずして斯く人間に堕ちしを思へ

と結ぶ。まさに「詩」と題された作品には、「「ツアラストラ」及び「トルストイ語録」の訳者に感謝す」との付言を添えられて、『スバル』の明治四十五（一九一二）年六月号に発表されている。以後、この作品はどの詩集にも収められることはなかった。

　同じ頃、明治四十三年二月から新宮で月刊で刊行され、「大逆事件」検挙のために五号までで挫折せざるをえなかった『サンセット』に、春夫が参加した気配がないのは、すでに意識が中央への雄飛の野望のために東京に飛んでいたことと、地元識者への不満、不信、故郷への違和によるものであろう。

　編集人は沖野岩三郎、発行印刷人は沖野の妻ハルで、新聞型雑誌全八ページ仕立て、八ページ目は全面広告である。その二号は確認されていない。発行・印刷人を沖野ハルにしたのは、発禁などの災禍を少しでも回避するためであった。西村伊作が一面に絵を描き、東京から与謝野寛や、小川未明、木下尚江なども寄稿している。地元からは沖野のほか、大石誠之助の翻訳や成江醒庵、和貝夕潮、鈴木夕雨など、中野緑葉や下村愁人（悦夫）の名も見える。沖野のと思われる「聖書講義」や、箴言等の引用など、キリスト教的色彩も濃厚である。

　大石誠之助らの社会主義思想に共鳴し、誠之助の翻訳なども手伝いながら、小学校の訓導を務めていた玉置真吉は、新宮の町を歩いていると、よく「やあ、バザロフ」と呼びかけられた（真吉の自伝『猪突人生』）。ニヒリスト気取りが窺われたのだろう。『サンセット』四号（五月）掲載の「炬燵閑話・罵座魯夫（引用者注・バザロフ）」は真吉の筆であろう。老人に托して〈現実〉とか〈無理想〉とかが持てはやされている小説界を揶揄する内容である。また、三号（四月）の「罵公独語」や「座公放言」なども真吉の筆と推測される。そこで、「僕は耶蘇教も好きだ、アナキズムも好きだ、僕は現代不満だから苟も現代不満を懐く者は皆我兄弟我骨肉だと思ふ」とも述べている。真吉は「大逆事件」の犠牲者として教職を追われ、やがて我が国の社交ダンスの草分けの一人となってゆく。

新宮の町で「やあ、バザロフ」と呼びかけるのが、春夫であったとしてもおかしくはないが、大石誠之助と沖野岩三郎とによって刊行されていたとされる『サンセット』には、春夫は思想的な隔たりと、感性的に相容れないものを感知していたのかもしれない。

春夫はまた、「さはれはたろうまゆだやの鼻ならず鷲のくちばしのなれのはてなる」（『スバル』明治四十三年十一月）という和歌も詠んでいる。

・ストライキ事件の余波と〈大逆事件前夜〉

明治四十三年の年が明け、春夫が卒業までの数日をどのように過ごしたのかは、はっきりとはわからない。ただ、『会誌』七号（明治四十四年三月）の巻頭に載っている卒業記念写真には写っている。それより先の『会誌』六号（明治四十三年三月）に発表された「若き鷲の子」の詩は、末尾に「明治四二年一二月九日稿」とあって、孤独な心境を象徴的に語っていた。また、同誌には、二月九日に行われた野外発火演習の模様が記されているが、副官を務め西軍記を書いているのは春夫である。

三月二十一日には第五回卒業式が挙行され、春夫も出席したものと思われる。記念撮影の後列に写っているからである。学校日誌が記す内容は、以下の通り――「三月二一日　第五回卒業証書授与式挙行　川上県知事臨場　証書受領者田村富太郎以下四十二名（引用者注・実際は三二名で、誤記か）中筋義一、川村淳一、宮本宰次郎の三人に賞状を与へ徳川侯爵より寄贈の銀時計を中筋義一に与ふ　式後記念撮影をなし午後在校生主催の送別会あり」。さらに、「三月二九日　入学試験を行ふ　志願者百〇七名の内八十九名合格　三月三〇日　明治四十三年度入学式挙行」と続く。

この卒業式に川上知事が臨席しているのも、ある意味が隠されているのかも知れない。伊沢知事が愛媛県に転任し、富山県知事であった川上親晴が赴任してくるのは明治四十二年七月末。川上知事が和歌山県で目指したのは、思想弾圧と神社合祀の積極的な推進であった。沖野は書いている――「時の和歌山県知事は蛮勇で有名な川上親晴君で、嘗て警視庁在職中、社会主義者の鎮圧係とでも云ふべき方面を受持つてゐただけに、今は良二千石の位にゐるが、昔取つた杵柄の腕がめりめり鳴るので、わざわざ熊野の浦まで出張して警官を指揮督励して、徹底的に主義者の一掃を期した。」（「爆弾のありか」『話題手帳』昭和九年）。

そういえば、川上知事は半年程前の前年十一月十日にも「導流堤」完工竣工式に参列している。ちょうど新宮中学ストライキで町が騒然としている時期に重なる。「導流堤」工事とは、熊野川河口が熊野灘の砂州が堆積され、河口の船の出入りを困難にし、再三実行された、いわゆるこの時期の大型公共工事である。遠隔の地に知事が再三出張するのは、異例のことであった。結果的には、大型船の入港は新宮の池田港ではかなわず、隣の三輪崎港に移ってゆくのである。

また、川上知事は、この年明治四十三年年頭に、「同町には（引用者注・新宮町）社会主義を抱いているものがある。是等が学生に感化を与へるといふ事は頗る危険な事である。大石某はこの社会主義を抱いてるもので」「我が建国の基」と離反している社会主義を「容るゝ事は断じて出来ないのである」と、新宮中学ストライキ事件に関して、大石誠之助の名まで特定して批判した談話を発表している（「川上知事と新中問題」『牟婁新報』明治四十三年一月六日・『和歌山実業新聞』からの引用として掲載）。

春夫は、「卒業記念の寄せ書きにわたくしは「悠々自適」と書いた」（「私の履歴書」『日本経済新聞』昭和三十一年七月）とも述べて、卒業に言及している。

その第五回卒業式でひとつの事件が起きたのだという。『牟婁新報』明治四十三年三月二十七日付に、「卒業式場の椿事、新宮中学校長の失態、優等生の卒倒」の記事が出ている。

新宮中学では、首席優等の卒業生に徳川侯爵家より寄贈の「銀側懐中時計」を、卒業式で贈るのが恒例になっていた。この年はTが受けることになっており、いったん呼名されながら、寺内校長は「お前ではない」と言って、二席であったNに授与した。Tは恥辱のあまりその場に卒倒した、という事件で、Tはストライキの際に休学者に同情的であったためであろう、と同紙は伝えている。さらに同紙は、三月三十日付に南方熊楠の談話を載せ、

大に寺内校長の暴状を怒り、先生（引用者注・南方熊楠）は在英中より徳川侯と懇意なるを以て、寺内の行動を同侯に報知し、校長に相当な制裁を加へ、併せて優等生Tの為め同侯より別に賞品を贈与さるゝやう取計らふ所存

と語っている。実現したのかどうかはわからないが、この事件もストライキの余波と言うことができよう。春夫の回想文では、まったく語られたことはない。完全に亡失してしまっていたのか、この問題が事後に問題化して、春夫の情報網にかからなかったからなのか。

しかしながら、事後と言えば、新宮中学ストライキに関してひとりの犠牲者を出していることは知り得たらしく、『青春期の自画像』で触れられている。前田条次の悲劇である。春夫は、「中学校の放火犯人はやはり社会主義の一味の者らしいといふ取沙汰であつたが、遂に検挙されるに到らなかつたが、事件の後一年ばかり経つて同級の学生が二人、取調べのために田辺の地方裁判所から召喚を受けて帰る途中海上で暴風に遇つて魚腹に葬られたといふ話

を後に聞いた」と述べている。

春夫はここでもストライキや出火事件と「社会主義の一味」とを短絡的に捉え過ぎている。

これも正確を期してみれば、明治四十三（一九一〇）年度の新しい学年が始まった四月十五日、地方裁判所田辺支部の予審判事平田次郎が新宮町に入り、寄宿舎舎監鈴木教諭宅他数箇所を家宅捜索、五年生中井寿一の初野地の下宿先もそのひとつで、中井は学校から帰宅するとすぐに拘引されていった。さらに用務員間宮亀吉、この年の卒業生で舎生室長であった大井俊太郎が相次いで拘引され、田辺検事局へ護送された。中井は東牟婁郡七川村、大井は同郡高池町（いずれも現古座川町）の出身で寄宿舎生であった。出火前二時間ばかり外出していたので疑われた。連累者の職員生徒数名が近く検挙されるだろうという噂が、町の人々の間に人心恟々とした空気を呼び込んでいた。同盟休校中休職命令を受け転任していた原田岩平もまた、遠く長崎から召喚され、田辺で取り調べを受けた。

小野日記は記している。

昨秋中学校火災事件に関し舎監舎生一同交互警察署に喚ばれ種々取調べを受けらるるもとより何等不審の廉なるべき筈もなく無論それにて真相明白を表すこととおもひ居りしに、警察署長の更迭と共に更始審糺するところとなれるか、警察の方に於ての手続は意想の外の方に向ひ進捗なしつつなりしものなるか、今日当時当日の舎生室長当番なりし大井俊太郎生中井寿一生の二人を嫌疑者として拘引せられし由気の毒とも可愛想とも言はん様ならず

結果的には、嫌疑者として拘引された三名は無実で釈放されるのだが、その過程で起きたのが前田粂次の悲劇である。前田もこの年の卒業生、七川村の出身で、前田は証人として田辺に召喚された。前田の証言が三名の無実につながったのかどうかは分からない。

前田はその帰途、五月十日、大阪商船和歌山丸に乗船、付き添いの叔父浦佐助、新宮警察署の桃田芳楠巡査も同

伴であった。ところが、周参見沖で暴風雨と濃霧とによって遭難、乗客船員ら六四名が海底の藻屑と消えた。その中に、前田条治と同伴の二人も含まれていた。小野芳彦は日記（五月十四日）に「誠に驚悼の極みにて気の毒といはんも愚の限りなり」と記し、卒業に際し「コレカラ専心一意実業に従事いたすつもりでございます。殖林いたすつもりでございます」と述べた前田の口吻を伝えている。享年僅か十九歳、『紀伊毎日新聞』（六月八日付）は「証人に出て災難、弔慰金募集」の記事が出ていて、「学生間の同情頗る切実なるものあり、弔慰金を送らんと目下勧誘中といふ」とも見えている。

和歌山丸遭難後の五月二十日、中井寿一、大井俊太郎、間宮亀吉の三名に対する予審は、いずれも証拠不十分で免訴になった。火災事件も原因不明なまま、六月には特別教室が改築なっている。新宮での、いわゆる「大逆事件」の捜索が始まるのは、それから間もなくの六月三日が端緒である。町民の多くは、もちろん「事の重大さ」を知る由もなく、単に同盟休校や火災事件の余燼と捉えるのが精いっぱいであっただろう。

・春夫の上京

こうして春夫の中学時代は終わり、明治四十三年三月三十一日新宮を出立して上京の途につく。当日、春夫が挨拶に小野芳彦を訪れたことが、その日記から窺える。「春夫君告別に来る。第一高文科志望の由」とある。それより先三月二十四日に、小野は佐藤豊太郎を訪れ、「佐藤豊太郎君方に至り令嗣春夫君近日の中、修業の為上京せらるゝ由につき餞別としてハガキ三〇枚遣ふ」とある。

この年の新宮町の人口は、「新宮町戸口　十余年前迄ハ戸数二千余　人口一万余なりし我町ハ歳一歳に増加し今年二月末現在調査によれば　戸数四千四十七戸　人口一万八千七百十七人を算するに至れりと」（明治四十三年七月三十一日付「小野芳彦日記」）という状況だった。

父豊太郎も新宮に滞在しており、どう言って送り出したかは春夫もほとんど触れていない。ただ、息子の第一高等学校受験だけは待望していただろう。春夫は途中、名古屋で開催中の第十回関西府県連合共進会を見学（すでに触れたが、明治十六年の大阪を皮切りに三年ごと開催、名古屋開府三〇〇年を迎えるということで明治四十三年三月十六日から六月十三日まで九〇日間開催。入場料一〇銭、二六三万人が入場）、四月四日に東京に到着、しばらく生田長江宅に居候した。この名古屋共進会は、田圃を埋め立てて会場が造られたが、その後鶴舞公園として整備され、いまでもその時の噴水等が遺されていて、名古屋発展の起爆剤になった。

すでに三月十五日には和貝彦太郎も上京の途に就き、下村悦夫もたまたま一緒になって上京している。小野芳彦は三月二十七日の日記に和貝からの葉書を引用して、「東紅梅町二与謝野寛先生方　和貝彦太郎君よりハガキ」として、「何か職業を求めて勉学せんものとの考へにて突然上京せるも、何分おくればせの老ぼれ者、一向に光明も見えず……」と見ゆ」と記している。和貝はその後、寛の助言等で日本大学で学ぶべく入学手続き、その後夏休みでいったん帰省、猛勉強に務めたというが、新宮では「大逆事件」での検挙等が続いた直後、和貝も警察署刑事の尾行がつく状況となって、再び寛に上京を促され、その援助などで平出修事務所で勤めることになる。平出は、寛の依頼で熊野新宮関係者の高木顕明、崎久保誓一の弁護を担当することになり、和貝もその実務に携わる。同時に、雑誌『スバル』の編集にも関与し、石川啄木らと親交を深めてゆく。

春夫の新宮中学時代は、周りからは冷たい目で見られたであろうが、先の小野のように父豊太郎との関係があったとはいえ、厄介を掛けられながらも暖かく見守っている人々もいたのである。

とは云へ、この中学校も自分の少年時代を不愉快にし自分をいぢけさせたばかりでもなかつたらしい。自分の才能を多少は認めて自分を愛してくれた先生も全然無いではなかつた。三人の国語漢文の教師のうち二人はこの地方の出身で、小学校教員から中等学校教師の資格をとつた人であつたが、この人々は自分を鞭撻しながら自分を十分に教へてくれた。もうひとりこれも大下藤次郎氏の講習会か何かから出て検定試験で資格を獲つた図画の先生が自分を美術学校入学を志望してゐるとでも思ひ込んでゐたと見えて四年級以後自分のために週に一回特別に時間を割いて石膏のデッサンなどを教へてくれた。自分がおぼつかないながらも国文や漢文を独習したり、また低いながらも絵画の常識を持つてゐるのはみな中学時代のこれらの先生方の賜である。国漢の方の両先生はもう亡き人となられた。

（『青春期の自画像』昭和二十三年八月・昭和二十一年七月の「わが芸術彷徨」改稿）

と言うように、春夫の味方になって庇ってくれた教員もいた。

ここでいう国漢の二先生とは、小野芳彦と小田穣（みのる）とである。ふたりとも父豊太郎の知己。小田は千畝と号する新宮俳句界の草分け的存在で、漢詩も物して、新宮八景の漢詩を残している。ちなみに八景を記せば、「神倉秋月」「鮒岳暮雪」「鴻田落雁」「乙基夕照」「王子晴嵐」「臥龍夜雨」「瑞泉晩鐘」「蓬莱帰帆」の、それぞれの絶句である。春夫の『わんぱく時代』に登場する「小野田先生」はふたりの合成名である。小田は、春夫の無期停学期間中の明治四十二年十月十四日、在職中に逝去している。小野が逝去するのは、昭和七年二月十日、享年七十三、熊野の生き字引と言われた小野の遺した『熊野史』は、熊野の歴史を考証的に語り、春夫は『熊野路』の巻頭にその引用を掲げ、熊野への導入の手引きにしている。

「図画の先生」というのは、島根県出雲出身の陸軍騎兵中尉あがりの竹下一郎。明治三十九年三月三十一日から新宮中学に赴任、明治四十二年四月二十九日に松江中学に転出している。その三年余は、春夫にとっては落第をまたいでの頃で、春夫の印象に深いのは、四回卒の伊藤淳介と六回卒の植野明とともに、三人で特別に水彩画を習ったからである。植野の記憶によれば、竹下は『中学世界』などに盛んに描いていた画家大下藤次郎の水彩画の講習会などに、奈良まで出かけて行って研究する程の熱心な教師だった。当時の図画の時間は鉛筆使用の写生ばかり、そんななかで三人は選ばれて水彩画を学んだのだ。春夫の画はともすれば抽象画になりがちであったと植野は回顧している。この竹下より二代先、春夫の入学時の美術担当は「夜汽車」を描いた赤松麟作であったことは既に述べたが、春夫はほとんど印象に留めていない。画家と言えば石垣栄太郎も明治四十年四月から四十二（一九〇九）年九月まで新宮中学に在籍しているが、一緒に水彩画を習った形跡はない。ちょうど春夫の停学や寄宿舎生をもまき込んでのストライキなどの折は、「在米国父兄ノ下ニ寄留」ということで、退学した後だった。太地生まれの石垣は寄宿舎に入っていた。石垣が入学した年に春夫は二度目の三年生で、明治四十年十月の第六回運動会や、明治四十一年冬の柔道の寒げいこなどには共に参加していることがわかる（『会誌』に掲載）。妻の石垣綾子は、中学時代ふたりは絵画展などでお互い一、二を競い合ったと述べている（「海を渡った愛の画家」）。

春夫の中学時代に培われた〈反骨精神〉も、例えば春夫が次のように記す、母から父への説得も効果があって、春夫をあらぬ方向に向かうのを防いでくれたとも言えるのであろう。

わたくしはこういう少年期を秋霜のように厳格な父と春風のように慈愛に満ちた母との間に置かれて育った。家庭のこの両極端の風土は必ずや、わたくしの性情に普通でない影響感化を及ぼしているものと思うが、わたくし自身ではこれを見きわめることもできない。わたくしは当年、わたくしを白眼でみた人々に対して

思ふこと少し教へにたごふらしふるさと人らわれを鞭うつ

とうそぶき歌ったものであった。この時もし母の慈愛による同情で、わたくしが文学者になることを父に承認させてくれなかったとしたら、おそらくわたくしは自暴自棄の果てどうなっていたかは知らない。

わたくしは放校に似たような状態で、形だけはともかく中学を卒業したが、もう学校教育に対する信頼を全く失い、それでも家庭への申しわけに最も自由な学校にはいり、自分の尊敬できる先生を選びながらも、文学はしょせん学校で学ぶべきものでないと気づいて、当年の不眠症を幸いと終夜気の向いたものを乱読し、詩歌の

試作みたいなものを書きちらしていた。そのため日中は眠って、学校に籍はありながらもほとんど通学もしなかった。思えば、そんな生活を四、五年もできたのも家に恒産があり、また母の説得による父の理解があったためである。

（「わが霊の遍歴」『読売新聞』昭和三十六年一月）

明治四十三年八月の『スバル』に発表された短歌は次のようなものである。

思ふことすべて教(おしへ)にたがふらむふるさと人はわれをしりぞく

「教えに」反していたのが「すべて」であったのか、「少し」であったのか、「ふるさとびと」は単に無視しただけであったのか、「鞭打つ」であったのか。石垣栄太郎がアメリカの地で世に出た最初の作品が、「鞭打つ」（一九二五年）であったことが思い合わされる。春夫は、「ふるさと人らわれを鞭打つ」の心境に深く囚われ続けていた。

春夫はまた、一高受験に失敗、二日目からは受験を放棄、父親の期待を裏切る結果となる。

その直後に、新宮町では「大逆事件」での検挙等で騒然となっており、父豊太郎も平穏ではいられなくなっていた。

・〈反骨〉から「日本人ならざる者」の自覚へ

春夫が新宮中学を卒業して、七月の第一高等学校受験を目指し受験に挑んだが挫折、与謝野寛らの勧めもあって、親交を深めつつあった堀口大学とともに、永井荷風を慕って改めて慶応義塾予科に入学するのは九月のことである。

上京後の春夫の「文学生活」が始まり、「春夫の少年時代」としてこまごまと辿って来た道筋も、漸く終わりを迎えるのだが、そのまま終わりを告げられないのは、故郷熊野新宮で起こった「大逆事件」の衝撃にも触れざるを得ないからである。春夫の〈反骨精神〉は、さらに重層化、屈折化を強いられたと判断されるからである。熊野新宮で起こったと言うのは正しくはない。全国を巻き込んだ事件が、新宮にも「飛び火」したと言うのが正しい。そうして、逮捕、拘禁されていった人たちは、熊野と言う土地で生活している人たちであり、春夫も日頃見知っていた人たちだった。幸徳秋水等と違って、東京や大阪などに出て、活躍していた人たちではない。ここでも、土地、地域がターゲットにされたという意識を、一部の識者は感じ取ったとしても不思議ではない。東京に出た春夫の内心も穏やかには過ごせなかっただろう。

先を急ぎ過ぎたが、若き日の春夫の〈反骨精神〉に戻れば、春夫から父豊太郎に宛てた四〇〇字詰五枚の書翰が残されていて、参考になる。初めて公表された『ポリタイア』三巻一号（昭和四十五年六月）には「一九一二（明治四十五）年四月十六日付」とあるが、内容から判断して、実際には明治四十四（一九一一）年四月、「愚者の死」発表直後とするのが正しい（すでに、浜崎美景『森鷗外周辺』等で疑義が提出されていた）。この書簡は、若き日の春夫を知る資料が乏しいなかで、珍しくて貴重なものである。慶応大学在学中の子に、父は高等学校受験を再度要請してきたのであろう、そのことに断固たる拒絶の態度を示した手紙である。当時は、高等学校と私立学校とでは、社会的な認識、評価の点では雲泥の差があった。

一、高等学校に入学せぬと云ふ事は作家は深く学ぶの要なしと云ふ事とは全然根底を異にすること也。……一、学問は高等学校の専売にあらず。……一、個人を尊重することを知らず、正しき校風の名の下に多数者の勢力を振ふこと高等学校より甚だしきはなし。

と述べ、高等学校が森鷗外の小説を禁止したこと、「最近、徳富健次郎氏の意義ある演説に報ゆるに鉄拳を以てせんとせし生徒の学校なり。明治四十四年と云ふ聖代にありて然も文芸部の主催せる講演会に両三名婦人の聴衆ありしが故にその閉会後塩を撒けりと云ふ学校なり」と言い及んでゆく。一高での徳冨蘆花の「大逆事件」犠牲者擁護の演説（「謀反論」）は、さまざまな波紋を広げ物議をかもしたが、春夫はすでに同時代に明確に「意義ある演説」と評価している。蘆花はそこで、「諸君、幸徳君らは時の政府に謀叛人と見做されて殺された。諸君、謀叛を恐れてはならぬ。謀叛人を恐れてはならぬ。自ら謀叛人となるを恐れてはならぬ。新しいものは常に謀叛である」と語って、聴衆に多大な影響を与えた。なかに、芥川龍之介も混じっていたのではないかという推測が、親友の日記の発見などにより、関口安義氏などによって説かれている。さらに春夫は、「一、帝国大学の図書館に於てはその後一切社会主義の書物を貸さずと云ふ（附記す、鷗外博士曰く、社会主義と自然主義を外にして近代の文学なしと。）堪えがたき哉、官僚の臭、児は何所にか文学を学ぶべき」と言い、「一、要するに高等学校及び大学は文学を究めむとする児等にありて遂に何等の権威と関係とを有せざる也」と断言する。文学の道に進もうとする決意が、個の強さを際立たせている。春夫はこのとき十九歳の誕生日を過ぎたばかり、これほど率直に自己表現できる背景には、多くの書物を渉猟し、〈新思想〉を吸収したところからくる強い個の独立を感じさせるものがある。

書簡で春夫は、仕送り一三円の使途を銘記し購入本の内訳を記したあとで、さすがに強い口調に気が咎めたのか、

初めの書き出しのあたり少しく激烈に過ぎたれば差し出すことためらひ候へどもそのままにて御送り申し上げ候。立ちどころに理解下さらずばとても説得いたしがたかるべく手紙は愚か口で申し上ぐるももどかしく候、兎に角一応最後の御考を受けたまはるべきか。

と、末尾近くで述べている。この書簡から窺えるのは、一見反発の底に流れている父への敬意である。春夫も書きよどんだと見えて、十二日深夜に書きかけた手紙を一旦停止し、十六日に仕上げていることからも分かる。

春夫の父への確執と和解の歴史は、かつて私は「父と子、「確執」から「和解」へのみちのり―佐藤春夫と父豊太郎にとっての「強権」」（『熊野誌』五五号・平成二十年十二月、本書論考編に収録）で詳しく述べたことがあるので、参照いただくとありがたい。その後半生で父祖伝来の下里（しもさと）（現那智勝浦町）の「懸泉堂」を継ぐことになった父豊太郎は、まもなく鉄道建設のために敷地が半減され、破壊されてゆく現状を目の当たりしなければならなくなる。それは強引な国家権力の介入だった。一部の識者は、万葉集以来の歌枕の地「玉之浦海岸」と文人の立ち寄った、由緒ある「懸泉堂」を守れという運動を展開してくれたが、奏功せずに、戦時下、国家権力の横暴を親子して体験する

羽目になる。それは、「大逆事件」の追体験を想起させたのではないのか、というのが私の仮説である。

＊

春夫は書いている。

同じく十七、八歳のころから、これも漠然と社会主義思想のようなものに感染していた。故郷の町にそんな空気がみなぎっていたからであろう。もしわたくしが貧家の子弟であったか、もしまたかりに暴富の家の子であったならば、わたくしはもっと本気に社会主義者になっていたであろうが、わたくしはただ理論的にこれに共鳴しただけで骨身にしみてこれを信奉しないでしまった。そうして大逆事件がわたくしから社会主義を撲滅した。わたくしは何やらもっとほかに一命をささげるべきものがあるような気がしたためであった。それにしてももし大逆事件がなかったとしたら、社会主義はもっと根強くわたくしの心中において育って行ったものであったに違いない。

わたくしは大逆事件のおかげでまっしぐらに芸術に向かった。そうしてそののちの彷徨はもっぱら芸術の部門に限られるような結果になった。（「青春放浪」『読売新聞』夕刊・昭和三十七年四～五月）

慶応義塾の師であった永井荷風も、「大逆事件」から大きな衝撃を受けたひとりだった。被告達の囚人馬車を市ヶ谷の通りで目の当たりにして、何事も成し得ない自責の念に駆られ、フランスの作家エミール・ゾラが「ドレフュス事件」のドレフュス大尉の無実に対して敢然と戦った論陣のひとかけらも発言にし得ない自分を、「以来わたしは自分の芸術の品位を江戸戯作者のなした程度まで引下げるに如くはないと思案した」と宣言せざるをえなかった（『花火』大正八年十二月）。しかしながら、韜晦の意味が込められているとはいえ、それは、春夫の論理からすれば、国家に囲い込まれている第一高等学校内からは到底出てこない発言だった。

・神田須田町の停車場

東京神田須田町の電車停留所の人ごみのなかで、三人の青年が電車待ちをしていた。三人とも、明治四十三（一九一〇）年三月新宮中学を卒業した同級生で、上京一〇ヶ月足らず、多少酒が回った様子であった。ひとりは、慶応大学予科に入学して五ヶ月ばかりの佐藤春夫である。時は、明治四十四（一九一一）年一月十八日宵であろうか。東京市電の発足は、この年八月であるから、このときはまだ東京鉄道株式会社経営になる私鉄の路面電車で、市電全盛の時代を迎える矢先にあたる。

酩酊ぎみの春夫らの耳朶（じだ）を打ったのは、号外を告げる忙しい鈴の音である。「号外、号外！大逆事件の逆徒判決の号外！」と、怒鳴りたてながら駆け過ぎていった。胸に下げたビラから、街頭の灯影でわずかに「死刑十二人無期十二人！」と読めたという。「僕は全身冷水を浴びせられた思いで、二人の友には号外の僕に与えたショックを説明して、彼等と遊興をともにすることを断ってひとり帰った。そうしてその夜半、僕は近く処刑されるべき大石誠之助の死を弔う一詩を草した」と、春夫は後年『わんぱく時代』のなかで述べている。

「死刑十二人無期十二人」の号外の内容は、必ずしも正しくはない。特赦は、翌十九日に発表されたことなので、号外の内容は、二四名の死刑判決を告げていたはずで、うち六名は同郷の熊野新宮の土地の者だった。また、春夫が号外で受けた衝撃を、そのまま詩にしたのは「愚者の死」とされるが、内容からみて、十八、十九日にすぐにできあがったものではない。すくなくとも、二十四日の処刑以後である。

春夫はこの時、本郷区湯島新花町五四の本郷座の座方をしていた吉澤真次郎方に、新宮中学五回生の同級である東熙市（ひがしきいち）と同居していた。「愚者の死」はこの下宿でできあがった。

東は三重県南牟婁郡尾呂志（おろし）村出身で、医学校をめざして浪人中であった。後年の春夫文学の代表作「女誡扇綺譚（じょかいせんきたん）」などの、いわゆる〈台湾もの〉の成立の影の恩人と言ってもいい人物である。

新進作家として出発を始めた春夫が陥ったスランプ、台湾で歯科医を開業していた東に誘われての台湾行きをきっかけにして、春夫文学が新展開を見せたとも言える（藤井省三氏らの研究によって、「女誡扇綺譚」などを、これまでのように「日本版オリエンタリズム」だけで解釈してはいけないという考えが浸透してきている）。

東は、尾呂志の酒屋の大富豪東家の分家筋裏地家の出で、本家の東家は、大石誠之助の大石家とも繋がりが深かった。誠之助の兄余平が下北山村の西村冬を嫁に迎えるとき、この地では前代未聞の豪華な行列が、この東家に一泊して、新宮を目指したのであり、後の世までの語り草になっている。冬の母もんは、実家が尾呂志の大庄屋を務めたほどの旧家であったが、山林王西村家に嫁ぐに当たって、財産上の釣り合いから一旦酒屋東家の養女に入ってから嫁いだ（芝﨑格尚「尾呂志の酒屋、東家の人々」『熊野の歴史を生きた人々』みえ熊野学研究会・二〇〇七年）。

もうひとり、近くの本郷区湯島新花町三三番地下平文柳方（尾呂志村ゆかりの医学博士下平用彩（しもだいらようさい）の弟宅）に、やはり新宮中学の同級生川村淳一が下宿しており、停留所で電車待ちをしていたのはこの三人である。

ところで、佐藤春夫にとって大石誠之助は、父豊太郎の五歳下、慶応三（一八六七）年の生まれ、いわば父親の世代の人である。誠之助が刑死したのは、満四十三歳二ヶ月であった。しかも父と同じ医師仲間で、文学面でも情歌や俳句で共通面を持っていた。豊太郎は誠之助から幸徳秋水が訳したクロポトキンの『麺麭（パン）の略取』秘密出版本を借り受けていて、家宅捜索当時の父の狼狽振りを、春夫は幾つかの作品で描いている（「日本ところどころ」など）。中学生の春夫も、この本を読んでいた。幸徳秋水の翻訳本はたちまち二〇部が差し押さえられたようだが、二千部が全国に出回っていて、春夫が読んだのはそのうちの一冊である。

日本語訳「麺麭の略取」は、政府によって販売禁止の処分をうけました。私の家は警官によって捜索され、すべての部数が押収されました。しかし、彼らが見つけることができたのはわずか二〇部だけでした。何と、良い政府であり、賢明な警察であることか！

という、明治四十二（一九〇九）年二月四日付の幸徳秋水のクロポトキン宛ての書簡が最近発見され、話題になった（『初期社会主義研究』三〇号・二〇二二（令和四）年三月）。

春夫は、誠之助らが開設していた新聞雑誌縦覧所に通い、東京で発刊される〈新思想〉を盛り込んだ雑誌や新聞を多く熟読した。明治四十二（一九〇九）年与謝野寛らが来訪したときなどは、講演会の場で突如登壇して波紋を広げるのだが、社会主義と文学との関係を巡って、誠之助と論争までしている。誠之助は、社会主義が実現すれば生計にゆとりができ、文学を楽しむ時代が来て、文運大いに栄えるとしたのに対し、春夫は今日と同じく、一部の文学好きばかりしか楽しまず、芸術そのものが娯楽化、平板化すると「小生意気（こなまいき）にも」食い下がった（『詩文半世紀』）ことはすでに述べた。

春夫が「青春放浪」のなかで、「わたくしは大逆事件のおかげでまつしぐらに芸術に向かつた。そうしてそののちの彷徨はもつぱら芸術の部門に限られるような結果となつた」という発言のある所以である。しかし、「大逆事件」の衝撃、誠之助への思いは、戦前でも、事あるごとに春夫の脳裡に想起された。

昭和二（一九二七）年雑誌『新潮』十一月号に掲載された座談会「佐藤春夫氏との思想・芸術問答」のなかで、評論家大宅壮一の質問攻めに春夫は、社会主義に共鳴した青春時代があったことを、ふと漏らしている。すかさず大宅が「先生自身のさういふ気持を書いて戴きたいんです」と言うのを受けて、春夫は「書いてもいい。書きたいと思はないことはない」と応じている。そうして七年後に生まれるのが、短篇「二少年の話」や「若者」である（『我が成長』昭和十年所収）。後年の『わんぱく時代』の先駆けを成す作品であるが、戦前ファシズムの嵐が強まる中では大きな制約があった。そんななか、大石ドクトルや新村忠雄が実名で登場する。

昭和三十九（一九六四）年春夫が七十二歳で急逝したとき、先輩格の和貝夕潮が春夫の忘れられない歌として、次の和歌を引用している（『熊野新聞』昭和三十九年五月二十一日）。

十二人処刑せられし夕まぐれ千代田の宮は雪真白なり

処刑の日の前後、東京は異例の大雪が続いた。東京監獄にも宮城にも、等し並に雪が降り積もった。春夫のこの歌は、和貝の記憶に存するだけで、これまで活字化されたことはない。

・「愚者の死」の製作

「千九百十一年一月二十三日／大石誠之助は殺されたり」で、「愚者の死」の詩は始まる。

雑誌『スバル』の三月号に発表されたこの作品は、一般に思想的な意味合いを帯びたものとして、「傾向詩」と呼ばれているが、春夫は後の詩集にこれらを採らなかった。だから、広く一般読者の目に触れるのは、戦後になってからである。

「明治四十四年」ではなく、「千九百十一年」と西暦表記した所には、意図的なもの、作者佐藤春夫の精神的な位相を読み取ることができる。そう考えれば、「一月二十三日」も単なる誤記ではなく、『革命伝説』（神崎清著・全四巻・芳賀書店・昭和四十三〜四十四年）での記述のように、抗議の意味を蔵しながら、事実をわざとずらせて詩的な仮装をねらったとする見方もうなずける。

さらに、「愚者の死」は次のように続く。

げに厳粛なる多数者の規約を
裏切る者は殺さるべきかな。

死を賭して遊戯を思ひ、
民俗の歴史を知らず、

　　日本人ならざる者
　　愚なる者は殺されたり。
　　「偽より出でし真実（まこと）なり」と
　　絞首台上の一語その愚を極（きは）む。

　春夫は知己である誠之助を、「多数者の規約を裏切る者」と規定している。〈天皇暗殺〉という「遊戯」に係わった「愚者」と呼ぶとき、そこには自分自身を断罪するかのような強さが感じ取れる。「愚者」の像には春夫自身の残影が付き纏ってみえる。

「愚者」はまた、「日本人ならざる者」でもあったがゆえに映る姿でもある。「多数者の規約」に縛られる「日本人」、それが国家に忠実な日本人の理想像であるはずだ。国家への裏切り、反逆を許すまじの強い力が、「愚者」を「日本人ならざる者」を「殺す」のである。

「愚者の死」では、「愚者」や「日本人ならざる者」への、自己の残影を無理に振り捨てるように、後半の「恐懼」の町叙述へと筆致が移ってゆく。町全体が恐れおののいているという描写は、詩全体の流れから言えば、ひとつの大きな転調を強いてゆく。

「われの郷里は紀州新宮」と、春夫は自己の出自を述べ、「渠（かれ）の郷里もわれの町」と、大石誠之助への〈連帯〉感を訴える。紀州新宮の閉ざされた地勢が、ひとつの空間として浮き上がる仕組みである。しかし、これを〈連帯〉ととるか否かは、前半の反語的口調の軽重にも係わる難しい問題を含んでいる。ただ、森長英三郎が『禄亭大石誠之助』（岩波書店・昭和五十二年）のなかで指摘した「反語のひとかけらも感じられない」とする説は、あまりにも辛（から）すぎる。春夫への嫌悪が先走り、戦後指弾された、春夫の〈戦争協力〉の残像が色濃く出ている。春夫のいわゆる

〈戦争詩〉などの問題は、別途考えねばならない重要な問題だが、それが先行作品の「愚者の死」にまで及んでくるのはやや違う気がする。

春夫の反語説への異議は、最近でもひとつの話題になった。

二〇一七年いわゆる「共謀罪」なるものが、多くの反対の声を無視して強行採決された。その際に『東京新聞』の「大波小波」欄が、「百年ほど前」のことと関連させて、「これで「愚者の死」は増えるだろう」とした。そこで引用されたのが、春夫の「愚者の死」と、与謝野寛の「誠之助の死」であった。そのことに関して評論家の佐高信が、これらの詩を「低レベルな詩」と切り捨て、明治政府の「お先棒をかつがなかった」人として徳冨蘆花を対置して「屈しなかった人」として評価した（『週刊金曜日』平成二十九年六月二十三日号）。そうして自分は森長説に賛同するとした。図式化することによって、二項対立を作り上げるのは佐高式のようにも見え、切っ先の鋭さは感心するのだが、かなり粗い論であることは否定しようがない。すでに述べたように、若い春夫は蘆花の弁舌にも心酔していたのだし、これから述べるように、春夫の作品と寛の作品も必ずしも一様ではない。二つの作品を一からげにすることによって、見えなくなってしまう部分もある。

ただ、佐高が「反語的表現の危険性」を指摘しているのは、興味をそそられる。フォーク歌手の高田渡（わたる）の「自衛隊に入ろう」という歌を聴いて、ある自衛隊から公演依頼が舞いこんだのだという。ちなみに高田渡の父高田豊（ゆたか）の詩の才能を評価したのは春夫、春夫は「新人発掘」の名人だった。二十歳の青年の前途を祝福する内容で、自身の青年時代への苦い味を重ね合わせながら、「「青年時代は不愉快だ」と看破したのは、たしかにニイチエだ（略）。これは僕の身にもおぼえのあることである。／僕が高田豊の詩に賛成する所以のものは、高田が彼の詩で青年時代といふものがいかに不愉快であるか、その心持をよく描出してゐるからである」と述べ、「高田豊を紹介す」の一文を草している（大正十四年十二月の『読売新聞』掲載、大正十五年『退屈読本』新潮社）。その後、高田豊は春夫とは疎遠になり、詩の道からも遠ざかり、貧困の道を余儀なくされる。詩の道は息子高田渡に受け継がれ、父の反骨の姿を見て育った渡は、フォークソング界の旗手となる。「自衛隊に入ろう」は、むしろ反戦歌だった。山之口貘（ばく）の多くの詩にも曲をつけているが、貘も父豊と同世代、春夫が高く評価した詩人のひとりだった。

「反語」であるか、そうでないかを議論するのは、それ自体あまり深い意味を持たないような気もする。先に「若き鷲の子」の詩の詳細な分析で紹介した山中千春氏の『佐藤春夫と大逆事件』によれば、春夫のいわゆる傾向詩群にみる、春夫の「反語性」を超えるものとしての「巧妙なレトリック」は、春夫の創作方法の根本的な態度として位置づけられている。これまでの「傾向詩」と言われるものが、とかく思想、思念の方向からのみ捉えられがちであったことに対して、一石を投じる役割をはたしている。それは春夫を、簡単に「詩人」として片づけられない複雑さも炙りだしているとも言えよう。

「日本人ならざる」という、大石誠之助への共感、それは春夫自身の内部にも通ずるという認識は、後の「『日本人脱却論』の序論」から遡及させて、作品「愚者の死」の解釈に反映させ、「日本人ならざる」という意識が、その時代にあっても、あるいはその時代だからこそ、狭いナショナリズムの枠を超えて、現代にまでつながる日本人の精神性の問題として摘出して見せてくれている。それは決して誠之助を冷たく切り捨てているのではない。「愚者」は「日本人ならざる者」であるがゆえに、他者の眼に写る姿なのだ。とかく日露戦争後、「日本人」というものが国家の枠組みの中に囲い込まれてくる中で、「日本人ならざる者」の位置を保つには、強い個の自覚が要請されるはずで、時に強い権力の魔の手が及んでくることもあるのだ。そうして「日本人ならざる」とする世間の批判の眼を逆手に取って、それだからこそ「日本人ならざる」ことが、普遍性へと繋がる道筋を付けてくれていて尊いのだということを強調している、そんな〈読み〉を可能にしてくれている。

「愚者の死」に関しては、春夫の同時期の他の作品や、さらに他人の作品と比較検討することによって、作者の真意や述べようとする意図なりが浮かび出てくるような気もするし、作品としての〈弱点〉も窺い知れる気がする。そういう意味では、この「愚者の死」は、閉ざされた地勢への春夫自身の〈係わり〉を測る尺度ともなりうる。大石への〈同情〉なりが削がれてゆく気配を感じさせ、「新宮町の恐懼」へと転化されることによって、春夫自身の強い個の自覚がさてどうなのかが問われる結果にもなるのだ。

　聞く、渠が郷里にして、わが郷里なる
　紀州新宮の町は恐懼せりと。
　うべさかしかる商人の町は歎かん、

　──町人は慎めよ。
　教師らは国の歴史を更にまた説けよ。
（「愚者の死」）

*

「愚者の死」が、明治四十四年『スバル』の三月号に発表されたとき、いま一般に普及しているような、「うべさかしかる商人の町は歎かん」と「──町人は慎めよ」との間の行空きはない。ひとつの纏まりとして聯（連）を形づくっている。そうすると、文脈のうえでは、「聞く」ということばは、直接は「恐懼せりと」を受けているのだが、「更にまた説けよ」までを含めて考えてみることをも可能にする。

「商人の町」新宮町の「恐懼」の模様は、東京在住であった春夫の耳に、どのような形で伝わっていったのか。それは、当時の新聞を幾つか読むことによって、ほぼ推測できる。春夫は、「教師らは国の歴史を更にまた説」くことも、地方新聞の記事を通して知ったのだ。

例えば、二年前の明治四十二（一九〇九）年秋、新宮中学でストライキが勃発したとき、第四回卒業の下里出身の松本実三は第一高等学校に在学中であったが、このストライキの発端となった「新宮中学の怪聞」の記事を、約一週間遅れで読んでいる。それは、紀州田辺で刷られていた『牟婁新報』に掲載されたものであるが、新宮中学ストライキの報は、東京の『萬朝報』にも載り、遊学の身を苛立たせている。

その『牟婁新報』が、この年一月二十四日に「新宮町民の恐懼」と題した記事を載せている。そこに、

大逆事件に新宮町より三名迄大罪人を出したるは至尊に対し恐懼に堪へず且同町の一大不面目たるを以て十九日役場の議員及び区長等会合し協議の結果二十一日午後一時より新玉座にて町民大会を開き謹慎の誠意を表し新宮中学校教諭は我が国体及び歴史に就き講演を為せり。

と述べられている。他の中央新聞にも似たような記事が出ている。それらを読み比べてみると、町民大会はやはり時節がら好ましくないとのことで開かれず、「新宮中学教諭」が講演を成した形跡も見当たらない。春夫も、東京で『牟婁新報』などの記事を直接眼にしていたのではないか。これらの新聞記事を題材にして、「愚者の死」は書かれた。この頃の『牟婁新報』紙は、かつて荒畑寒村や管野スガらが筆鋒を振るった頃の覇気や精彩は、もうない。ただ東京では、所定の場所で、一週間遅れぐらいで閲覧できたようである。「愚者の死」は、これらの記事に拠りかかり過ぎているといえなくもない。反語説に拠りながらも、そうして春夫のこの頃の他の作品、例えば門司駅で天皇のお召し列車脱線事故の責任を取って自裁した駅長を悼む詩、「清水正次郎を悼む長歌並短歌」などにも、その一端が窺えるけれども、「愚者の死」について限ってみれば、与謝野寛の「春日雑詠（はるひざつえい）」と読み比べてみて、やはり「反語」ということばを用いてみれば、その徹底性という面では、劣っているのはやむをえない気もする。

明治四十四（一九一一）年四月の『三田文学』に発表された「春日雑詠」は、大正四（一九一五）年に刊行された寛の詩集『鴉と雨』に収録される際に、「誠之助の死」とタイトルされて、最初の発表時の後半部分が独立させられた。その編集は、妻の晶子によってなされたと私は確信している（その詳細は『熊野誌』五八号所収の「与謝野寛の詩

「誠之助の死」成立にみる、晶子の「大逆事件」を参照していただきたい。『増補版・熊野新宮の「大逆事件」前後』所収)。

「誠之助の死」が、「大石誠之助は死にました。／いい気味な。」と、やや唐突に始まる印象を与えるのも、そういった事情からであるが、「春日雑詠」の「いつに無い、今年二月の暖かさ」のなかで「心憎い春の小鳥のすさび」に苛立っている心象が、そのまま、友人の刑死に対するどうしようもない憤怒へとつながり、しかも反語表現の徹底さで無念の気持ちが増長されてゆく、その意味で前半の序曲としての効果は、無視できないように思われる。反語表現の徹底という点で述べれば、「愚者の死」をはるかに凌いでいるとも言える。この時点での、与謝野寛と春夫の年輪の差や、文学的経験の差と言うものが現れているとでも言えようか。

発表時期がほとんど同時なのだが、お互いの影響関係はまったく無かった。比較するならば、「愚者の死」と「春日雑詠」とを比較すべきなので、そこに新しいタイトルの「誠之助の死」を割り込ませるのは、作品成立の事情を全く無視することになる。

寛の「誠之助の死」が独立するとき、一部字句、ルビ、行間などが訂正されているが、ひとつ大きなことは、「例へばTOLSTOI(トルストイ)が歿(し)んだので、／世界に危険の断えたように。」の箇所が削除されていることである。誠之助の〈危険思想〉になぞらえられた明治末期のトルストイの受容が、大正時代に入って、武者小路実篤らの白樺派などによって人道主義者として見直されるという潮流の中で、〈危険〉思想家としての側面が薄められていった、わが国でのトルストイの受容史をふと垣間見させてくれてもいる。妻晶子は、春夫と同行した新宮行を決行した後、夫の詩集『鴉と雨』を編纂して、後半部を独立させて「誠之助の死」とタイトルを付したのである。烏と雨とは、まさに熊野の地の象徴でもあり、晶子が実際に体験したことだった。当然、先行作品の春夫の「愚者の死」も考慮したであろう。「愚者」を「誠之助」と読み替えたタイトルを、晶子に思いつかせたのかも知れない。おそらくそういうことも話しながらの長い船旅であったに違いない。

ところで、「愚者の死」発表の翌月四月号の『スバル』には、「街上夜曲（がいじょうやきょく）」と題して、新詩社同人数名が一二編の詩を競作している。新宮出身で「スバル」の編集にも関与した和貝夕潮のものは、次のようなものである。

×

電車が通れば、
自働車が走れば、
豆売が歌へば、
夕刊売が叫べば、
瓦斯会社の白壁を、
右についてまはつた格子戸のうすくらがりから、
夢でも見たやうに、
発狂でもしたやうに、
時ならぬカナリヤが
あの洋妾（らしやめん）の唄をうたひだす。（彦太）

それらのうちで、春夫の作品がもっとも際だったものになっていて、この一編の方こそが、電車待ちの場面にはむしろ相応（ふさわ）しいし、その衝撃の余韻が直に伝わってくる。

×

号外のベルやかましく
電燈の下のマントの二人づれ、
—十二人とも殺されたね。

――うん……深川にしようか浅草にしようか。

浅草ゆきがまんゐんと赤い札。

電車線路をよこぎる女の急ぎ足。（春夫）

まったく普段とは変わらない庶民の生活様態が活写されるなかで、「十二人殺された」のセリフが突出している。壮絶なほどの余韻が、「大逆事件」の理不尽さを、もののみごとに浮かび上がらせている。まさに権力の大きな力によって「十二人とも殺された」のだった。

そんなわけで、「誠之助の死」の成立事情を考えれば、当初はあくまでも「春日雑詠」だったのであり、序曲の部分は無視できないものがあったのである。「愚者の死」と「誠之助の死」とを並び論ずることも、やや無理が生じることになる。

春夫の〈反骨精神〉は、春夫に強力な〈個〉の自覚を促し、抗いの態度は、反骨の精神として、少年時代、故郷に容れられぬところから生まれてきたとも言える。〈個〉の力が、〈全体〉や〈国家〉に収斂されざるを得なかったとき、そこには〈日本人ならざる〉態度や〈愚者〉が、現れざるをえない。春夫自身も、その立ち位置を要請されてきていたとも言える。

・番外編・春夫の反骨精神の行方

平成二十二（二〇一〇）年十月十一日の『朝日新聞』の投書『声』欄に次のような文章が載った。「浅沼殺害　絶句した佐藤春夫」の見出しである。全文を引いてみる。

１９６０年10月12日、私は東京の佐藤春夫邸にいた。勤務先の出版社で出した「西遊記」の翻訳をお願いし、打ち合わせをしていたのだ。／話し合っているところへ夫人が転がるようにやってきて「浅沼さんが殺されなさったんですって」と叫んだ。社会党の浅沼稲次郎委員長が立会演説会場で、17歳の右翼少年に刺殺された事件である。佐藤氏は絶句し「こういう国の文化勲章をもらうのは恥ずかしい」と、深刻な表情で言った。彼はこの年、文化勲章を授与されることが決まっていたのである。／これより半世紀前、満18歳の佐藤氏は、同じ和歌山県新宮出身であった大逆事件被告、大石誠之助の処刑を知って「大石誠之助は殺されたり／げに厳粛なる多数者の規約を裏切る者は殺さるべきかな」と悲憤の詩を書いた。浅沼暗殺への彼の反応は、国民的詩人と仰がれる身となってもなお、往年の感性と反骨精神を保ち続けていた。

当時七十五歳であった翻訳家宮下嶺夫が見た、その日の春夫の狼狽ぶり、持続されていた〈反骨精神〉は、強く印象に刻まれたものと見える。

春夫にとっての「大逆事件」は、さまざまな折に想起されるもの、意識下に絶えず伏流していて、何かの折に噴出してくるものという風にこれまで定義づけてきた私にとっては、なるほどと納得させられる、初めて耳にする興味深いエピソードである。

同時に、同じころ、先輩として文学への道を歩み始めていた和貝夕潮（彦太郎）にも、次のような和歌があった符合を、不思議な思いで連想した。教えてくれたのは、和貝の遺児藤木明氏である。

夜も昼も刑事の立てる門前に水などまきて笑み居たる妻
沼さん亡く水長逝きてわが思う庶民政治はたそがれとなる（浅沼暗殺）

未発表の、夕潮のメモ帖、書きつけに記されてあったものだという。「沼さん」は言うまでもなく、「人間機関車」ともよばれた浅沼稲次郎、「水長」は水谷長三郎で、同じ年十二月に亡くなっている。その政治生活は戦後の社会党を引っ張った点で共通しており、「大衆性、庶民性」でも高い人気を獲得した人たちだった。

河上肇門下として活躍した時、「水長」こと水谷長三郎は大正十（一九二一）年四月九日、第三高等学校弁論部員として新宮中学で講演をしたことがある。題して「物と心」。同じとき、後に評論家として一家を成す大宅壮一も「理性避難所の旋風」と題して話し、後年新宮中学の自由な雰囲気を懐かしく回想している。またこの時、郷里が近いということもあってか、山本勝市も同行している。山本は東牟婁郡四村（よむら）（現田辺市本宮町）の出身、三高から京都帝大に進み、河上肇門下として活躍した時期もあり、和歌山高等商業の教授を務めた。文部省から在外派遣された折、ベルリンではマルクス主義研究会の社会科学研究会などにも参加している。のちに、文部省国民精神研究所文化研究所員として、左翼思想の取締りにも当っている。戦後は、公職追放なども受けるが、日本自由党（現自民党）創立に係わり、衆議院議員も務め、政治家としては、水谷とは全く異なった道を歩んだ。山本は、成石勘三郎・平四郎兄弟の出身地の請川村とは、山一つ越えた四村で小学校教員をしていたとき「大逆事件」に遭遇し、兄弟とは顔見知りでもあった。山本は勘三郎の娘婿須川要助から、勘三郎の獄中手記を預かり、それが山本から沖野岩三郎に譲られ、沖野から神崎清に贈られたものが、成石勘三郎の「回顧所感」と題されたものである。

神崎清が「大逆事件」の犠牲者の『獄中手記』を出版したのは戦後間もなくの昭和二十五（一九五〇）年であるが、一四年後の昭和三十九（一九六四）年、『大逆事件記録第一巻　新編獄中手記』として再刊された時、新たに成石勘三郎の「回顧所感」とその解説を収録した。「回顧所感」の表紙には「此の一冊は成石家より山本勝市博士に、博士より私に送られたものである。一篇中田辺分監での取調べは強く私の胸をいたませた。今これを神崎清君に贈る」と、沖野岩三郎の自筆の書入れがある。浅沼刺殺の衝撃から、話が随分と広がりすぎた。

＊

大石誠之助が逮捕拘禁された時、豊太郎はさっそく新宮警察署に駆けつけ、差し入れを切望するがかなえられず、余り係わらないほうが身のためだと署員に諭されてすごすごと引き返してくる、そんな体験を晩年近所（下里の懸泉堂）の者に語ったということを、最近聞き知った。与謝野寛が佐藤豊太郎宛の書簡（明治四十三年十一月十日付）で、春夫と堀口大学とが慶応大学に仲良く学び、過日同伴して塩原への歌会の旅行をしたことなどを伝えた後で、「本日の新聞にて発表致され候公判開始決定文によれば、御地の大石氏も意外の重罪に擬せられ候様子、まことに浩嘆に堪へず候。想ふに官憲の審理は公明なる如くにして公明ならず、この聖代に於て不祥も罪名を誣ひて大石君の如き新思想家をも重刑に処せんとするは、野蛮至極と存じ候。この上は至尊の宏徳に訴へて、特赦の一事を待つの外無之候。向寒の時節ますます御自愛のほど奉祈上候」と述べているのも、豊太郎には十分に共感、理解できるものではなかったろうか。

・おわりに

春夫の上京までを目途に、その〈反骨精神〉の誕生の由来、醸成の土壌のようなものを探ってみようと出発したのであったが、上京後もなかなか筆を納めきれなかったのは、上京して真直ぐに〈文学〉の道に邁進し、〈大成〉への道を歩み始めたのでは決してなかったこと、故郷熊野の地では、〈大逆事件〉の捜査が飛び火してきて、冤罪の形で知人たちが縛に繋がれ、果ては命を絶たれ、命を落としたりせざるをえない〈現実〉がのしかかってきた。父豊太郎も、その周囲にいた人物のひとりだった。騒然とした街の動揺は、上京したひとりの青年の騒擾（講演会への飛び入り演説から、新宮中学のストライキの流れ）に端を発したと捉える町の人々も多くいた。小野芳彦の日記に、大石誠之助逮捕の嫌疑の一つに、新宮中学の一件の記述もある。しかし、実際の逮捕容疑には、それは含まれることはなかった。

上京後、春夫は画家になろうか、文学の道に進もうかとの迷いに、数年間、悩みを抱えていたようだ。さらに、文学の道といっても、詩人、小説家、批評家など、その道は多様である。画家であろうとするなら、幼い頃から画才を発揮していたこと、広川松五郎や広島光甫ら画家をめざす青年たちとの交友も盛んであったことなども無視できない。大正四、五、六年と「二科展」に、立て続けに「自画像」など六点が入選している。

毎年十二月発行されている新宮中学の同窓会報『会報』には、卒業生各人の「現住所」と「現状況」が記載されているのだが、春夫の欄を見る限り、明治四十三年（『会誌』三号）以下大正三年（『会誌』七号）までは「慶応義塾大学（文科）」とあって、大正四年（『会誌』八号）から大正六年（『会誌』十号）までは、「絵画ノ研究」とあり、大正七年（『会誌』十一号）以降は「絵画・文学ノ研究」とある。

「在学五年八ケ月、進級一度」といわれる慶応義塾を春夫は退学するが、ほとんど学校には出ていなかった。しかし、学校にはあまり出ていなかったと言われているものの、山高帽に鼻眼鏡姿で三田の校庭を歩く姿は、先輩の小泉信三ほかの印象には刻まれていて、とても学生とは見えず若手の教授と間違えられ、学生たちが帽子を取って挨拶する風景などがエピソードとして語り伝えられている。昭和三（一九二八）年一月『三田文学』に発表された「ヴィッカスホールの玄関に／咲きまつはつた凌霄花／感傷的でよかつたが／今も枯れずに残れりや」で始まる「酒、歌、煙草、また女—三田の学生時代を唄へる歌—」は、学生時代を懐かしみながら、「傲（おご）れるわれ」をも捉えている。

大正二年九月、二十一歳の春夫は、「慶応義塾を退学す。すでに先年よりただ学籍を置きしのみにて全く通学せざりしなり」と自筆年譜に記している。「会誌」の記載は、実際の慶応在学と比べると若干のズレはあるものの、それは幹事との連絡不十分なせいもあろう。

大正四年から三年間は「絵画ノ研究」とあったのが、作品が世に出始めた大正七年頃から「絵画・文学ノ研究」となって、さらに大正十五年（『会誌』一九号）からは、「文学・絵画ノ研究」と、「文学」が上位に置かれ、昭和期に引き継がれている。

恩師小野芳彦の日記（大正七年十二月十四日）には、「在　東京　　佐藤春夫君より　その新著　　病める薔薇

壹部　恵与せらる　春夫君ハ佐藤豊太郎君の令嗣にて　近来　文壇に隆々その名を掲げられつつあり」とあって、さらに続けて同著に収められた一〇編の作品名を挙げ、さらに同著に寄せられた谷崎潤一郎の序文を詳細に記して、その日の記事のほとんど全部を春夫の事に当てている。佐藤家との付き合いも深い小野は、春夫とも一師弟の関係を越えたつながりを持ち、春夫の活躍に大きな期待を寄せていた。春夫も小野への敬意を失わず、小野が生徒を引率して修学旅行で上京した時には、何より先に挨拶に宿を訪れ、『熊野路』を上梓した折には、小野の著『熊野史』の一節を巻頭に据えているのである。

＊

大正十（一九二一）年七月、新潮社から『殉情詩集』を上梓した時、春夫はその序で、いままでの所謂社会性の強い〈傾向詩〉と言われるものを排除してこの詩集を編んだという意味のことを述べているが、〈純情〉や〈抒情〉ならぬ、〈殉情〉と名付けた真意には、社会性を排除したことへの、一種のわだかまり、ズラシ、諧謔の意識が潜在していたのかも知れない。

収録の「断章」という詩では、

さまよひくれば秋ぐさの
一つのこりて咲きにけり、
おもかげ見えてなつかしく
手折ればくるし、花ちりぬ。

さらに、この詩にも通底している「きよく／かがやかに／たかく／ただひとり／なんぢ／星のごとく」と題した「夕づつを見て」（『佐藤春夫詩集』所収）では、孤高に生きる気高さを、天に輝く星に託して抒情的に叙べられている。抒情の背景には、進むべき道への、躊躇、煩悶があったことも読み取れる。

「田園の憂鬱」の中の一節で、

その頃、……城跡のうしろの黒い杉林のなかで、—あの城山の最も高い石垣の真下の、それに沿うた細い小道である。そこには大きな杉の林があつて、一面にかさなつた杉の幹のごく少しの隙間から川が見えた。船の帆が見えた。足もとに大きな歯朶が茂つて居る。小道はいつも仄暗かつた。そうして杉の森に特有の重い濡れた高い匂があつた。その道を子供のころ一ばん好きであつた。

というその小道に、ある夕方「大きな黒色の百合の花」を見出す。よく見ていると「急に或る怪奇な伝説風の恐怖」に見舞われ、転げるように山路を駆け降りる。明くる日、そのあたりを隈なく探したが、見つけられなかった。「それは彼には、奇怪に思える自然現象の最初の現われ」であったという。

そうして彼の家のうしろにある城跡の山や、その裏側の川に沿うた森のなかなどばかりを、よく一人で歩いたものであつた。「鍋割り」と人々の呼んで居た淵は、わけても彼の気に入つて居た。そこには石灰を焼く小屋があつた。石灰石、方解石の結晶が、彼の小さな頭に自然の神秘を教えた。また、その淵には、時時四畳半位な大きな碧瑠璃の渦が幾つも幾つも渦巻いたのを、彼はよく夢見心地で眺め入つた。そうしてそれを夢そのもののなかでも時折見た。そのころは八つか九つででもあつたろう。

といい、「あの頃から、もう神経衰弱だつたのか知ら」と述べ、「幻聴の癖」もその頃からか、と述べている。その後、幻聴も交えた幻想は、〈春夫文学〉の骨子を成してゆく。と同時に、作品生成の妨げにもなる〈神経衰弱〉を誘発してゆく。

大正三年十二月、春夫はまだ無名の女優川路歌子（遠藤幸子（ゆきこ）・明治二十九年九月生）と同棲し、本郷区追分町九に新居を構える。友人の武林無想庵が、春夫らをモデルに「新しい男女」を『読売新聞』に発表するのは、翌四年一月のことだった。三月には、牛込区新小川町三ノ二〇に転居、まもなく与謝野晶子らが、夫寛の衆議院議員立候補に際して、西村伊作らに援助を求めて新宮にやってくる、その案内役として春夫夫妻も同行し、両親に挨拶した。その際であろうか、父は三年間というタイムリミットを設けて、自立するための援助を、その猶予を与えたのだ。

愛犬二頭愛猫二匹を伴って、夫妻が神奈川県都筑郡中里村字鉄に転居するのは、大正五年四月のこと、春夫二十四歳の時だった。「病める薔薇」の腹案がここから生まれる。さらに二年の歳月をかけて推敲を重ね、「田園の憂鬱」の成立へと春夫文学は順調にその段階を上りつつあった。

雑誌『新潮』がシリーズ「人の印象」として、多くの作家たちを取り上げているのだが、大正八年六月に第二十九回目として取り上げられたのは、「佐藤春夫氏の印象」である。春夫がすでに新進作家として認知されている証である。

「佐藤春夫君と私と」谷崎潤一郎、「驚くべき早熟の男」生田春月、「何よりも先に詩人」芥川龍之介、「思ひだすがまゝに」奥栄一、「一人の親友として」与謝野晶子、「即興詩人として」生田長江が、それぞれ思いを語っている。なかで、芥川が簡潔に、「一、佐藤春夫は詩人なり、何よりも先に詩人なり。或は誰よりも先にと云へるかも知れず。」とした後で、「三、佐藤の作品中、道徳を諷するものなきにあらず、哲学を寓するもの亦なきにあらざれど、その思想を彩るものは常に一脈の詩情なり。故に佐藤はその詩情を満足せしむる限り、乃木大将を崇拝する事を辞せざると同時に、大石内蔵助を撲殺するも顧る所にあらず。佐藤の一身、詩仏と詩魔とを併せ蔵すと云ふも可なり。四、佐藤の詩情は最も世に云ふ世紀末の詩情に近きが如し。繊婉にして幽渺たる趣を兼ぬ。」と述べる。「大石誠之助」を「大石内蔵助」と記述している所などは、時代的に抹消されるのを勘案しての韜晦か、とも推測させる。

「即興詩人として」の長江は、初対面のときから議論し合った仲で、いい加減な雷同をしないでどこまでも事理を明らかにしようとする真剣さがあること、意見の本質については正々堂々、其の快さを指摘した後で、父母に言い及ぶ。

佐藤君がどんなに柔らかな温い心情の持主であるかといふことは、作品を読むよりも何よりも、佐藤君の御母様を只だ一目見ただけで、御母様から只だ一の言葉をきいただけで、最もよく知れるのである。その頭脳を御父様から受け継いでゐる佐藤君は、その心臓を御母様からその儘に相続してゐるやうに見える。そして御母様から相続した物を内に包み、御父様から承け継いだ物を外に装ふてゐるやうに見える。私が佐藤君に於て最も羨ましいと思ふのは、あんな立派な御両親を、しかも佐藤君自身の内にまで有つてゐることである。

生田長江は、春夫の両親の教育方針をまさに理想的なあり方として讃えている。春夫の側にも、父の方針をゲーテの父に擬えて長江が春夫を励ます話を記している。

私は十二歳位から文学に志を立てた。それは私の家の血統の中にさうした傾向があるといふ事を考へたからである。代々医者を業としてゐたから、其必要上漢文学の趣味が古くから家に入ってゐた。鏡村と号した祖父は、二十七歳位で夭逝したといふが「鏡村詩稿」一巻を遺してゐる。父は鏡水と号して、日本でいふ普通の文学――俳句、漢詩、絵画の趣味を解してゐる。そして、今でもさうだが、新らしい思想にも同情をもち、それに対して研究的態度をもつてゐる。生田長江氏は私の父をよく知つてゐる。何時か氏は戯れに、「君はゲェテのやうな父をもつてゐるのだから、君がゲェテのやうにならなかつたら、それは君の境遇が悪いのではなく、君自身が悪いのだ。」と云つて、私を激励して呉れた事がある。

（「恋・野心（アンビション）・芸術［文壇へ出るまで］」『文章倶楽部』大正八年二月）

奥栄一は、

彼は遂に心棒だけになつた独楽のように、奇才と憤懣と、憂愁とを懐いて神奈川の山の中に這入つてしまつた。而して一年の後に彼が山の中から持つて帰つたものは何であったか、彼の出世作「田園の憂鬱」を書いた彼であつた。さうして彼は矢継早に「お絹と其兄弟」「李太白」などの長編を発表した。彼の秀でたる才能（タレント）を信じて疑はなかつた自分も、其フイブルな肉体と共に、其スタウトな霊が住んで居たことを発見して驚かされずには居られなかつた。「佐藤君は変つた」友人の中ではかうした私語が、言ひ合はしたやうに語られるやうになつた。其作物に驚かされた彼等は、以前に比して其温厚な君子人風な態度に更に驚かされたのであつた。併し今にして考へてみると、彼が変つたのではなくして、真実(ほんとう)の彼が我々に写りかけたに過ぎないのではないかと思ふ。

と述べている。そうして、

さうだ彼は自分自身を掘り当てた。さうして彼が近頃書いた処のものは彼が生れたまゝの、自分である、Born poet としての叙事詩ではなからうか。さうして此叙事詩が文壇的盛名を贏得たと同じ結果(エフエクト)を、同時に自分の呼吸して居る現代の社会を、現実的苦悶を背景とした、より成長した彼自身の世界の芸術の収めらるゝの日を期待せざるを得ない。而してかの手にもおへないやうな複雑な性格を、あゝしてまで纏めていつた聡明な彼を思ふ時に、芸術家としての信頼を彼に持つ事に於ても、吝かならざるものである。

と結んでいる。

けだし、中学時代から昼夜を徹して語り合った、知己の言と言うべきか。さらに「現代の社会」の「現実的苦悶」を要求しているところなどは、「社会性」を追い求めた、春夫とは異なった奥栄一の面目があるのかも知れない。

＊

春夫の「反骨」を培った土壌と共に、父と母とによって育まれた「人格」も無視できない。生田長江の回想と共に、与謝野晶子も家庭教育の影響に触れている。

春夫自身の父や母に対する恩恵は、以下の言葉に尽きていようか。

「わが父わが母及びその子われ」（『新潮』大正十三年八月）の一節である。

私は父に鞭や杖で乱打されたことが幾度あるかわからない。父は激情的な、それに理想家はただの人であった。

（略）全く私は自分のなかに父の血を沢山に持つてゐることに、今気がつく。風貌から言つても私は、私の年ごろの父にそつくりだし、――人々がさういふし、また写真などを見てもわかるし、いや、ごく近年私は父その人と間違はれたことさへある。音声ならば、二階で口を利いてゐると私の声と父のものとを母でさへも区別することが出来ない。外貌ばかりではない。物好きで、さまざまな無用な事物に趣味を持つことも私は父に似てゐる。書画や古器物、さまざまな動植物。父は鶴を飼つてゐたこともある。父のいふところによると、音曲を学ばなかつただけでその外のことは何でもやつてみたらしい。猟銃を持つたことがあるし、馬に乗つたことがあるし、写真術にも凝つていたし、舶来のごく当初に自転車をも愛好した。父は二十歳になる前に医者の免状を得たので早く自立して、その為めに年少の好奇心が動くままに、それを満足させたものらしい。（略）父は「俗な」といふことをすべての非難の標準にしてゐる人である。さうして潔白が彼の道徳的理想であるかと思ふ。（略）詩魂は、前にも述べたとほり私は父から得た。しかし父は私を詩人にするつもりはずつと後までなかつたのである。父ほど子供の教育に熱心な人は尠いだらう。私が科学的な素質や、また沈着の美徳や、物を整理することや、また理財の才能がないであらうことをとつくに見抜いて、父は私に動植物の採集蒐集やら、毎朝百字づゝの習字やら、また養鶏によつてその産卵を材料にした実際的の算術やら、さうして毎夕、日記を記入することやら、そんなことを勉めさせたのに、私は全く一つとして成し遂げたものはなかつた。（略）父は又、私の情操の教育も決して忘れなかつた。（略）夏の朝早く起こして私を神社の森に誘ふたり、僧院の池へ蓮の花の開くところを見せに行つたりもしてくれた。

私は母に就いてはあまり言はなかつたが、私は母をどんな人と述べることが出来ないほど愛してゐる。さうしてただわが母といふ言葉より外には言へない。私にはわからないが母はひよつとして私を、父の言ふとほり甘やかしすぎたかも知れないのだ。私は彼女の最初の男の子だ。しかし私は考へるのだが甘やかされた子供と

> いふものはいつも詩人である。つまり詩人をつくる為めには甘い母が必要なのだ。
>
> 私は母に抱かれて聞いたいくつかの伝説的な怪異な話を覚えてゐる。母は説話の上手な人である。また父が音読するさまざまの書物に耳を傾けて、その年輩の女性としては文学に興味を持つてゐる人である。（略）私の父はその妻、―即ち私の母の世才と忍従の美徳にはひそかに畏服し感謝してゐるだらうといふやうな気がする。それにしても私は母から与へられた血はどうもあまりたくさんにないやうな気もする。ただ私の見かけによらない、へんに堪へ性のある頑強な体質は父と、さうしてより以上に私の母の賜ものである。

しかしながら、大正九（一九二〇）年二月には、自筆年譜には「極度の神経衰弱のため郷土に帰る」とあり、「この年、作品殆ど無し」となる。春夫自身の再婚、さらには家庭崩壊などの試練の中、谷崎潤一郎夫人千代への慕情など、たちまち作家生活の危機に陥り、あきらかにスランプに見舞われる。助け舟を出してくれたのは、新宮中学以来の友人東煕市の台湾への誘いであった。東は高雄で歯科医をしていた。台湾の原住民研究をしていた森丙牛、当時の台湾府高官の下村海南の支援もあって、春夫は原住民の地の霧社（むしゃ）や対岸の杭州（こうしゅう）なども訪れ、植民地台湾の現実を目の当りにする。それらは、幾多の年月をかけて種々の作品となって結実してゆく。春夫文学再生の一つの契機になったことは間違いがない。

佐藤春夫は一言で言えば、詩人と評する人が多いが、春夫文学は詩人と言う枠では律しきれない、多様で多彩な様相を内在させている。

現在残されている全三六巻、別巻二巻の全集（臨川書店版）でも、詩と言われるものはわずか二巻、分量からみても、散文が圧倒的な量である。さらに現在、佐藤春夫記念館が把握している新発見の作品は、戦後の話題作『日照雨（そばえ）』の女主人公の前半生を辿った「初恋びと」（『新婦人』昭和二十六年二月号から翌年一月号まで丸一年連載）という小説をはじめ、優にその一巻分を軽く超えている。

令和五（二〇二三）年、ご遺族から佐藤春夫記念館に寄贈された春夫の家族宛書簡は一四二点、内一一九点が新発見の資料だった。さらに父豊太郎から春夫宛のものも含まれ、これらはまだ読解作業中である。やがて父と子のやり取りが明確化されるだろう。さらに、井伏鱒二の太宰治をめぐっての春夫宛書簡類が話題になったのを始め、ある批評家宛の春夫書簡なども読解の作業が進んでいると聴く。さらに、室生犀星宛十三通が和歌山県立図書館に所蔵されていることも判明した。大正十年前後の春夫不遇の時期も含まれる。

春夫本人は「昨日の思ひ出に僕は詩人であり、今日の生活によつて僕は散文を書く。詩人は僕の一部分である。散文家は僕の全部である。」（「僕の詩に就て　萩原朔太郎君に呈す」）と言うように、散文への執着を見せている発言もある。

春夫文学の意義とともに、春夫をめぐるさまざまな人脈も、多様を極めたはずだが、その幾筋かは忘れられつつある。中国を代表する、あるいは世界の作家と言ってもいい、魯迅の作品に注目し、わが国に紹介した春夫の功績なども、今では多く忘却の彼方に追いやられているとも言える。

春夫文学から拾い上げるべき珠玉や幅広い人脈から辿れるさまざまな関心のヴァリエーションなども、まだまだ多く存在するのではなかろうか、としきりに思われ、今後の可能性に期するものも多い。

＊佐藤春夫記念館ブログ「望郷詩人のつぶやき　佐藤春夫記念館だより」に、「館長のつぶやき――佐藤春夫の少年時代」として連載したのは、二〇二〇年六月四日から二〇二三年五月三日まで、都合七七回にわたってである。コロナ禍まっただ中で、記念館もたびたび休館を余儀なくさせられた。それまでも「館長のつぶやき」として、種々語ってきていたが、休館にあたって、何か系統的なものを、と始めたのである。熊野エクスプレスの「熊エブ　メールマガジン　ＫＵＭＡＧＡＺＩＮＥ」に、転載してもらった。新宮出身で川崎市在住の西敏氏が主宰するものである。今回は、「です・ます」調を「である」調に改め、大幅に改訂した。

〔論考〕

佐藤春夫、新発見の『改造』関係原稿群にみる昭和初期の文学的展開
――附、富ノ澤麟太郎の悲劇――

はじめに

このほど、雑誌『改造』所載の佐藤春夫関係の原稿群（一二点、四〇〇字詰一三七枚）が新たにみつかり、それらを手がかりに、佐藤春夫と『改造』、および改造社との係わりを検討するに当たって、まず私の関心を惹いたのは、昭和初期の春夫の文学的展開である。

今回新発見の原稿群には、二〇〇一（平成十三）年九月に完結した臨川書店版『定本佐藤春夫全集』全三六巻別巻二巻の刊行の折には、資料番号92（以下の番号は、整理のための原稿番号として川内まごころ館が付したもの）の「魯迅文学入門指針」のように、『大魯迅全集』第一巻の月報所載という、その所在は確認されながらも、初出誌が発見されず、改造社に入社して直接『大魯迅全集』の編集に当たった中国文学者増田渉の旧蔵でも発見できなかった（現在、島根県鹿島町立歴史民俗資料館に増田渉文庫として保管・第一巻の月報だけが不明で二巻からの月報は揃い）という貴重なものも含まれており、また、資料番号98の「『済度の道』の訳稿に就て」のように、これまでその存在すら気づかれていなかったものもある。

資料番号95の「『是亦生涯』」などは、芥川龍之介の追悼文にあたるもので、春夫にとっては忘れられないものであろうし、資料番号94の小説「大都会の一隅」は、時代状況を考察する題材として最適なものであるものの、この

名を付した書物が春夫のあずかり知らぬところで刊行されるという、「いわくつき」の作品集の題名となったものもある。また、太宰治の芥川賞に対する執念に対して、不快をあらわにした「芥川賞―憤怒こそ愛の極点（太宰治）―」は、資料番号91である。

一九二五（大正十四）年以降、つまり、昭和初期の春夫の文学的動向、その展開を探る手がかりを見つけられないかと、これらの原稿を手がかりにその周辺を探ることから始めてみた。また、原稿群とは少しはなれるかたちになるものの、春夫が将来に期待をかけ、執筆場所の提供まで労を厭わなかった富ノ澤麟太郎の悲劇について、わずか二十五歳で熊野の地で夭折したその経緯などに触れつつ辿ってみたいと思う。それは、春夫自身も精神的に追い詰められる事態を生じ、昭和初期の春夫の歩みにも影響を与える結果にもなったのではないか、という予測のもとに。富ノ澤の作品が春夫の推薦で『改造』に掲載され、次作執筆のための熊野行きの旅費が、改造社によって先払いされ、その遺作が『改造』に発表された事情などにも触れながら。

一、芥川龍之介追悼、「是亦生涯」の意味

佐藤春夫が芥川龍之介の自裁を知ったのは、一九二七（昭和二）年七月二十四日、中国旅行の途次、上海の宿であった。そこは芥川も投宿した宿である。(1) 来朝した中国の作家田漢に誘われて神戸を発ったのは七月十日（新たにこの日付の父豊太郎宛書簡が見つかった。瀬戸内海航行中。娘みよ子を下里に預けようかと思ったことなども記されている）、夫人や姪も伴ったもので、それより先の芥川の旅の記「支那游記」に触発されての旅だった。六月二十八日、改造社山本実彦社長の田漢招待の席に、春夫と芥川とが同席したのが、ふたりの最後の顔合わせになった。この時芥川が着ていた着物を、請うて春夫は形見の品として後に受け取った。

八月上旬、日本に帰ってすぐに春夫は芥川追悼の文「『是亦生涯』」（資料番号95）を書き上げる。「是亦生涯」は、

この年一月中旬に、明け方近くまで話し合った折、芥川が嘆息として漏らしたことばを借用してタイトルとしたものである。そうして、この春夫の文全体がその日の深夜、九時間近くにわたって話し合われたその人生論、芸術論の内容の回想である。九月号の『改造』に発表されたところからすれば、かなり差し迫ったなかで執筆されたものとみえる。芥川の細微な表情や一言一句が丹念に辿られている趣きがある。しかも、春夫にとっては辛い思い出である。「解題」にもあるとおり、殴り書きの字体で、一気呵成に書かれた風で、乱雑なかたちで字句の修正や削除も施されている。春夫が後年編した『わが龍之介像』(一九五九年)に収められなかったこともあってか、これまであまり注目されず、一九九五(平成七)年五月刊の浦西和彦編『佐藤春夫・未刊行著作集6』ではじめて刊本化された。その内容が、春夫が芥川の一周忌に際して書いた「芥川龍之介を憶ふ」(『改造』一九二八年七月号)の「六」に該当するので、『わが龍之介像』の収録に際しては、「芥川龍之介を憶ふ」を収めている関係から重複を避けて割愛されたのであろうか。また、一九三二(昭和七)年の改造社版の三巻の『佐藤春夫全集』にも収められていない所をみると、感情を整理できないまま筆を執った憾みが残るものと、春夫自身が判断していたのかもしれない。

しかし、ともあれ、「『是亦生涯』」と「芥川龍之介を憶ふ」の「六」のふたつの文を読み比べてみると、「『是亦生涯』」はまず臨場感が異なることによって、当初の春夫の狼狽ぶりがよく伝わってくるし、一年後の回想になると、何箇所かが補足、整理されていることによって、却って見えてくる部分、特に谷崎潤一郎を介在させることによって、当時の文壇の事情や三者の文学態度などを類推させてくれる内容になっている。

「今年の一月の十幾日」[2]、芥川が「僕が彼の随筆集の為めに試みた装丁の御礼」だと言って『The Yellow Book』の二冊目を持って訪ねてくる[3]。一年後、その随筆集が芥川の『梅馬鶯』であることが表記されている。本をくれる際の芥川のセリフは「お互に千八百九十年代の文士だからね」、こういうものが懐かしい、喜んでもらえると思ってのことだった。さらに、やや細かい点になるものの、次の二点の相違、補足が気にかかる。

「僕の生涯を不幸にしたものは××なのだよ。尤もこの人は僕の無二の恩人なんだがね」彼が多少でも私生涯に関することを一言でも僕に話したのは、この晩が始めてであつた」とあり、この前には姉の夫の鉄道自殺に触れた部分や、「河童」を書き終えたばかりという話に続いている。さらに直ぐ続けて、「僕は今でも是亦生涯、是亦生涯、と思ひ決することがあるよ」と芥川のセリフが出ている。原稿で確かめると、「××」の部分は、何か書きかけて、強い感じで××と記されている。これが、「芥川龍之介を憶ふ」の「六」になると、「見得の為めにはそんなことは云ひ度くないんだが、僕は自分の文学的生涯を君と一緒に踏み出す可きであつたと後悔してゐる。××や○○（ここで彼は二三の人名を挙げて）などと道連になつたのは間違つてゐた」となっている。

これを菊池寛や久米正雄等に擬することは容易いのだが、その真意を測ることによって、芥川や春夫が置かれていた当時の文学情況を垣間見ることができる。いわゆる文学の大衆化、情報化が目覚しく進展してくるなかで、菊池や久米は次第に大衆小説にシフトを移行させてゆくのだが、芥川にはそれは認められないことであったし、春夫への同調を促すものでもあったとも言える。

もう一点は、「『是亦生涯』」の「彼は僕の或る小品文のことを言ひ出して、それの主人公とも言ふべき人物は彼自身でないかどうかを、もし漏していいならば言つて見てくれないかと、僕に迫つたのに、僕は甚だ曖昧にしかこれを言はなかつた」という箇所である。この小品が一九二四（大正十三）年六月『写真報知』に発表された「処世術」であることが明かされ、ABCで登場する、Aが芥川で、Bが春夫と想定され、遠慮がちなCが写真を写すとなると常に中央に位置している、そんな生き様を批判的に視るAの見方を、Bが「いやな男だね、君は。よせよ、みつともない。君はいつもそんな目を光らして人を見てゐるのかい」と感想を漏らす。この口吻が「何と言つても「憎悪する」ことは処世術才能の一つである」（「侏儒の言葉」）と言わしめた芥川を刺したということであろう。この頃特に、芥川が対人関係に神経質なまでの過敏さを露呈しているエピソードでもある。これが、「芥川龍之介を憶ふ」

の「六」になると、「白刃を閃かしてゐるやうな意気込みだつた。僕に向つてと云ふよりは寧ろ彼自身の自尊心に対してと云ふべきである。」「然も自分は相手の余りにひたむきな態度にちよつと狼狽して了つた。」「自分は彼の気魄に呑まれて了つた」となり、「嗟。この夜、自分は友に対しては不信であり、自分に対しては卑屈であつた」と、自身の分析をもしてみせている。その後二十日ほどして、自分が芥川の気魄に圧せられて、怯えてしまったことを春夫は谷崎潤一郎に告白する。ふたりして言ったということば―「さう云ふ心持で生きるやうになれば芥川もずつと偉くなるだらう」。これより先、芥川の科白として「君と僕とを近づかせなかつたものは、君と谷崎との友情だよ。僕は嫉妬を懐いてゐたんだね」が紹介されている。

このように春夫、谷崎、芥川をめぐる三人三様の、特に大正末から昭和初期にかけての在り方を推測する手がかりも潜んでいて、春夫が言う「自分は交友の上に於いては谷崎とは非常に密接ではあり、芸術の上でも血族には相違無いが単に芸術の距離の近似に於いては谷崎よりも寧ろ芥川にずつと似てゐるやうな気がする」（「芥川龍之介を憶ふ」七）という感想にも結びついてゆく。この頃、春夫は谷崎とはむしろ疎遠であった。谷崎と芥川とは、同じ都会育ちでありながら、気質上まるで異なっており、いわゆる〈小説の筋〉を巡って雑誌『改造』で論争中でもあった。春夫は、ふたりの応酬は決して論争などではないと言い、帝国ホテルのロビイなどでの「文芸的な余りに文芸的な饒舌」であったと言い、「潤一郎の公論と龍之介の新説と、ともに一長一短があつて勝負なしの引分けでもあろうか」と言いながらも、どちらかといえば芥川に同情的である。春夫によれば『改造』に連載の「文芸的な余りに文芸的な」は芥川の文学的信条を語る遺書となった（「個人的な余りに個人的な饒舌」）。それは、谷崎潤一郎の「饒舌録」への応酬と言ってよく、芥川の評論中では最も長いものとなった。書き出しの「三十五歳の小説論―併せて谷崎潤一郎氏に答ふ―」は、改造社の編集室で校正用赤ペンで一気に書きおろされたものという(4)。春夫も『改造』一九二七年三月に「潤一郎。人及び芸術」を発表した直後で、タイトルに句点を施した辺りからも、谷崎への強い意志が感じられ、そこで総括的に谷崎作品には思想が無いというようなことを述べたことから、後に波紋を広げてゆく。芥川が来訪した折に「饒舌録」が話題となり、「日常生活的の作品に興味を覚えない潤一郎とは全く反対の小説論を聞かせたものである」と言っている。

春夫は「芥川龍之介を憶ふ」五で、芥川との交友の一〇年間を三期に分け、第三期は「震災の後の年頃から始つた」と言い、「吾々の友情はその以後段々純粋なものになり、それが年と共に深められやうとしつ丶あつたのがさうして思ひ掛けなく絶えて了つたのだ」と述べている。春夫にとって、芥川の「都会人らしさ」や「社交性」は絶えず気になったところと見える。一九二四（大正十三）年十月の「秋風一夕話」に「僕は、芥川君があまりに都会人過ぎて自己を露骨に語る野蛮に耐へない心情に同情すると同時に、芥川君は窮屈なチョッキを着て居て肩が凝りやしないかと思つたことがよくある」とあって、そういうものを乗り超えようとしたところが、「段々純粋なもの」というこ とばの意味と解することができる。芥川もまだ面識のなかった春夫に、「あなたは僕と共通なるものを持つてゐると書いたでせう、ぼくもさう思ひます」（春夫の一九一七年四月の『星座』の「同人語」での発言を受けての四月五日付書簡）と書き送っていて、はやくからお互いに共通性、親近性を認識しあう部分も多かった。春夫は芥川と比べて自身の「完成力」のなさを認めている。しかし、「蛮気」のなさや「動物力」（「芥川龍之介を哭す」）については、春夫にとって芥川の物足りない部分として残った。春夫は殊に芥川晩年の一年間の交友の親密度について語っていて、膝を突き合わせて芸術論を戦わせる機会も幾度かあり、芥川の「文芸的な余りに文芸的な」には、そんな折の談話が数多く含まれているという。

芥川龍之介の遺作のひとつに「歯車」がある。当初、この短編の表題は「ソドムの夜」であった。ソドムの住民は、悪徳と腐敗とによって神に滅ぼされたと旧約聖書にはある。さらに「東京の夜」と書き換えられた形跡が残されている。相談を持ち掛けられた春夫は、即座に「歯車」と答えて、それが表題となった。春夫は「歯車」を芥川の一番の代表作にあげている（「芥川龍之介を憶ふ」八）。義兄の自殺などもあって、死に傾斜してゆく心情が書き留められ、芥川のいう「ぼんやりとした不安」（『改造』の春夫の「是亦生涯」のすぐ後に掲載の遺書「或旧友へ送る手記」）を形象化してことばに託したものといえる作品に、歯車の描写の箇所が四回ほど出てくる。視野を遮るものとして半透明の歯車や、画集に描かれた歯車であるが、不快の予兆でもある。末尾の「誰か僕の眠っているうちにそっと締め殺してくれるものはないか？」などは、いったん原稿を締め括った後に追加されたものという。

春夫は、一九二七（昭和二）年秋からの岩波書店の「芥川全集刊行会」に係わり、一周忌を期して『おもかげ』の編纂が春夫に託された。『おもかげ』は芥川の肖像写真・愛蔵品・自筆書画幅等を収めた写真集で、芥川の貴重な写真が幾つか入っていて(5)、一五〇部の限定出版である。また、一九三三年芥川の遺作詩集『澄江堂遺珠』の編纂も春夫の手によって成される(6)。

春夫は『わが龍之介像』の「あとがき」で、芥川死後三〇年たっての感想として、芥川の純真な人柄を見いだした満足を記している。それはあの「羅生門出版記念会」で芥川自身が揮毫した「本是山中人」の五字のなかに託された純真素朴な性情に由来するのか、と述べているのも、そこに芥川理解の深まりと、春夫自身の年輪とが加味されたことばとして受け取るのが妥当であろうか。春夫は〈老醜〉を意識しながらも、芥川を思い出すたびに、共に呼吸した、先の芥川のセリフ「一八九〇年代の文士」という共通項、世紀末の息吹きを想起し、芥川自裁の年の一月の夜の情景を喚起し続けたのではないだろうか。そうして、「芥川を大正文学の代表者として位置づけることに」（『近代作家研究叢書・わが龍之介像』の関口安義の解説）精魂を傾けたと言える。

一方この頃春夫は、特に芥川の自裁を契機として、谷崎などからも指摘されていた「田舎出のプチブル(7)」という自己規定をバリアにすることによって、階級という問題が浮上してくるなかでの、自己の文学的定立を企図していたのではないだろうか。春夫は、芥川とともに、時代的にプロレタリア文学や新感覚といわれる人々の新時代に即した文学の在り様への違和を、共通に感じ取っていたと把握していたのではないか。「人生は一行のボオドレエルにも若かない」（「或る阿呆の一生」）という認識に同調する部分を有しながらも、それを芥川の「窮屈さ」と感じ取っていたのではないか。春夫は誄（るい）を取るのは君だと託された使命を十分に果たし、「是亦生涯」の芥川を描くとともに、遺稿や遺珠の刊行に誠心誠意取り組み、さらに芥川の全集編纂をも真摯に引き受けてきたのは、おそらく誰もが認めるところであったろう。

同時に、自身の文学的営為を立て直す必要にも迫られていた。これから述べる「大都会の一隅」は、そのためのひとつの試みとして位置づけることができるのではないだろうか。それは、春夫がプロレタリアへの共感を示しつつも、芥川との対比のなかでいっそう拍車がかかるかたちで、〈精神と肉体〉の問題にも逢着していた。

この頃、春夫が投じた文学的な課題―ひとつには「風流」をめぐる問題、ひとつには原稿料を巡っての問題、谷崎文学には思想が無いという発言を巡っての波紋、さらに円本ブームを始めとするジャーナリズム全体の大きな流れに棹さす姿勢などなど。春夫攻撃の嵐が吹き荒れていたと言っても過言ではない状況が生まれていたと言える。そうして、肉体も精神もボロボロになった状態としての、若き高橋新吉、太宰治らの才能を共感をもって寄り添い見つめながらというのが、差し当たっての今の私の見取り図でもある。

二、「大都会の一隅」、その作品背景

今回の新発見原稿群の中で、私が最も心魅かれたのは小説「大都会の一隅」（資料番号94）で、『改造』一九三〇（昭和五）年一月号に発表されたものである。各雑誌の新年号の意味は、現在では想像しがたいほど重いものがあった。(8) このタイトルは、「大都会の一隅に自づと左傾する一詩人の咄」をつづめたものであると、最初に作者自身の断り書きがある。

「おれ」の一人語りで展開するこの小説に登場する「小石川の先生」こそは、春夫自身がモデルと思われ、「おれ」の眼からは「あんなブルジョア作家」と人々に見られる存在である。全体的にはカリュカチュア風な作品で、自己諧謔の要素はその文学的出発の当初から春夫作品のひとつの特徴を表すもの(9)であるが、そこにはプロレタリア文学が全盛を迎えようとする時代への風刺も十分に込められている。

しかし、春夫には、「階級」や「プロレアリア」を全面的に否定しきれない、ある種〈同情〉する要素も窺える。そんな意識が「おれ」の言動を通して反映されているとも言える。

食べるのに困っている極貧の「おれ」が、小石川の先生を訪ねたが不在であったため、偶然、停留所で出会った女性と画家の友人宅を訪れるが、廃屋同然でここも不在、画家宅で一夜を過ごして、朝眼を醒ますと女が居なくなっているという風に展開するのだが、その過程で警察官に訊問される場面なども出てくる。「おれ」の心に、画家の友人は左傾して拘束される身になっているのではないか、という空想が浮かぶ。さらに、その後町で出会ったブルジョアの代表と目される友人までもが、小石川の先生のところへ出入りする愚を戒めて、「フランス革命の際に新聞を作つたり、クラブの演壇に飛び上つたり、あらゆる方法であらゆる煽動をやつたのは、君たちのやうな芸術の落伍者だよ」と言い、「今日の我国の状態だつて一種の動乱の序幕でないと誰が言へるか、官規の弛緩、風俗の頽廃、日々の新聞記事を見たら何よりの証拠である」と手厳しい。

そんな環境の一詩人であるが、ここには、春夫が高橋新吉から聞いたとされる、不思議な女との出会いの話も盛り込まれているようだし、そうして、女と停車場から出て歩きかける部分の、原稿の削除の箇所に「といふのは高橋新吉が―彼自身気違ひである高橋が、やはり省線の停車場で気違ひの女につかまり、女がくたびれて歩けないので難く」とあって抹消され、本文では「あんた、どこへ行くの」「あさがや」とつづいている。この一詩人の姿に高橋新吉の影が揺曳している。

そうして、この小説のオチとして描かれるのは、「おれ」が久しぶりに「幻想的なことが好き」な「小石川の先生」の下へ、あわよくば借金も兼ねて訪ね、事の顛末を語るのだが、先生はやにわに、「空家を渡つては春をひさぐ女」という見出しの新聞紙を突きつけ、「さういふことを教へたものは君ではないか、実にけしからん」と叱責される。「おれは始めて先生を、こ奴はなるほどブルジヨアー作家だわい、と思」い、不徳義を叱られたうえ、一文のお金も言い出せないまま退出し、女に会おうと警察署を訪ねるが、別の事件の容疑者と間違えられて一晩留置場に留め置かれる。容疑が晴れて天井にありつく。その感想を、皮肉を交えて、全国の警察署がこの暖かさをもって無産者を残らず収容したら、国内がどれくらい平穏太平になるか、と思う。最後は、「おれ」が経験した二つの不思議な夜、「さうしてこの二晩は何れも新しいミユーズに関係してゐる。何れイデオロギイを見分け次第、二夜物語と題して発表する考へである」と結ばれる。

やがて、ファシズムの嵐が「左傾を求める」若者たちをも容赦なく呑み込んでゆくことになるのだが、春夫が自身を一時代前の詩人とする戯画化は、時代そのものの戯画化にも通じ、それは、「プロレタリア」と「新感覚」との双方から挟み撃ちされるような格好での自己戯画化でもある。そのことを、端的に示しているのが、一九二七年十一月号『新潮』に掲載された「佐藤春夫氏との思想・芸術問答」と題された座談会で、春夫にとっては「不愉快な座談会」であったようだ。谷崎に思想がないと言った発言への思想の意味を詮索するところから始まる座談会は、春夫の苛立った気持ちが随所に顔を覗かせており、わざわざ「談話会記事のうしろに記す」という添え書きまでつけて、「僕と了解してくれようといふよりは僕を訂正しようとするに急である」と、川端康成や片岡鉄兵への不満を述べている。新感覚派の連中への違和と読める。

座談会の前半では、社会主義的な立場からプロレタリア文学に同調する大宅壮一の主な質問攻めに合い、春夫は思わず社会主義に共鳴した青春時代があったことをふと漏らしもしている。[10] この座談会には、新時代の象徴といってもいい「プロレタリア」と「新感覚」とから挟み撃ちされる春夫の在り様がよく現されており、それがややカリカチュア化され、自己戯画化がより施されたところに小説「大都会の一隅」の成立の契機があるように思われる。

一九二七年一月中旬の夜を徹したほどの春夫と芥川とのふたりの語り合いは、文学的な課題としては、図式的には「プロレタリア」と「新感覚」とから挟み撃ちされる、そこから生じてくる真摯な対決と理解されるのだが、しかし「きゅうくつな」芥川とは違って、春夫は自己戯画化や、自己を一時代の前の芸術家と規定することによって、かろうじて自分の芸術世界を守備しようとしているかにみえる。しかし、春夫にとって「左傾化する」若者たちや、「新感覚」の若者たちを必ずしも峻拒しえたわけではあるまい。それは、『改造』の一九二三（大正十二）年二月の諸家への特集「階級文芸に対する私の態度」に応えて、「時代おくれの考―知られざる二作家」として、期待する新人に高橋新吉と諏訪三郎とを挙げているところなどからも推測できる。ちなみにこのとき芥川の応えは「あらゆる至上主義に好意と尊敬とを持つ」であった。

「大都会の一隅」が収められている『世はさまざまの話』(11)が刊行されるのは一九三六年であるが、ここには、聞き書き風の作品一二篇が収められており、表題の作品があるわけではなく、それらを一纏めにした題である。そうして、「世はさまざまの話はしがき」には「一九三六年春寒き炉辺に」とあって、「創作の態度として求心的な自己集中よりも、遠心的に自己放散に傾いた自分は、或る時期に於て自家の経験と自己の心理とに執することの代りに、偶見聞する世間話に自己を投入して新しい道に出ようと焦燥し、空しく長短幾多の習作を試みた」と記されている。全体的に、内容が平板化している印象は強いものの、『改造』の一九二八年一月号に発表した「のんしやらん記録」に通ずる軽さのようなものにも通底している。「のんしやらん記録」については、プロレタリア文学への揶揄だという春夫自身の発言もある。(12)それは、むしろ〈時代〉に寄り添う問題を取り上げる際の方法として、春夫が意識的に選択したものであるようにも思われる。さらにそれは、〈時代〉に寄り添う形で芥川が自裁せざるを得なかった状況を目の当たりにした春夫が、自身の危機をも自覚してあえて選んだ方法と言えるのかもしれない。一九三三年十二月『改造』発表の「飯田橋の神様」（『世はさまざまの話』所収）なども、モデルとされる明慶宮三郎の動向[13]を勘案してみると、北一輝と軍部との係わりを匂わせながらの表記になっていて、現在の読者からすれば平板で物足りない感じは残るものの、当時としては無理からぬものもあったであろう。このように当時の春夫は、政治的な状況をも〈時代〉の問題として作品の中に描き込まずにはいられなかった[14]。

一九三二年改造社から刊行の『佐藤春夫全集』全三巻には、最新の創作としてこの「大都会の一隅」が収録されている。また、そこには、後述する魯迅の「故郷」翻訳もぎりぎりの形で収められているのである。

さらに、文壇の仲間がごく限られていたという春夫にとって、この時期、武者小路実篤の新しい村創設一〇年に当たって、改造社から刊行された『十年』の編纂の為事なども、芥川遺稿の編纂などとともに実に律儀なものであった。それは大正時代の小説家、詩人、画家を網羅する形の全八六〇頁余に亘る膨大な書籍になっているが、そこに春夫自身は戯曲「燕」を収録している。燕への老婆の愛着を無にしてしまった無念さ、父親不在のある漁村の人生の哀感をしみじみと感じさせる、実にささやかな貧民の一風景が、一筆書きの感じで切り取られており、初出一九二八年四月『改造』所載の原稿（資料番号93）も今回発見の一部である。

三、魯迅受容と〈同時代理解〉

春夫と中国文学との係わりも長くて深いものがあり、その経緯をまとめたものに「からもの因縁」の一文がある。一九四一年刊の『支那雑記』の序文にあたるものだが、そこには、春夫の家系からのつながりや芥川龍之介とのつながりも述べられ、いわゆる「支那趣味」では片付けられないものが顔を覗かせている。春夫の魯迅受容も「車塵集」で見せた翻訳態度と決して無縁なものではなかった。「車塵集」そのものも、本来は芥川との約束で本にするはずのものだった。また、いわゆる〈漢学〉に飽き足らない若い学徒の心を捉える何物かもそこにはあったとも言える。あくまでも、〈現代文学〉として中国文学に接するその態度にこそ、中国現代作家との交流や魯迅受容を通して新文学として受容しようとする姿勢が窺い知れる。そうして、いままで述べてきた昭和初期の春夫の文学的スタンス、自己の文学定立を考えていく上においても、同時代の作家として魯迅を理解することが必要であったし、魯迅の文学的営為は深く共感を呼ぶものであった。さらに、それはインドの現代文学への視野をも含むものでもあった。プレーム・チャンド作「済度の道」紹介では（一九二八〔昭和三〕年六月『改造』の「『済度の道』の訳稿について」〔資料番号98〕今回はじめて発見）、その訳者サバルワルについて、近頃知り合った友人であること、すでに志賀直哉や武者小路実篤、谷崎潤一郎とは交友があり、インドの現代文学を日本に紹介したいという志を諒としての機縁であることなどが述べられ、「誠実新鮮な小世界を持つた有望な新進作家の一人」井伏鱒二を助手としてその訳を手伝わせたという。当時ほとんど省みるもののいなかったインドへの着目も、春夫の中国現代文学を同時代文学として理解、受容する姿勢と決して無縁ではないだろう。春夫の編になる一九三六年刊行の『世界短篇傑作全集第六巻・支那印度短篇集』（河出書房刊）は、そのひとつの集大成の趣がある。しかし、インド編を担当するはずであったサバルワルはすでに日本を追われる身になっており、その消息が憂慮されていた[15]。

春夫に「魯迅の『故郷』や『孤独者』を訳したころ」（『魯迅案内』一九五六年所収）の回想文があって、春夫が魯迅作品で訳したのはこの二作ではあるが、魯迅紹介に費やした労力とその与えた影響は大きなものがある。

竹内好に「或る程度動かない現型を作った」（「日本における魯迅の翻訳」『文学』一九七六年四月）と評された「故郷」の翻訳は、一九三二年一月の『中央公論』に発表されるが、もともとは春夫が個人的に編集に係わった『古東多万』に発表すべく準備されたものだった。『中央公論』では創作欄に「小説故郷（魯迅）佐藤春夫」と表記され、藤村の「夜明け前」が連載中で、梶井基次郎の「のんきな患者」と横光利一の「舞踏場」に挟まれている。本文でようやく「故郷（魯迅作）佐藤春夫訳」が表記され、文末に二頁にわたって「原作者に関する小記」が付され、「一九三一年十二月十日訳者追記」とある。おそらくこれが、わが国への魯迅の概略紹介の嚆矢といってもいい。すでにそこには「中国近代文学の父たりまた母たるの使命を完全に果し得た」という評価と、「世界の魯迅」の紹介がある。一九三五年増田渉との共訳、岩波文庫として刊行された『魯迅選集』は、約一〇万部売れたといわれ、日本だけでなく、当時植民地であった台湾や朝鮮半島でも広くその名を知らしめた(16)。

春夫は魯迅とは面識はなかったが、魯迅篇になる『北平箋譜』が春夫に送られているところや(17)、一九二三（大正十二）年魯迅が北京で周作人と共に刊行した『現代日本小説集』のなかに、春夫の作品を四編収めている（「私の父と父の鶴の話」「黄昏の人間」「形影問答」「雉子の炙肉」）経緯などからも、魯迅の方としても春夫文学への評価が高かったことが分かる。春夫の方でも、病弱の魯迅を日本へ転地療養させようと配慮するなどしたが、それは実らず、魯迅は一九三六年十月上海で死を迎える。

一九三七年二月を皮切りに改造社版『大魯迅全集』全七巻(18)は、「茅盾、許景宋、胡風、内山完造、佐藤春夫」を編集顧問とし、改造社が総力を挙げて月刊で刊行された。今回新たに見つかった春夫の「魯迅文学入門指針」（資料番号92）は、第一巻月報として刊行されたものに掲載されたはずである。やや持って回った言い方をしなければならないのは、この月報の一がいまだ確認されていないからである。それだけに、原稿の発見は貴重なものである（その後、個人蔵が見つかり、『新編図録　佐藤春夫』佐藤春夫記念館・二〇〇八年・四六頁に紹介）。

春夫は、「魯迅の文学は要するに国人に民族的自覚を與へ、同時に彼等を世界的文明の水準にまで向上せしめようとする大目的を以て成されたものである」とまず規定し、魯迅作品に多く描かれる月光と少年とは、「自分は、月光を魯迅文学の民族的伝統の象徴、少年の方を民族的希望の象徴と見てゐるのである」と言う(19)。さらに、「舶来のものでないと言へば、彼の社会改造的の精神も決して西欧の学説に負ふものではなく自国の独自のしかもその民衆のなかで発達したものに根ざしてゐた。彼が自国の民衆のなかにある相互扶助的な社会観念を発見した時の実以（意）を記述したものが「些細な事件」の一篇である。僅か数頁に過ぎぬ小品ではあるが、魯迅の文学を解く鍵に役立つ重要な一篇である。そそつかしく読むと一帯どこの何か魯迅をあれほど感激させたか気づかずに過ぎてしまふかも知れないが、老女を曳き倒した自分の車夫に知らぬ顔をして逃げてしまへといふやうな紳士は曳いて行かないとの車夫の心持に対して魯迅は且つ感激し、且つ自ら愧ぢてゐるのである」と述べている。

ちなみに、『大魯迅全集』「月報」[20]には、例えば、「月報三」（一九三七年四月）に吉江喬松が「大魯迅に我々が学ぶ可き多くものを見出す」のなかで、「『狂人日記』や『阿Q正伝』やを読んでゐる中に、フロオブエールや、チフオフを連想せしめられるけれど、それ等よりも我々に一層象徴的現実の身近く迫つて来るのを感ぜしめる恐ろしい力だ、不思議な魅力だ。併しそれが芸術そのものだといふ感じを与へる。佐藤春夫氏の芸術に我々が尊重するのもやはりその点である」と書いていて、春夫文学と魯迅との共通点を見ようとしている。当時はそんな見方もあった。

春夫の魯迅受容の問題も、これまで述べてきたプロレタリア文学への拒否や同調という一見矛盾にみえる対応ぶりと同質の、複雑な要素が絡んでいると考えることができる。換言すれば、それは春夫のリベラルな精神を支えていたものとも言えようか。例えば、「故郷」翻訳が『中央公論』に成されたとき、『新潮』二月号でＸＹＺ氏が「魯迅の翻訳なんか、訳者佐藤春夫氏にはどれくらゐ個人的興味があるか知らないけれども、一般的に、こんな翻訳に興味を寄せたり、関心を持つたりする人々が、どれくらゐあるんだらう」とからかった。春夫はすぐに反駁して「之を書いた人は、誰であるかは判らない。併し「魯迅とか」と称して、魯迅を知らないのは、其の人の無智を示すより以外の、何ものでもあり得ない。魯迅は、とかと云ふやうな曖昧な呼び方でよばれなければならないほど、えたいの知れない作家ではない」と、『新潮』一九三二年四月号の「「個人的」問題」で書き、「今日、魯迅は、単に佐藤春夫が個人的興味を持つたに止まる作家ではなく、世界が、世界的関心を持つ作家であると云ふ事は、『中央公論』の拙訳の附記だけを一読して呉れても、解った筈だと思ふ」と、「原作者に関する小記」の部分を改めて長々と引用している。おそらく春夫は、「XYZ」が正宗白鳥であることを知悉していたであろうが、「魯迅とか」という扱い方にカチンときた。そうして、「故郷」の作品としての意味を次のように述べている。

『故郷』一編を翻訳した僕の見解では（一）、『故郷』の如きは支那的伝統によつて作られた近代的作品の一標本であつて、我々の日本近代文学が未だ必ずしも日本的伝統の基礎の上には作られず、ほんの西欧文学の引き写しに過ぎないかと思はれる今日、同じく東洋人の手になつた近代的作品はひとり僕のみではなく一般文学界に取つて、好個の参考資料と思はれたからである。（二）、また『故郷』は、マルクス・イデオロギーによらずして、単に一個の人間の心臓によつてでもプロレタリア文学が作られ得ると云ふ点も、僕一人ではなく、今日我が国の多くの左右両方面の文学者の注意を喚起したかつたからである。(21)

と。さらに、「地の塩―現代作家の社会的関心」（一九三六年七月『東京日日新聞』に三回連載）で、魯迅をはじめ、中華民国の若年の文学者たちが、我が国の文学者に比べて「地の塩」の使命に十分自覚的であることを述べ、「わが国の社会といふ観念は多分明治も三十年代になつて、社会の趨勢につれて発生した社会主義者の群がこれを一般化した観念ではあるまいか」と言い、「ただ、われ〳〵の民族は社会的観念よりも国家的観念乃至は家族的観念（結局同じものだとかれてゐるが）に生きた民族で、社会的観念の必要な時でさへ、国家的観念に局限するか家族的観念を聊か拡大して間に合はせてゐたのではなかつたかと思はれる」と述べている。

こういった、「地の塩」の文に見られるような、国家を超えるものとしての社会観念への目配りなども、魯迅文学理解としては現代からみても全うなものであると思われるし、マルクス主義というイデオロギーに染まらず、中国古来の伝統に根ざしているという魯迅への評価も、魯迅自身も認めるものではなかったか。魯迅への「同時代理解」としてわが国に紹介した春夫の果たした役割はやはり大きなものがあった。

「東洋文人趣味」とは何であるかの規定はなかなか難しいが、春夫を文人趣味の範疇だけで捉えていては[22]、春夫の魯迅評価の機軸は見えてこないのではないかということは言える。春夫と魯迅との繋がりは、えてしてこれまで文人趣味の枠の中で亡失されてきすぎたのではなかったか。

しかし、春夫の方でも、〈時代〉への寄り添い方が、〈大東亜〉という時代の大きな流れの中に吸収されてゆく態のものではなかったかという思いも残る。〈時代〉に乗っかる形で、〈大東亜〉への共鳴を語ったことの批判は甘んじて受けねばなるまい。そのことは、春夫文学においては別に厳しく問われなければならないことではあろう。しかし、そのことによって、春夫の魯迅紹介の功績や春夫の魯迅理解が薄まるものではあるまい。魯迅の死後、魯迅評価がその政治状況の中でイデオロギー色が倍加されていったとき、春夫自身の歩みとも重なって、春夫の魯迅評価までもが無化されてしまった感が強いのは残念なことである。中国の近代化の歩みの中で、飽くまでも民衆の視線でその苦悩や葛藤を描いた魯迅の作品の真価を、いち早く春夫は認知できていたのではなかったか。その姿勢は、若い学徒であった増田渉などにも感化を与え、また逆に春夫も、彼らからも謙虚に吸収した部分も多かったのではなかったかと思われる。

四、富ノ澤麟太郎の悲劇を巡る状況

話題を少し大正末へと遡らせてみる。春夫は、すでに触れた『改造』一九二八（昭和三）年七月号の「芥川龍之介を憶ふ」五のなかで、これから述べる富ノ澤麟太郎の死をめぐって精神的に参っているときに、芥川から励ましのことばをもらった思い出を記している。春夫にとっては、富ノ澤の人柄や才能を見込んで親切心から成したことが、かえって仇（あだ）になる。熊野の地は中央の文壇からは遠隔地であって、真実を伝えられないもどかしさと、次第に増幅されてゆく春夫への風当たり、春夫もしばらく神経衰弱に冒され、ほぼ一年近くの熊野滞在を余儀なくされている。春夫が責任をもって行おうとしていた富ノ澤の遺作集の刊行についても、次第に嫌気がさしてゆく周りの状況であった。

富ノ澤麟太郎がワイル病で加療中、心臓麻痺を併発して、熊野の地で亡くなるのは、一九二五（大正十四）年二月二十四日である。前年の十一月二十六日春夫宅に到着した直後に病臥、十二月六日にワイル病と判明する。病状は年明けとともに一時快復に向かっていた矢先のことだった。[23] 臨終の場に立ち会ったのは、酸素吸入など医療的措置を行った春夫の父豊太郎、富ノ澤の母、春夫、それに改造社の編集者宮城久輝らである。宮城は「春宵焼友」という哀切極まりない文語調の文章で、富ノ澤の荼毘の様子を伝えている（『文藝時代』五月号の追憶特集）。

前年の十月、春夫の推薦で作家の登竜門と言ってもいい雑誌『改造』に「流星」を発表し注目を集め始めていた富ノ澤は、[24] さらなる作品製作に取り組んでいたが、執筆環境が整わず苦慮していた。それを見かねた春夫が、帰省ついでに熊野での執筆を勧めたのだった。

ひとり息子危篤の報で駆けつけた母親が、その急死をめぐって、春夫家族の対応に不満を漏らしたことなどから、富ノ澤の親友横光利一が春夫への不信を吐露（「富ノ澤麟太郎の死」『読売新聞』大正十四年三月五日）、ふたりの作家の関係がまずくなった。横光と富ノ澤、中山義秀らは、早稲田の予科の同級生、同人誌『街』や『塔』に係わり、深い絆で結ばれていた。母の言を鵜呑みにした横光、さらにはライバル誌『改造』に肩入れする感のある春夫を、[25] 快く思わない『文藝春秋』誌が、「佐藤春夫、富ノ澤麟太郎の死に冷酷」というゴシップ記事を流すというようななかで、富ノ澤をめぐる人脈と春夫側とに齟齬をきたし始めた。ちなみに、横光は翌年「富ノ澤の死の真相」（『文藝春秋』一九二六年二月）を書いて、自分の誤解であった旨の発言をし、非を詫びている。このことについて春夫の側には当時ほとんど公式な発言がないところから、苦い経験として腹の中に仕舞っておくべき部分も多かったのであろう。[26] しかし、春夫には、終生横光に対する軽侮の念が残ったのは確かである。

富ノ澤が亡くなって直後、『改造』五月号に「あめんちあ」が掲載される。[27] さらに『文藝時代』五月号は、遺作「一狂人」を掲載するとともに、「富ノ澤麟太郎氏の追憶」特集を組んでいる。なかで、「私の郷国に死んだ富ノ澤麟太郎」を中井繁一が書いている。熊野出身の中井は、春夫の弟秋雄と親交があり、その縁で富ノ澤を春夫に引き合わせていて、その時期は一九一九（大正八）年二月である。[28]『文藝時代』は、いわゆる「新感覚派」といわれる文学を推進した雑誌としていまでは位置づけられており、川端康成は「新進作家の新傾向解説—新感覚的表現の理論的根拠—」（『文藝時代』一九二五年一月）のなかで、富ノ澤の名を挙げ、新感覚派のひとりとしている。[29]

一方、春夫は一九二五年一月『童話ピノチオ』を改造社から刊行していて、その成立事情は、後に「『ピノチオ』の移植—その訳者の一人として—」に書かれている（『随縁小記』一九四二年所収）が、それによると、イタリアのコッローディの「ピノッキオの冒険」英訳本を新宮に帰省中の春夫に与えたのは、若い頃からの文学仲間であった下村悦夫である。[30] ところで、ピノッキオの話を下村悦夫に教示したのが、富ノ澤麟太郎であったと下村の長男麟太郎が証言している（「父下村悦夫の生涯」『熊野の伝承と謎』所収）。麟太郎の命名も、富ノ澤と父との交友から生まれたのだと母は話したというが、富ノ澤の上京時期を勘案すればやや無理がある。しかし上京後の早い時期に、下村と富ノ澤、ふたりが交流の機会を持ったことや、ピノッキオ受容に富ノ澤麟太郎が絡んでいる可能性は十分に考えられる。そうして、富ノ澤が病臥している頃、下村も新宮に住んでおり、病床を見舞ったことさえ想像される。「紀潮雀」のペンネームで講談小説作家として名を成し始めた下村は、新宮で口述筆記などをしながら創作をつづけていた。一九二五年一月新たに創刊された雑誌『キング』に、下村悦夫名でその代表作となる「悲願千人斬（ひがんせんにんぎり）」の連載を始めたばかりだった。

富ノ澤が夭折してほぼ一ヶ月後の三月十七日、春夫は下村に請われて、『殉情詩集』のなかの「同心草」の一群の詩を、大型の色紙一七枚に揮毫し、金縁の立派な折本に仕上げたものを残している。それには、新宮の徐福町で作成されたものであるという跋文も付いている。[31] 春夫は、富ノ澤の急死後、一時神経衰弱に見舞われたということだから、その憂いからひととき開放されたものであろうか。と同時に、この熊野の地で、春夫は、下村悦夫と交友を確かめることにおいて、大衆文学の動向を身近に感じ続けたはずである。と同時に、大衆作家として名を成しつつあった下村悦夫であるが、しかし終生、いわゆる〈純文学〉や、和歌や俳句への執着を持続しつづけていた。下村は大衆作家として作品を発表しつづけるかたわら、一九二七年短歌雑誌『文珠蘭』に同人として係わり、同じ年、個人雑誌として『をがたま』を発刊しているが、いずれも一号で終わっている。[32] 春夫が雑誌『古東多万』に編集責任者として関与していくのは、一九三一年のことで、同人に日夏耿之介、中川一政も加わっていた。

下村の終生変わらなかった和歌への執着を春夫はどのように捉えていたのであろうか。今回発見の「三十一文字といふ形式の生命」[33]（資料番号96）もこれまで、まったく刊本に収録されることはなく、浦西和彦編の『未刊行著作集6・佐藤春夫』にはじめて収録されたものである。そこには、すでに短歌形式の破綻が暗示されていて、興味深い。短歌から出発したと言える春夫としての発言だけに、自身の文学的営為も反映されていて、すでに短歌「第二芸術論」の端緒を見て取ることができるのかもしれない。しかし、どの本にも収録されていないところをみると、やや言い過ぎたという躊躇がどこかで働いていたのかもしれない。ただ、この頃、大衆作家として名を成しつつある旧来の下村悦夫との交友が続いていたことからも、下村の和歌への執着が、ふたりの議論の高まりを呼んだことは無かったのであろうか。[34]

また、「文学的中学生のため」の「明治文学史摘要」であるという「明治文学手引草」（『改造』一九二七年六月・資料番号90）は、円本ブームのなかで初めて明治作家の作品に触れるような人々のために、「おもむろに教師として振舞つて見せた」作で、春夫が「文壇の社会化」を好意的に捉えていた反面、「「芸術」というものには標準がありそれは自分たちだけでなく万人にも当てはまりうるという発想それ自体がもはや通用しない現実と、一方で彼は直面してしまっている」という五味渕典嗣氏の指摘もある（『定本佐藤春夫全集』「月報14」一九九九年五月）。昭和初期への架橋として、示唆に富む指摘である。

おわりに

昭和初年代、一九二五年代から三五年くらいにかけて、春夫と『改造』との関連という限られた問題設定の中で、やや大雑把という謗りを承知の上で言えば、春夫は富ノ澤の急逝や芥川の自裁という事実を通して、〈精神／肉体〉の問題にも直面していたはずである。自身も芥川と相似た危機を抱え込んでいたとも言える。そんななかでの幾つかの発言は、昭和初期の春夫の文学的な歩みを規定していった。

その頃の春夫の文学的営為を、箇条書き風にまとめてみれば、ひとつに、新時代の文学に即応する形での作品的試みがあった。「大都会の一隅」をはじめ『世はさまざまの話』（版画荘・一九三六年）に収められた諸作品にそれらは窺える。ふたつに新人発掘に惜しみなく係わったことがあげられる。ダダイスト高橋新吉から、中国文学者増田渉まで、それは幅広い人脈を形成している。それらは大なり小なり、当然春夫文学にも影響を与えたはずである。富ノ澤もまた、そういう有力な新人のひとりだった。さらに中国文学やインド文学の現代文学紹介にも惜しみなく力を尽くしている。特に、魯迅受容はその典型と言える。そういった活動の背景には、文学世界が円本ブームのなかで、通俗性や情報性が先走り、その芸術性が危機に晒されているという現状認識があった。

一九二六年九月に『新潮』に発表した「文芸家の生活を論ず――文壇諸君の御一読を願ふ――」[35]が思いの外の反感を呼び、暗に菊池寛を攻撃したと言われる「大家」の原稿料の高さの指摘は、文壇の不評を買った。しかし、春夫としては一面、若い無名の作家たちに稿料をもう少しはずめばよいという思惑も言外にはあったと言える。同時に円本ブームのなかで、文学がそのいわゆる芸術性を守れないという危惧を保ち続けた。春夫も円本の恩恵を受けてはいるのだが、そこに甘んじてはいられないという危機意識が、おそらく『古東多万』創刊の契機であり、全力で編集に係わった理由である。高橋新吉の復活（「精神病者の多い町」「没」）も、魯迅作品の翻訳紹介（「上海文藝の一瞥」「家鴨と喜劇」「風波」）も、芥川の遺作詩の編纂「澄江堂遺珠」の整理も、まずこの雑誌を通して成された。春夫は「編輯者の言葉」で言っている―「予はこの好機を以て刻下のジヤアナリズム以外に清新にして多趣多益なる定期刊行物を得たしとの素志を実現せんとす。前人の未だ企てざりし境地を望みて創造的興味をもつて編輯を楽しみつつあり」とあって、さらに「我等が創刊するところの物も亦、時流を超越せるがうちに自ら時勢を反映あるべきを期す」と。そうして、『古東多万』の発行所である「やぽんな書房」近刊書目の広告欄では、『夜木山房叢書約十巻―家蔵版定本佐藤春夫全集―』の刊行を自身で予告している。[36]しかしそれらは思い通りには進展できず、「ジヤーナリズムの大勢に対して蟷螂の斧を振つてみたい」（春夫の「休刊陳謝その他の言葉」昭和七年九月）という心意気は残しながらも、『古東多万』は三年に満たずに終刊を余儀なくされる。改造社版の三巻本『佐藤春夫全集』は満足できなかった部分も多かったのであろう、この時夜木山房叢書も並行して企画されていた。しかし改造社版には、富ノ澤の死に立ち会った際の春夫の信頼を得ていた編集者宮城久輝の努力もあったであろう。叢書は自然消滅の形になった。

この時期、あえて私は拙文ではまったく触れなかったが、春夫にとっては生活面でもおおきな変化があった。いわゆる、「細君譲渡事件」による千代との結婚を巡ってである。また、そのことも一因で脳溢血を患うという身体的な問題にも直面していた。それらをトータルに捉えて春夫論を語ることは、いまの私の手には余る。しかし、この時期の春夫の文学が、その芸術性の孤高を守る余り、その危機意識の中で自己の文学を定立してゆくに当たり、時代と隔絶したかたちで展開されたのでは決して無かったこと、むしろ〈時代〉に寄り添う形で展開されていたことを、新たに発見された原稿群から一層実感できた気がする。そうして、春夫が時代批評や文明批評を語るなかで、その批評の水準の問題が浮上してくるのは当然のことである。時代に寄り添うがあまりに、やがて後世から見て大きなしっぺ返しに似た仕打ちに遭遇することになる戦争詩の問題や「アジアの子」の問題(37)に、それはどのように及んでいったのであろうか、いまは、それらの問題に立ち入る余裕は無くなった。取り敢えずは昭和初年代、昭和十年頃までに限って考察を試みた次第で、春夫が投じた幾つかの礫(つぶて)は、現在に至って却って新鮮に見えるものもある。

注

（1）日本人が経営していた「万歳館」。そこから春夫は弔電を打電。春夫の「是亦人生」の文章の後の余白に、春夫からの弔電が「上海より」として載せられている。「セイコヨリカヘリテソノフヲキク○アヤシミカナシミムネツブルオモヒ○コノチハコジンソオユウノトコロ○カヘリテトモニカタルベキコトスクナカラザルニヒトスデニナシ○コノヤドニトマツテヰタコトアリトフロバンノオヤヂモカナシメリ○オモカゲメニウカビキタル○サトウハルヲ」とある。

（2）一九二七年一月十二日の芥川龍之介から春夫宛葉書が残されており、「装丁のお礼に行こうと思っているが親戚に不幸があっていけない」とあって、近作一首として「ワガ門ノ薄クラガリニ人ノヰテアクビセルニモ恐ルル我ハ」と記している。この日以降になる。

（3）現在、新宮市立佐藤春夫記念館には、芥川龍之介の形見になる藍色の袷の着物と、春夫旧蔵の『The Yellow Book』九冊が保管され、その第二巻には、扉に「餓鬼」（芥川の号）の朱印が捺されている。

（4）『国文学　解釈と鑑賞』一九九二年二月号「生誕百年芥川龍之介特集」の「座談会・新資料は芥川の作品像をどう変えるか」の石割透氏の発言。

（5）収録写真の一葉、田端の芥川龍之介宅への坂道の写真は、春夫記念館にも保存されており、ほぼ同じ場所で撮影されているものの、影の部分から判断して時間帯の違うと思われるものがもう一葉ある。

（6）春夫は、芥川の遺作詩集といっていい「澄江堂遺珠」の編纂に取り組み責任編集の雑誌『古東多万』に発表する。

澄江堂というのは、芥川の最晩年の号で、短編「大川の水」などゆかりの澄江は、芥川の生い立ちと深く係わった隅田川のことである。現在、山梨県立文学館に保存されている「澄江堂遺珠ノート」（三冊のうちの二冊）を通しての編纂は難渋を極めたという。

（7）「佐藤春夫氏との思想・芸術問答」（『新潮』一九二七年十一月）で、春夫の発言として、「僕が思想的にどういふ思想を懐かうとも、伝統的な東洋人であつて、僕の家柄や何か総て東洋的の習慣で以て養はれて来てゐる、加ふるに階級的にはプチブルジヨアであつたなら、理性的にどういふものを企てゝみても、一九二七年の日本の東京に生棲する田舎のプチ・ブルジヨア出身の芸術家であることを、残念ながら、遺憾なく発揮してしまふので、それを理性で以てどう改めてみても、そこに僕の理性は出るかも知れないが、僕自身といふものの生きて居る魂といふものは現はれまい」とある。また、対芥川観で「君は偏屈な一克な所があつて、田舎者だから」と谷崎に指摘されて、芥川の方が正しいと言われる場面がある（「芥川龍之介を憶ふ」三）。

（8）『木佐木日記―滝田樗陰とその時代―』（木佐木勝著）によると、中央公論社の新年号への取り組みが十一月末頃から本格化する様子が随所に描かれている。

（9）例えば、現在佐藤春夫記念館が所蔵する、新宮中学三年生の折の記念写真の裏に記された、「本写真中最も天才的容貌を具へたるものを佐藤春夫殿下になす」で始まる「佐藤春夫殿下小伝」などの戯文。岩波文庫『美しき町・西班牙犬の家他六編』「解説」で、池内紀はこの文章に触れている。

（10）春夫の発言に「あなたは御存知かどうか知らないけれども、二十ぐらゐの時は僕はその当時に於ける社会主義者の考へを持つてゐた。それはどういふものかといふと、後になつて考へて見ると、ウヰリアム・モーリスやなんかに非常に近いものであつたらしい。それからアナトール・フランスの『同志よ夢みよ』といふようなパンフレットがある、あのやうな考へにも近いものであつた云々」とあって、大宅壮一が「僕は寧ろ先生自身のさういふ気持を書いて戴きたいんです」と言うのを受けて、「書いてもいい。書きたいと思はないことはない」と応じている。春夫が、故郷新宮の社会主義的な町の雰囲気を描いた小説「二少年の話」（『中央公論』二月）や「若者」（『文藝春秋』十月）を発表するのは、一九三四（昭和九）年のことである。

（11）『世はさまざまの話』の奥付には「短編集」とあり、一二編の作品が収められているが、表題の作品はなく、それぞれの作品の最初に何年何月作の表記がある。「昭和十一年二月十六日印刷　昭和十一年二月二十日発行」で、定価二円、刊行者は平井博、発行は版画荘である。装丁は恩地孝四郎。一二編のうちの四編については、いまだに初出未詳である。『大都会の一隅』という本は、右の作品集の「海賊版」というものに近いものであろう。講談社版佐藤春夫全集第一二巻の「著者目録」に、本書出版においては「著者は感知しないと言う」とある。『大都会の一隅』の目次は、『世はさまざまの話』の目次と同じであるが、目次にある「はしがき」は収録されていない。各頁もまったく同じで誤植もそのままである。奥付には「昭和十一年二月十六日印刷　昭和十一年二月二十日発行　昭和十六年四月二十日再版」とある。定価は一円六〇銭。刊行者は毛利亀雄、発行は文海堂書店、三文判のような「佐藤」の印が捺され、「（版権譲渡済）」とある。表紙には、赤門書房刊とある。装丁は中井富三郎とある。

（12）春夫急死の直前の座談会「大正作家」で、伊藤整の質問に答えて。『群像』一九六四（昭和三十九）年六月号。

（13）新宮市立図書館から刊行されている『熊野誌』三七号（一九九一年十二月）に、「佐藤春夫『飯田橋の神様』登場人物の虚像と実像に見る紀州人」（山路哲良著）が掲載されていて、そのモデル尾鷲出身の明慶宮三郎について詳しく調査している。それによると、北一輝から宮三郎宛書簡があるということだが、北の側の資料には、宮三郎に関する記述は皆無と言う。「飯田橋の神様」には触れられていないが、宮三郎は昭和七年に自殺している。

（14）一九三三（昭和八）年四月と五月の『改造』に発表された「危機」は、モデル問題が生じたために中絶に追い込まれるが、その最後の方に浜口首相狙撃事件に触れている部分が出てくる。

（15）インドの独立運動に係わって政治亡命していたサバルワルについては、芦屋市谷崎潤一郎記念館の図録「志賀直哉と谷崎潤一郎」（平成五年七月）に、その書簡などが紹介されており、井伏鱒二が「鶏肋集」（『早稲田文学』一九三六年五月〜十二月）や「嘗ての亡命客」（『新潮』一九七二年三月）で助手時代などを回想している。また、改造編集者の水島治男著『改造社の時代　戦前編』（図書出版・一九七六年五月）は、『改造』との係わりや、日本脱出の事情などに触れている。また、佐藤春夫記念館冊子「佐藤春夫と谷崎潤一郎―離れえぬ縁―」（二〇一九年十月）で、「インド人サバルワル―春夫の「晩春の奈良」に関連して―」の項を立てている。

(16)　春夫が急逝した直後、増田渉が「佐藤春夫と魯迅―わが回想―」を書いていて（『図書』一九六四年七月）、春夫との出会いから、中国小説翻訳の下訳の手伝いをしたこと、春夫の内山完造への紹介状を頼りに上海を訪れたこと、「平妖伝」下訳代をもらうために、熊野に春夫を訪ねていったこと、春夫の内山完造への紹介状を頼りに上海を訪れたこと、そこで偶然魯迅に会い、個人教授を受けるようになったことなど、懐かしく回想し、結び近くで「佐藤氏の『未曾有の努力』によって『魯迅伝』がやっと『改造』に発表されたのは（六〇枚に書き直せという条件で）、私が中国から帰った後昭和七年の四月であった。佐藤氏は魯迅とは直接会ったことはないが、しかし『魯迅伝』をとおして、魯迅を尊敬し、深く結ばれていたといえよう」と述べている。魯迅死後も、江戸川公園辺に小さくてもいいから記念碑を建てたいものだとしきりに言っていたといい、「そのことでも私は氏が魯迅に親しみをもち、また尊敬していることを知ることができた」と述べている。

(17)　一九三四年三月二十七日の魯迅の日記に「『北平箋譜』一部を佐藤春夫に送る」と記されているように、「佐藤春夫先生雅鑑　魯迅　一九三四年三月二十七日、上海」という献辞が記され、奥付には全一〇〇部中第八四部と書かれている本が春夫に贈られている。北平とはいまの北京のことで、この本は魯迅が友人鄭振鐸とともに編集に取り組み、一九三三年に「中国版画史上に不朽の傑作でないまでも、まずは小品芸術史の足跡を見てとれる」という序文を付して刊行された、明清時代から北京に伝わる木版水印の大型便箋の復刻である。三〇〇余枚を蒐集し、限定一〇〇部で刊行されたもので、人物、山水、花鳥の美しい絵が淡い彩りで描かれていて、それに詩文が添えられている。いま、佐藤春夫記念館に所蔵されている。

(18)　案内パンフレットで春夫は「編輯者としての言葉」で、「自分は残念ながら魯迅の人と芸術とを最もよく理解すると言ひ切ることは出来ない。但、それらを最も深く愛し高く評価する一事は自ら疑はない。彼の文学は要するにヒユーマニテイの文学である」と書き始めている。

(19)　春夫は、「十月十九日、魯迅の訃を聞ける日に」と注記がある「月光と少年―魯迅の芸術―」（『中外商業新報』一九三五年十月二十一日）にも、同じように「月光は東洋の文学の世界に於ける伝統的な光である。また少年は魯迅の自国に於ての将来の唯一の希望であつた」という指摘がある。

(20)　「月報二」（一九三六年三月）には、若き武田泰淳が「影を売つた男」を書いていて、魯迅における〈政治と文学〉

の問題を取り上げ、「数回にわたつて「文学」といふ影を魯迅から買ひとつた「政治」といふ悪魔は其の度に魯迅の心の中の影が前にもまして大きくなつてゐるのを見出した。かくして魯迅にとつて悪魔はつひに親友と化しつつあつた。政治に近かづく事は「文学」＝影を無限に豊かなものにする事であった」と言い、「影を買つた男の記録」としての魯迅を論じている。

(21)　原文には、以下「(マルクス・イデオロギーによらないから魯迅の作品はプロレタリア文学として初期のものだと云ふ説には、僕、俄には首肯し難いのであるが、今は之には言及せぬ)」とある。

(22)　「文人趣味」ということばは使っていないのだが、藤井省三氏は「植民地台湾へのまなざし―佐藤春夫『女誡扇綺譚』をめぐって―」（『日本文学』一九九三年一月号）で、この作品を異国情趣の文学とだけ捉えてきたこれまでの読み方を、「日本版オリエンタリズム」として批判している。

(23)　富ノ澤が床に伏し、臨終を迎えたのが、これまで「新宮の佐藤の生家」と一般的に言われてきたが（その発端は、読売新聞所載の横光利一の春夫批判の文で「彼は新宮の佐藤春夫氏の家で死んだ」とあるのに拠る）、春夫の回想や書簡、さらに家族の看病の様子、茶毘に付したという入り江などから推測して、正しくは八尺鏡野（現那智勝浦町）の父祖の地「懸泉堂」であろう。このとき春夫の父豊太郎は病後でほとんど医業を廃し、懸泉堂に隠遁、家を新改築、新宮船町の春夫が生誕した家（借家）にはもう住んでいないし、新宮の登坂にあった熊野病院を閉鎖してからも久しい。新宮の徐福町にも居宅を構えてはいるが、生活の基盤は懸泉堂であった。

(24)　一九二四年十月の『読売新聞』「十月の文壇」で、新進の横光利一は「花屋の中の殺人だ。時間のテンポが空間を圧倒し、壮美で華麗で、閃々たる感覚の中に近代的渾迷の伴奏がある。新鮮だ。しかも作者の精神は単純な計算化を忘れずに、厳粛な爆発を以て題材の使命を送つてゐる」と、一番目に取り上げて絶賛している。ちなみに、同じ『改造』に春夫の「窓展く」も掲載されていて、それについては、ここに描かれている幸福感は一応是認しながらも「願はくはさう云ふ幸福感には作者ももういい加減理屈を引つ附けないで貰ひたい」と記している。

(25)　一九二四年二月二十三日の浜本浩宛書簡に、春夫は「さて改造の方はおかげでどうやらむつかし―四月号へもの事な（り）れど。三月四月五月とぶつつづけてはいよいよ改造、佐藤閥説に有力なる証拠なども与へはしないか知ら」と心配している。浜本は改造社創立当初からの編集者で、京都支店長を勤めていた。富ノ澤の消息を伝える手紙もあり、この日付は富ノ澤が亡くなる前日である。それより先、おそらく富ノ澤の急変もあったのであろう、熊野への社員派遣の要請をうけて、宮城久輝が派遣されたのであろう、その礼も述べている。

(26)　一九七〇年同人雑誌『塔』の復刻に際し、解説欄に富ノ澤死後の春夫の中井繁一宛私信四通、富ノ澤の母宛一通が紹介されている。中井宛では富ノ澤の老母への怒りや遺作集の企画についての憤懣が述べられている。後年春夫は『詩文半世紀』のなかでその一端に触れている。

(27)　『改造』一九二五年五月号の富ノ澤麟太郎の「あめんちあ」には、タイトルのあとに「(遺稿)」と記され、「(記者)」の次のような前書きが記されている。「「この一篇は私がいちばん力をいれた作です。どうか一読して下さい。すみませんがこれですこし旅費を?‥」と率直に云つて記者の前に差出された。あの謙遜な、そして煙草好きであつた富ノ澤君はこの一篇を残して飄然と山深き紀州へと旅立つた。受取つた記者は故ありて数ヶ月の旅行をなし、帰つて直に君の浪漫的な訃報に接した。此篇を手にし、そして極端な「女嫌ひ」であつた故人が異常の心血を注いだこの一篇を読んで深い感銘に打たれた。茲に登載して哀悼の意を重ねてす。思へば君の短かかりし青春は惜しき限りであつた」とある。ちなみに「あめんちあ」とは、急性の精神錯乱をあらわすラテン語である。なお、EDI叢書として『富ノ澤麟太郎三篇』(二〇〇〇年九月)を編した宮内淳子氏は、その解説で、一九三六年横光利一によって編纂された『富ノ澤麟太郎集』に収録されたこの作品について、最後の部分が割愛されていることに触れてテキスト問題を指摘している。ただ、宮内氏が作品「一世」について未発表としているのは間違いで、一九二五年七月の『文藝日本』に遺作として収められている。春夫が中井繁一宛書簡の中で「遺稿のうちより二作、一つは文藝時代へ、一つは文藝雑誌(岡田三郎編輯の)へ送りたり」としているのは、この「一世」と「二狂人」とを指している。横光編『富ノ澤麟太郎集』での「一世」への注記の誤りが、復刻『塔』解説での濱田隼雄にも踏襲されている。

(28)　富ノ澤を最初に春夫に紹介したのは、熊野出身の詩人中井繁一である。その時期がこれまで春夫の全集年譜などでは一九一九(大正八)年十二月のこととなっているが、正しくは二月である。それというのも、一九二六年の『現代小説全集』の春夫の自筆年譜などでは、二月となっており、単純な転記ミスであろう。中井は三重県南牟婁郡五郷村湯ノ谷（現熊野市）の生まれ、村の郵便局に勤めていたとき、ローマ字運動に係わり社会主義にも惹かれていた。中井は一九一六年『KUMANO-KAIDOO』というローマ字の詩集を上梓、それが仙台の中学に学んでいた富ノ澤の目に留まり、ふたりの文通が始まった。翌年上京、仙台から上京した富ノ澤との交流がさらに深まり、横光らとの同人誌『塔』に誘われる経緯や富ノ澤が熊野へ旅立つ様子などが、「私の郷国に死んだ富ノ澤麟太郎」（『文藝時代』五月号の富ノ澤追悼号）の文章に詳しく述べられている。中井はこの文章を、埋葬前の富ノ澤の遺骨が置かれた机上で書いているという。富ノ澤の死をめぐって、中井と春夫との関係も、富ノ澤の母の介在でその後ややギクシャクしている印象を受ける。中井は一九二六年詩集『ゼリビンズの函』を上梓、春夫がその序文を書いている。また、中井は一九二八年には富ノ澤の作品『夢と真実』限定一五〇部の自費出版もしている。

(29)　横光利一は『文学界』一九三七（昭和十二）年一月号の「富ノ澤麟太郎」で、「富ノ澤麟太郎は私の友人であるが今一読してみると彼は私の先生であつたのだ。私は絶えず彼から打ち込まれてゐながらも、彼の死後長らくそれを知らなかつた私の迂闊さを、思へば私も罪が深い」と述べている。また、そのことを作品論を通して論じたものに、神谷忠孝氏の「新感覚派における「他者」の問題―富ノ澤麟太郎を中心に―」（『国語国文学研究』八四号・北海道大学国語国文学会・二〇〇七年三月）がある。

(30)　二〇〇四年に、和歌山県立美術館はじめ全国六ヶ所で、「ピノッキオ―その誕生から現代まで―」という巡回展が開かれた。その記念カタログに、宮本久宣氏が「『ピノチオ』の時代―和歌山と戦前の日本におけるピノッキオの冒険」を発表しているが、そこでは、わが国におけるピノッキオ受容が、熊野新宮の地で胎生しいかに醸成されたかを詳しく跡付けている。

(31)　跋文には「古語にいふ任人笑風雲気少児女情多とあはれかつては人に泣かれたる吾がうた今はた世の笑とはなるらむ／友人下村悦夫君は好事の人なりたり一日われをしてわがうたを自書せしむ悪詩と拙筆と情癡と蓋し三絶なり乃ち一笑して之を諾す／大正十四年三月十七日／於徐福墓畔　佐藤春夫」とある。

(32)　『をがたま』は扉字を佐藤春夫が、表紙絵と裏絵を、上京間もない頃からの文学仲間といってもいい中川一政、若いときからの同じ文学仲間奥栄一も評論や小品を書いている。

（33）『改造』一九二六（大正十五）年七月の「短歌は滅亡せざるか」の特集で、斎藤茂吉の「気運と多力者」、釈超空「歌の円寂する時」、芥川龍之介「又一説？」、古泉千樫「歌に対する信念」、北原白秋「これからである」とともに掲載。

（34）一九二九年六月平凡社から刊行された『現代大衆文学全集16』は、『下村悦夫集・悲願千人斬外八編』の独立本で、巻末に、「自伝」が付されていて、本人自筆と思われるものが掲載されている。簡潔明瞭で、人となりをよく表している。その最後の一行に、「学歴無し。文壇的にも何らの党閥の中にも棲んでゐ無い」とあって、悦夫の孤高、狷介さが、むしろ凛として際だっている。さらに、下村は一九四一年に歌集『熊野うた』を自費出版するが、春夫が装幀、表紙絵を描き、序文を寄せている。序文では、「君為人やや狷介、世に阿らず。この癖、酒間にあつて最も発揮される。硬骨な君が吟詠も亦或は時流と相合はぬものがあるであらうと思ふが、また疑ふべくもなく君が天稟の才華の随所に閃くものが見られよう。また熊野の山中に生れて山中に人となつた君がよく山中の趣きを解してこれを世に伝へんとする志は郷人としての余が多く期待するところである」と、なかなか思い遣り深い文になっている。

（35）一九二八年七月改造社から刊行された『文芸一夕話』収録に際しては、初出表題のサブタイトルは削除され、欄外に次のような注記を付している。「この一文は発表の当時はこれを文壇の同業諸君に読んで貰ふつもりで、その旨を本題の傍に割注して置いたが、今はそれを削り去つた。といふのはこの文章の趣旨は不思議にも文壇ではもの笑ひになつた。然し著者は今日でもこの考へを一笑に附されたくないと思つてゐる。それ故、今日では文壇の人々にでなく、之を一般社会の人々に読んでみて貰ひたいと思つてゐる」とある。

（36）「やぽんな（雅博拿）書房近刊書目」として、予告されているのは、中川一政の画集『煙霞帖』と春夫の『夜木山房叢書』で、春夫の「円本やそれに類似の全集は万事が拙速主義便宜主義で出来てゐるために自分の本でも自分の著書のやうな気がしないし校正その他の点に於て甚だ不満の多いものである。これは著者の考へであるが読者側にも同じ歎がありはしないかと思ふ。そこで僕は僕の作品の全部をやぽんな書房に委託して、自作のうち稍自信があり再読に堪えるかと思ふものを選択して逐次内容にふさはしい装幀で普通単行本として刊行して見ようと思ふ。これが商業主義のために傷けられた自作を再生させる一方法だと考へたからである」という自筆の文章が付されている。春夫が「夜木山房」の号を使うのは庭前の合歓の木に因んで、一九三一年秋頃から。また、本作りとしては一九三〇年の神代種亮校訂の稀購本『瀟々集』や、一九三二年の『詩集魔女』、一九三三年の自筆木版刷『絵入みよ子』などがある。

(37)　一九三八年『日本評論』発表の春夫の「アジアの子」は、後に「風雲」と改題されるが、中国の作家郭沫若や郁達夫をモデルとしていたことから、郁が「日本的娼婦與文士（日本の娼婦と文士）」で反論、郁に多少の誤解もあったようだが、日中戦争下の春夫の批評精神の欠落が大いに議論されている。奥出健氏が「佐藤春夫の昭和十年代（前期）」（『国文学研究資料館紀要』六号・一九八〇年三月）で、周到な批判を展開、それを受ける形で顧偉良氏が「佐藤春夫と『アジアの子』」（『日本文学』一九九二年九月）で春夫の「歴史観が確立していない」本質的な問題として論じている。

＊初出　山本実彦旧蔵・川内まごころ館所蔵『「改造」直筆原稿の研究』（雄松堂出版・二〇〇七年十月）所載。

父と子、〈確執〉から〈和解〉へのみちのり
――佐藤春夫と父豊太郎にとっての〈強権〉――

はじめに

父と子との葛藤、相克、抗争のテーマは、奇しくもフロイトが、ヨーロッパ文学の三つの代表作が共通して扱っている「父親殺し」の問題として挙げた、ソポクレスの「オイディプス」、シェイクスピアの「ハムレット」、ドストエフスキイの「カラマーゾフの兄弟」に通じる、ある意味普遍的な課題で、物語りの基本構造のひとつとさえ言える。わが国の近代文学を眺めても、志賀直哉の「和解」や、中野重治の幾つかの作品が思い浮かび、中上健次のいわゆる「秋幸もの」がまさに〈父親殺し〉のテーマそのものを扱っていたことに思い至る。一九〇九（明治四十二）年ツルゲーネフの「父と子」が相馬御風の訳で翻訳本として刊行された時、この熊野の地でも一部の青年たちに愛読されていたことが明らかにされている。(1)

佐藤春夫とその父豊太郎にとっての、父と子の問題を考えてみるとき、一般的な問題として解消しえないものを感じるのは、お互いの間に「大逆事件」という共通の問題を内在化しており、さらには幕末の大塩平八郎の乱をも喚起する問題を孕んでいたということである。「大逆事件」の犠牲者大石誠之助は、もちろん知友であり、父にとっては同業者、文学趣味において共有する面もあり、政治的にも実業派に対して改革派として、誠之助の兄の玉置酉久らともども志を同じくする時期も有していた。さらに、一八六二（文久二）年生まれの豊太郎と一八六七（慶応

三）年生まれの誠之助とは、五歳の年齢差があるとはいえ、いわば同世代の範疇に属し、明治の世とともに生き続けたとも言いうる。

また春夫に、誠之助を悼む「愚者の死」という詩が、誠之助の刑死とほとんど同時に作られているのは周知のところである。

豊太郎と春夫、父と子の〈確執〉から〈調和、和解〉への軌跡を辿るなかで、見え隠れする「大逆事件」の痕跡はこれまでも留意されてきてはいるが、さらに「懸泉堂」の人々の血脈を辿ることでみえてくる「大塩平八郎の乱」、その後遺症を時には重層的に、オーバラップさせて「大逆事件」を捉えている節もある。〈春夫文学〉における「大逆事件」の影響は、「大塩の乱」の後遺症を想起させる、「懸泉堂」の人々のなかで共同幻想のようにして語り伝えられた〈権力〉への畏怖を、徐々にではあるが更めて気づかせるはたらきをしたのではなかったか。そのことが、父子の絆を確認し合い、〈確執〉から〈調和、和解〉への微妙な契機となりえたのではなかったか。

一八三七（天保八）年に勃発した「大塩平八郎の乱」から一九一〇（明治四十三）年の「大逆事件」まで、「明治維新」という大きな変革を間に挟んでいるものの、僅か七三年の隔たりである。このふたつのできごとは、今日の〈歴史の目〉からすれば、その拠ってくるところ、思想的な意味合い、人々に与えた衝撃など、時代の隔たりを感じさせることもあって、その関連を指摘することは無謀なことのように思える。しかし、ここ熊野の地、そこに生きる〈庶民感覚〉とでも言うべきフィルターをかけることによって見えてくる部分があるのではないか。それは〈強権〉ということの横暴さ、理不尽さを強烈に人々の目に灼き付け、七三年目の「大逆事件」がさらにそれに拍車をかける機能を果たしたのではなかったか。それは、後年まで〈反骨の真髄〉として残存しえたのではなかったか。

さらには、「陸の孤島」と言われたこの半島の先端に、まさに〈近代〉の象徴として、政治的な駆け引きも絡ませながら鉄道網が延びてきて、父祖伝来の地「懸泉堂」割譲の問題が浮上してきたとき、再び〈国家の横暴〉が、この父子を襲ってくる。そういったなかで、父と子が協力して曾祖父椿山の旧稿「木挽長歌」を読み解いてゆく作業を通して完成したのが、新風土記叢書の一冊、一九三六（昭和十一）年刊行の『熊野路』である。単なる熊野案内ではないこの作品に、父子は、どのような国家観なり、政治への係わり方なりを盛り込もうとしたのであろうか。そうして、「ふるさと」と題された作品が、春夫晩年の〈望郷〉の作品とはまったく違って、父の無念、悔恨を共有することによって〈懐旧の情〉に浸る余裕すら与えずに、苦い体験の自覚として語られねばならなかった。それは、春夫にとっての〈もうひとつの戦時下〉でもあったことが、更めて留意されねばならないだろう。

一、〈団欒（だんらん）〉の危うさ――沖野の作品「自転車」にみる父子像――

新宮で牧師を務めていた沖野岩三郎が豊太郎の家族をモデルにした短編「自転車」を書いていて、末尾に「一九一八年四月二十五日夜」と執筆時が記されている（『新公論』一九一八年六月号発表・『煉瓦の雨』所収）。

書き出しは「鳳一郎は非常な子煩悩であつた。けれども決して勝手気儘な振舞をさせて黙つて居るやうな事はしなかつた」で始まっている。「鳳一郎」が豊太郎、「長男の一夫」が春夫を指しているのは言うまでもない。

一夫が中学四年生になったので進級祝いに自転車を買って欲しいとせがむ。当時自転車は五、六〇円もかかる最高級品である。鳳一郎は贅沢だということで拒絶する。一夫が御用聞きにきた酒屋の小僧の自転車をいじくり回すのを見ていると不憫にも思う。そうして鳳一郎は、自分が県立医学校を卒業したころ、祖母の話に祖父の京都修行時代の苦労話を聞かされたことを思い出す。金銭的に甘やかしてはいけないと思いつつ、弟の次夫（夏樹がモデル）の哀願もあって七八円の自転車を買うことになる。子供らふたりのためではなく、あくまで自分の所有で、子供らには貸し与えるのだと諭している。

この短編を読んで感じるのは、かなり事実に基づいているのではないか、豊太郎自身からの聴き取りが中心となって作品が成立しているのではないかということである。

春夫が中学三年生のとき、幾何学が落第点で進級できなかったことは、これまでも春夫の種々な回想で語られていて、それらは往年の回想ということもあってかなり楽天的に描かれているのだが、この作品のように「窓際の机に凭れたまゝ頭を抱へて黙つて俯向いてゐ」て、弟ふたりが「悲しさうな顔をして」やはり俯向いて黙っている、三人のすっかり気落ちして鬱ぎこんだ姿の方が当時の臨場感を際立たせる。鳳一郎は「ニツケル鍍金（めっき）のきらきら光る自転車」を力一杯蹴り、庭石を投げ付けて八つ当たりするしか術（すべ）はなかった。妻のお峰（政代がモデル）に「あなたの疳癖に困りますよ」と詰られ、疳癖の強い夫を持って苦労している姉娘のことを思い遣る。すっかり動転して感情的になっている姿のほうが、豊太郎の事実に近い気もする。春夫は「わが父わが母及びその子われ」（『新潮』大正十三年八月・『退屈読本』所収）を、「……私は父に鞭や杖で乱打されたことが幾度あるかわからない。父は激情的な、それに理想家肌の人であつた。さうしてその子がだんだん父の気に入らなくなつて来たのである」と書き始めている。(2)

沖野の作品「自転車」で、その後、春夫をめぐって講演会登壇事件、それによる無期停学、中学校のストライキへと繋がってゆく一連の動きも、「翌年」とあるのが「翌々年」が正しいであろうという点を除いて、ほぼ事実に近いといえよう。講演会での演説内容も、当時の新聞記事に照らし合わせても異同は少ない。

一夫は中学校を卒業し上京、「親には何の相談もせずに慶應大学の文科へ入学」する。そして夏期休暇で帰省した折りには、もう学校には通っていないで、「一生懸命に小説を書いている」と言う。父親は言う――「お前も小説家と言う一人前の人間になったのなら、月々三〇円の送金はしない、金が要るなら勝浦港の埋め立て地を交渉して西村君にでも売れば良い」と。西村君とは西村伊作を指しているのだが、この頃勝浦の土地を購入して居り、やがて弟の大石真子は製氷場を開くのである。しかしながら思うようには売れない、父は子に〈現実〉の厳しさを教えようとする意図であろう。父は子に翻訳することを勧め、その原稿を買い取るかたちで援助を約束する。「一夫は今更のやうに父の賢明と巧智とに驚いた」とある。「三十円の送金」についても事実であろうと想像でき、ここでの父と子の遣り取りは、父が子に「大勇猛心」を期待する話として、春夫の作品「都会の憂鬱」の中でも描かれていることは、後述する。

一九一一（明治四十四）年四月十六日に春夫から父豊太郎に宛てた四〇〇字詰五枚の書翰が残されている（『ポリタイア』三巻一号・一九七〇年六月所載・原本は佐藤春夫記念館蔵）。若き日の春夫を知る資料が乏しいなかで、見落とせない貴重なものである。慶応大学在学中の息子に、父は第一高等学校受験を再度要請してきたのであろう、そのことに断固たる拒絶の態度を示した内容である。慶応大学は当時は誰もが入学できる状況で、春夫も永井荷風を介して入学したのだった。

一、高等学校に入学せぬと云ふ事は作家は深く学ぶの要なしと云ふ事とは全然根底を異にすること也。……一、学問は高等学校の専売にあらず。……一、個人を尊重することを知らず、正しき校風の名の下に多数者の勢力を振ふこと高等学校より甚だしきはなし

と述べ、高等学校が森鷗外の小説を禁止したこと、

最近、徳富健次郎氏の意義ある演説に報ゆるに鉄拳を以てせんとせし生徒の学校なり。明治四十四年と云ふ聖代にありて然も文芸部の主催せる講演会に両三名婦人の聴衆ありしが故にその閉会後塩を撒けりと云ふ学校なり

と言い及んでゆく。一高での徳冨蘆花の「大逆事件」犠牲者擁護の「謀反論」の演説は、さまざまな波紋を広げ物議をかもしたものだが、春夫はすでに同時代に明確に「意義ある演説」と評価している。

さらに「一、帝国大学の図書館に於てはその後一切社会主義の書物を貸さずと云ふ（附記す、鷗外博士曰く、社会主義と自然主義を外にして近代の文学なしと。）堪えがたき哉、官僚の臭、児は何所にか文学を学ぶべき」と言い、「一、

要するに高等学校及び大学は文学を究めむとする児等にありて遂に何等の権威と関係とを有せざる也」と断言する。当時まだ一般的、世間的にほとんど認められていなかった〈文学の道〉に進もうとする決意が、個性豊かに表現されている。

春夫はこのとき二十歳の誕生日を過ぎたばかり、これほど率直に自己表現できる背景には、沖野が短編「自転車」で描き出した父子像が介在していた──表面的には〈確執〉の姿をとりながらも、相手の意見を容れ相手の個を尊重しようとする〈寛容さ〉とでも言うべきものが。

春夫は最近の仕送り一三円の使途を銘記し購入本の内訳を記したあとで、さすがに強い口調に気が咎めたのか、

　初めの書き出しのあたり少しく激烈に過ぎたれば差し出すことためらひ候へどもそのままにて御送り申し上げ候。立ちどころに理解下さらずばとても説得いたしがたかるべく手紙は愚か口で申し上ぐるももどかしく候、兎に角一応最後の御考を受けたまはるべきか。

と、末尾近くで述べている。この書簡から窺えるのは、一見反発の底に流れている父親への敬意である。世の父親とは違って、多少文学や趣味の世界に通じている父親と解しての発言である。しかしながら春夫も書きよどんだと見えて、十二日深夜に書きかけた手紙を一旦停止し、十六日に仕上げている。

再び沖野の短編「自転車」の粗筋に戻る。

上京した一夫は翻訳した原稿の一枚も送ってこない。暫くして展覧会で入選した絵「彼女と狗」(一九一六年二科会入選の「猫と女との画」がモデル)を送りつけてきて、買い取ってくれと言う。鳳一郎は不承不承二五〇円を送金させるが、妻のお峰は不満で、月々三〇円の学資を送ってやらないと言ったのに、この五ヶ月間にもう五〇〇円も与えていると鳳一郎の矛盾を詰る。そのときの鳳一郎の答えがふるっている。

いゝや其の五百円は翻訳家であり芸術家である彼の男に資本として報酬として提供したのだ。……彼れは最う立派な芸術家だ。だから相当の理由なくして一銭の金をも与つてはならない。さうする事は彼の男を軽蔑する事だ。

それからまた三、四ヶ月、一夫からは何の消息もない。お峰は東京・吉原の大火に巻き込まれたのではないか（一九一一年四月九日吉原遊郭が大火でほとんど焼失）と心配する。そこで鳳一郎は生江（評論家生田長江がモデル・春夫は長江を頼って上京、長江はしばしば春夫に向かって「君のことは、君の御両親が立派な方だから安心してゐる。君の家庭はゲーテの一家のやうだ」と語ったという）の所へ一夫の安否を問い合わす。生江からは、先頃上野で「奥様と御同伴」で会ったと返事がくる。狐につままれた鳳一郎夫妻のもとに、一夫本人から「小生は遂に其の路子と結婚致し候、小生も路子も共に芸術を愛好するものに候へば」という便りが届き、近く淀野の奥様が熊野観光に上るので、同伴して帰省すると伝えてくる。

「淀野の奥様」とは与謝野晶子のことで、春夫の案内で新宮を訪れるのは一九一五（大正四）年三月のことである。来訪の主目的は、夫寛が衆議院議員に立候補するに当たって、西村伊作らにその資金援助を依頼するためであった。晶子はこのとき、西村、沖野はもちろん、大石誠之助の未亡人や遺児にも逢っている。春夫が女優川路歌子と同棲を始めるのは、前年の十二月、この年一月には武林無想庵がふたりをモデルにした「新しい男女」を『読売新聞』に発表していて、知らないのは故郷の両親だけという状況であったのだろう。春夫が晶子を新宮に案内した時、川路歌子も同伴した。このとき新宮駅頭での西村伊作が撮影したと思われる記念写真が残っているのだが、そこに歌子らしき人物も写っている。顔が半分隠れている晶子の後の最後列に春夫と並んでいるのが歌子である。

一夫は弟に手紙を認めて、「鳳一郎殿に一日も早く金儲の儀を廃業して芸術家たるべく口説いて呉れないか」と言ってきたらしい。鳳一郎は観音像の素焼きを造ったり、和歌や俳句を作ったりしているが、まだまだ本格的だとはいえない、鳳一郎も兜を脱がざるを得ない。折しも姉宮子（四歳上の保子がモデル）の離婚問題が進んでいて、ふたりの子供を連れて帰ってくる。鳳一郎家の変則的な〈家族団欒〉が、この短編の終章になっている。

尋常科一年の孫の寛一（竹田龍児がモデル）が落書きをして家族名を記している。家族九名の名を記したあとに、車夫、薬局生、看護婦、使用人が記され、「トリ」と書かれている。さらに「ビョウニン」「ネズミ」「クルマ」「ジテンシャ」と書き連ねてある。「鳳一郎は最後の『ジテンシャ』と書いてあるのを見た時、此の無邪気な子供が次夫や秋吉を乗せて走る自転車を親しい家内の一員として愛してゐるのかと思つて胸の塞がるやうな気持になつた」――孫には上下貴賤の区別なく平等に人間を尊敬し愛していく公平さがあるばかりでなく、鼠も人力車も自転車も同じ愛情で愛することができる。自転車を石で打ちひしゃいだ自分の感情は、八歳の孫が抱いている宗教観や道徳観にも劣っている、と内省する。

この短編の終章は、やや甘い抒情で終わっている感は否めない。思えば、この変則的な一家団欒の姿も、不透明で危なっかしい一面を宿している。明確に描き出されているわけではないが、後景に霞のようにはりめぐらされている、とでも言えようか。宮子の離婚問題、一夫の生活問題の不如意、次夫も東京へ旅立とうとしている、そして何よりも鳳一郎自身の意識のなかに「古い世界に生れた自分はも一度新しい世界へ生れ変」わらねばという気持ちが胎胚してきている。風流の世界に遊びながらも、政治と係わり、病院経営だけでは充足しきれない何ものかが、豊太郎には早くから生れ始めていた。医院を一時廃業して北海道開拓事業に精を出そうとしたのもその現れである。(3) 豊太郎が病院を閉鎖し、やがて「懸泉堂」の家督を相続してそこに引き籠もらざるをえないという〈現実〉が立ち現れてくることを想定すれば、豊太郎の〈苦悩〉も深かったような気がする。

春夫は『都会の憂鬱』のなかで、父を「正体の知れない憑き物たる芸術に魅せられた人」として、かういふえたいの知れない心を抱いてゐる息子を持つた父が、その息子に対して採る手段といふものは多くの場合何れも同じ順序である。普通この父と子とは互に相手に向つて不満を臟しながら、しかも親は愛するが故に遂には敗(ま)けて、風変りな息子を持つた自分の不幸を歎きながら、しかしもう諦(ママ)めて子のするがままに任すものである。彼―この話の中心人物である彼も、やはり、そういふ風にして自分の道を択んで来たのである。

と述べている。そうして多少芸術への理解のある父であったがために、「彼」は「普通の文学少年よりは遥に幸福ではあつた」が、「しかし何時如何なる場合にも「父と子」とは「父と子」であることを忘れてはならない」と言う。父は学問としての文学を許したのであって、芸術家たるものを認めたのではなかった。父は子に対して、お前は昔から個人主義者を吹聴しているのに、自分の便宜の時だけ家庭を頼ることはないのかと、「一流の苦い諧謔を弄することもあつた」。父は息子の薄志弱行が歯がゆいのだと言い、「大勇猛心といふものがほしいものだ」と言う。作家、詩人として独り立ちするかしない頃の春夫、父と子の間にはまだ微妙な隙間が存在していたと言える。

この父からの「大勇猛心」の期待は、『田園の憂鬱』でも触れられていて、「彼の父の慍(おこ)っている手紙のなかの、「大勇猛心」と呼んでいるものはどんなものか。それをどこから齎(もたら)してどうして彼の心へ植え込むことが出来るか。どうして彼の心に湧き立たせることが出来るか。それらの一切は、彼には全然知り得べくもなかつた。そうして田舎にも、都会にも、地上には彼を安らかにする楽園はどこにもない。何もない」と、父の期待に沿うべくもない絶望が語られている。また、「あなた、三月にお父さんから頂いた三百円はもう十円ぽつちよりなくなつたのですよ」という妻の科白も出てくる。[4]

そうして、沖野の短編「自転車」に戻って言えば、豊太郎や春夫、その家族の足跡は、すでに見てきたように、春夫の落第から講演会登壇事件、上京後の様子、川路歌子との結婚まで、それらはかなり「事実」に裏付けられているもので、沖野が直かに豊太郎から聴きだした部分が大半をしめているように思われる。それは、沖野が新宮を離れることになる一九一六（大正五）年六月直前に成されたのではなかったか。このころ沖野はやがて陽の目をみる「宿命」の原稿をこつこつと書き進めていた。それでいてなお、沖野があえて「自転車」で回避した部分―それは「大逆事件」の翳りがこの家族に及ぼした影響である。後年、春夫が「大逆事件は年十九のわたくしとその家庭とに異常なショックを与へて、大石誠之助とは同業で親交のあつた父を見苦しいほど狼狽させた。父はわたくしが父の書斎から持ち出して読みかけてゐたクロポトキンの訳書平民社版の「パンの略取」を急ぎ奪ひ上げ、これは大石の本だと云ひながらこつそり金庫のなかへしまひ込んだものであつた。大逆事件はその後久しくわたくしに社会正義に対する疑惑の多くを感じさせながら同時に敢然として起つ勇気をも奪ひ去つた」（「日本ところどころ」『文芸日本』一九五四年一月以降）と語っているような、誠之助との親交や「狼狽ぶり」については、沖野は耳にしなかったのであろうか。このころの沖野自身は他の作品で「大逆事件」に脚色を施しながら取り上げているにもかかわらず、この作品ではまったく触れられていないのは、沖野の側での当の聴きとりの相手である豊太郎への、ある種の〈配慮〉が働いていたからかも知れない。豊太郎の方で直接〈配慮〉を要請したかどうかはともかく、やはり触れられてほしくない部分として家族を覆っていたように思われてならない。

確かに、「大逆事件」らしきものを取り込むことによって、作品のテーマが攪拌するおそれはある。問題の性質として、安易に取り込めない部分もある。しかしそれでいて、私が「大逆事件」の欠落が気にかかるのは、春夫自身の作品「砧」と読み比べることによって浮上してくる、「大塩平八郎の乱」が豊太郎の先祖に与えた翳りの深さ、濃さ、それが陰に陽に豊太郎や春夫にまで引き摺っている部分があるのではないかと考えるところが大きいからである。

二、〈日なたの窪の磯もの〉への軽侮――曾祖父椿山らの教訓への齟齬（そご）――

短編「砧」（『改造』一九二五年四月）の重要性をいちはやく見抜いたのは、同郷の東欧文学者栗栖継（くりすけい）である（「真実へのひとり旅」（六）『北方文芸』一九八三年六月号）。栗栖はこの作品を通して、佐藤百樹（椿山）と惟貞（鏡村）父子の思想と生き方とが窺い知れるという。豊太郎からすれば祖父と父に当たる。

栗栖も着目するように、この短編のキイ・ワードは、「私の祖父の座右銘」である「緘口勿言天下事放懐且読古人書」の一句で、それは「私」筆者春夫からすれば、鏡村の座右銘に当たり、おそらく父百樹が子に与えたものである。「口を緘して天下の事を言ふ勿かれ、思ひを放ちて且に古人の書を読むべし」とでも読むのであろうか。「天下国家のことを口に出して語るな、古人の書を読むことにのみ心を寄せよ」の意味である。

百樹・鏡村の、父から子への座右銘が、豊太郎から春夫へのメッセージとして重なる部分はないのだろうか、それを読み取るところにいま私のこの作品に対する思い入れがある。

確かに「砧」には、春夫の伝記的な部分への興味をかきたてるものはある。「（田舎のたより）」と副題が付されているように、「十一月に水仙の咲くこの村では、晩秋初冬も名ばかりで、夜寒でも懐手しただけでしのげる」南国の僻村の或る夜の一刻である。「母や姉に雑つて静にある妻を見ることは、私にとつて愉快なこと」と感じられる「私」の心境である。「姉は子供の時に耳を悪くしてゐる上に縁も不仕合せでふたりの子供がありながら家に帰つて来た人なのだから、私としては妻が好んでこの人の話相手になることは最も望ましいこと」なのである。母はゆるゆると石臼を回して、正月の餅の用意をしている。「六十四」の歳になる父は、「父の病気は大したことにならないで済みさうです」とあって、耳の底で出血して片方の耳は聴こえなくなり、このころではもう日の暮れないうちから寝て、隣室から寝息が洩れ聞こえてくる。穏やかな晩で、近いはずの波音も聞こえてこないほどである。場所は、言うまでもなく「懸泉堂」である。

書斎で「私」は婦人雑誌社からの質問に絡んで、「幸福」とは何だろう、ということを考える。そうしてこの家の書斎の壁に彫られた一句――「緘口勿言天下事放懐且読古人書」――「私の祖父の座右銘」に目が移り、「二、三日前に、縁の日向で父が私に聞かせた話を思ひ出してゐた」。父の意見によると、それは祖父鏡村自身が選んだものではなく、曾祖父椿山が与えたのであろうという。この詩句は、すでに「わが祖父」の「座右銘」として、一九二二年の「蕙雨山房の記」にも触れられている（新宮・登坂の熊野病院を含む自邸を「蕙雨山房」と呼び、豊太郎は自身の号ともした）。

同じ頃、一九二五（大正十四）年十二月に執筆された「懸泉堂の春」（翌年一月『婦人之友』に初出発表された時は「滞郷日記抄」）にも、「病余の老父」とあり、「旧年の晩秋、一夕耳底に出血して以来、耳もまた聞く能はざるなり」という。また、「蕙雨山房の記」の末尾で、「親をおもひおほ親をおもひ遠つ親をはるかに偲べばわが詩魂と愁思との負ふところを知らるるも嬉し、悲し。努めざらめや。さるをわれは癡愚にして放縦度なく、父祖の業を継かずして、身は江湖を流浪し、幾たびか人を恋ひて心はやぶれ三十にして未だ家を成し得ず。妻なし、子なし。わくら葉のおち葉なす身の、さ迷ひさ迷ひてただふる里にかへり来ればこの母あり、この父あり。晩秋の燈下に父子相対ひて芸文を語れば、わが生も亦縷々として人生の幽情に触れ得てわが心といへども、慰み和みぬ。しかも、身に残るこの幸福を知るとともにこの時、生涯その父を見る術なきわが父の心事を纔にしのび得て今更に父を仰げば、悲し、童子めくおん顔ばせながらおん髪はいつしか白くして」と述べている。

一九二二（大正十二）年三月豊太郎は春夫に家督を譲り、豊太郎は下里村八尺鏡野の佐藤百樹の家督を相続した。(5)しかし、豊太郎はすぐに居を下里の懸泉堂に移したわけではない。それは、翌々年の一九二四年の三月で、この時、もちろん因果関係はないのだろうが、春夫が小田中タミと結婚したときに重なる。その後まもなく、豊太郎は倒れたと思われるが、あるいは倒れてから後、静養も兼ねての下里行が行われたのかもしれない。春夫が新妻を連れて帰郷するのが、この年十一月のことで、「砧」の新妻はタミである。この時豊太郎は、新宮徐福町にも家を所有しており、春夫らは下里と新宮を行き来していたのであろう。また、新進気鋭の将来を嘱望された作家富ノ澤麟太郎が下里の懸泉堂に奇寓していたのもこの頃であるが、富ノ澤は翌年二月下里の地でワイル病のため急逝する。豊太郎も懸命の治療を施すがその甲斐もなかった。玉の浦海岸であろう浜辺での野辺送りが、しめやかに営まれた。

下里に隠居し、病後の豊太郎は「磯もの」の生活を余儀なくされていたことは間違いがない。一方で、父が懸泉堂に隠棲するに及んで、春夫の父親理解、これまでの生き方、文学への係わりなどの理解はいや増しに増していった。懸泉堂の血脈を日々聞き及ぶに至って、父の変化に気づき、病後の気弱さなども気遣いながら、自身も変化していき、「磯もの」への軽侮は徐々に緩和されていったことが想像される。

後年春夫の手で刊行された、父豊太郎の手記『懐旧』(6)は、さながら豊太郎の父恋し、母恋しの記であるといっても過言ではない。それによると、祖母が語ることばとして、「お前の生れる四月前浦神の港へ亜米利加の大きな黒船が来た。それを人々が見に往つた。お前の父も友達四五人と小舟を漕ぎつけ許を得て大きな船を半日見て夕方帰つた。其日は午后から大雨で草鞋がけで山道を歩行いたので翌々日から風気で寝たのが元で後には傷寒と名がついて月の末には京都で修行した時の事やら世間の事や家の事取まぜた譫はかり言ふ様」になり、二十八歳の若さで亡くなった。豊太郎は父の顔を見ることなく出生し、まもなく若い母親は豊太郎を残して他家に嫁いでゆく。豊太郎は父の妹百枝が迎えた婿養子駿吉（号鞠峯）夫妻と、祖父母・椿山、米子のもとで育てられる。

三、作品『熊野路』の成立――父と子で読み解く椿山の「木挽長歌」――

一九三〇（昭和五）年八月、谷崎潤一郎は夫人千代を春夫に譲渡、約一〇年間の春夫にとって苦しい恋愛の縺れは解決したが、重なる心労のために春夫は健康を損ね、この年十一月夫人千代、娘鮎子を伴って懸泉堂の実家に静養を兼ねて帰省、南紀の暖かい冬から春を過ごしている。春夫の父豊太郎は、このときすでに北海道の開拓事業からは直接には手を引き、一九二二年三月家督を春夫に譲り、自身は下里・八尺鏡野の懸泉堂の家督を継いで、新宮での医家も廃業、居も新宮から下里に移していたことは、すでに述べた通りである。

春夫は新しい家族団欒のなかで、老いた父や母、さらには縁りの人々の口から色々な話を聞き及び、さらには冬とはいえ暖かい熊野の海や山を散策して、遠くいにしえへの思いにも駆られたはずである。心身ともに、実に得がたい充電の刻(とき)でもあったのだ。

そうして翌一九三一年五月、東京に戻りついた春夫を襲ったのは、都塵にまみれた鬱屈した心情であった。東京に背を向けるかたちで、故郷の明るく輝く、常緑樹が多い熊野もさすがに眼に眩い五月の情景を叙すことで心情の鬱屈を慰めようとするところに、「塵まみれなる街路樹に／哀れなる五月来にけり」で始まる、全五二行の長詩「望郷五月歌」が生れた。やがて読者は「古の帝王」たちが熊野詣でに通った山辺の道に誘われ、「鯨捕る」浜木綿の海辺へも導かれてゆく、それが伝統を踏まえた五七調の文語で語られる。春夫は「言葉はふるくとも想ひが斬新ならば新しい詩は成り立つ」(「詩文半世紀」)という信条を終生変えることはなかった。

この詩はこの年六月の『婦人公論』に発表され、のちに『閑談半日』(一九三四年七月)に収められた。この「望郷五月歌」こそは、詩作品ではあるものの、その後の春夫の一九三三年を境として発表されつづける、〈熊野もの〉と呼んでもいいような作品群の、その先蹤を成していると言える。

「望郷五月歌」のベースになった父の家での滞在は、病後の春夫とやはり病気上がりの豊太郎、ふたりの境遇がお互いへの立場を尊重させ、春夫は改めて自己の文学的基盤としての懸泉堂や父からの教養の伝授を再認識したのではなかったか。すでに春夫には、一九二四年に「母に対する私の愛慕は昔から寸毫も衰へない。さうして父に対する敬慕は近ごろになつて年々に加はる」(「わが父わが母及びその子われ」『新潮』八月)ということばが語られていた。そのようななかで、春夫は快く父の自叙伝『懐旧』を編し、ふたりして曾祖父椿山の旧稿「木挽長歌(こびきちょうか)」を読み解く作業をスムーズにさせていった。しかしながら、すでにこの時、鉄路の伸張が「懸泉堂」の命運をも左右させるかたちで忍び寄ってもきていた。

新風土記叢書の一冊、書き下ろし作品としての『熊野路』の評価については、毀誉相半ばするところがあるのだが、父子で椿山の旧稿を読み解く作業を作品化したという点と、幕末から明治の世へという大きな変革期に、僻遠の地熊野への波及の分析という観点などを勘案してみて、春夫にとっては重要な作品であり、十分に評価すべき作品であると思う。「懸泉堂の血脈」というようなもの、あるいは熊野をその根底から問い直す、春夫にそのようなことを自覚させた点においても看過できない作品である。

まず「木挽長歌」について、

作者懸泉堂椿山翁は筆者が曾祖父である。歌は翁が反覆して自ら口吟しつつ口授したものが筆者の父の四歳の記憶に残つてゐたものが、後に故翁の篋底から未定の初稿の発見せられしものや他人の手になつた浄書の決定稿などの発見によつて確実になつたものである。

と言う。

元治甲子から慶応乙丑にかけての明治維新直前の不安な空気が仙界に近い熊野の山中にも漂ひ来て、当時六十歳の田舎翁を前代未聞と驚かせ憂へさせた経済的事情の真相をはじめ熊野の地の固有の風俗習慣や当年の樵者の生活状態の一般など、必ずしも注釈を要しないまでも、注釈があつた方が面白さは加はるものと思はれる。

と述べ、「以下の解の殆んど大部分も家大人梟睡先生の垂教の賜である」と、「梟睡」と号した父豊太郎の教示を讃えている。実際この頃、豊太郎と春夫との間で、手紙の遣り取りが頻繁に交わされていたようで、注解の作業は、一九三四年ころから始まっていたことがわかる。(7) だから、「現代の選りすぐつた文人」が、自分の故郷を語り、その土地出身の画家が、挿絵を描くという企画で、小山書店の『新風土記叢書』のシリーズが出発し、白羽の矢がまず春夫に当てられたとき、すでに「草案」があるということで即座に対応しえたのも、父と子の絆が深まっていて、その準備が整っていたからであり、「かくて椿山翁が口伝の遺稿は世を距てて七十年の後にその孫と曾孫とによつて小解を加へられて世に出たわけである」ということで、『熊野路』が出来上がった。「地元ゆかりの挿絵」というのも、春夫の意図からであろう、小学校以来の友人久保嘉弘の手を煩わせて、浜木綿の写真など、熊野の関連写真が収められた。単に風景写真にばかりなっていないところに、内容との関連が窺え、春夫の意向が強く働いたのであろう。

熊野の地勢から説き起こされる「熊野路」の章は、表題の裏に「熊野国の彊域」として、「小野翁遺稿『熊野史』第三頁」が引用されている。(8) 小野翁とは、春夫の新宮中学時代の恩師で、郷土史の先覚者、篤学の士と人々から仰がれた小野芳彦である。小野は一九三二年二月、七十三歳で急逝し、翌年十二月新宮中学同窓会から遺稿『熊野史』一巻が刊行されていて、『熊野路』の「勇魚とり」の章などは、『熊野史』に多くを負っている。

『新風土記叢書』のシリーズは、宇野浩二の『大阪』も同時に刊行されて、第一編『大阪』、第二編『熊野路』でまず発売された。『熊野路』裏表紙には『第三編　台湾』として、森丙牛稿、佐藤春夫編ほかの近刊予告も出ているのだが、予告通りには実現せず、戦後にかけて全八冊を出したに留まった。ただ、昭和十九年十一月太宰治の『津軽』を刊行したこともあって、後世に名を残すシリーズとなっている。(9)

一八六四年、甲子の年、元治元年は長州征伐の年で、新宮藩も巻き込まれていったのだが、世態の不安が増大し、悪貨幣の増発が諸物価高騰を誘発し、一般の米価と共に熊野の木挽きに対する賃金や用具の値などにも大きく影響してきたことを述べたあとで、「諸色の高直は忘れて労働賃金の暴騰に眩惑された山間の民の生活の膨脹などが当年六十六歳の椿山翁を驚かせ且つ憂へさせて、これが実情を後世に伝へようといふのが動機となつて木挽長歌が成つたものと見られる」という。こういった視点を提示しえた背景には、春夫の〈現実認識〉、春夫自身が向き合わざるを得なかった現実の問題があった。

『熊野路』はこれまでも述べてきた通り、「木挽長歌」の注解を通して、幕末から明治にかけての漁者樵者の生活実態を描出しようとしているところにその主眼があるのだが、さらに見落とせないのは、ここに〈現実〉の問題、鉄道問題を絡ませている点である。それは、父と子が共通で当面する〈現実問題〉であった。それは豊太郎の人生における〈悲劇〉を象徴するできごとであり、「懸泉堂」での隠居生活が決して安穏には過ごせなかったことを意味した。春夫は父のために、世慣れないさまざまな折衝を余儀なくされた。

例えば、後述する「ふるさと」の第三章「こがらし」では、

彼は老父の憂悶と一子の病苦とに加ふるに初老に及んだ己が生活の苦渋と困憊とで、その憂愁も亦乃父の長男の資格があつた。離散してゐる一族はそれぞれ独自な形でしかし一様にわびしい秋夕を送つてゐた。平和な永年の棲家を失はんとしつつある父祖の霊が、樹梢を鳴らす夕風に乗つて彼等に哀訴してゐたからであつた。

といい、父の意で支援を依頼しようという人物にようやく繋がりをつける。しかし、その人物はもっと実力ある人を紹介しようということで、「田崎壮介」の紹介状をくれる。政友会の実力者で地元出身の岡崎邦輔がモデルの「田崎」こそは、鉄道推進派の張本人である。岡崎は三十歳の頃新宮警察署長として赴任したことがあった。もともと政友会は全国の鉄道網完備を重要政策のひとつにしていた。鉄道で選挙民を釣ろうとしていて、紀州でも町の有権者八〇〇人全員が政友会に入党した例もある。その急先鋒であった岡崎も一九三六（昭和十一）年七月八十三歳で亡くなっている。鉄道問題の訴訟などで、父のために北海道から熊野へ帰るために立ち寄った弟に、長男は「この話をよく覚へて置いて純朴な田舎の爺によく伝へてくれ―こんな政治家などの手にかかつて、祖先崇拝の国民精神などはどんどん破壊されるのが現代だと。いいか茂樹（夏樹がモデル）、解つたね」と諭す場面が、この作品の終末部

である。

作品『熊野路』のなかに、「国民が美的情操の伝統を平気で破壊しつづけて何が地方の開発であらうか。目前一時の利の（それさへ政党の勢力獲得上の）ために、国家百年の計を誤るものではないかと我等風情でさへ寒心の至りである」と言うことばを滑り込ませ、

熊野の鉄道布設事業によつて近頃これ等の実情の委曲を知悉して以来、我等は日本地図をひろげて鉄道線路標記を見る毎に、既に風景と史蹟との破壊された地方また地方の悪政客と奸悪な俗吏の自己の栄達を求めて汲汲たる輩とが相結んで土地開発国家事業の美名の下に、純樸に平和な地方人の民心を傷けた戦慄すべき事実の標記として目を覆ひたくなるのを禁じ得ない。

とまで述べていることは、単に自己利益、自己保全ではなくて、懸泉堂保護の問題は、広く国政、政治屋や俗吏に利用されていることへの反発、反感を醸成させてゆくものであった。父の晩年が、そのことによって著しく傷つけられている。それればかりではない、懸泉堂が歩んできた、その歩みそのものへの冒瀆としてすら春夫には感じられる。憤りが突き上げてくる。しかしながら、時は戦時下に雪崩れ込んでゆく時期であり、国策に抗うことの限界は目に見えている、春夫父子の挫折感は殊の外深かったろう。〈強権〉というかたちでの暴利謀略が、春夫父子に及んできたということである。春夫にとっては、ペンの力でしか抵抗できなかった情況である。

『我が成長』（一九三五年十月刊）に収められる諸作品、「新秋の記」（『中央公論』一九二六年九月）はややはやいものの、「二少年の話」（『中央公論』一九三四年二月）、「若者」（『文芸春秋』一九三四年十月）が書かれ、この二作品は「大逆事件」に直接触れているわけではないものの、新聞雑誌縦覧所など、その〈前夜〉の町の様相が描かれ、新村忠雄や大石誠之助が実名で登場していて、後年の「わんぱく時代」の前史のような作品である。もちろん発表され

た時代状況を勘案すれば、刑死者を実名で出すことすら憚られる時である。「二少年の話」や「若者」が書かれた背景には、鉄道問題による〈強権〉の横暴が自覚されてきたとき、春夫にとって、一九一〇年代が想起されてきたということではなかっただろうか。そうして、例の講演会登壇事件で無期停学処分が言い渡されたことに関連して、父はその背景に仕組まれた政治的な意味合いを話して聞かせる場面を描いてもいる。おそらくそれは後年父と子との会話の中から、把握しえたことではなかったか。もともと春夫にしても父にしても、文明の利器としての鉄道そのものに反対したわけではない。ただ懸泉堂割譲について歎願や陳情を重ねるにつれて見えてきた、そこにまつわる利権、政治屋の思惑、官吏の保身などを身近に感受するにつけ、次第に鉄道への嫌悪、近代文明への呪詛へと拡大していったという感がある。そして権力、〈強権〉の横暴が具に感じられたとき、あらためて若き日の折の「大逆事件」の衝撃を父子そろって想起したことはなかったのだろうか。もちろん性質的には随分異なるものであったろうが、春夫の一九一〇年代を呼び込む契機になったろうことは、想像できる。そうして一方で、春夫は熊野への思い入れをどのように作品として定着化させてゆくかと絡めて考えるなかで、父子協力しての「木挽長歌」発見に巡り合ったということではなかっただろうか。

四、鉄道敷設と懸泉堂の割譲
――「ふるさと」に描かれた父と子の抵抗、〈近代文明〉への呪詛――

一九一九（大正八）年四月第四十一国会で紀勢鉄道関係法案が可決成立したのを受けて、紀伊半島を巡る紀勢線の鉄道布設構想は進められたが、思うようには進捗せず、難工事が続いたことなどから、新宮を起点とする中間起工が実行されることとなった。一九三二年十月勝浦・串本間が着工に移った。新宮・紀伊勝浦間の新宮鉄道は、一九三四（昭和九）年七月鉄道省に二五二万円余で買収され、紀勢中線となった。一九三五年七月紀伊勝浦・下里間が開通した。下里・串本間が開通するのは、一九三六年十二月のことである。この間に玉の浦海岸の保全や、懸泉堂の割譲問題が惹起し、工事予定が大幅に延びることになった。[10] ちなみに、江住・串本間、新宮・紀伊木本間が開通して、紀勢西線が通じるのは一九四〇年八月のことである。

すでに一九二九年中に中間起工として測量されていた路線が急遽変更され、一九三一年六月七日を以って田原・下里間の再測量が完結している。そこで太田川の鉄橋架設の箇所が前回より十数間北方に移り、そこから迂回してトンネルに入る設計になったため、下里大字八尺鏡野六五八、六五七、六七八番地を通過することになり、懸泉堂の割譲や住宅の取り壊しの必要が生じてきた。一九三二年六月十七日付で六七八番地の佐藤豊太郎他三名の、鉄道大臣他宛の嘆願書が提出されている。しかし鉄道省は一九三三年七月から土地収用法を適用して、強制収用に乗り出した。担当したのは鉄道省岐阜建設事務所である。

強制的な割譲要請に対して、豊太郎側では裁判闘争を展開する。豊太郎側の弁護を担当したのが、和歌山市の弁護士中村愛三郎と、そこの事務所と関係の深かった弁理士の高垣善一であった。[11] 和歌山市の南紀芸術社を主宰した猪場毅[12]が、ここの法律事務所と連携をとりながら、支援の運動を展開した。豊太郎は老齢でもあるとして、子息の竹田夏樹を代理人として交渉に当たらせたりしている。

鉄道建設による玉の浦海岸の破壊や由緒ある懸泉堂の割譲、それに対する反対、保存の運動の詳細は、現在懸泉堂に残されている僅かな資料から推測するしかないのだが、大きな運動として盛り上がった気配は読み取りにくい。一九三三年六月には、八尺鏡野区民連名のものや、[13] 懸泉堂同窓会からの保存のための嘆願書も提出されたりしている。さらに、猪場が広く文化人に呼びかけたことや、猪場と歩調を合わせて、和歌山出身の大阪毎日新聞の記者西瀬英一が長く支援に係わったことなどが窺える。猪場が実際に懸泉堂に滞在して、情報集めや情報発信もしたらしい。西瀬から豊太郎宛の書簡などからも、西瀬が現地でのデマに悩まされたり、京都での疑獄事件の裏情報も立場

上察知できたらしく報告している。(14)

西瀬には一九三四年『南紀風物誌』の著書があって、単に観光案内ではない郷愁を誘うような熊野の風物を紹介したものであるが、(15)なかに「今みる玉の浦は老松を伐られ尽くして白砂を埋められ、背景をなす浦神の山なみは捨石採取のため削がれ、昔日の面影もないまでに破壊されてゐた」とあり、由緒ある懸泉堂についても「鉄道当局が無情にもこの名園を通さんとして、識者の「少しばかり山手へ路線を変更されたし」との切実な叫びに耳を籍さず名園破壊の既定方針を固守するのは、玉の浦の問題とともに紀州の文化、熊野国立公園、観光立県、鉄道省の観光政策等のために実に嘆かはしい限りである」と記述していて、「破壊された玉の浦」の現場写真を掲載している。春夫が『南紀風物誌』の成立事情を述べた序文を草している。

猪場が呼びかけた文章は、次のようなものであった。

前略、此度紀伊勝浦下里間の紀勢線敷設工事に伴ひ佐藤春夫先生父祖伝来の家懸泉堂が毀砕の厄に遇はんとして居ります。

懸泉堂は熊野下里二百有余年来の名芦先人丹精鏤刻の跡を偲ぶ庭苑の風致は夙に先生の『砧』を始め老大人豊太郎翁が近著『懐旧』にも誌るさるる如き文運累代の光輝ある家系と共に寔に我南紀が千古に衿るべき郷宝であります。然るに今地方野心家の跋扈と当局の無理解は皮肉にも観光施設を目的とする鉄路の下に屈指の古跡を蹂躙し剰へ当主をして悲嘆の極に立たしめんとして居ります。私たちは今日まで微力のあらん限りその保存のために戦つて来ましたが官符の暴戻さは遂に屈せず此上はひたすら輿論の力に縋つて飽迄これが貫徹を期すべしと茲に非礼唐突を顧ず諸家の御賛成を請ふ次第であります。

裁判の展開では、鉄道省側は割譲部分は畑地であると主張したのに対し、あくまで庭園内であることを争っていたようである。一九三九年夏頃には裁判所は和解の勧告もしたもようであるが、年末に「金銭ヲ提供シテ取下ヲ乞フガ如キ屈辱的和解ハ被控訴人ニ於テコレヲ欲セズ」という強い口調の豊太郎の下書きが残されているところからみて、和解勧告も奏功しなかったのではなかろうか。最終的な裁判の行方はいまのところ不明である。

以上のことから窺えるのは、春夫が作品「ふるさと」のなかで描いた実情は、ほぼ事実として裏付けられる。


春夫の『ふるさと』は一九四〇（昭和十五）年十二月河出書房から刊行されている。装丁は福田豊四郎が手がけ、内容は「丙午佳人伝」「ふるさと」「熊野俗風土記」「熊野と応挙蘆雪」の四編で、表題作の「ふるさと」は、「第一章　浮沈」「第二章　故園の落葉」「第三章　こがらし」から成り、一、二章は「ふるさと」と題して『中央公論』の一九三六年五月号に、三章は翌年の『東陽』二月号に「こがらし―『ふるさと』の第三章」として発表された。しかし内容は、表題の「ふるさと」という甘いイメージとは随分掛け離れていて、むしろ描かれているのは生臭いとも言える金銭欲や実利が跋扈する世界であり、力なく抗う老父や遠く離れた東京で文筆を業とする者の姿である。

『中央公論』発表時には、表題の上に、一九三五年に架橋された熊野大橋を思わせる図柄が配されている。「第二章　故園の落葉」は、舞台は懸泉堂で、古稀を過ぎたらしい市井の老夫婦が描かれ、来訪者との対話から、鉄道敷設問題があぶりだされてくる。老人はそこで、懸泉堂の歴史を語り、歌枕としての玉の浦の古歌を引用している。鉄道が風光を破壊することへの憤懣が吐露されたあとで、老人は「有伯の妹百子に婿養子をしたのがわたくしの養父百樹です。あなたは土地の方だから大たいの事情はお聞及びでもございませうがわたくしは当家の嫡孫でございましたが先人が夭折のために一時新宮の方へ流寓して、別に同姓で断絶してゐた無縁の家を継ぐ形で一家を創めました。それが六十になつて世間の人なら隠居する歳になつて思ひがけなく自分の生家へ夫婦養子で入籍して後をつぐ事になりました。喜んで参りましたのに、その家を興すどころか、わたくしの不徳のために伝来の家屋敷を破壊されなければならない運命に遭ひました。わたくしはまるでなつかしいこの家を破壊するために来たやうなまはり合せです」と、不遇を嘆いている。言うまでもなく、これは豊太郎の正直な述懐で、「神経衰弱」にも冒されたことがあったらしい。(16)

さらに、

（略）今度の鉄道はさき程のお座敷を壊してお庭の築山を通つてずつと貯水池趾まで御邸内を縦貫して通り過ぎようといふわけですね。

左様、（略）どうか山の方を通るやうにして頂きたい左様願へるとわたくし宅ばかりでなく二三家の民家も壊さずと済む事であるからと近所の人々と合同して請願し又此八尺鏡野といふ部落一同並に家塾の旧い教へ子の残存者一同からも願つてくれましたが既定の線路より動かせぬといふ事でした。

とある。

（略）例へばわたくしですがね、祖先崇拝の美風を重んずる日本人共通の精神を以て哀訴してゐるのに、これを遇するにただ賠償金の値上に熱中してゐる慾張りおやぢ扱ひで高利貸の手先見たいなのが小うるさく来ていやがらせばかり、それを時間も厭はず応答する義務があるといふのは困つたものです。（略）そんな俗吏が事毎に国家の権威を振りまはすのが国家のためには心外なのです。国家のために家屋敷は愚か祖先も子孫も皆上げませう。私も日本人です。ですが俗吏の増俸といふ利益報酬目あての商売と悪政党屋の金儲け仕事が何の国家事業なものですか。（略）

とも言う。

鉄道の中間起工として、新宮勝浦間の軽便鉄道が国に買い取られることに関連して、「多年希望の新勝鉄道もいよいよ来年度は買上げられる様子だし。」「尤もあの鉄道買上運動にも多くの金を費してゐると噂します。……」という。「処が御隠居、其一方の停車場附近の土地は昭和二、三年頃から中間起工を見越して新宮の銀行と鉄道とに関係のある例の某有力者が何千坪かの土地を安く買ひこんで置いて運動したものでせう。」「さうです、それは公然の秘密です。……」との噂話が暴露されているが、これもやはり事実に即している。一九三四年新宮鉄道が鉄道省に買収された際、新宮鉄道重役ら幹部と鉄道省、税務所官吏との間で疑獄事件が起り、一九三七年十二月から和歌山地方裁判所で審理が行われ、一九三八年六月一部のものに罰金刑、その他は執行猶予と無罪判決が下されている。

「ふるさと」の第三章「こがらし」では、問題解決のために北海道からはるばる熊野へ父に呼び寄せられて帰省する弟が訪ねてくる場面が描かれているのだが、「行きがけに和歌山へ寄つて多少打ち合せするやうな向の用事も言ひつけて来てゐる。土地収用法に関する知識もほしいらしい」とは、弟の科白である。「彼」（東京の文筆家）の頭の中では、「野分の夜な夜なを夜警者の如く故園をめぐる彼の祖父や曾祖父が木や岩の霊などに取囲まれながら鉄道を以て象徴する一切の西洋文明を呪詛してゐるといふ劇詩の腹案も細々とある。そんなものは人が読まぬかも知れない。人が読まなくとも自分は書く」という強い決意が起きているものの、「しかし興を何に托して筆を執るべきか。陋巷に老いるのも亦一つの境涯ではある。ただ飢ゑに泣く妻子は羊ではないから彼の草稿の屑を食つて腹をふくらませる術は知るまい。まだ満二歳にも足らぬ幼児の父として今後何を著せ何を食はせてゆくか。自ら何の答もない。心は妻子を擁して路頭に迷ふ思ひである」との逡巡をも隠さない。結局、腹案の劇詩が日の目を見ることはなかった。

北海道の土地は老父がまだ壮年の頃、その長男のために用意して置いたものであつた。老父は自分の非社交的な性格に鑑み長男を北海道の農場の主にして自分も子供と一緒に隠棲する心組であつた。その長男は、しかし父の意に反して文学を志し、父の最も憂へたとほりに才を養ふこともせずに虚名のうちに老いて、困窮に瀕してゐる。父は子に対する望を捨てて、ただ自分だけは壮時の志に従つて田園に帰臥した。父祖の家は当然彼の相続すべきものであつたのがその父の夭折のために久しく養父である他人の続ぐところになつてゐた。養父が齢に及んで相続者を選ぶに当つて外にその人も無いので少壮時代から独力で築いた一切を欣然と捨て、家族の反対と再考とを敢然と打捨てて少年時代に家を出て知人とても多くない寒村の父祖の家を養子の名目で継いで未だ幾年も経ないのに伝来の家も屋敷も壊滅の運命に遭遇した。たとひ一身の不徳のせゐといふ責は感じないとしてもその恨は深いものであらう。父の意に反して事毎に己を通して来た子にとつても父の心事は了解出来た。さうして早く父を擁して北海道の天地に住まなかつた己を責め、且つ悔ゆるの感が多かつた。

と述べるように、子の父への思いは、まして老年に至って苦境に陥っている境遇を思い遣ることは試練であった。己が行く末をも不安に誘うものでもあった。

「この鉄道工事は父の一生のうちでも一番気の毒な出来事で、そのために寿命の五年や十年はちぢめたらうと思はれる事件であるが、今はそれには触れないで置かう」（『環境』一九四三年）と春夫が述べているのは、父の無念さを受け止めえたかどうかという自身への問い掛けをも内包していよう。

春夫は一九三七（昭和十二）年一月一日付『紀伊新報』で「故郷を憶ふ」と題して語っている。田辺市内で発行されていた日刊紙であるが、記者が東京の春夫邸を訪れて聞き書きしたものらしい。前書きに「最近郷里を引きあげ上京した厳父豊太郎翁を迎へ、美しい夫人と営む芸術的な生活は氏を慕ひ寄る若い人たちによつて一層賑やかなものにされてゐる」とある。春夫は父母を引き取って新しい生活を始めようとしていた。ところが母が体調を壊し、その病後の静養も兼ねて熊野に帰ることを望んだことから、父母は東京を引き上げることになる。母政代は一九三九（昭和十四）年六月二十七日七十九歳で亡くなっている。

春夫は本論では「紀伊新報を通じて故郷の人々に朗かな新年の挨拶を送り得ることを喜ばしく思ふ」としながらも、冒頭で次のように述べている。

昨年も押し迫つた十二月十一日私の故郷下里の町から串本に通ずる鉄道が開通した。文化が駸々として故郷の野山に喰ひ入つて行くのである。鉄道の開通は勿論地方の人々に大いなる利便を与へることであらう、田舎の人たちは画期的な繁栄の黎明が来ることを信じ狂喜してゐるに相違ない、微笑ましいことであり十分諒解し得ることではあるが、私はこの背後にあるものを静かに凝視しなければならない、単純に予望し期待してゐる絢爛たる光彩が鉄路によつて果して導入され得るかどうか、その半面には風致破壊の機械文明が忍び寄り、清浄なる風物を汚濁し、歴史を歪曲せんとするモメントが介在しはしないかどうか、私は正直なところ鉄路の開通に或る種の感情を抱かせられざるを得ないのである。しかし私は静かにその成り行きを眺めて居やう、そしてこの事については余り語るまい—言ふまでもなく私は私の故郷を愛するし、熊野がなるべく世の人たちに知られてその本当の姿を讃へられるやうになればよいと考へてゐる。

一九三七年という時点では、鉄道は開通し懸泉堂はすでに割譲されている。春夫の場合、鉄道問題に限って言えば、国家というもの、〈強権〉に対して真っ向から対決しているという印象は薄い。ひとつには、東京という現場からは遠く離れていたということもあり、老齢後家督を相続して強く守らねばならないと言う立場から現地で問題と向き合わねばならなかった豊太郎との温度差として現れているとも言える。「最初の手紙の時はとり合わなかつたが、二度目に世間の人々が同情して種々に保存運動を企ててくれるのに、家のものが知らぬ顔ではよろしくあるまいといふ申し分もあつたから」と、「ふるさと」の長男は語っている。もちろん、国家というものと直に向き合える時代状況にないことも事実であった。近代文明への呪詛という形でしか終息しえない状況が、春夫の苛立ちを加速させる。本当の自然美や熊野の良さの発見というなかで、〈日本民族〉や〈日本精神〉というものへの短絡を加速させたのではないかという感も深い。

春夫は「帰郷雑記」のなかで、

何やら書きつづけようと考へてゐるところを汽車の通過に妨げられて思索の糸を切られてしまつた。この汽車というのは屋後一メートルばかりのところを通りぬけて園内を両断して行くのである。（略）走り去るばかりか直ぐトンネルに入るといふので一声汽笛を鳴らすから我慢しにくい。車中からよく鉄路の屋後や庭隅に接した住居を見かけて定めし迷惑な事であろうと察してゐたが、それが後年わが身の上にならうとは夢にも思はなかつた。（略）唯、老人の話では轟音におどろかされる庭園には山の小鳥も来なくなつて木々の枝には小蜘蛛の巣が一面にかかつてゐるとか。

と述べている。一九三七年十月雑誌『いのち』に掲載されたこの文は、「時局を想ひつつ」という総題の一編だったが、帰郷の身辺雑記風な内容に終始している。

おわりに

一九四〇（昭和十五）年十二月『ふるさと』が刊行されたとき、その「おくがき」で、

一族の老若や家の子などが田舎の冬の夜ばなしをつぎつぎに語り出すといふ古来の形式による趣向で一冊を編纂的に構成して一家族と一地方とを描く間に近世日本の発展と変貌とを一種の大衆小説風に写したいといふ念願を抱いたのは数年前の事であつたが（略）

と言い、当初の目論見が壮大ななかに飄逸な軽みをしのびこませようとしたのは、狂歌をものした豊太郎の影響なども考えられるが、しかし計画は「自分の時間や力量にあまるもの」であり、「自分に旺んな制作慾がないのが第一の躓き」と自戒を込めて語るように、『ふるさと』一巻は「結局、部分品の集合で、その間に郷土を取材したといふ以外何等有機的なつながりは見出されまい。所謂鶏肋とし、虚実相半した一種の世間話と見て一読を賜は」りたいと言う。ここには春夫の苦い挫折感が感じ取れる。

自分はこの集を編みながら、つくづくと自分の文学がへんなひとりがてんなところへ迷ひ込んで行つてしまつ

てゐるのに自分ながら驚きあきれて、この方面を早くまとめて、再出発しなければならないのを痛感した。と言う結びのことばは、春夫にとっては意外と重くて深い気がする。

春夫は文学的な〈危機〉に遭遇し、そのことに自覚的であった。あるいはそれはもっと早い時期で、鉄道問題が惹起してきた時くらいまで遡れるのかも知れない。それはまた、時代とどう寄り添うかを春夫に強いていったようにも思われる。

豊太郎と春夫、〈権力〉が与えた翳りというようなものを基点に、父と子の長い歴史を断片的に辿ってきた。最後に「からもの因縁」に触れざるをえない。春夫と中国文学との係わりは、これはこれで大テーマであり、いま力の及ぶところではない。『車塵集』などは、翻訳集というよりはさながら創作詩と呼ぶに相応しいものだが、春夫は自身と中国文学との係わりに父の強い影響を意識しつづけてきた点も重要な事実である。一九四一年十月、これまでの文章を集めて『支那雑記』を上梓したとき、「からもの因縁」という序文を付して、自身と中国文学との係わり、父の恩恵について述べている。父のまだ生存中で、最後の贈りものとなったことであろう。

大正以後の文学者で中国を認識した文学者はごく限られた者だった。春夫は早くから中国を意識してきたのは「老父の賜である」と言う。「眠れる獅子」である中国を説き、「アヘン戦争以後の歴史を鑑みて、近い将来に必ずこの国土を中心にして世界が運行することを予言し、それ故にわが国民が一刻もこの隣国を忘るべからざる事を常に説いて聞かせた」と言う。そして「この教育とまた家大人の身辺に置かれてゐた文房の雑具や茶器などをからものと称して愛玩して居られる姿がいつの間にか自から支那趣味を自分に鼓吹してゐたものらしい」と述べている。時は、「日中戦争」から「太平洋戦争」へと移ってゆく、まさにその時である。ここに、父と子のもうひとつの重要なテーマが浮上することを予感しながら、今後の宿題にしておきたい。

春夫にとっての〈戦時下〉は、戦争詩を書き戦意を高揚し、戦後、評家の指弾にさらされたことは事実だが、一方で中国の文学者魯迅の作品を初めてわが国に紹介し、病後の養生にと来日のために奔走したことも、鉄道問題で〈強権〉と向き合おうとした春夫がいたこともまた事実である。郷里の若い出征兵士の添え書きに「ますら男よすべてにかちてかへれかし」と揮毫して、お国のために死ね、とは記さなかった春夫もいる。

一九四二（昭和十七）年三月、八十一歳の豊太郎は一〇〇トンばかりの機帆船朝日丸に乗って懸泉堂からの上京を決意、東京湾が戦中で防潜網が張られ入港できなかったため、伊豆の下田で下船、三泊ほどして天城越えで自動車や汽車を乗り継いで三月五日に関口町の春夫宅に辿り着いた。前年末、竹田龍児と鮎子との間に生れた百子（ももこ）の顔を見るための上京であった。前年の十月二十五日には、三男の秋雄をわずか四十二歳の若さで亡くすという悲劇にも遭遇していた。しかし、この無理な旅程は高齢の豊太郎の体軀には応えて、まもなく病臥、二十四日には帰らぬ人となった。春夫にとっては、弟の死も、父の死も突然にやってきたのだった。

注

（1）わが国の社交ダンスの草分けとなる玉置真吉は、大石誠之助らの社会主義思想に共鳴する部分があり、誠之助の翻訳の手伝いなどもしているのだが、新宮の町を歩いていると、よく「やあ、バザロフ」と呼びかけられたと言う。バザロフは、ツルゲーネフの『父と子』に出てくる小説の主人公の名で、当時のニヒリストの青年の典型、真吉の考え方や行動が擬せられたという（真吉の自伝『猪突人生』）。一九一〇（明治四十三）年五月に発行された『サンセット』四号には、「炬燵閑話・罵座魯夫（バザロフ）」が載っている。老人に託して、「現実」とか「無理想」とかが持てはやされている小説界を揶揄している。真吉の筆であろう。また、三号（四月）に掲載の「罵公独語」と「座公放言」も、真吉の筆であろう。「僕は耶蘇教も好きだ、アナキズムも好きだ、僕は現代不満だから苟も現代不満を懐く者は皆我兄弟我骨肉だと思ふ」と述べている。

（2）竹田龍児氏は、「祖父佐藤豊太郎のこと」（『熊野誌』二五号・一九八〇年一月）で、「激情の人祖父の気質は、叔父（春夫のこと）や私ばかりでなく、私の孫までが受け継いでいるように思われる。私などは年令と共に益々カンシャクを起し勝ちで龍児の逆鱗に触れたが最後、娘であろうと孫であろうと怒鳴りつけられピンタが飛ぶ、気に喰わないとついカッとなって自制のきかない自分を辱しく思うのだが一向に改まらない」と述べ、「従って好悪の念も甚しく、祖父は政友会を目の敵にして憎んでいたし、叔父春夫も鎌倉文士に対して非常な敵意を懐いていた」と述べている。

（3）一八九八（明治三十一）八月・豊太郎は北海道視察旅行を行い、十弗（とうふつ）原野開墾に着目している（北海道行きの後援は森佐五衛門・豊太郎は『南紀芸術』一〇号に「森朗路翁を憶ふ」を書いていて、一九〇六年京都で亡くなった翁を追憶して、大きな影響を受けたことを回顧している）。それ以後もしばしば北海道へ渡ったと思われ、一九〇八（明治四十一）年七月『熊野新報』（二十日付）に「病院廃業　熊野病院は青木眼科に貸渡したるを以て其筋へ廃業を届出たり」とある。北海道に渡った豊太郎は、十勝国中川郡止若（やむわっか）に仮寓、十弗に農場を経営。（「北海便り　新移住者の私信」七月九日付『熊野新報』掲載は無署名であるが、豊太郎の筆と思われる）。

（4）「田園の憂鬱」の当初の作品「病める薔薇」では「但、さういふ状態の己自身を、どうして新鮮なものにすることが出来るか、人人が大勇猛心と呼で居るものは、どんなものか、それを何処から彼の心へ齎すべきか、それらのすべては彼には全然知り得べくもなかつた。さうして田舎にも、都会にも、地上には彼を安らかにする楽園は何もない」とあって、「大勇猛心」の課題が父から与えられたという風にはなっていない。なお、妻の科白は、「病める薔薇」にも窺える。

（5）春夫の姪で豊太郎の孫にあたる佐藤智恵子「懸泉堂と春夫」（『熊野誌』三八号・一九九二年十二月）で、一八七八年下里の懸泉堂に帰るつもりがなかった豊太郎は、懸泉堂とも別家して、「絶家となっていた辰右衛門という人の家を再興して別戸を開き戸主となって居ります。辰右衛門というのはどこのどういう人であったのか調べようもなくよくわかりません。或は佐藤姓でなかったかも知れません。当時は兵役などの関係でそのようなことがあったと聞いて居りますから」と述べている。また、養父百樹の死後書いたとされる豊太郎の回想記には、「自分は辰右衛門家を再興したのでその佛をまつって居ますし今はどうすることも出来ません。ただ自分は一旦別戸した以上自分でどこまでも貫きたいという一心です。決して家を思はぬというような不心得はないのですという話をしました」と記されているという。そんな経緯のなか、一九二二年新宮の佐藤家は春夫に譲り、自らは下里の懸泉堂の戸主となった。懸泉堂は長女保子が継ぎ、「（昭和）四十四年保子も東京の私の家で亡くなりまして、私と兄竹田龍児と話合の上、兄は北海道の竹田夏樹の養嗣子となって居りましたので私が懸泉堂のあとを見、お墓を守ってゆくということになったわけです」と述べている。

（6）佐藤春夫の編になる豊太郎自伝『懐旧』には二種類あり、一九三三年父豊太郎の古稀の賀の一六〇部私版の活字本と一九四二年父の逝去後の中陰明けに知友に配られた自筆の清書稿影印本とがあり、影印本には一九三三年に本を贈られて感想を述べた永井荷風の春夫宛書簡が巻頭に添えられている。無断であったということや、春夫の荷風本編集に関してのトラブルなどから、その後春夫と荷風の間に齟齬が生じる。

（7）一九三四（昭和九）年十二月十八日付と推定される春夫宛の豊太郎書簡には「木挽長歌初稿らしいのが発見したから送りますコレハ当方の覚えたのとは大ぶん違ひます」とあって、初稿が同封されて送られたと思われる。

（8）『熊野史』からの引用で記されているのは、「熊野国の彊域は北の方木の国に連り、南に走りて本州の最南岬角潮（ママ）岬を形成し更に東北に迂廻して大和の吉野を包繞し、延びて錦山坂（後世荷坂峠と呼ぶ）となりて伊勢に界し、東南は熊野灘に面し、西は紀州水道に臨み、その広袤東西約三十五里、南北約十二三里、海岸線は延長七十五里に及び居れりと称せらる。――小野翁遺稿『熊野史』第三頁」とある。

（9）紅野敏郎氏「『新風土記叢書』とその周辺」（『文学』一九八三年十月）に詳しい。『熊野路』への評価はやや辛い。

（10）一九三二年十一月二日付『紀南新報』には、「那智下里間工事　開通は一九三四年五月／十月二八日　盛大に起工式／　下里田原間　測量終る　中線二工区来春着工」の見出し記事が出ているが、また、一九三四年十月三十一日付『紀南新報』には、「懸泉堂用地　買収決定で　近く工事着手」の見出しで、「紀勢中線の暗礁として玉の浦問題と共に一般から注目されてゐた同西線第二工区東牟婁郡下里町の地域内懸泉堂及其附近を用地とする鉄道開設につき右は過般和歌山県庁に於て土地収容法の施行を確定して以来土地所有者たる文士佐藤春夫氏の厳父佐藤豊太郎氏及鉄道側共に何等の反動無く今日に及んでゐるが、佐藤氏側としては最早異議の申出をなさらぬらしく、鉄道側では過日来用地現場の取り片付けなどをして準備を進めてゐるが愈々工事停止後約一ヶ年ぶりで今明中に着工することになつた」とあって、ほぼ一年間の工事停止期間があった。

(11)　高垣善一（一八九八―一九六六）は、郵便局勤務で新宮や和歌山に勤め、南海鉄道や鉄道院にも転職。一九二五（大正十四）年から中村愛三郎法律事務所に勤め、関西大学で法律や政治学を学ぶ。やがて政治家に転身、和歌山県会議員などを経て、戦後初の和歌山市長選挙に立候補して当選、初代公選市長となり、二〇年近く在職。周辺町村との合併や大空襲で焼失した和歌山城の再建に尽力。汚職事件の収賄罪で起訴され、公判中に急死。なお、東京市神田区鍛冶町一丁目一番地弁護士松原正交から佐藤豊太郎宛書簡も数通確認でき、土地収用法についての教示なども行っているようだが、弁護を担当したのかどうかはわからない。

(12)　猪場毅（いばたけし）（一九〇八―一九五七）は、東京の日本橋生まれ。雑誌編集や俳人として活躍。関東大震災後各地を遍歴、一九二八年頃和歌山市に住み、「南紀芸術社」を起こし、一九三一年九月から一九三四年一月まで雑誌『南紀芸術』を一〇号まで刊行。県内外の文学、歴史、民俗、絵画など豊富な執筆陣で、郷土芸術運動の一大拠点の観を呈する。同時期に春夫が東京で、ジャーナリズムの「一服の清涼剤」を目して編集発行した『古東多万（ことだま）』と、表紙、本文の和紙の体裁など酷似。『南紀芸術』は、ほとんど滅びんばかりであったという紀州日高の和紙を使用した瀟洒な雑誌。寿岳文章が「書物に対する眼識さへあれば、どんな辺鄙な土地のどんな小さな印刷機からでも、美しい本が生れることをつくづく思ひます」と絶賛。春夫も後援を惜しまず、豊太郎も表紙題字や裏印、小文も発表している。他に、南紀芸術社は加納諸平歌集『柿園詠草』なども出版。その後猪場は東京に戻り、『南紀芸術』を通して知遇を得た永井荷風の下に出入り、荷風の小説「来訪者」のモデルのひとりになっているが、荷風とは齟齬をきたした。

(13)　控えとして残されたものの文中に「然る所今般工事の進捗に伴ひ下里田原間所在の下里町八尺鏡野、懸泉堂佐藤豊太郎邸内に線路縦走の儀と相成り候趣を知り区民一同再び歎願申上ぐる次第に御座候。右懸泉堂は二百余年来由緒ある家柄にて代々現在の個所に住し医家として区民は勿論遠近に仁慈を施され且傍寺子屋を設け近村の子弟の薫陶に尽され、或は山上に溜池を設け村民の灌漑耕作の便を計られ、或は邸内瀑の水を引き四隣にわかつ等、吾等祖先以来其恩沢を蒙る事挙げて数へ難く、有徳の家柄として仰慕措かざる所に御座候。今回の事業たるや国家公益の御事業にて勿論吾等人民に於て希望、歎願等致すは恐れ多き事と存じ候へども吾等区民一同祖先の霊と共に同邸の革変を惜しむの念に堪えず、出来得べくば同邸を損ずる事なく現状のままにて永久に保存致させ度」と述べている。

（14）一九三三年七月二十日付の西瀬英一の「東京市小石川区関口町二〇七佐藤春夫様方」佐藤豊太郎様宛書簡によれば、「その後、小生京都版の編輯に変りましたところ、京都の鉄道疑獄つひに岐阜建設事務所に波及佐武氏はじめ玉ノ浦、懸泉堂に邪心抱きし輩委く（請負人に至るまで）就縛、目下未決囚として刑務所にあり、当時の建設局長もまた起訴され、なほ政党方面にも及ぶらしく、和歌山縣下の政党屋連も顔色とてない有様、実に自然美を損ね史蹟を壊つ輩の天の戒めの惨烈さに驚いてゐます」とある。

（15）坂口安吾が刊行まもないころ郷土色の横溢したものとしてこの本を取り上げながら、南国の情調と北国のそれとの違いに言い及んでいる（「北と南」『新潟新聞』一九三七年一月十四日／「気候と郷愁」『女性の光』一九三七年二月）。

（16）一九三五年一月五日付の高垣善一から佐藤豊太郎宛書簡には「拝復／御朶雲拝見仕候、早速御返事申上可筈の処延引致候段平に御容赦被下度候。／訴訟の方は多分二月中位に実地検證有之筈に候へば公簿上の畑地は一見して庭園なりとの観念を法官に植付けるやう、可及的庭園のおもかげを存置せられ度候、踏切の設置は工事完成後にありては容易に許可せざるやう聞知致居候条此際是非一ヶ所でも多く設けられ度、訴訟には別に影響なき事柄に有之候。／神経衰弱の由嘸御困惑の事と御察申上候、何卒御保養専一の程希上候／一月五日　頓首」とある。

＊初出『熊野誌』五五号（二〇〇八〔平成二十〕年十二月）所載。

佐藤春夫における短編「砧（きぬた）」の問題
——熊野および春夫父子の〈大塩事件〉と〈大逆事件〉とをつなぐ心性——

はじめに

一九二五（大正十四）年雑誌『改造』四月号に発表された佐藤春夫の短編「砧」は、春夫文学にとってきわめて重要な作品であるが、これまであまり問題にはされてこなかった。

私がこの作品に着目するのは、年譜的に言えば前年、何気なく熊野に帰省した折の日常の感懐が描かれているようではありながら、そこには、わずか一五年前に熊野の地を震撼させたいわゆる〈大逆事件〉の、春夫における後遺症と呼んでもいいようなものが垣間見られる気がするからである。もとより「砧」のなかには、〈大逆事件〉に関しての記述が一行とてあるわけではない。そこに記述されているのは、幕末に世間を震撼させた〈大塩平八郎の乱〉についてであって、〈大逆事件〉ではない。しかし、私が強く感じるのは、この〈大塩事件〉を通して、あるいはそこから起因する曾祖父椿山の教訓を通して、暗に〈大逆事件〉の後遺症が語られているのではないかということである。そうして、この熊野の地では、ひとびとの心の中に、〈大塩事件〉と〈大逆事件〉とを深く結びつける共同幻想とでも言っていいような心性が潜んでいたのではないか。[1] 熊野と広く捉えなくとも良い、春夫先祖の在所、幕末から向学の地として栄えた下里（現那智勝浦町）という限られた地と考えても良い。さらに春夫一族のひとびとと絞り込んで考えてもよいのかもしれない。いま、「砧」を読み解くなかから、それらの一端を探ってみたいと思う。

ところで、佐藤春夫と〈大逆事件〉との係わりと言えば、「愚者の死」に代表される、初期のいわゆる「傾向詩」を中心にこれまで語られてきたし、[2]私もかつて小論で論じたことがある（「『愚者の死』をめぐって—佐藤春夫と〈大逆事件〉序説—」『近代文学研究』創刊号・一九八四年十月）。そのとき、私は「（春夫にとっての）〈大逆事件〉の直接の衝撃は、むしろ直ぐにではなく、その意味を咀嚼するなかで徐々に春夫に無言を強いてゆく体のものではなかったか」と記したが、いまでも特に改める必要を感じてはいない。「砧」の問題も、そう言う意味での「無言」の一環と捉えて良いのかもしれない。しかし、一環とするには、あまりにも大きくて深い問題が潜んでいるようにも思われる。それは、春夫の一族に絡まる〈歴史性〉と、熊野という地域が背負い込まなければならなかった時間・空間、あるいはその負性の問題とでも言い換えうるだろうか。春夫は「砧」と言う作品の中では、それらのことに意外と自覚的であったようにも思う。それは、父豊太郎から子春夫へと語り継がれてくるなかで、より確かなものとして醸成されていったとも言える。

一、〈日なたの窪の磯もの〉への思い

「砧」は「田舎のたより」と副題されている。

晩秋初冬の夜長、「私」は「妻」を連れて田舎に帰省している。そこは、「私」の生まれたS町ではなく父祖の地であるらしい。「十一月に水仙の咲くこの村では、晩秋初冬も名ばかりで、夜寒でも懐手しただけでしのげる」南国の僻村のある夜の一刻である。「母や姉に雑つて静にある妻を見ることは、私にとつて愉快なこと」と感じられる「私」の心境である。「姉は子供の時に耳を悪くしてゐる上に縁も不仕合せでふたりの子供がありながら家に帰つて来た人なのだから、私としては妻が好んでこの人の話相手になることは最も望ましいこと」なのである。母はゆるゆると石臼を回して、正月の餅の用意をしている。「六十四」の歳になる父は、「父の病気は大したことにならない

で済みさうです」とあって、耳の底で出血して片方の耳は聴こえなくなり、このころではもう日の暮れないうちから寝て、隣室から寝息が洩れ聞こえてくる。穏やかな晩で、近いはずの波音も聞こえてこないほどである。

そんな雰囲気が郷愁を誘ったのであろうか、「むかしは、うちにも砧があつたのう」ということばを、「私」は投げ入れる。縫い物をする一家の女たち（母・姉・妻）にまじって、「私」は砧の話題を持ち出す。妻は砧を知らないらしい。静かな落ち着いた田舎らしいものとして砧が語られ、田舎での退屈さに話題が拡がってゆく。そこに庭男の源さんも話に入ってくる。源さんは三河から流れてきたものであるらしいが、こういう静かなところがよいと言う。老いた母はここの生活は退屈過ぎて損だと述べ、住むのならば都だという。「私」は「こんなところで気楽に住んでいるのは、まあ磯もののやうなものぢやな」と口を挟む。そして、姉、妻、友達らと昼間見た玉の浦海岸の静かな入り江の様子が眼に浮かぶ。入り江の鼻にある磯に向かい「磯もの」を岩の間から採取する。「山で生まれて都市で育った私の妻」には珍しい遊びで、子供のようにはしゃいでいる。磯辺を歩いた時、妻はしきりに土地のものに物の名を尋ねたがる。土地のものは、用もないものを「磯の蟲」や「磯の草」と呼んでいる。「磯の草」「磯の虫」と呼ばれる名もない「磯もの」は、「朝夕の潮の満ち干のまにまに小さな生命を守つてゐる」が、「今この静かな夜に、妻や母の傍に落附いてゐる自分」こそ、いま「磯もの」ではないかと考える。二〇年間も直したことのない時計が止まり、姉が一生懸命に直している。何度直しても止まってしまう古時計である。また、「時計が気になる私」「磯の蟲や磯の草を仕切りに知りたがる妻」は、いずれもいつのまにか都会人になりきっているのかも知れないとも「私」は考える。

「私は小説家と呼ばれるものの一人」で、その夜、友達が贈ってくれた訳著書を探すのに骨を折る。ボードレールやベルレーヌを読まず、ヌーベルアテネにも行かず、「あまりに緊張した生の意識を呼び醒すやうなことをしないでゐ」るような田舎生活を送ってゆけたら、何と幸福なことだろう、という描写の一節を再読してみようと思い立つ。

さらに、読みかけの『仏蘭西革命史』を棚の上に上げようとしたら、栞代わりの葉書が落ちて、婦人雑誌社からのアンケートに「貴方の身辺に見出さるる幸福」とある。「静かな田舎にゐて革命の歴史を面白がつて読む。その革命史のなかに栞がはりにかういふはがきが出て来る。幸福?」と考え、自分の中に「日なたの窪の磯もの」への軽侮の気持ちが揺籃していることにも気づく。革命史の中で死んでいるたくさんの人々、彼らとてわれわれと別様の人間ではない、しかしかれらは幸福の中には居ない、悲壮の中にこそ居る、そんなことをあれこれ考えながら、書斎の壁に掛けられている祖父の座右銘、父が二三日前、縁の日向で「私」に聞かせた話に移っていく。祖父の座右銘は「緘口勿言天下事放懐且讀古人書」である。「口を緘して天下の事を言ふなかれ、思ひを放ちてまさに古人の書を読むべし」とでも読むのだろうか。[3] つまり、天下国家のことは口にするな、古人の書を読むことのみに心せよという意味合いである。

このように梗概を辿ってきてわかることだが、この作品は私小説的心境小説の範疇に入るもので、当時の春夫の心境や境涯が十分に盛り込まれた作品といえる。いままで辿ってきた梗概は、いわば本題のための序章と言ってもいい部分に当たる。本題では、春夫の家系の曾祖父や祖父の話から、座右銘が生まれてきた経緯が語られてゆく。

二、懸泉堂の家督相続

下里八尺鏡野にある春夫の父祖の地は、敷地内の山側に滝があったことから「懸泉堂」とよばれ、海岸側にあった伊達氏の「峨洋楼」とともに江戸時代以来家塾として幾多の人材を育ててきた。向学の地としての下里はこのふたつの家塾に負うところが大きい。

「砧」で春夫が先人たちへの関心を掻き立てられてゆく背景には、父豊太郎がこの懸泉堂の家督を相続したこと、さらに豊太郎の家督は息子春夫へと相続が成されたことも大きく作用していよう。

一九三三（昭和八）年一月父豊太郎の古稀の賀として春夫の手で私版された、豊太郎の手記『懐旧』(4)は、さながら父恋し、母恋しの記であるといっても過言ではない。それによると、祖母が語ることばとして、「お前の生れる四月前浦神の港へ亜米利加の大きな黒船が来た。それを人々が見に往つた。お前の父も友達四五人と小舟を漕ぎつけ許を得て大きな船を半日見て夕方帰つた。其日は午后から大雨で草鞋がけで山道を歩行いたので翌々日から風気で寝たのが元で後には傷寒と名がついて月の末には京都で修行した時の事やら世間の事や家の事取まぜた譫はかり言ふ様」になり、父は二十八歳の若さで亡くなった。豊太郎は父の顔を見ることなく出生し、まもなく若い母親は豊太郎を残して他家に嫁いでゆく。豊太郎は父の妹百枝が迎えた婿養子宮本駿吉（号鞠峯のちに椿山と同じように百樹をも名のる）夫妻と、祖父母（椿山と中西維順(5)の娘よね）のもとで下里の地で育てられる。「経済的観念にも優れ、廃池を修復して干魃に備え、養蚕を始める等して村の利を図った」（『定本佐藤春夫全集』「年譜」）椿山は一八七〇（明治三）年七十一歳で亡くなり、懸泉堂は婿養子駿吉が継いでいる。豊太郎がのちに別家を立て(6)医院を新宮の地に開業するのは、結婚がうまく受け入れられなかったことと、駿吉夫妻に遠慮したという家庭事情、さらには後年春夫が「父は祖先の家を半ば追はれるが如く、半ば蹴つて出るやうな有様で新宮の町に飛び出してかういふ生活をはじめてゐたのであつた」（「日本とところどころ」『文芸日本』昭和二十九年一月）と述べているように、養父母との間に何らかの確執が存在してもいた。

一九二二（大正十一）年の「蕙雨山房の記」（十二月二十四日／二十六日『東京朝日新聞』）の末尾では、春夫は、

> 親をおもひおほ親をおもひ遠つ親をはるかに偲べばわが詩魂と愁思との負ふところを知らるるも嬉し、悲し。努めざらめや。さるをわれは癡愚にして放縦度なく、父祖の業を継かずして、身は江湖を流浪し、幾たびか人を恋ひて心はやぶれ三十にして未だ家を成し得ず。妻なし、子なし。わくら葉のおち葉なす身の、さ迷ひさ迷ひてただふる里にかへり来ればこの母あり、この父あり。晩秋の燈下に父子相対ひて芸文を語れば、わが生も亦

縷々として人生の幽情に触れ得てわが心といへども、慰み和みぬ。しかも、身に残るこの幸福を知るとともにこの時、生涯その父を見る術なきわが父の心事を纔にしのび得て今更に父を仰げば、悲し、童子めくおん顔ばせながらおん髪はいつしか白くして（略）

とも述べている。

一九二二（大正十二）年三月豊太郎は息子春夫に家督を譲り、豊太郎自身は下里村八尺鏡野の懸泉堂（佐藤百樹・鞠峯）の家督を相続した。(7)「自分は今はこの懸泉堂で父祖の仏に仕へて余命を過してゐるが明治十九年から大正の十一年まで新宮で医者をしてゐたのはお前も知つてのとほり」と、春夫は「老父のはなし」（『文藝春秋』一九三三年十月）を書き始めているように、この頃豊太郎は新宮での医師の業を引退していた。

豊太郎が開設した「私立熊野病院則」という規則書が残されているが、そこには診察料、手術料、薬価、入院料の明細が記されており、さらに「第拾条　町内及近村ノ赤貧患者ニシテ該町村長ノ証明書ヲ持参スルモノハ診察料手術料薬価等医治上ニ関スル費用ハ悉皆之レヲ施スヘシ」とあって、医師の態度としては親しく交わっていた大石誠之助の診断態度にも通じるものがある。しかし、豊太郎は田舎での病院経営と、俳人としての〈風流〉生活だけでは満足できないものを持ち続けていた。北海道への〈開拓者精神〉(8)などは、祖父椿山が下里の開墾に力を尽くしたことなどにも通じるように思われるし、若き豊太郎の養父への反発心なども内包されていただろう。田舎の町医者として単なる〈磯もの〉の生活に安住しないという心意気とでも言えようか。

家督相続が実現したからといって、豊太郎はすぐに居を下里の懸泉堂に移したわけではない。移住は翌々年の一九二四年の三月のことで、(9)因果関係はないのだろうが、春夫が小田中タミと結婚したときに重なる。その後まもなく、一九二五年十二月に執筆された春夫の「懸泉堂の春」（翌年一月『婦人之友』に初出発表された時は「滞郷日記抄」）には、「病余の老父」とあり、「旧年の晩秋、一夕耳底に出血して以来、耳もまた聞く能はざるなり」と言うように、豊太郎は倒れたと思われるが、あるいは倒れてから後、静養も兼ねての下里行が行われたのかもしれない。病後の豊太郎は下里に隠居し、〈磯もの〉の生活を余儀なくされていったことは間違いない。病後と言うこともあって、やや気弱になっていたことも想像される。春夫からすれば、豊太郎の病臥が父と子との、ある意味での〈和解〉を招来したともいえる。もちろん春夫父子の確執が、志賀直哉父子のように表面だって顕著だったわけではないだろう(10)。しかし、医業を継ぐことを期待した父にとって、それが駄目なら北海道の開拓地を託そうとしたその思い入れに反して、文学の道に進み、身持ちも定まらない息子は、相容れがたい部分を残していたであろうし、春夫にもそれは十分に了解されることでもあった。春夫が幾たびかの帰省を経て、自身の先達への関心を喚起し、文学者として認められ、独り立ちしてくるなかで、お互いの家督相続はこれまでの父と子の関係を溶解させる働きをしたのではないだろうか、あるいは、溶解が実現したからこそ相続が進行したと言い換えてもよい。そこには、父と養祖父との和解も微妙に絡み合っていたかもしれない(11)。

春夫が新妻を連れて帰郷するのが、一九二四（大正十三）年十一月のことで、「砧」に登場する新妻はタミである(12)。春夫は新妻タミを伴っていたとはいえ、「秋刀魚の歌」や谷崎潤一郎との往復書簡に窺われるように(13)、千代との問題を振り捨てるようにして今回は帰省したのであった。

この時豊太郎は、新宮徐福町にも家を所有しており(14)、春夫らは下里と新宮を行き来していたのであろう。また、将来を嘱望された新進気鋭の作家富ノ澤麟太郎が佐藤家に寄寓していたのもこの頃であるが、富ノ澤は翌年二月佐藤家でワイル病のため急逝していて、センセーショナルに報道されたりした(15)。

三、曾祖父椿山の教訓

さて、短編「砧」の重要性をいちはやく見抜いたのは、春夫と同郷の東欧文学者栗栖継（くりすけい）である（「真実へのひとり旅」[16]（六）『北方文芸』一九八三年六月号）。これまで「砧」に注目した唯一の文章と言って良い。栗栖はこの作品を通して、佐藤百樹（椿山）と鏡村（惟貞）父子の思想と生き方とが窺い知れると言う。春夫の父豊太郎からすれば祖父と父に当たる人である。

栗栖も着目するように、この短編のキイ・ワードは、「私の祖父の座右銘」である「緘口勿言天下事放懐且読古人書」の一句で、それは「私」筆者春夫からすれば、祖父鏡村（惟貞）の座右銘に当たり、おそらく曾祖父椿山（百樹）が子に与えたものである。椿山・鏡村の、父から子へと与えられた座右銘を、豊太郎から春夫へのメッセージとして置き換えてみると、そこから何が読み取れるだろうか、いま私のこの作品に対する思い入れはそこにある。それは、豊太郎のなかに存在する祖父椿山から亡き父に伝えられた〈大塩事件〉に対する心性が、いま豊太郎から息子春夫に語られるとき、暗黙の内に〈大逆事件〉によって引き起こされた〈権力〉に対する心性に結びついてゆくことがあったのではないかということである。後年春夫は「気ままな文学」（一九五三年七月二十九日『毎日新聞』、後『定本佐藤春夫全集』二四巻所収）の中で、

自分と他と調和し難い性格は少年時代から家庭に学校に多少の物議を起し、理屈つぽくて不合理やごまかしを許さぬ自分は、自己の性格を守るために自分に反骨というものを生ぜしめた。折からの自然主義運動は自分に偶像破壊と習俗の打破とを教えた。

と言い、反骨の由来を自己の性格上の問題と捉えているが、いっぽう、「大逆事件の地元にいた自分は、またこの事件によつて狡猾に考案された社会機構と社会悪の許すべからざることを感得した」とも述べていて、権力に対する心性が緘口を強いられてくるなかで、春夫父子にとって内心反骨を太らせてゆく結果にもなっていったのではないかと推測される。

さて、先の「緘口勿言」の詩句は、「わが祖父」の「座右銘」として、すでに前出の「蕙雨山房の記」にも触れら

れているが、そこではその由来が語られることはなかった。「砧」によってはじめてこの詩句の由来が明らかにされたわけである。

祖父の鏡村は、幕末の嘉永年間に京都で書生であった。付いた師も勤皇の志厚く、特に頼山陽の門下で、鏡村の周辺には「新思想の一団」があったのだろうという。そして、師に随伴して東都を目指したいとする鏡村の東都遊学の希望を曾祖父椿山は許さず、新刊の『日本外史』の購入も許さなかったといい、「専ら当時の新思想の運動を恐怖したからであつた」と言う。その理由は、「椿山は大塩平八郎の乱ですつかり懲りてゐたらしいのです。ごく遠いつづき合せからではあつたが椿山自身がその事によつて取調べられたりして、一層身に沁みてゐたものと見えるのです」という。「それ以来といふものは、椿山は自重してもう天下の事を一切言はなくなつたのです」と述べている。

鏡村はその父の命じたとほり医者になつて、その故郷の八尺鏡野（やたがの）へ帰つて来た。さうして自分で鏡野隠逸と自分を呼んでゐた。故郷の地に牧歌の如き生涯を喜ぶ者と彼は言ひながらも、しかしその志は本当にどうであつたかはわからないのです。故郷へ帰つて三年ほどになつたが、近い港へ黒船が来たと伝へられたのを見に行つて、その帰りに病気になつて死んだのです。当時のヌウベル・アテネを知つてゐた鏡村にとつては、「何といふ幸福なこつたらう――この日向の窪の磯ものは」といふ歎声があつたかも知れない。無かつたかも知れない……

話題はこれ以上拡がりもせず、深まりもしないのだが、「私」の鏡村への思いの複雑さは、そのまま豊太郎や春夫の鏡村への思いと錯綜する。はたして鏡村が本望から故郷の地を選んで帰ってきたのか、鏡村が犠牲にせざるをえなかったものを拾い上げようとする意図も、豊太郎・春夫父子に共通してあったのではないか。あるいは、「懐旧」のなかで述べられていたように、死の直前譫言として繰り返されたという鏡村の京都時代への思い入れは、鏡村が断念したものの中身に通ずるように思われる。鏡村が断念したものへの強い思い入れが、豊太郎・春夫父子を駆り立てた部分もあるのではないか――自分は絶対に〈磯もの〉に安住しないという本能のようなものと換言してもいい。しかし、現実にはいま豊太郎は精神的にも肉体的にも〈磯もの〉に近づきつつあった。豊太郎はいま〈磯もの〉に近づきつつありながら、懸泉堂の家督相続を果たすなかで、息子に己が家系の来歴、椿山や鏡村への思いを語り続ける。息子はそれらを受けとめて、「私もいつか椿山のやうに年をとるだろう…(ママ)。私はへんにわびしい―つまりは落着いて悲しいやうに嬉しい気持になつて来てゐるのでした」と言う。そうして「私」は巻紙に「砧」という一字を書き付けて、俳句を九句書き散らしてゆく。即吟から隣の漁村太地村の和田義盛落人伝承まで。太地村（現太地町）に捕鯨を伝えたという和田義盛一統に導かれて春夫の先祖は、和歌山の小雑賀（こざいか）から熊野の地に移住してきたのであった。

「砧」の一連の句の背景となった「わびしい―つまりは落着いて悲しいやうに嬉しい気持」は、丁度一年前、

> それを悲しいと言はうには喜ばしく、喜ばしいと呼ぼうには悲しみであるやうな、一種かすかな縷々とした奇異な、それによつてしばらくは身も心も潔められるかのやうな恍惚、陶酔、或る場合には静かながらの情念にさへ似通うた感じを、天地間非情の何物からでも感得した覚えが、君にかつて無かつたか。

と問いかけた（「「風流」論」『中央公論』一九二四年四月）、春夫独特の「風流論」の主張に通じてゆく気がする。作品「砧」を重ね合わせて、春夫の「風流論」を考えてみるとき、それを春夫の「風流」論の〈厚み〉と捉えるか、あるいは「風流」への〈逃避〉と捉えるかで、その評価が大きく分かれるところだが、いまその判断を留保しつつ、作品「砧」の投げかける問題が、春夫の「風流論」を語るとき避けては通れない問題を炙り出していることだけを指摘しておきたい。「自分がうつろになつていた間」に、もしや「幸福」があったのではないかとする考えは、「小説」を成り立たせるよりも「発句」を成り立たせる心情に近いとする解釈も、独特な「風流論」の素地でもあった。

四、大塩の乱と熊野

ここで、椿山が関連して取り調べを受けたという〈大塩平八郎の乱〉と熊野との係わりについて述べておく。

大塩平八郎は、大坂町奉行の元与力で陽明学者として聞こえ、私塾洗心洞で教育と著述に精を出していた。そういうなか天保の飢饉に窮乏する人民に同情し、門下や同心、近郷農民らを集めて挙兵し、一日で失敗し自刃した。この事件は、幕府、諸藩を驚かせ、幕藩体制そのものの危機を強く世に知らせる事件となった。

大塩が乱を起こしたのは、一八三七（天保八）年二月十九日であるが、その前日、蜂起に最後まで反対したふたりの兄弟が塾を脱出する。それが、熊野出身の湯川民太郎（号麑洞）・周平（号檮斎）兄弟であった。さらに蜂起に反対したのは、彦根藩士宇津木共甫で、宇都木は蜂起直前斬殺されている。

湯川麑洞に「丁酉遭厄紀事」という文章があって[17]、友人宇津木の家兄岡本半助に寄せられたという未定稿の文章で、脱出の生々しい様子が臨場感あふれて描き出されている。ふたりは故郷の亡き母の里、高芝の佐藤新兵衛方に隠れ住む。しかし、大塩の乱後、一味残党を探索する通牒、人相書きが各地に回され、三月に入って麑洞兄弟は高芝村で逮捕され、刑人の丸籠姿で和歌山へ護送されてゆく。紀州で関係者として逮捕されたのは麑洞兄弟だけだったが、高芝では母方の実家はもちろん、係累のものまで役人の取り調べは続けられたという[18]。椿山もそのひとりに該当したのである。椿山の父瑠三郎（号多冲）は、佐藤新兵衛の弟に当たり、春夫の実家「懸泉堂」の医業の祖と言われている。また、そういう親戚縁者の係わりだけでなく、麑洞の父湯川寛仲と椿山とは、地域の逸材として将来を嘱望されていた仲でもあった。やがて寛仲は新宮藩医として取り立てられているが、椿山は在所にとどまって、産業の振興や家塾「懸泉堂」の確立に身を尽くすことになる[19]。

麑洞兄弟が、大塩の乱から〈逃避〉したことについては、その真相がいまひとつつかみがたい点があるが、伊勢・山田で儒学的素養を培った兄弟にとって（伊勢の足代弘訓が仲立ちをし、同地を訪れた大塩に見出されるかたちで、大坂の洗心洞に入塾）、実践を重要視する陽明学は肌に合わなかったこともあるのだろう。しかし、大塩は特に麑洞の学力を高く評価していたとみえ、自身の随筆「洗心洞箚記」を上梓するに当たって、入門一年たらずの麑洞に「湯川幹」の名でその跋文（あとがき）を書かせている。

　麑洞兄弟はその後、取り調べの結果無罪となり、帰宅してしばらく謹慎生活を送る。しかし麑洞の向学心は旺盛であったとみえ、やがて江戸の昌平黌で勉学を続け、研鑽十余年経学や文章の大家となり、新宮領主水野忠央にその才を見込まれ藩校の督学に抜擢される。新宮領では洋学の柳河春三、国学の山田常典、儒学の湯川麑洞とが併称された時期がある。

　椿山・鏡村父子が、麑洞の有為転変の人生をどのように見ていたのか、それを窺い知る直接の資料は何もないが、豊太郎・春夫父子にとっては、椿山・鏡村父子の姿を辿ることによって、同じ好学の士、親類縁者として麑洞の心中を推し量ることは十分に可能であったろう。豊太郎・春夫のそれぞれの家督相続は、殊に若い春夫にとっては、己が家系の来歴にいっそう眼を向けさせる結果を招来したであろう。父子の語りのなかには麑洞が係わった〈大塩事件〉の内容や、地方や懸泉堂に与えた衝撃なども話題に上ったであろう。

　豊太郎にとっては、新宮という町での開業、北海道への雄飛などの人生の岐路を経て、椿山が基礎を築いたといってもいい懸泉堂の家督を相続したなかで、いま病後の身を抱え、〈磯もの〉の生活を余儀なくされてきている。豊太郎には不本意な面もあったろうが、そういうなかで息子春夫に訥々と懸泉堂の来歴や〈大塩事件〉を語ろうとするとき、そこに影のようなものとして、父子にとって身近に〈体験〉した〈大逆事件〉の残像のようなものが揺曳していたのではないかと想像される。それは、多分に「大逆事件は年十九のわたくしとその家庭とに異常なショックを与へて、大石誠之助とは同業で親交のあつた父を見苦しいほど狼狽させた」と言い、「大逆事件はその後久しくわたくしに社会主義に対する疑惑の多くを感じさせながら同時に敢然として起つ勇気をも奪ひ去つた。わたくしが生涯、観念的にはいつもプロレタリアの味方でありながら、つひぞ実行運動には携らず、義ヲ見テナサザル勇気無キ人物となつてゐる」（「日本ところどころ」『文芸日本』一九五四年一二月）と、春夫の自己韜晦をも誘うものであった。春夫は、「五分間」（『我観』一九二三年十月）という戯曲のなかでは、一見社会主義者を揶揄しているように見えながらも、そこでは後年の自己韜晦に通ずるような、自分自身への問いかけをも内包していたように思われる。そうして、「母に対する私の愛慕は昔から寸毫も衰へない。さうして父に対する敬慕は近ごろになつて年々に加はる」（「わが父わが母及びその子われ」『新潮』一九二四年八月）と言うとき、そこに〈大逆事件〉の残像のようなものをどこか意識下で共有しうるものと感じ始めたことを語っていると解釈するのは、深読みにあたるだろうか。作品「砧」の底流として、それらを読み取ることが可能であるように思われる。

おわりに

懸泉堂や峨洋楼を育んだ土地、下里の地から〈大逆事件〉に関連した犠牲者がほとんど出なかったのは何故か、あえていえば一番近い位置にいたのが豊太郎であったとも言えるのだが、それは七三年前の〈大塩事件〉での湯川兄弟への捜索、逮捕という生々しい記憶がまだまだこの土地に残存していたからではないだろうか、天下国家のことには係わらないという心性、あるいは〈新思想〉には近づかないという心性が作用していたと言えるのではないか。七十数年というスパンは、中に明治維新という大変革を挟んでいるとはいえ、子から孫へ、十分に口伝えされうる期間と言えるのではないだろうか。もちろん世の移り変わりとともに、下里の学問的な土壌が変化してきたという事情もあろう。

〈大逆事件〉のいわゆる〈紀州グループ〉と言われるひとびと、関連して職を追われたひとびとなど、新宮を河口とする熊野川流域に比較的多かったことに、私はかつて「熊野川を遡る新思想」と呼んだことがあるが（『大逆事件の真実をあきらかにする会ニュース』三七号・一九八九年一月）、河川の規模は違うものの幕末同じように賑わった下里を河口とする太田川にはそのような形跡はあまり見られない。下里地区が培ってきた学問的土壌からすれば、〈新思想〉への興味関心が起こっても当然と思われるのに、むしろ〈保守的〉といっていい地盤を形成していった。

ところで、「ふるさと」（『中央公論』一九三六年五月発表）という作品で、父豊太郎の科白として、

> わたくしは当家の嫡孫でございましたが先人が夭折のために一時新宮の方へ流寓して、別に同姓で断絶してゐた無縁の家を継ぐ形で一家を創めました。それが六十になつて世間の人なら隠居をする歳になつて思ひがけなく自分の生家へ夫婦養子で入籍して後をつぐ事になりました。喜んで参りましたのに、その家を興すどころか、わたしの不徳のために伝来の家屋敷を破壊されなければならない運命に遭ひました。わたくしはまるでなつかしいこの家を破壊するために来たやうなまはり合せです。

と語らせているように、豊太郎の懸泉堂相続、隠遁も安穏なものとはならなかった。昭和期に入って、降って湧いたように鉄道による懸泉堂割譲問題が、面前に立ち塞がってきたからである。

紀勢線中間起工として串本・勝浦間が着工されるのは一九三三（昭和八）年。万葉集の故地とされる玉の浦海岸の保存と懸泉堂保存運動が地元を中心に起こり、県も鉄道省に抗議なども行うなかで、和歌山市の芸術家グループ南紀芸術社も檄文を文壇画壇の知名士に配布して、懸泉堂の由緒を訴えている。[20]

大正期以来、全国の各地域に鉄道網が形成されてゆく、その推進を担ったのが政友会の代議士連中であった。政友会は全国各地への鉄道網の普及をひとつの政策の柱に掲げた。豊太郎は、その政友会を目の敵にし殊の外憎み続けたという。[21]懸泉堂割譲の直接の加害者と判断したためであろう。

このように豊太郎は、県内外の文化人が支援を示すなかで、鉄道による懸泉堂の割譲に果敢に抵抗の姿勢を示し、春夫はそういった父の抵抗姿勢や態度に十分な理解を示して協力を惜しまなかった。その過程でこの父子に国家や権力による「大なる手」[22]が実感されていたに違いない。反骨の意識が共有されていたに違いない。そんな折にも〈大逆事件〉の残像は去来しなかったのだろうか。しかし、その後の春夫の作品「ふるさと」になると、時代の制約も

あったのであろうが、国家、権力への指弾というかたちで展開することはなく、俗吏の横暴に対する憤懣や鉄道に象徴される近代文明への呪詛というかたちで収斂されてゆく。「ふるさと」論の範疇に入っていく気配なので、これ以上立ち入らないが（かつて拙稿「佐藤春夫、作品にみる〈ふるさと・熊野〉—昭和十年代「熊野路」「ふるさと」への道程—」『春秋』十五集「佐藤春夫生誕百年記念特集」一九九二年四月で言及したことがある）、ともあれ「砧」の問題に立ち返れば、春夫は父豊太郎の懸泉堂の家督相続を契機に、父との精神的な〈和解〉を果たし、父から語られる父祖らの足跡を謙虚に受け止め、さらに〈大塩事件〉の話題を通して、語られない〈大逆事件〉に対する共通の心性をこの作品に込めようとしたのではなかったか。一八七〇（明治三）年に亡くなった曾祖父椿山の筐底に眠っていた旧稿「木挽長歌」を発見し、父子ともに読み解いてゆく作品「熊野路」（一九三六年四月・新風土記叢書2として書き下ろし）にも、それは通じてゆくようにも思われる。「砧」によって、語られなかった〈大逆事件〉の残像は、親子共に共有し得た問題であったし、性質上饒舌に語り合える問題ではなかったにしても、春夫父子にとっては、時代の狭間で絶えず向かい合わなければならない問題として存在し、時に浮上してきたのだと言える。

【付記】拙論の趣旨は、すでに『国文学　解釈と鑑賞』二〇〇三年十月号に発表した「近代作家と熊野」で言及している。ただ、同誌では字数の制約もあり、懸泉堂の家督相続の問題などには触れていないし、細部の資料等を提示することもできなかった。

注

（1）森鷗外は「大塩平八郎」のなかで、「未だ醒覚せざる社会主義は独り平八郎が懐抱してゐたばかりではない」と述べているが、その当否はともかく、鷗外の中での、「大逆事件」とを結ぶ糸口と捉えることができる。また、森山重雄は『大逆事件＝文学作家論』（三一書房・一九八〇年）所収の「森鷗外」の章で「大逆事件の鷗外作品の反映をみる時、「大塩平八郎」を無視することはできない」として詳細に論述している。

（2）春夫の文学に「転向の負い目に似たようなもの」を読み取り、その文学的営みを「国士」から「隠者」へと跡づけたのは猪野謙二である（「佐藤春夫の一側面」『文学』一九六一年十二月、『明治の作家』岩波書店・一九六六年所収）。また、同郷の作家中上健次は「物語の系譜」の連載（『國文学』一九七九年二月、後『風景の向こうへ』所収）を「佐藤春夫」から始め、「春夫は現存する国家と、いまひとつ紀州という国家の戦争を見、敗北を見、二十歳ですでに転向していた」と述べて、紀州出身を身の内に隠すことによって出発した春夫の文学を〈大逆事件〉からの「転向」というかたちで考察している。

（3）一九五一年一月『三田文学』所載の「同人雑記」欄（「世界のネジ釘」）では、「口を緘して言ふ勿れ天下事懐（おもひ）を放つには且（しばら）く古人の書を読め」と読んでいる（『定本佐藤春夫全集』二四巻所収、なお同書では「且」が「旦」になっている）。

（4）和装活字本として刊行。なお一九四二年五月には、亡父の中陰明けに亡父自筆の清書稿の影印本を私版、その際永井荷風からの私信礼状を巻頭に掲げたことが、無断であったとしてのちに物議をかもす。

（5）春夫は『熊野路』の巻末で、維順のことを「懸泉堂文学の祖」と呼んでいる。一九三八年刊の『下里町誌』には、椿山の「木挽長歌」とともに維順の「卑女長歌」（水丘斎文左）も紹介されている。竹田龍児の「中西維順のこと」（『熊野誌』二八号・一九八二年十二月）が参考になる。

（6）佐藤智恵子の「懸泉堂と春夫」（『熊野誌』三八号・一九九二年十二月）によれば、豊太郎は一八七八（明治十一）年十二月に絶家となっていた佐藤辰右衛門という人の家を再興して別戸を開き戸主となっている。

（7）「竹中三四郎日記」一九二二（大正十一）年三月八日の条に「懸泉堂主人佐藤百樹翁ハ享年八十二歳隠居シ玉フ鞠峯翁ト称ス」とある（佐藤良雄「懸泉堂遺聞」『熊野誌』三一号・一九八六年一月）。

（8）春夫は『わが北海道』の第三章のタイトルとして使用。豊太郎の北海道行については、一八九八（明治三十一）年八月当地に視察旅行に出掛け、十弗原野開墾に着目している。豊太郎のパトロンとして新宮の豪商森佐五右衛門が支援。明治四十一年病院を一時閉鎖、十勝国中川郡止若に仮寓、十弗に農場を経営。この年『熊野新報』七月二十日雑報欄に「病院廃業　熊野病院は青木眼科院に貸渡したるを以て其筋へ廃業を届出たり」と出ている。またそれより先、同紙六月二十四日付のコラムに「青木医院の移転に就て院長は披露かたがた月並医会を中央亭に開いた其席上東院長は「熊野病院こそ惜しいことしたコレ迄仕上たものを病院といへば熊野病院なる如く思はしむる迄仕上たものを」と謂ひしに会主の青木院長が「熊野病院は廃止するのでない一時休業であるから左まで」と答へしは共々同業者の話柄として何となく床しく感じたと襖の蔭にて洩れ聞きし人の話」とある。惜しまれての休業であったことがわかる。なおこの間、息子春夫の無期停学事件、「大逆事件」が勃発する。豊太郎が北海道での仕事を人に任せ、熊野病院、あるいは佐藤病院を再開するのがいつのことなのか、一九一七（大正六）年には再開を確認できるものの、いま詳かにはしえない。

（9）「小野芳彦日記」一九二四（大正十三）年三月四日の条に、下里に帰ることとなった豊太郎がこの日小野宅に挨拶にみえた、記述がある。義父百樹大人すでに八十二歳となり、「帰園を待望せられること切なるものあり、もとの本宅に接し立派な二階建一棟を新築せられたりし」とのことで、「新宮にて開業せらるること三十九年に及び、地方医界の一大成功者なり」。「君の創設経営せられ居りしもとの熊野病院は岡順二氏に譲渡され」徐福町の新宅には、「新中生龍児君、高女生（空欄）子と竹田義妹」が住むことになったと伝えている。空欄は佐藤智恵子を忘失したためと思われる。「砧」に登場する姉「保子」は京都の西浦氏に嫁いでいたが、一九一二（明治四十五）年五月協議離婚、二人の子供を連れて父母の元に帰っていた。智恵子は豊太郎の養子に、龍児は春夫の養子になっていた。智恵子は女学校に通うために上京したが、関東大震災で罹災、その後、新宮高等女学校に転校した。

（10）「志賀直哉氏に就て」（『新潮』一九一七年十一月）のなかで、春夫は「この間『黒潮』に出た『和解』は期待して読んでその期待を満足させるに十分だつた。…さうして読んでいるうちに、始終実際に作者に会つて居るやうな気もちがした。就中、意志の疎通して居ない父と子とが和解のために会見しようとする時に、母がその子に「何の理屈も言はぬやう」と念をおして心配して居るところがある。あの個所が、作中別にいいといふわけでもないが自分の心には残つた。といふのは、私も同じやうな場合に、母からそれと同じやうな事を言はれるからである」と述べている。

(11)　春夫は後年「日本とところどころ」(『文芸日本』一九五四年四月)のなかで「父は和歌山の医学校を出ると、養父の膝下を去つて新宮に出たのである。養父の家ではあるが家そのものは祖先伝来のものであつたし幼時の思ひ出もあり、喧嘩別れをした養父とは云へ、血は分けずとも親子、年月を経ては自然と和解もできたのであらう。双方から相往来するやうになつてゐたので、父もよく出かけて行つた」と述べている。

(12)　「小野芳彦日記」一九二五(大正十四)年一月十八日の条に、小野が東京へ出立する新婚夫婦見送りのため森浦港(現太地町)まで行ったところが、「佐藤春夫君の令閨も春夫君付添ひ車にてまゐらる。令閨は新聞には赤坂某亭の女将(二四)と見え居りしも女将らしく見えず。おとなしく美しき芸妓の様なり。秋田の方にて伯母上病気の電報来り単独にて見舞に帰らるる由なり」とある。このとき約束したのであろうか、同日記一月二十七日付に「旧歴迎春」と題する漢詩の色紙が、春夫から小包便で届けられた旨の記述が見える。

(13)　千代が託したという往復書簡が、『中央公論』の一九九三(平成五)年四月号、六月号に掲載され、話題を呼んだ。

(14)　「徐福町の家」(新宮町字徐福七一七二)を豊太郎が取得するのは一九一二年一月三十一日、家督相続により佐藤春夫に相続されるのが一九二六(昭和元)年五月二十四日、他人に譲渡されるのが一九三八年二月一日である。春夫が「田園の憂鬱」の最終稿を仕上げたのがこの家であると言われており、この頃「家在徐福墓畔」の印を使用するのもこの家にちなんでである。一九二四(大正十三)年頃建て替えられたと思われる。「恋し鳥の記」(『女性』一九二四年七月)のなかに、新開地のこの家の描写がある。

(15)　春夫に師事し、春夫の推薦で「流星」(『改造』一九二四年十月)を発表してデビューした富ノ澤麟太郎は、春夫宅に滞在中に二十六歳で急死。一人息子の死を巡って母親が春夫家族の看病ぶりを批判したことから、母の言を信じた友人横光利一と春夫との間に確執を生む。やがて横光は誤解であった旨の発言をする(「富ノ澤の死の真相」『文藝春秋』一九二六年二月)。なお、宮内淳子氏の手でEDI叢書の一冊として『富ノ澤麟太郎三篇』(エディトリアルデザイン研究所・二〇〇〇年九月)が編まれている。

(16)　この連載は、エスペランチストとして著名な氏が、父の死の真相を尋ねる自伝的文章で、父伊達李俊は、徳冨蘆花の「みみずのたはこと」のなかの「暁齊畫譜」の項に、安達君として登場する、そのモデルとなった人物である。蘆花は文中「紀州は蜜柑と謀反人の本場である」と述べている。李俊は「峨洋楼」の出で、自死の原因に大石誠之助との確執なども考察されている。また、みみずのたはごと懇話会発行の『懇話会レポート』五一号（二〇〇三年九月）に、秋山圭右氏が「伊達李俊自殺のなぞ」を掲載している。

(17)　一九二六年発行の『熊野研究』に郷土史家田原慶吉が口語訳したものが紹介され、魔洞の甥湯川寛吉が住友の総理事を務めた関係から、それが一九三一（昭和六）年刊の白柳秀湖著『住友物語』にも転載されている。原本は発見されていない。彦根藩士で友人、蜂起前に斬殺された宇津木共甫の家兄岡本半助に宛てられた未定稿である。

(18)　湯川麑洞の母方の実家は天井の奥まで改められたと古老の言い伝えがある（佐藤良雄「大塩平八郎と湯川麑洞と佐藤春夫」『熊野誌』二一号・一九七五年十二月）。

(19)　『那智勝浦町史』人物編の「懸泉堂の系譜」のなかで、椿山について「文政のころ帰郷して医業を開き、家塾を継いで郷党の子弟を教授すること五十余年、文化の振興に尽くすことが非常に大であった。経世済民の志が厚く、天保十二年八尺鏡野の古池を修築して旱害に備え、率先養蚕を始める等地方産業の振興に尽くした」と述べている。また、豊太郎は「懐旧」のなかで、椿山の業績として溜め池の改修や開墾、養蚕にも触れた後で「私の知ってからも米価の高くて人々の困つた時沼や藪を開いて田畑にしたり海浜の藻屑を拾はせて肥料を造つたりした」と述べ、さらに京都まで行って種痘を学び、村人に施したことも述べている。

(20)　南紀芸術社は春夫の元にも出入りしていた猪場毅が中心となって一九三一年和歌山市で瀟洒な文芸雑誌『南紀芸術』を発行。その檄文は次のようなもの――「前略　此度紀伊勝浦下里間の紀勢線施設工事に伴ひ佐藤春夫先生父祖伝来の家懸泉堂が毀砕の厄に遇はんとして居ります。懸泉堂は熊野下里二百有余年来の名芦先人丹精鏤刻の跡を偲ぶ庭苑の風致は夙に先生の「砧」を始め老大人豊太郎翁が近著「懐旧」にも誌るさるる如き文運累代の光輝ある家系と共に真に我南紀が千古に衿るべき郷宝であります。然るに今地方野心家の跋扈と当局の無理解は皮肉にも観光施設を目的とする鉄路の下に屈指の古跡を蹂躙し剰へ当主をして悲嘆の極に立たしめんとして居ります。私たちは今日まで微力のあらん限りその保存のために戦つて来ましたが官符の暴戻は遂に屈せず此上はひたすら輿論の力に緡つて飽迄これが貫徹を期すべしと茲に非礼唐突を顧ず諸家の御賛成を請ふる次第であります。」―文中、当主とあるのは豊太郎を指していることは言うまでもない。

(21) 竹田龍児「祖父佐藤豊太郎のこと」(『熊野誌』二五号・一九八〇(昭和五十五)年一月)参照。

(22) 大石誠之助が死刑判決を言い渡された日の朝詠んだとされる和歌の中に「何ものの大なる手かつかみけん五尺のをの子みぢろぎもせず」というのがある。

＊『日本文学』(日本文学協会編集・刊行)二〇〇四年九月号所載。

・なお『國文學 解釈と教材の研究』(二〇〇五年二月)の「学界時評・近代」の項で、松本常彦氏が、伝記情報からの接近という点では、辻本雄一「佐藤春夫における短篇「砧」の問題」(『日本文学』九月)も印象に残った。熊野という土地に結びついた大塩平八郎の乱と大逆事件の記憶から、春夫の祖父の座右銘「緘口勿言天下事放懐且読古人書」を大塩の乱に際し曾祖父から祖父に与えられた教訓と見て、同句が「砧」に記された意義を、大逆事件以後を生きる春夫に与えられた父・豊太郎からのメッセージとして捉え直す。右の文脈は春夫の「風流」論を考える際にも重要という忠告は銘記されてよい。と評してくれた。

コラム１

佐藤春夫と庄野英二

―未発表草稿「佐藤春夫先生のこと」に因んで―

児童文学者庄野英二宛の佐藤春夫書簡等二三点が、「佐藤春夫記念館」に寄贈されたのは、一九九四（平成六）年六月のことである。寄贈された書簡の多くは、すでに庄野英二の著作『佐久の佐藤春夫』（編集工房ノア・一九九〇年）等に活字化されていたとはいえ、直筆の現物を目のあたりにすれば、やはり圧巻迫り来るものを覚える。庄野英二は、前年の十一月二十六日享年七十八歳で亡くなっているが、妻の悦子さんの話によると、これらの資料を「佐藤春夫記念館」に寄贈するように遺言していたのだと言う。

「佐藤春夫記念館」に関わるもののひとりとして、庄野家からの寄贈は、大いに意義深いものに感じられる。これまでも、佐藤家はもちろんのこと、長谷川幸雄氏をはじめ多くの方々から、じつに貴重な資料の数々を寄贈いただいてきた。長谷川氏もいまでは鬼籍に入られたが、館創設にも深く係わられた方であった。つまり、庄野英二は館創設に直接係わったわけではないけれども、遺言のかたちで資料提供を申し出られた、高名な文学者の最初であった。しかも、後述するように、庄野英二の人生と深く係わる、マッカーサー元帥への大部の陳情書を含み、さらに、春夫にとって不遇と思われる、戦後まもなくの佐久時代の書簡も混じっている。「佐藤春夫記念館」も、高名な文学者にその存在意義を認知してもらえたように思う。そのことはそれだけ、より充実した館の展示なり、運営なりが要請されていることをも意味している。

＊

佐藤春夫と庄野英二は、太平洋戦争中の一九四三（昭和十八）年十一月、インドネシアのジャカルタで初めて出会っている。春夫が視察旅行にやってきて、召集将校として庄野が案内役を務めたことによる。春夫は、さっそく一九四四（昭和十九）年十二月『大学新聞』に「ジヤカルタ日記抄（又は「園大尉といふ人」―日夜敢闘する出陣・出動学徒に贈る―）」を書いて、庄野の活動を報告している。さらに、一九五〇年一月号の『群像』にフィクションまじりで「風流東印度遊記」を発表している。

庄野のほうも、ジャワ島時代の思い出を一九六二年「絵具の空」という作品に発表し、さらに『佐久の佐藤春夫』で補足している。

戦後、一九四七年、庄野はBC級戦犯のかどで東京の巣鴨拘置所に身柄を拘束される。そのとき春夫は、無実を訴えて連合国司令長官マッカーサー宛の陳情書を書いた。その一節で言っている。

そもそも庄野は本来の職業軍人ではなく、彼の志望は文学者であり、特に少年少女のための読み物を執筆するにあつて、既に若干の作品もある筈である。お考へになつても見て下さい。人間性に対する深い愛なくして誰か文学に志しましようか。特に純真な心情の人でなくて何人か少年少女のための読み物を作らうと志すでしようか。

まことに彼は少年のための読み物の作者にふさはしい性格の心やさしい青年でした。その彼が軍人を志望して南方の戦地にゐたといふのも、戦場ではさまざまな人間性が善悪とも偽りのない姿で見られるから日常生活にくらべて戦争は詩のやうに面白いと彼は語つてゐた。かういふ彼が、戦争犯罪容疑者であると聞いても私は自分の耳目を疑ふばかりで必ず何かの間違ひであらうとしか思へません。

春夫の訴えが直接功を奏したわけではないが、庄野は無罪放免となり、すぐにその足で疎開先の佐久に春夫を訪ねている。数泊してつもる話が絶えなかったという。翌一九四八（昭和二十三）年には、今度は春夫が新婚まもない庄野宅を訪れ、ふたりの交友は春夫の死まで続いた。

庄野は「佐久の佐藤春夫」のなかで書いている。「帰阪して自宅に帰ってから、私のために佐藤春夫先生が陳情書を書いて下さったことを知った。家人の求めに応じて下さったのであった。私は恐縮感佩した」と。

春夫の『抒情新集』に収められた「じゃがたらうた」は、「庄野英二君に贈る」と副題が付されている。

また、庄野の弟、作家の潤三も、一九四三（昭和十八）年五月林富士馬に連れられて初めて春夫邸を訪問。以来、春夫との交流が続き、居を東京周辺に移してからは、春夫の誕生日を祝う「春の日の会」の常連メンバーになっている。

＊

今回の展示で、庄野英二の直筆草稿「佐藤春夫先生のこと」四〇〇字詰三九枚をお借りしてきた。庄野英二研究家の戸塚恵三氏にお訊ねしても、そういう表題の文章は見当たらぬとのことである。おそらく、未発表のまま、筐底に眠っていたものと思われる。執筆年は、その書き出しの部分から「昭和五十五年」と断定できるが、構想されていた内容はおそらく春夫との関係を辿って、ジャワ時代から佐久時代へと書き継がれてゆくはずであった。それが、佐久時代が書かれないままで終わっているのは、その後「佐久の佐藤春夫」が書かれることによって、この草稿はそのまま打ち捨てられてしまう運命になったのであろう。このように推定してみたものの、もうひとつ不正確さがつきまとう。一九八〇年刊の『庄野英二全集』に付した自筆年譜によると、一九六三年夏「佐久の佐藤春夫」を執筆したが、未発表のままである、と記されているからである。そうすると、「佐久の佐藤春夫」の方が、先に書かれたことになる。

いずれにしても、庄野英二にとって、佐藤春夫に関する一冊の書物を上梓することは、長い年月をかけて、慎重に試みられていたことを意味している。

そういった未定稿をこのように活字化することは、あるいはご本人には不本意なことと思われるかもしれないが、佐藤春夫への思いが、そのまま素直なタイトルとなって現れ、先行作品の引用なども多くの部分を占めているところなどから、今回の特別展のひとつの記念として、活字化することを企画し、悦子夫人にも諮ったところ、快くご了解をいただいた。ごく身内の、「館報の特別版」のようなかたちでの発刊となったが、生前あまり派手なことをお好みにならなかったとの悦子夫人のことばなどからも、このようなかたちでの草稿の活字化は、草葉の影からお赦しいただけるものと思う。

今回の特別展は、佐藤春夫と庄野英二との係わりがその中心であったが、庄野英二その人の人柄なり、活動なりの一端が垣間見られるようにも心掛けた。「白浜温泉療養所」での最初の絵をはじめ、その絵画一〇点を展示したのも、そういった思いからである。そして、あらためて庄野英二が、小説「木曜島」など、この熊野ゆかりのいくつもの作品を発表し、熊野への思い入れの強い作家であったことに気づかされる。それは、佐藤春夫と出会う直前、一九四〇（昭和十五）年銃弾で負傷し、その転地療養のため、南紀白浜の陸軍温泉療養所で静養した体験とも結び付いているのであろう。この時、ホトトギス派の俳人田辺の福本鯨洋の主宰する句会や吟行に参加しているのも（鯨洋は歯科医のかたわら、一九三九年白浜陸軍診療所から『草炎』を創刊、戦傷病者に作句指導を行っていた）、戦雲急を告げる中で、しばし安らぎの場でもあったろう。

弟の作家庄野潤三は、その著『文学交友録』（新潮社・一九九五年）のなかで、「もともと佐藤春夫は現代の文学者の中で伊東先生（引用者注・伊東静雄）が最も尊敬する人であった」と、潤三が春夫に魅かれた端緒を述べ、『蝗の大旅行』と『佐藤春夫十年集』（小出楢重装幀）とは私が「長く愛読してきた本」だという。また、庄野英二著『ロッテルダムの灯』のなかの「母のこと」は、「佐藤春夫が兄への手紙のなかで「そつくり教科書に採用すべき品位のある名文です」といつて賞めてくれた」と書いている。その手紙も、今回、寄贈を受けた中に含まれている。

一九六八（昭和四十三）年劇団民芸が、庄野の代表作「星の牧場」を劇化上演して全国を巡演して以来、「木曜島」や「アレン中佐のサイン」なども、劇団民芸が劇化上演、今回の展示では、ポスターや写真でその一部を紹介するコーナーも設けた。そんなゆかりもあって、「劇団民芸」から胡蝶蘭の鉢植えが贈られ、「佐藤春夫記念館」の応接間の前の棚に飾られて、この夏の猛暑つづきをいくらかでも和らぐ雰囲気を醸してくれた。

今回の特別展に「あこがれ・憧憬のひと」と題したのは、児童文学者前川康男氏の「庄野英二文学」を評した、次のことばを借用してである。

英二文学は、童話、小説、随筆、紀行、戯曲と、ジャンルも多様です。しかし、私は思うのです。多彩多様な作品を一すじ強く貫いているものがある、それはあこがれではないかと。あこがれというのは、こう生きたい、こんなふうに生きられたらなあという願い、夢、憧憬です。　（「庄野英二覚え書」『庄野英二全集1』）

多彩多様な作風は、また「春夫文学」にも通ずるものでもある。そして、敷衍して言えば、庄野英二の憧れは、敬愛する先人佐藤春夫への憧れにも通ずると、理解することもできるだろう。

いま、悦子夫人の、微笑みながらおっしゃったことばが思い浮かぶ。

―主人はひととき、何でも佐藤先生になぞらえていたんですよ。鳥を飼うことも、その立ち居振る舞いまでもが―

※「佐藤春夫先生のこと　庄野英二」（『佐藤春夫記念館館報［特別記念版①］』一九九五年九月）の「解説にかえて―未発表草稿「佐藤春夫先生のこと」に因んで」所載。

コラム2

春夫と悦夫
―若き日の〝記念譜〟発見に寄せて―

このたび新宮市立佐藤春夫記念館では、「鉄の熊野路を行く―佐藤春夫の熊野案内―」というタイトルの特別展（二〇〇五年十月二十六日〜三月十九日）の準備を進めているが、その資料収集の過程で、思わぬ「お宝」が発見できたというので、過日、現物を眼にする機会を与えてもらった。那智勝浦町在住のお方が、さるところから譲り受けたということであるが、若き日の春夫の直筆も生々しく、さらに幼い頃から共に文学への夢を語り合った下村悦夫（本名は悦雄）の願いに、素直に応える春夫の仕草がまるで目の前に浮かぶようで、微笑ましさが立ち上ってくる感じにとらわれた（私が編集した佐藤春夫記念館の『新編図録　佐藤春夫』では、巻頭にその写真を掲載しているが、その後、所有者が亡くなられたことなどから、その所在が不明になっている）。

それは、一九二五年悦夫に請われて、春夫が『殉情詩集』のなかの「同心草」の一群を大型の色紙一七枚に揮毫、表題等を付してアコーデオン折りに製本したものである。

『殉情詩集』は一九二一年刊行の春夫の最初の代表的詩集で、抒情的内容とともに持ち合わせのネクタイを裁断して装丁した独特の詩集として、広く人口に膾炙した。

アコーデオン折り製本の唯一本の、その後記の跋に春夫は記している―かつて人に泣かれた自分のうたはいまは世の笑となっていると自嘲気味に記したあとで、「友人下村悦夫君は好事の人なりたり、一日われをしてわがうたを自書せしむ、悪詩と拙筆と情癡と蓋し三絶なり、乃ち一笑して之を諾す」とある。日付は「大正十四年三月十七日」、「於徐福墓畔　佐藤春夫」とつづく。

＊

ふたりの若き日の交友では、文学への関心をまず和歌の世界から出発させている。春夫が中学生、悦夫が高等小学校を卒業するかしないかの頃、ふたりの先師は新宮高等小学校に勤めていた和貝夕潮である。現在残されている『熊野実業新聞』一九〇八年十月二十二日付に、「二人のうた」のタイトルで、四首ずつが掲載されている。「向かひ居てただかたるだに腑し目がちわが本性のか弱さを愧づ」（下村悦夫）・「目閉づれば二のひとみはなやぎてはた涙浮びこそ来れ」（佐藤春夫）―それぞれの第一首目である。悦夫は「紅霞」と号していた。さらに奥栄一も愁羊と号して活躍していた。彼らの活躍が、夕潮を中心にした『はまゆふ』という雑誌の復刊に結び付く。しかし、やがて彼らは夕潮の明星派を中心とした星菫調には飽きたらぬものを感じ始めていく。特に春夫と悦夫とは、夕潮との確執を表すようになり、詩や小説、戯曲の試作を発表するようになってゆく。一九〇九年九月、悦夫に「孤独」と題した短編の小品がある。その時の号は「愁人」である。

春夫は一九一七年「西班牙犬の家」や「病める薔薇」を発表して注目され、翌年には「随一の新進作家」として文壇に躍り出ていた。悦夫も一九一七年に糊口のために「紀潮雀」のペンネームで『講談倶楽部』に新講談を書き始める。そうして一九二五年一月号の『キング』創刊に際して、『悲願千人斬』を連載、一躍人気作家となってゆく。

『キング』は、「日本一おもしろい、日本一為になる、日本一安い雑誌」をモットーに大々的な宣伝をおこない、講談社文化のひとつのシンボルとなった。一九二四年末に市場に姿を表した同誌の創刊号は、最初五〇万部、追加注文殺到で七四万部を記録、途中誌名変更を挟んで一九五七年まで継続した。『キング』には、吉川英治の『剣難女難』も連載を開始、大衆文学の草分けとして、二人の作家がそれぞれ「紀潮雀」「浅山李四」などの筆名を捨て、下村悦夫、吉川英治として仕事を始めるきっかけになった。

一方春夫は、谷崎潤一郎夫人千代への慕情を秘めたまま、一九二二年の関東大震災に被災し、新宮・徐福町の自宅に帰省したりしている。その後、上京して一九二四年三月小田中タミと結婚、その年十一月タミを伴って「約一年間幽居の予定で下里村の郷里に帰る」。おそらく、下里の懸泉堂と新宮・徐福町との間を行き来する日々が続いたものと思われる。そういったなか、十二月富ノ澤麟太郎が下里の佐藤家に「寄寓中」とあって、しばらく滞在、麟太郎はこの十月、春夫の推薦で「流星」を『改造』に発表、注目を浴び始めたばかりだった。おそらく次作発表のために春夫が便宜を図ったものと思われるが、しかしまもなく病に臥す身となり、寝たきりのまま年を越す。二月に入って母親がひとり息子のために看病にやってくるが、その二週間後の一九二五年二月二十四日二十六歳の誕生日を目前に亡くなる。ワイル病が原因である。

春夫は下村悦夫から「ピノチオ」を借用、一九二五年一月改造社から『童話ピノチオ』を刊行するきっかけになるのだが、悦夫に英訳本「ピノチオ」を与えたのは、その富ノ澤麟太郎であったという。悦夫は長男に「麟太郎」と命名しているが、それは富ノ澤との交流によると、母が語り、さらに父悦夫が非常に世話になった人だと、母は言ったと長男は回想している（「父下村悦夫の生涯」『熊野誌』二五号）。一九一八年に仙台から上京する麟太郎にすれば、悦夫の長男の出生とは時期的にズレが生じ、符合しないのだが、「ピノチオ」伝来の信憑性を信じるとすれば、一九一八、一九年の新宮への持ち込み、西村伊作家を巻き込んで一気に新宮でピノキオ熱が浮上したとも解釈できる。そうすれば、悦夫と麟太郎とは、すでに東京で交友を温めていたことになる。

悦夫は大衆作家として盛名を馳せながらも、一九二一年十月妻の実家の新鹿に転居、その後、一九二三年には新宮に移り、新宮短歌会を結成するなど和歌への思いは断ちがたく、歌集『口笛』を自費出版している。当然、帰省中の春夫との交友も続いたであろう。客人麟太郎を交えて文学談義にも花を咲かせる余裕は無かったのだろうか。

その後、一人息子富ノ澤麟太郎の死を巡って母親が春夫家族の看病ぶりを批判したことから、母の言を信じた友人横光利一と春夫との間に確執を生み、春夫は横光との交際を絶っている。やがて横光は誤解であった旨の発言をするのだが（「富ノ澤の死の真相」『文藝春秋』一九二六年二月）。

「徐福町の家」（新宮町字徐福七一七二）を春夫の父豊太郎が取得するのは一九一二年一月三十一日、家督相続により佐藤春夫に相続されるのが一九二六年五月二十四日、他人に譲渡されるのが一九三八年二月一日である。この頃「家在徐福墓畔」の印を使用するのもこの家にちなんでである。一九二四年頃建て替えられたと思われる。「恋し鳥の記」（『女性』一九二五年七月）のなかに、新開地のこの家の描写がある。先の『殉情詩集』からの揮毫はこの家でなされた。そうしてこの三月は、将来を嘱望された共通の友人を熊野の地で亡くしたばかり、哀しみや傷心をふたりは共有していたことになる。

＊

一九二九年六月平凡社から刊行された『現代大衆文学全集16・下村悦夫集・悲願千人斬外八編』の巻末に、「自伝」が付されている。本人自筆と思われる全文を写しておく。

「明治二十七年春和歌山県東牟婁郡新宮町に、喜和男を父として生まる。家は幼少より赤貧を極めたので、小学校もろくに卒業せず、十四歳の秋、町の銀行に給仕となつたが、居ること約二年にして退き、それか後の数年は、父に随つて山間部の労働に従事し、その間、三年に一度ぐらい――そして滞留一ヶ年ぐらいの割りで三度び上京、二三の私立学校に席を置く。／初め、短歌を若山牧水に学び、中途、創作に志したが、生活の必要に迫られて大衆文学に筆を染め、遂に今日に及ぶ。／学歴無し。文壇的にも何らの党閥の中にも棲んでゐ無い。」―特に最後の一行には、悦夫の孤高、狷介さがむしろ凛として際だっている。

一九四一年、下村悦夫は歌集『熊野うた』を上梓している。そこには「新鹿うた」など千八十余首が収録されているが、春夫は序文を認めて、次のように書いている。

郷友は愛すべく懐かしい。況んや少年にして共に黄口に歌をさへづり文をあげつらつたに於てをや。（略）思へば荏苒たる歳月、三十数年の前、余はわが父の門外を日夕往還する紅顔の少年の眉宇の間に俊秀の気を湛へたものを屢々見た。彼のは沈欝といふのでもなく大人びたといふでもないが、言はば既に人生の愁を知るともいふべき風貌がわが子供心にも深く印象されたのであつた。さうして一日、銀行に使して、偶そこにかの少年が給仕を勤めてゐるのを見かけた。幾何ならず、地方新聞の歌壇に下村紅霞といふ人の歌の目につきはじめたのを注目した。未だ必ずしも独自の境地を示すに到つたものではなかつたけれど、縦横の才気の自らな発露による多作の侮り難いものを示してゐた。（略）君為人やや狷介、世に阿らず。この癖、酒間にあつて最も発揮される。硬骨な君が吟詠も亦或は時流と相合はぬものがあるであらうと思ふが、また疑ふべくもなく君が天稟の才華の随所に閃くものが見られよう。また熊野の山中に生れて山中に人となつた君がよく山中の趣きを解してこれを世に伝えんとする志は郷人としての余が多く期待するところである。

下村悦夫は終戦間もない一九四五年十二月、疎開先の木本（現熊野市）で五十二歳の生涯を閉じる。佐藤春夫は信州佐久での疎開生活をしばらく続け、やがて上京、戦後の文筆活動を再開する。春夫が一九六一年文化勲章を受章したとき、同じく受賞したのは吉川英治である。ふたりに共通の縁として、いまは亡き悦夫の思い出を語り合う機会はなかったのだろうか。悦夫には、ある時は春夫に、ある時は英治に、ライバル意識を高揚させた時期があったように思う。

※『紀南新聞』二〇〇五（平成十七）年十月二十二日付所載。

コラム3

初恋の人俊子への贈歌と「ためいき」六章の問題
―佐藤春夫記念館所蔵資料より―

佐藤春夫記念館に、春夫の揮毫で縦二一二ミリ横一八二ミリ、ややこぶりの色紙二枚が保管されている（口絵写真15参照）。西宮市の故江田秀郎氏の寄贈になるものである。やや稚拙さが残る文字で、他の多くの色紙同様落款などはない。はじめて西宮市のお宅に江田氏をお訪ねしたのは、一九八九年八月のこと。春夫の「初恋の人」といわれる中村（旧姓大前）俊子の話を窺うためであった。俊子は氏の叔母にあたり、十歳年長で一緒に暮らしたこともあった。

かつて、あるテレビ番組が、俊子の写真を探すのに苦労して、ようやく一葉を見付けて喜んだ話を聞いていた私は、氏の宅で何葉もの俊子に出会って感動したが、その折、こんなものもあるのですが、と見せていただいたのがこれら二枚の色紙だった。母親から聞かされたと言う氏の記憶によれば、一枚が母親しづに、一枚が叔母俊子に贈られたものという。

＊

俊子に贈られたとされる色紙は、『殉情詩集』の「ためいき」の詩の第六章に重なるものである。

「ためいき」は、『殉情詩集』のなかでも多くの人に愛唱されたもののひとつであるが、一九一三（大正二）年『スバル』に発表されたときは、「悲しき心となりて古郷（ふるさと）にかへりし日の歌なり、これらの歌も亦かのひとに捧ぐ」と添え書きがあって、全体は七章からなるものであった。「かのひと」とは、日本画家の令嬢尾竹ふくみを指し、春夫がプラトニックな愛情を捧げた相手であったことは周知のところである。「ためいき」という作品は『スバル』発表時には七章から成っていたものが、第六章を挿入することによって、『殉情詩集』では全八章の作品となったのである。

第六章の歌は、まず一九一〇（明治四十三）年の『スバル』六月号「石榴花（ざくろ）」一六首中に収められた。さらに、一九一三年の『三田文学』八月号の「相聞羇旅」一八首中に、「旧作。いつの日なりけんなに心なくよみ出でし歌の、今ころからなる歌となりて心に浮び口にのぼりぬ」ということばがきを添えて発表された。ただ、二集とも一首の末尾が「誰があたへけん」となっている。

春夫は当初の字句「誰がたまひけむ」を思い出して、もともとの短歌を二行の分かち書きにして、詩の一節に挿入した。尾竹ふくみへのプラトニックな愛の嘆きのなかに、やはりこれもプラトニックな愛といっていい、初恋の人俊子への贈歌をさりげなく挿入した。いかにも春夫らしいたくらみといえるのではなかろうか。

＊

一九二四（大正十三）年五月『女性改造』に発表された「少年」という短編がある（『定本佐藤春夫全集』第四巻所収）。『佐藤春夫十年集』に収録される際に、『殉情詩集』所収の「少年の日」の第二連のヴァリアントが前書きとして挿入されたように、初恋の人俊子をめぐるエピソードで、「少年の日」さながらに、微妙な初恋の心理が描かれている。登場人物は「芳子は十六である。／行男は十七である。／等は十五である。」とある。それぞれにモデルを当てはめると、芳子は大前俊子、行男は中村楠雄、等は佐藤春夫で、年齢のうえでも符合する。「芳子の姉さん」は、言うまでもなく江田しづであり、「芳子の姉さんの子供がふたり」、そのひとりが江田秀郎氏である。やがて一九一五（大正四）年に、俊子は幼馴染みの軍人中村楠雄と結ばれるのである。

江田しづが三人の子供を引き連れて新宮に帰省するのは、一九〇七（明治四十）年十月のことである。夫が鹿児島県視学として単身赴任したからである。夫が渡韓するのにともなって、新宮を去るのは翌年の十二月。この間、下級武士の屋敷跡である「お下屋敷」といわれるところなどに住んだ。しづの家に、春夫が集い楠雄が集い、俊子が集ったのはこの丸一年ほどの間である。この間の姉妹の生活ぶりの一端は、後年の作品「追懐—少年時代」（『中央公論』一九五六年五月）にも描かれている。

江田秀郎氏の語るところによれば、それ以後、俊子姉妹と春夫との接点は無い。しづへ贈られた色紙の内容からすれば、「筑紫よりなほ遥かな」国とは、朝鮮半島を指している。つまりこれは送別の歌であった。俊子への贈歌も、俊子へは渡らずに姉の手元に残された。俊子にこの歌を眼にする機会は、永遠に訪れなかったのではないだろうか。一九二二年キリスト者として昇天、享年三十二歳。記念館へは親族の方々からの寄贈がつづいて、いまでは俊子の写真は一二葉にも及んでいる。どれも、くりくりとした「つぶら瞳」が印象的である。

※『定本佐藤春夫全集』第二八巻「月報8」（一九九八年十一月）に「資料紹介(1)初恋の人俊子への贈歌と「ためいき」六章の問題」として所載。

コラム4

龍之介の晩年と春夫

◇友情の深まり

春夫は龍之介との交友の一〇年間を三期に分け、第三期は「震災の後の年頃から始つた」と言い、「吾々の友情はその以後段々純粋なものになり、それが年と共に深められやうとしつゝあつたのがさうして思ひ掛けなく絶えて了つたのだ」と述べている。春夫にとって、龍之介の〈都会人らしさ〉や〈社交性〉は絶えず気になったところと見える。初期の文章に「僕は、芥川君があまりに都会人過ぎて自己を露骨に語る野蛮に耐へない心情に同情すると同時に、芥川君は窮屈なチョッキを着て居て肩が凝りやしないかと思つたことがよくある」とあって、そういうものを乗り超えようとしたところが、「段々純粋なもの」ということばの意味と解することができる。龍之介もまだ面識のなかった春夫に、「あなたは僕と共通なるものを持つてゐると書いたでせう　ぼくもさう思ひます」と書き送っていて、お互いに共通性、親近性を認識しあう部分も多かった。しかし、〈蛮気〉のなさや〈動物力〉については、春夫にとって龍之介の物足りない部分として残った。春夫は殊に龍之介晩年の一年間の交友の親密度について語っていて、膝を突き合わせて芸術論を戦わせる機会も幾度かあり、龍之介の「文芸的な余りに文芸的な」（『改造』に連載。谷崎潤一郎との応酬で有名。評論中の最長編。書き出しの「三十五歳の小説論―併せて谷崎潤一郎氏に答ふ―」は、改造社の編集室で校正用赤ペンで一気に書きおろされた）には、そんな折の談話が数多く含まれているという。

◇「歯車」の表題

龍之介の遺作のひとつに「歯車」がある。当初、この短編の表題は「ソドムの夜」であった。ソドムの住民は、悪徳と腐敗とによって神に滅ぼされたと旧約聖書にはある。さらに「東京の夜」と書き換えられた形跡が残されている。相談を持ち掛けられた春夫は、即座に「歯車」と答えて、それが表題となった。春夫は「歯車」を龍之介の一番の代表作にあげている。義兄の自殺などもあって、死に傾斜してゆく心情が書き留められ、龍之介のいう「ぼんやりとした不安」を形象化してことばに託したものといえる作品に、歯車の描写の箇所が四回ほど出てくる。視野を遮るものとして半透明の歯車や、画集に描かれた歯車であるが、不快の予兆でもある。末尾の「誰か僕の眠っているうちにそっと締め殺してくれるものはないか？」などは、いったん原稿を締め括った後に追加されたものという。

◇遺作の編纂など

「僕の誄（るい）を述べるのは君だ」と託された春夫は、龍之介の訃を中国・上海の宿で知った。かつて龍之介も足を留めた宿である。『改造』に発表した追悼文「是亦生涯」は、そもそも龍之介の嘆きのことばから採ったものであった。

一周忌を期して『おもかげ』の編纂が春夫に託された。『おもかげ』は龍之介の肖像写真・愛蔵品・自筆書画幅等を収めた写真集で、龍之介の貴重な写真が幾つか入っている。一五〇部の限定出版である。田端の龍之介宅への坂道の写真は、春夫記念館にも保存されており、ほぼ同じ場所で撮影された時間帯の違うと思われるものがもう一葉ある（影の部分から判断）。

さらに春夫は、龍之介の詩集といっていい「澄江堂遺珠」の編纂に取り組んだ。澄江堂というのは、龍之介の最晩年の号で、短編「大川の水」などゆかりの澄江は、龍之介の生い立ちと深く係わった隅田川のことである。現在、山梨県立文学館に保存されている「澄江堂遺珠ノート」（三冊のうちの二冊）を通しての編纂は難渋を極めたという。

春夫の記すところによれば、中国の作家田漢が来日した折、その歓迎会の場に龍之介が同席したのが見納めになった。この時着ていた着物を、請うて春夫は形見の品として受け取った。

春夫は後年、龍之介について書いた文章を纏めて『わが龍之介像』を上梓している。そのあとがきで、龍之介死後三〇年たっての感想として、龍之介の純真な人柄を見いだしえた満足を記している。それはあの「羅生門出版記念会」で龍之介自身が揮毫した「本是山中人」の五字のなかに託された純真素朴な性情に由来するのか、と述べているのも、そこに龍之介理解の深まりと、春夫自身の年輪とが加味されたことばとして受け取るのが妥当であろうか。春夫は〈老醜〉を意識しながらも、龍之介を思い出すたびに、共に呼吸した〈世紀末の息吹き〉を想起しつづけたのではないだろうか。

注

『改造』（一九二七年九月）に春夫は「是亦生涯」という題の追悼文を寄せているが、この台詞（せりふ）はそもそも龍之介の嘆きのことばから採ったものであった。その文章の後の余白に、春夫の弔電が「上海より」として載せられている。「セイコヨリカヘリテソノフヲキク○アヤシミカナシミムネツブルオモヒ○コノチハコジンソオユウノトコロ○カヘリテトモニカタルベキコトスクナカラザルニヒトスデニナシ○コノヤドニトマツテヰタコトアリトフロバンノオヤヂモカナシメリ〇オモカゲメニウカビキタル〇サトウハルヲ」とある。

春夫記念館に『わが龍之介像』編者校訂用蔵本というのが残されていて、それを見ると春夫自筆と思われる二箇所の訂正の書き込みがある。四七頁の「見るを得べし」のところが、「見なば見つべし」に、七七頁の「神采陸離」が「光采陸離」に、それぞれ書き込まれているが、『わが龍之介像』では、「見るを得べきか」となっている。

※「特別展　芥川龍之介・佐藤春夫展〈世紀末〉へのまなざし」冊子（一九九九年九月）所載。

コラム5

佐藤春夫の荷風評価、戦後の曲折

新宮市の佐藤春夫記念館では、今春、開館二十周年記念の企画として「春夫の観た永井荷風」展を行った。予算面や展示スペースの関係もあって、館所有の資料を使ったささやかなものであったが、中島国彦氏のアドバイスなどもいただいて、私なりにいくつかの〈発見〉もあった。

何といっても、春夫晩年の「妖人永井荷風」の文章（「詩文半世紀」の第四六回「第九章妖人永井荷風」『読売新聞』夕刊、一九六三年三月九日から五回掲載）の影響からか、荷風全否定の先入観に捉われがちだが（これより先、一九五九年七月号の『新潮』の荷風追悼号に作家石川淳は、荷風の晩年を否定するような「敗荷落日」を書いている）、春夫にとっては、〈恩人〉荷風の残像を決して払拭したわけではなかったろう。「孤蝶、秋骨、はた薫／荷風が顔を見ることが／やがて我等をはげましつ／よき教ともなりしのみ」（「酒、歌、煙草、また女」『三田文学』一九二八年一月）の感慨は、おそらく終生春夫の頭を離れなかったはずだ。

戦後まもなく、荷風がその健在を強く印象付ける作品を相次いで発表した時、荷風文学への共感を、いちはやく表明したのは春夫であった。一九四六年六月『文藝春秋』に「最近の永井荷風」を、十、十一月の『展望』に「永井荷風―その境涯と芸術―」を発表、それらを収めて、翌年十二月に国立書院から刊行した『荷風雑感』は、荷風を論じた書物の嚆矢の位置を占める記念碑的な書物になった。そうして、一九五二年一月から創元社から刊行される『永井荷風作品集』全九巻の編纂と、すべての解説を春夫がひとりで執筆することになる。絶えず「先生」という表記で統一し、それぞれの作品を自己の思い出や歩みを照応させつつ丁寧な読みをしている。主観的すぎるという批判は受けそうだが、これまでの解釈を是正している個所もしばしば眼につく。時代変化や齢の積み重ねが、荷風文学の理解をより深めているという印象である。荷風文学が読み継がれることの意義と確信とを、十分に納得しての発言である。

そこには、おそらく一九三六年に三笠書房から刊行した『永井荷風読本』を編纂した際の、不満足と心残りとを挽回しようとする意図も込められていたに違いない。さらにこの読本をめぐってのいざこざが、以後春夫に付きまとって感情的に苛立たせる事態を招くことは、その折にはまだ予期せぬことではあったろう。

＊

ところで、荷風の「断腸亭日乗」には、しばしば春夫や春夫の号「慵斎主人」が登場する。岩波書店版全七冊には末尾に索引が付されていて重宝ではあるが、春夫の記述を戦前に限定している。春夫が荷風の機嫌を損なって足が遠のき、戦後はまったく交流がないと受け止める傾向が強いようなのだが、かならずしもそうではないだろう。例えば、一九五〇年十月三十一日の条には、「雨。正午佐藤氏来話。創元社売文の件。」とあり、十二月二十九日にも、「晴。佐藤氏創元社社員来話。夜浅草。」とある。創元社からの全九巻の作品集刊行の間際である。荷風の記述は、まったく素っ気なく余所余所しい表記に終始しているのだが、このとき創元社社員と訪れている「佐藤氏」は、春夫と考えて間違いなかろう。この頃、「佐藤氏来話」が頻出していて、雑誌編集者の佐藤観次郎もよく荷風宅を訪れているので判別は難しいのだが、そこではフルネームの表記か、観次郎とか表記されていて、荷風はあきらかに区別しているふうである。戦後の、荷風と春夫の接点は、改めて洗い直す必要があるだろう。

戦前、神代種亮の仲介で荷風に接近し、偏奇館への出入りが自由であった春夫だが、荷風を「愛国者」と定義したことなどから不興を買い（荷風は日乗の一九四一年五月十六日の条に「佐藤春夫某新聞紙上に余に関して甚迷惑なる論文を掲載せしと云。事理を解せざる田舎漢と酒狂人ほど厄介なるものはなし」と記しているが、これは、春夫が『報知新聞』の一九四〇年十月二十三日から二十五日に掲載した「二つの愛国型」を指している）、さらに、荷風をめぐっての平井呈一と猪場毅との偽筆問題は（荷風は「来訪者」でその辺の経緯を描く。一九四四年四月脱稿、一九四六年九月刊行）、彼らと繋がりが深かった春夫にも、十分に責任を感じさせる問題だった。

＊

一九四九年五月、春夫が『三田文学』の公開講座で、「近代日本文学の展望」と題して六回に亘って話したとき、わが国の近代文学の出発点を森鷗外になぞらえる新視点を提供したのである。誤解をおそれずに言えば、わが国の近代文学において、ロマンティシズムの流れを的確に把握しようとしたのが、この公開講座で、これまでわが国の近代文学の歴史が、「自然主義文学の流れ」として位置づけられ過ぎてきたものに風穴を明ける試みであったともいえる。ひとつには、戦後の混乱した時代に、少しでも明るい兆しを見つけ出そうとした意図が隠されていたのかも知れない。鷗外・荷風を主軸に据えた近代日本文学の流れの提唱は、

かくて鷗外によつて端然たる秩序を与えられた我々の近代文章は更に荷風によつて先ず古来の嫋々たる文脈の美の伝統に新らしい光沢を加え、今更にさびと云いしおりと呼ばれた古朴簡素な美を現代に更生したのである。（「最近の永井荷風」）

ということばの実践編であったのかもしれない。春夫の荷風文学への讃歌は、そういう流れに沿ったもので、また一面では、春夫自身の青春、文学的出発へのノスタルジィを内包していたとも言えるだろう。

＊

春夫が「断腸亭日乗」の評価で、「世人はこの日乗が世相を写し伝えたのを喜ぶが、私はそれにも劣らずに時の流れに伴う自然の刻々の様相を細描しているのを尊ぶものである」（『小説永井荷風伝』）と述べている。荷風の自然や草花への眼差しや感応が、また春夫を感嘆、共鳴させた。そういう観点からも、今回の春夫記念館の展示では、春夫の花々を描いた絵画をメインに据えることによって、荷風理解との融合を図ろうと努力したつもりである。一時は画家を目指そうとした春夫であるだけに、描線はしっかりとした構図である。

春夫は荷風の葬儀に際し、「奉る小園の花一枝／み霊よ見そなはせ／まろにえ／巴里の青嵐に／黒き髪なびけけん／師が在りし日を／われら偲びまつれバ」との弔詞を捧げ、自邸（現在、記念館として新宮の地に移築されている）のマロニエの花を手向けているが、荷風文学の原点である西欧体

験を象徴させるマロニエ、それは春夫にとっては、夭折した愛弟秋雄を偲ぶよすがの花でもあった。

＊

しかし荷風没後、荷風の春夫誹謗の発言や、周辺からの種々の批判を知るに及んで、春夫は荷風をほとんど全面否定するような「妖人永井荷風」を書き、波紋を呼ぶ。春夫の荷風理解が情調によりかかりすぎ、直観的であったがためであろうか、春夫の荷風評価のこれまでの実績と、そこに賭けた情熱までもが、いまでは忘れ去られていると言っていい。あまりにも感情的で激情のままに書いた感のある「妖人永井荷風」を、冷静に修正する余裕が与えられないままに突然の死が春夫を襲う、そんな経緯が、荷風と春夫との、いま私たちが感ずる〈不幸な〉関係となったのではなかったか。それは、荷風文学理解において、荷風文学を語ることは己の文学を語ることにも通底すると一貫して自覚してきた春夫にとっては、背負わざるをえなかったあまりにも重い代償であったとも換言できる。

［付記］ちなみに「近代日本文学の展望」の直筆原稿を含む三二八枚が、最近、佐藤春夫記念館に寄贈され、『永井荷風作品集』解説の大部の草稿など、また戦後の荷風の動向や没後を伝える週刊誌の切り抜きや『永井荷風読本』に使用した荷風の口絵写真なども、春夫は大切に保管していて、いま記念館が所蔵している。

※第二次『荷風全集』第二十二巻「月報22」（岩波書店・二〇一一年一月）所載。

コラム6

『南紀芸術』
―昭和初期、和歌山からの発信―

◇「南紀」という呼称

紀伊半島の北部を流れる紀ノ川は、和歌山市を河口とし、南部を流れる熊野川は新宮市を河口とする。紀伊半島の西側から東側の新宮までがちょうど和歌山県に属する。熊野川の河口は対岸が三重県で、珍しく川が県境を成している。「南紀」という呼称は、もともとは徳川御三家の紀伊半島領内の「南海道紀伊」と言う意味の行政地名であったようだが、いつの頃からか半島の南側という地勢の「南紀州」の意に縮小していった経緯があり、「熊野」という名づけが多様で幅の広さを感じさせるのと比べて、いまでは多分に観光的な色彩が濃くなっている。だから、和歌山市で刊行されたこの雑誌が「南紀」の呼称を付されたことに、いまでは異和を覚えるかもしれない。しかし、紀州徳川家一四代藩主徳川茂承(もちつぐ)の命によって開始され、一九〇一年に完成した紀州藩の厖大な歴史書が「南紀徳川史」と題されていたことなどを考え合わせれば、昭和初期の発刊当時としてはさほど抵抗がなかったのかもしれない。

◇『南紀芸術』復刊第一号

ところで、『南紀芸術』は半世紀後に復刊された歴史を持つ(一九八三年三月)。現在、天満天神の落語寄席「繁昌亭」の支配人をしている恩田雅和が中心になって、文学、美術、考古学、民俗学などの同世代数人が集まっての小ぢんまりとした会が和歌山市で持たれていた。五年間ほど続いたろうか、私が一番遠方から駆けつけていた。熊野の片田舎で研究生活とは程遠い鬱々たる生活を続けていた三十代の私には、一服の清涼剤であったように思う。いつの頃からか「同時代の会」と名づけていた。せっかくだから研究発表の成果を一冊にまとめようという話が出て、自然に『南紀芸術』の衣鉢を継ぎたいということになり、同題を受け継いで変形の同人雑誌の態で出した。第一号の表紙の体裁をそのまま借用し、装幀をした保田龍門の遺族の了解を得て、「復刊第一号」と銘打った。経済的には、とても半世紀前の紙質を真似ようもなかったが、志は負けまいとして意気込んだ。「『南紀芸術』細目」(『皇學館論叢』一九八四年十月)を作った半田美永も一緒であった。すでに作家として名を成していた中上健次に原稿を頼もう、新進の作家辻原登にも依頼しようなどと話しあっていたが、惜しくも一号のみに留まった。残念ながら、半世紀前の編輯者猪場毅(いばたけし)の心意気には到底及ばなかったということであったろうか。

◇総合雑誌の風格

一九三一（昭和六）年和歌山市から発信した『南紀芸術』は、編輯者の猪場毅が「加藤一夫氏の農村的、郷土的芸術の提唱には、ぼくも亦熱心な主張者の一人として賛成である」（同誌第二号には、加藤一夫の「農村的、郷土的芸術・文化を語る」が載って、それを受けた「あとがき」）と述べていて、当時の郷土芸術運動にも通底する部分もあり、土着の鄙ぶりが露見している誌面だろうと思いきや、なかなかどうして、都会的な瀟洒な本作りである。加藤にとっては、それが都市的、中央集権的と映った部分があって、やや不満なようだが、猪場は、佐藤春夫が同じとき東京で編集していた『古東多万』を強く意識して、競い合うように誌面づくりに励んだのではないかと思われる。春夫も後援を惜しまず、一号巻頭に「浜木綿」の文を記し、三号の扉字を記し、六号の扉絵、九号には理想郷としての「湯川温泉」の文を掲げている。父豊太郎も表紙題字や裏印、小文も発表している。

二号の巻頭は谷崎潤一郎の「學海上人天狗になる事」であるが、佐藤春夫の「故園晩秋の歌」も載っている。一面広告「佐藤春夫編輯・月刊雑志（ママ）古東多万」も出ていて、「ことたま」とルビが付されている。さらに、春夫の編輯者のことばも刷られて、「予はこの好機を以て刻下のジヤアナリズム以外に清新にして多趣多益なる定期刊行物を得たしとの素志を実現せんとす。前人の未だ企てざりし境地を望みて創造的興味をもつて編輯を楽しみつつあり」と述べている。『南紀芸術』も同様に、和歌山県内外の文学、歴史、民俗、絵画など豊富な執筆陣で、総合雑誌の風格を漂わせている。第三号で、喜多村進が「ビアズレイに就て」で書いているように、オスカー・ワイルドの「サロメ」の挿絵で名を成したビアズリーが係わった『イエローブック』などへの眼配りも十分に行き届いた形で、文学美術の両界を見据え、芸術の世界的な同時性とも向き合おうとしていたことがわかる。

◇佐藤春夫の試み

「黄色い世紀末」としてデカダンな雰囲気で話題となった、イギリスの季刊文芸、美術雑誌『イエローブック』への関心は、佐藤春夫や芥川龍之介などにも共通するものであったが、春夫は一九二六（大正十五）年九月頃『禿筆（とくひつ）倶楽部』という純文学雑誌を発行する算段をするがうまくいかなかった。大正末から昭和初期にかけての文学界は、商業化、大衆化の荒波をまともに受けていて、円本ブームが一世を風靡していた。芸術性が危機にさらされていると感じた春夫は、文学雑誌や独自な本作りに果敢に取り組んでいる。『古東多万』は、『南紀芸術』よりも早く、わずか三年に満たない形で終刊し、挫折の形で終わっているが、そこから、高橋新吉の小説、魯迅の翻訳、芥川の遺作詩などが紹介されたことは、特筆に価すると言えよう。春夫はこの頃、一九三〇（昭和五）年の神代種亮校訂の稀覯本『瀟々集』、一九三一年の『詩集　魔女』、翌年の自筆木版刷『絵入みよ子』など、装幀に工夫を凝らした独特な本作りも試みていた。

◇各界から好評

『南紀芸術』は猪場から各界に送付されたとみえ、その評が九号（一九三三年十月）、十号の巻末に付されている。そこには、「郷土の匂ひ高き雅趣」（堀口大学）、「高雅にして清趣ある雑誌」（徳富蘇峰）、「紀州の紙を、それもたゞ「国のもの」と言ふだけの理由でなく「美しさ」といふことを念頭においてお用ゐになり印刷のはしばしにまでよく注意がゆきとゞいてゐるのは感心いたしました。私が今までに見た雑誌の中で最も感心したもの、一つです。書物に対する眼識さへあれば、どんな辺鄙な土地のどんな小さな印刷機からでも、美しい本が生れることをつくづくと思ひます」（寿岳文章）、「地方雑誌とも思はれぬ立派な印刷装幀に大いに驚嘆いたしましたが、内容も堂々たる顔ぶれなのに驚きを新に致しました」（矢野峰人）などとある。与謝野晶子は「雅趣ありて高踏的ならず、学術的にして専門臭なきを喜び申し候」とあって、十号（一九三四年一月）の扉には、「たそがれにのみ香を立てぬ白蠟の雫ばかりの早春の梅」という自筆の和歌が刷られている。しかし、この号が『南紀芸術』の最後になった。八号まで隔月で刊行されていたのが、ほぼ一年あきで九号が刊行され、三ヶ月あいて十号が刊行されていて、何の予告もないままに自然消滅の形になっている。九号からは、表紙に「紀伊国山路産」（日高郡上山路村・現田辺市）の和紙、本文にも「紀伊国藤井産」（日高郡藤田村・現御坊市）が使用され、鍋井克之装幀という凝りようを発揮しているが、猪場の意欲と反作用するように経済的な負担が増大し、却って消滅を早めた気配すらある。

◇編輯人猪場毅のこと

『南紀芸術』の編輯兼発行人であった猪場毅は、東京の日本橋で篆刻家を父に生まれている。雑誌編集や俳人として活躍し、俳号は伊庭心猿を名のった。関東大震災後各地を遍歴し、一九二八（昭和三）年頃和歌山市に住みついたようだ。この地に「南紀芸術社」を起こし、一九三一（昭和六）年九月から一九三四（昭和九）年一月まで雑誌『南紀芸術』を十号まで刊行した。加納諸平の歌集『柿園詠草』なども出版している。一九三四年東京に戻り、『南紀芸術』を通して知遇を得た永井荷風の下に出入りし始め、編集の仕事などに精を出してゆく。荷風が『南紀芸術』の寄贈を受けたのが一九三三（昭和八）年十月の九号であろう。礼状を送ったのが縁で荷風は猪場と交を結び、荷風からは相当な信頼を受けるまでになっていた。ところが、荷風の原稿などを偽筆したとして、一九四〇（昭和十五）年荷風から絶交を言い渡されている。荷風の小説『来訪者』にはその辺の経緯が述べられている。秋庭太郎は『荷風外伝』のなかで、「その十月、荷風は昭和九年初夏ごろから交を訂し来つた猪場毅、翌十年春ごろから親しく交際して荷風日記の副本をつくらしめてゐたほど信用してゐた平井程（呈）一の両人が、荷風偽筆をつくり売捌いてゐることを知つた。偽筆は平井が、偽印は篆刻を巧みにした猪場がつくつたといふ。荷風は真偽のほどを平井に問ひたゞした結果、その事実を知つたが、荷風としてはさまでその所業に悪感情を抱かず荒だて、咎立てしなかつた。一応叱りおく程度であつたらしく、それはその後における荷風の両者に対する厚誼のさまをみても実証し得る。それは何故か。即ち荷風は自己の揮毫した色紙、短冊、半切から既発表の古原稿等が読者から珍重されてゐることを知つて、ひそかに満足してゐたからである」と述べている。猪場は、戦後すぐ『広辞苑』の辞書編集部に在籍しているが、編者の新村出は、『南紀芸術』十号に「南海風景」を寄稿していた。

猪場の荷風について触れた文に、『絵入墨東今昔』（一九五七年）に収められた「荷風翁の発句」（一九五三年十月筆）などがある。

◇『南紀芸術』の挫折

美術や民俗学なども動員して総合芸術を目指す雑誌として出発した『南紀芸術』であるが、次第に、作者が郷土的な者に限定されてゆく傾向を生じたのは、郷土芸術として位置づけた当初からの目論見通りであったのかどうか。創刊二年目の第一冊に当たる第七号（一九三二年九月）では、「詩と創作号」と銘打ち、喜多村進や城夏子の短編と、「詩は、すべて紀伊在住の新人から集めた」（あとがき）という体裁をとり、猪場自身わざわざ紀南旅行を試みてその発掘に努めたようである。その過程で出会ったのが、万葉以来の故地玉の浦海岸と、春夫の実家下里（しもさと）（現那智勝浦町）の「懸泉堂（けんせんどう）」の保存運動である。

一九三二（昭和七）年になって、紀勢鉄道が、これらを破壊して施工されるとのことから反対運動がおこり、猪場も全面的に支援して、各界に呼びかけの文書を送っている。春夫の父豊太郎や弟夏樹との交信の手紙も残されている。

しかしながら、この運動も功を奏することはなく、懸泉堂は鉄道と国道とによって寸断され、『南紀芸術』もまた、廃刊に追い込まれて、猪場は和歌山を去ってゆく。

いまでも、昭和初期の面影をわずかに残している懸泉堂の庭に立つと、春夫が幾つかの作品で記したように、建物を揺らすばかり、庭を横切るように電車が轟音を立てて、緩やかなカーブを描きながら眼の前を通過してゆく。春夫がかつて、当時は汽車であったろうが、煙を吐く汽車に向かって、バカヤローと罵声を浴びせかけたという庭である。

※「リレーエッセイ　探す・繰る・読む―雑誌の楽しさ」第五回（雄松堂広報誌『Net Pinus』七八号・二〇一〇年四月）所載。

コラム7

〈見ないと損な雲〉
―佐藤春夫と檀一雄―

「落日を拾ひに行かむ海の果」―ポルトガルのサンタクルスの浜の句碑が語っているように、檀一雄は夕陽、夕映えをことのほか愛した作家だった。そこは、晩年の一雄が一年四ヶ月を独りで過ごした場所で、そこで、「ミシマのハラキリ」の報にも出遭っている。物心つかぬうちから、たび重なる転地を体験した一雄にとって、旅好み、放浪癖は生来のものであったし、孤立孤高の寂しさに、夕映えはその感性にぴったりだったのかも知れない。

一雄がはじめて関口町の佐藤春夫宅（現記念館応接室）を訪ねたのは二十一歳の初冬、一九三三（昭和八）年のことである。「畏怖の心と感動」、さらに「鬱然たる老大家に接したような重圧感」とが、初対面の印象であったが、以後、終生春夫を師と仰ぐことになる。

私は、幸いにして、佐藤春夫先生のお伴をしながら、随分とあちこちに旅をした。信州の佐久。それから姨捨の月を見にお伴させていただいたし、九州のここかしこ。また新宮から下里、勝浦のあたり、思い出すたびになつかしい。

別して、信州と熊野の界隈は、そこに先生の文芸を裏打ちをしている濃厚な生活が感じられて、自然と人格と詩が連環してゆく相をまのあたりに見る思いがしたものだ。

（「わが師佐藤春夫」）

と、一雄は春夫追悼の文章に書いている。

一雄に「佐久の夕映え」という作品があって（『新潮』一九五〇年三月）、佐久に疎開中の春夫に、久しぶりに会った姿が活写されている。春夫もそのモデルぶりに満足していた風だが、そこに春夫が推賞する「見ないと損な雲」の話が出てくる。――「見ないと損な雲が出てきたよ」と、まるで「デーモンに憑かれ」たように、足を曳きずり、佐久の自宅から駆け下りてゆく師に追いついて、眺めた蓼科高原辺りの上空、「見上げると空いつぱい波頭のやうな夥しい鰯雲が、黄金に染つてゐる」、その後のいろいろな雲の千変万化な様相。「「見ないと損な雲だつたらう」私は先生の声に、黙つて頷くばかりである。」――「ホラ、見ないと損な雲」はまた、一雄が子どもたちに語り伝えたことでもあった。

一雄の処女出版『花筐』の蝶を描いた表紙絵は、春夫が手がけたものであり、一雄の代表作『リツ子・その愛』『リツ子・その死』『火宅の人』などの完成に向けて、春夫は「原稿カケタカ」と、絶えず温かい励ましのことばを与えつづけた。

春夫亡きあとも、一雄は新宮のひとびととの交流をつづけた。作家亀井宏は、上京直後でまだ無名の中上健次を連れて一雄宅を訪れている。健次は一雄の葬儀に赴き、追悼の文「火宅の雪」を書いている。一雄は、その後も春夫の墓参などで熊野を訪れ、太地の海をとても気に入っていたようで、長男太郎を連れたたった一度の旅が太地だった。娘の檀ふみは「父と歩く」で、ここが「日本の日だまり」だと感じつつ、父と兄との足跡を辿っている。

「お前達の知慧と力の限りをつくして、お前達の、そのイノチの素材を、誘導し、ゆっくりと育成して、みるがよい。／何度敗れてもよろしい。傷つき、敗れる度に、イノチの素材は、底光りを増すのである。」と、亡くなる一年ほど前に「娘達への手紙」で書いている一雄である。

※企画展「「軽挙妄動」ふたり―佐藤春夫と檀一雄の旅」
（二〇〇四年十月～翌年三月まで）パンフレットに所載。

コラム8

佐藤春夫と「中国」「台湾」

―一九二〇（大正九）年の訪台に絞って―

一九二〇（大正九）年の春夫の台湾訪問に絞って記す。春夫が訪れた台湾は、当時、日本の植民地であった。

春夫はサラマオ事件（原住民の反乱）の見聞や、民族運動家林献堂との会談などを通して、わが国の同化政策のタテマエに潜む植民地の支配構造の矛盾に気づいてゆく。

ほんの気分転換のつもりで渡った台湾であったが、一〇〇日余りの長期滞在になり、台湾全土を見る旅にもなった。途中、中国本土の福建省の厦門に渡ったり、原住民族が多く住む台湾中央部の高地にも出かけている。

春夫が原住民の地へ足を踏み入れたのは、原住民族の先駆的研究で、原住民からも信頼が厚かった森丑之助のアドバイスと、台湾行政府の№2であった下村宏（号海南・歌人・和歌山県出身）の配慮から可能なことだった。春夫が『女誡扇綺譚』を刊行したとき、二人の名前を特記して、謝意を表している。

一九一八（大正七）年「田園の憂鬱」などを発表した春夫は、浪漫派文学の旗手として文壇にデビューする。しかし家庭内の不和と谷崎潤一郎の妻千代への思慕などから、一九二〇（大正九）年には極度の神経衰弱でスランプに陥る。二月、療養のため新宮に帰省した春夫は、新宮中学以来の友人で、上京後、同じ下宿に居たこともある東熙市に偶然再会、台湾行きを誘われる。東は高雄（打狗）で歯科医院を開業したばかりだった。

台湾行きの出発点として落ち合う手筈を取ったのは、新宮を発っての船旅で、大阪市西区新町三丁目の村上旅館だった。六月二十七日付の父豊太郎宛の葉書が見つかった。発信元の村上旅館は、新宮人がよく定宿としたところで、大石誠之助も利用、大阪の仲間たちにここで東京土産として話したとされる内容が「共同謀議」として、「大逆事件」で逮捕されたのである。村上旅館は「和歌山県人」の経営とされるが、新宮にもゆかりのある人であったようだ。春夫の葉書の全文を引用しておく。

> 無事。海上は案じたに似合はぬ平穏でいい具合でした。二十七日（今日）の早朝にここで東と落ち合ふ筈だつたから東が早く来て気を揉むでも悪いと思ひ直して竹田へは寄りませんでした。（帰りには行きます）天気が悪くて困ります。あすの模様で一便延すかもしれません。若しさうしたら来月三日まで広嶋（ママ）の東の兄さんところで世話になります。大阪毎日へ紀行を寄せること

にしました。

一九二〇（大正九）年七月六日に台湾の基隆に上陸しているから、広島滞在があったのかもしれない。十月十五日に台湾を離れるまで、福建省を含めて三か月半に及ぶ春夫の台湾の旅になった。この時の経験は長い年月をかけて、作品として紡がれていく。そのことで、春夫は作家として再出発しスランプから脱出し復活する。

台南を舞台にした「女誡扇綺譚」と、福建省を舞台にした「南方紀行」に触れてみる。

「女誡扇綺譚」は、「私」（「台南の新聞記者」）が夏のある日歴史好きの漢詩人「世外民」に連れられて（「世外民」という命名も、この世から逸脱して生活している者の意を込めているが）、「禿頭港」の廃港に迷い込む。豪商沈氏の船問屋だった無人の邸宅に足を踏み入れた途端、二階から「なぜもっと早くいらっしゃらない？」と女の声がする。その家で男が首を吊って自殺したと聞いた「私」は、失恋自殺だと直感して「声の女」の身元を調べ始める。この軽卒な行動が意外な悲劇を招き、「私」は後悔に苦しむ。自文化のプライドを持って支配に屈しない「世外民」や、「内地人」との商取引で犠牲になる台湾少女の悲恋を描く、ミステリー性を帯びた名作となった。さらに幽霊屋敷の女性が使う言葉は泉州語、米屋のお嬢さんは美しい日本語で話すなど、ルビにも神経質なほどに使い分けが行われていて、それは春夫が台湾における言葉の〈現実〉を十分に把握しえていたからだと判断できる。

一方「南方紀行」の内容は、「私」は「鄭君」（東歯科の書生）と、高雄から対岸の厦門に渡る。船中で「陳」も一緒になり、狭い路地裏に宿泊する。鄭は外出したまま帰らない、陳も気心が知れない。排日感情の激しい街に一人取り残され、不安な夜を過ごす。漳州をぜひ見てこいと勧められる。反政府系の広東軍閥陳炯明が、社会主義思想に基づく理想都市の建設を進めている厦門近郊の街である。実際に見ると、近代化は貧弱、文物が破壊されている様子、陳炯明の人柄に疑問も禁じ得ない。しかし広西軍と交戦が始まると、「私」は陳炯明を応援したくなってくる。

日本の対華二十一ヶ条要求に反発する五四運動は、一九一九年以来広がりを見せ、福建省では一九二〇年初頭から対日感情は最悪の事態に至っている。「私」が居住する外国人租界から逸脱した路地裏の世界は、当時日本人や権力に対して反感うずまく生活空間になっていた。「私」はしばしば身の危険や疎外感を味わう。春夫の初の外国体験は、〈日本人〉としてあることの不安と向き合う旅にもなった。

春夫が、父の知人大石誠之助らが刑死し（いわゆる「大逆事件」）、国家権力の横暴を実感、「日本人ならざる者」と比喩で述べている。春夫自身も「「日本人脱却論」の序論」なども書き始めるが、書き継がれることはなかった。日本人でないということで排除されてゆく仕組みとは何なのか、「国体」の問題なども盛んに論じられる。そんな問題をわずか一八歳で考え始めていた。「日本人とは何か」を考えていた春夫にとって、二八歳の旅は、福建や台湾で遭遇した歴史的な現実、台湾の原住民族との接触を通して、あらためて〈日本人〉としての〈羞恥〉のようなものを実感させられる旅になった。

植民地政策への疑問、原住民との交流を通しての感慨、「台湾議会の父」といわれる林献堂との面談など、春夫はまさに台湾の〈現実〉と向き合わざるを得ない状況に置かれる。癒しの旅のレベルをはるかに超えるものになっていった。

孫文の辛亥革命によって、一九一二年に成立した中華民国は、まもなく孫文は追われ、孫文の北伐は中断を余儀なくされる。漳州に駐屯した陳炯明は、「閩南（びんなん）のロシア」（閩南は福建省の南部の意）と呼ばれる東アジア初の社会主義政体の都市として建設しようとする。春夫は、一九一八年からわずか二年間存在した実験都市を見物してきたことになる。しかも、日本人として認知されることが身に危険を及ぼすかも知れない状況のなかでである。北伐態勢の立て直しを図る孫文は、陳炯明説得のため、蔣介石（しょうかいせき）を上海から密使として送り込む。「蔣介石日記」によると、彼の漳州入りは一九二〇年八月一日。春夫の「南方紀行」の日付によれば、春夫は蔣介石と同じ小船で漳州を訪れたことになる。孫文の革命が新たな局面を迎える瞬間、その発火点とも言える都市に春夫は身を置いていた。その意味でも「南方紀行」は、中国近代化の貴重な証言ともなっている。

春夫はまた、九月の高雄から台中に向かう旅の途中、台湾のヘソといわれる埔里（ほり）で、原住民が蜂起した「サラマオ（蕃）事件」に遭遇し、その実情を知る。このとき春夫の行く手には、暴風雨による交通の寸断と、原住民の蜂起という困難が待ち受けていた。春夫の作品『霧社』は、その辺の事情を叙しているが、それから十年後、さらに大規模の反日反乱事件、わが国は軍隊まで派遣して鎮圧する「霧社事件」（一九三〇年）が勃発する。

現在、台湾での春夫作品の評価は、植民地台湾の置かれていた現状をよく理解し、日本の近代文学として台湾原住民の姿を最初に描いたのではないか、と見られている。

当時の植民地であった台湾には、「内地人」といわれる日本人、「本島人」といわれる漢民族、当時「蕃人」と呼ばれた原住民族、そんな住民構成だったが、春夫の諸作品はそれらの「関係性」、「上下関係」と言うような部分にも十分に目が注がれるものになっている。

春夫が台湾の台北を発つのが十月十五日、大阪に到着して直ぐの十月二十日付新宮の父豊太郎宛の書簡も見つかった。和紙一枚の墨書、新宮へ帰省するのを取りやめて、東京へ向かうという内容である。「台湾航路多少、難船にてつかれ休めをも兼ね一日当旅舎に泊り候」とある。「大阪にて」とあるだけで、村上旅館であったかどうかは分からない。ただ「三十円も頂だい」とあって、為替で受け取った模様であるから、定宿への送付であったのだろう。

春夫はその足ですぐに小田原の谷崎宅を訪問したことは、たとえば春夫の未完とされる「この三つのもの」の書出しで「東海道のK駅で赤木が下りたのは二時ごろだった。北村の家のO町までは、そこからまだ三十分ほど電車で行かなければならない。」とあって、赤木は春夫、北村は谷崎を指している。K駅は国府津、O町は小田原である。十月二十一日は、国鉄熱海線国府津・熱海間が開通した日だった。春夫の書簡では、「三時四十八分の汽車にて出発只今二時十五分前右取急ぎ」とあって、国府津駅に下り立つ午後二時にそのままつながるのであろう。「この三つのもの」は、それから四日間のことが描かれている。東京に出て、弟夏樹宅を訪れるところで終わるのだが、さらに米谷香代子との離婚話に決着をつけるのである。春夫の父宛て書簡には、「東京にて所用のことにても御座候はゞ米谷方へ御手紙御与へ下され度候。何もかもひとりぎめにて、しかもそれがのゝのろのろして居り候段御海容下され度」とある。

その後、谷崎宅に滞在、年の瀬となって、母親の病気のために新宮に帰省する。春夫自筆の年譜には「この年、作品殆ど無し。」となるのだが、春夫の人生にとっては、特筆すべき年になったはずだ。

春夫が台湾に渡った一九二〇年は、そんな年だった。その後、「小田原事件」、十年後の「細君譲渡事件」、春夫の人生に大きな転機をもたらす出来事が続いてゆくのだが、そんななかで、一九二〇年の体験をもとにした「台湾」や「中国」を舞台にした作品が書き継がれてゆくのである。

※河野龍也氏の最新の研究に負うところが多いことをお断りし、謝意を表する。
※二〇一八年新宮で開かれた「地中海学会・国際熊野学会」共催の会での発表素案に、手を加えて文章化した。なお、引用した書簡二通は、二〇二三年新たに発見された一一九通の内の二通である。

コラム9

佐藤春夫と台湾

─一〇〇年前の足跡を辿って─

東京・文京区にあった佐藤春夫の自邸を故郷の新宮市に移築、小さな文学館として開館してまもなく三〇年になる。この頃では佐藤春夫と言っても知らない人が多くなったが、五〇年前の東京オリンピックの時は、開会式で春夫作詩の大会賛歌が斉唱された。記憶する人ももうあまりいない。少なくともその頃は国民的な詩人として誰もが認めていたのであろう。しかし春夫自身は十月の開会式を見ることなく、その年五月に七十二歳で急逝している。この頃では春夫は、文豪ゲームを通して一部の若い人たちには知られるようになってきてはいる。ゲームから春夫作品に近づく人も居るらしい。

ところで、佐藤春夫が台湾に渡ってから、二〇一九年はちょうど一〇〇年になる。春夫が訪れた一九二〇（大正九）年の台湾は、言うまでもなく日本の植民地だった。春夫は長期にわたって、台湾等を題材にした作品を発表しつづける。「女誡扇綺譚」がその代表作と言ってよいだろう。春夫も自身の作品のうち五本の指に入るだろうと自信を見せている。

ようやく新進作家として登場しかけた佐藤春夫、しかし谷崎潤一郎の夫人千代への思い、実らぬ恋の傷心、極度の神経衰弱に陥って、たちまちスランプに襲われる、殆ど作品を発表できなくなってゆく。それを癒すために故郷新宮に帰省、そこで出会って、台湾に春夫を誘ったのは新宮中学時代以来の友人東熈市（ひがしきいち）（一八九三―一九四五）である。台湾の高雄で歯科医院を開業したばかりだった。

東熈市が台湾で開院した背景には、新宮人の対台湾渡航の頻度の多さが挙げられるだろう。それは、新宮の木材業者の台湾での活躍である。

近畿一の河川、熊野川沿岸から切り出された材木は、筏（いかだ）を利用して河口の新宮に運ばれ、新宮は木材集積地として経済的な発展を遂げる。江戸時代から明治中期にかけては、新宮材の最大市場は、江戸・東京だったが、東北本線や奥羽本線などの鉄道の開通により安い東北材が東京市場に入るようになり、新宮材の販路は後退を余儀なくさせられる。そこで、開拓されたのが大阪市場と、日清戦争後、植民地となった台湾への販路だった。台湾総督府が「内地材」を使用させる政策をとったことも、〈幸い〉した。明治後期から大正昭和にかけて、勝浦港が台湾に対する木材の最大の移出港で、わが国から台湾へ移出する額の約半分を占めていた。新宮―勝浦間の軽便鉄道の開設も、まずは木材搬出の最大効果を狙ったものだった。また、台湾産高級天然檜の〈内地〉への移出も盛んで、一九〇九年には台湾の納材・卸売り・小売り業者三八社のなかで、過半数が新宮人の経営によるものだった。

＊

さて、春夫が台湾にわたって、原住民の地へ足を踏み入れることができたのは、森丑之助（もりうしのすけ）（一八七七―一九二六）という台湾原住民族の先駆的研究をしていた人のアドバイスがあったことと、当時台湾の行政府の№2であった下村宏の配慮があったから可能なことだった。海南と号した文化人、歌人でもあった下村は、和歌山県の出身、わが国の敗戦時の玉音放送のプロデュースをしたことでも著名である。

春夫が台湾の奥地を訪れたのは、のちに「霧社事件」とよばれる台湾原住民族による大反乱、その前兆でもあった「サラマオ事件」とよばれる事件が勃発した直後である。昭和初期、民政長官を退いた下村宏が、春夫の辿った足跡をたどり直した写真が最近見つかり、おそらく春夫もこんな担ぎ台に乗った姿で旅を続けたのかと想像させる写真の数葉である。

春夫作品は、植民地台湾の置かれていた現状をよく理解し、現在からみても原住民へのまなざしも正確ではないのか、わが国の近代文学として、台湾原住民の姿を最初に描いたのは春夫ではないのか、そういった評価が、最近、日本でも台湾でも定着してきていると言える。春夫は台湾関連の作品を発表することによって、作家として再出発し、スランプから脱出し、復活したとも言えるのである。

＊

私は、一昨年、台湾での春夫の足跡の一部をたどる僥倖に巡り合った。現地の研究家鄧さん夫妻の案内で、まず私たちが目指したのは、二水駅。台湾縦貫線から集集線（しゅうしゅうせん）への乗換駅。一〇〇年ほど前、佐藤春夫が乗車した旅程。春夫の頃は二八水、ちょうど駅舎を見学していたら気動車が入ってきた。さっそく飛び乗って集集まで向かうことにした。一〇〇年前とは、もちろん軌道幅も違い、区間によっては、手押しの台車もあったようだが、人家がほとんどない檳榔（ビンロウ）樹林やバナナ畠などは、春夫が眺めた風景と変わらないだろうと言う。春夫は暴風雨による被害で、途中も寸断され、思い通りの行程にはならなかった。「二八水といふ―化粧品にまがひさうな名の駅で本線を下りた。朝の九時すぎだつた。支線といふのが例のおもちやのやうな箱の汽車なのだが、それが通じてゐさへすれや、それでも有難いことには、その日の夕刻には、思ふところへ着けるものを、それが駄目だつた。」（「旅びと」）と述べている。嘉義（かぎ）から二八水までの車中のエピソードを扱ったのが、春夫の代表作の童話「蝗の大旅行」である。

私たちは集集駅で下車して、終点の車埕までは自動車。車埕駅では、昔の手押し車が軌道上に保管されていて、操作すれば少し進むことができた。見上げる山上には発電所が見え、いまでも稼働中とか。もともと集集線は、日本統治下、砂糖会社の私鉄、さらには電力発電所建設のための専用線として敷設されたものだった。山の向うは日月潭に通ずると言う。

台湾南投県集集鎮（鎮は台湾でもっとも小さな行政区のひとつ）は、人口一万一二〇〇人余。一九九九年九月二十一日、マグニチュード七・三の大地震が台湾を襲い、二千人以上の死者が出た。道路や建物などの損壊も甚だしく、震源地が集集であったことから「集集大地震」などとも呼ばれる。近隣の埔里でも多大な被害を蒙り、鄧さんの家も倒壊、多くの資料も瓦礫の中に埋もれた。

この夜の泊りは、埔里の宿。埔里は、九州より面積のやや小さい台湾のほぼ真ん中に当たり、「台湾のへそ」などとも言われる。春夫は書いている——

> ここは台湾の殆（ママ）んど中心地であり、高峯に囲まれた盆地であり、地勢の関係か蛇や蝶などの特異な種類があるので学問上でも有名な地方であると聞いた。物産陳列所には、なるほどピンに刺された蝶の標本が沢山あった。（「霧社」）

蝶の種類は今でも豊富、マニアの聖地でもあるらしい。

春夫はこの埔里の地で、原住民が蜂起した「サラマオ（蕃）事件」（「蕃」というのは、原住民の集落の意味）の実情を知る。このとき春夫の行く手には、暴風雨による交通の寸断と、原住民の蜂起という困難が待ち受けていた。それから一〇年後、日本統治下最大の事件、「抗日霧社事件」が起きる。いまでも埔里は霧社への入り口である。

*

翌日は原住民の方の案内も加わって、私たちは埔里から霧社に向かう。佐藤春夫は、霧社から能高へ、峻嶮な能高越えをして、再び霧社に帰っている。今でも埔里に住む人々にとって霧社までは行くものの、山深い能高まで足を伸ばすことは稀らしい。

今でこそ車で行けるが、かつては人跡未踏の地であった。「人止関」という呼称も残っている。春夫の時代は、日本の統治が霧社から能高にまで及んでいて、立派な警察署が各地に置かれていた。「理蕃政策」と言われる、原住民に対するアメ（インフラ等の整備）とムチ（「日本文化」の強制）の対策は、一方で原住民同士の分断をも助長し（台湾原住民族のなかで、漢民族に文化的に同化していたのを「熟蕃」、独自の文化を維持していたのを「生蕃（せいばん）」と称し、「生蕃」のうち、日本の統治を受け入れたグループを「帰順蕃」と呼んだ）、一九三〇年十月二十七日の「抗日霧社事件」の悲劇にも結び付いてゆく（霧社事件で蜂起したグループを「反抗蕃」（敵蕃）と呼び、日本軍は「味方蕃」を利用して鎮圧した）。

霧社では、事件の舞台となった運動場、当時と同じ大通りを残す街並みでは、ここでは一月だという桜満開の頃を想像し、かつて日本人のみ立ち寄りを認められていた場所には「セブンイレブン」の店が進出していた。春夫が日本語教育の概念化の在り方に疑問を持った、現地の小学校「仁愛國民小學」にも立ち寄った。アンツーカーのグランドで子どもたちはバスケットボールに興じていた。通路の壁にはカラフルな絵が描かれ、「健康・品格・能力」の文字と、それぞれに英語表記も添えられていた。

＊

私たちは霧社からいったん埔里へ引き返し、昼食を摂って、日月潭に向かった。今でこそ、台湾を代表する観光地となっているが、春夫が訪れた頃は、まだ観光地として始まったばかり。台湾電力会社ができて、水力発電工事が始められ、春夫もその恩恵で見学できているのだが（さまざまな挫折を経て、完成まで結局一五年の歳月を要した）、春夫が泊まったのは総督府の宿舎「涵碧楼（ハンピーロウ）」、そこから船に乗ってサオ族が住んでいるラル島まで歌や踊りを見にゆく。杵歌と杵音とは、サオ族のもっとも代表的な音楽で、女性が杵を使って石臼で稲穂を敲（たた）く音に由来すると言う。

日月潭は、ダムが完成して、水深が二一メートル上がったことから、春夫が泊まった宿舎の場所はいまでは湖底に沈んでおり、ラル島にも人が住めなくなって移転を余儀なくされた。

私たちが立ち寄った遊覧船の乗り場辺りには、サオ族が観光客用に演じる劇場と舞台があり、そこでは、春夫も眼にした「杵つき歌」が演じられていた。春夫は、サオ族の文化が観光化されていることに、批判的な意見を述べているが、当然、観光化、ショー化はさらに進んでいる。しかし、サオ族の人々は、いまでもなお祖霊信仰、祭祀、冠婚葬祭、部族の行事など精神生活を大切にしており、私たちはその家の祭壇も見せてもらった。春夫が見たのは、旧暦八月の新年祖霊祭の行事であったことが、いまでは判明している。

私たちは湖を半周して、春夫が泊まった「涵碧楼」の方に廻ったのだが、そこからはラル島も望むことができた。そうしていまは、「涵碧楼大飯店」という高級リゾートホテルが建っている。それは、日本の植民地から解放された後、蔣介石総統の避暑地であった所という。

日月潭や、埔里から霧社に至る広大な地域、丘陵や盆地、渓谷などは、自然と資源に恵まれ、清代以降、「水沙連（すいされん）」と呼ばれてきた。

＊

私たちが高速鉄道（新幹線）で台南に着いたのは、沈む夕陽が影を長く際立たせる頃、時間にすれば七時前であった。

この夜、台南の細い露地を案内して説明してくれたのは、二年間台南科技大学で教鞭を執っていたこともあるOさん、台南の地を隅から隅までご存知である。熱帯の台南では初夏に鳳凰木（ほうおうぼく）が一面に花を付ける、ちょうど時期的にもマッチしていた。Oさんは「佐藤春夫「女誡扇綺譚」の台南—「廃市」と「査媒嫺（さほうかん）」—」という文章も書いている。「査媒嫺」とは、台湾に残っていた旧弊で、幼女を貰い受け一種の「人身売買」する制度、日本統治下でも残存していた。

春夫の「女誡扇綺譚」を巡っての文学散歩にも参加した。大型バスをチャーターしていたが、参加者は二〇名ほどで、昔との比較地図の資料なども配布されて、ゆったりと座れた。この作品は、春夫の台湾作品のなかではまず代表作として挙げられるもので、春夫自身も「作者自らはこの作を愛してゐる。この点でおそらく、この作は指折つてみて五つのうちに加はるだらう」と述べている。まず、禿頭港（クッタウカン）の舞台となった辺りを散策。安平港（アンピンカン）の最も奥の港と言われた所。いまでは、もうその痕跡はほとんどない下町風な場所になっている。そのようなところに「港（カン）」と名付けているのが不思議なくらいの安平は、すでに春夫が訪れたときから、廃港寸前であった。自然の土砂が、海側へ海側へと堆積してゆき、港の機能が不全となってきて、やがて高雄にその地位を奪われる。

「女誡扇綺譚」ゆかりの建物の痕跡が、いまでも台南に残っている。作品では「沈家（シン）」となっているのは、実は「陳家」であること、「廠仔（チヨンア）」と呼ばれる陳家の造船所跡なども確認、一九世紀末には消滅したという、T型、S型のオランダ式の金具が残る建物の存在までも、実際に私たちは目で確かめた。近くにある、今はほとんど閉鎖している「代天府」の小さな廟は、陳氏一族の家廟であったということである。さらに、通りを隔てたところ、「世外民」と酒を酌み交わした酒楼「酔泉閣（ツイツエンコ）」のあった小路へも足を運んだ。ここは高級の酒邸であったという。

台南在住の歴史家黃天横氏は、亡くなる寸前まで、「女誡扇綺譚」文学碑の建立を長く熱望し、志を持っていたことを地元の人に教えられた。

＊

いまでは台南市の安平古堡（アンピンクーパオ）といわれる要塞・セーラン

ジャ城のある安平の町は、一七世紀にオランダ人によって造営された町で、いまでも台湾の古風を保っている。史跡公園として整備されていて、オランダ人を駆逐して一時覇を誇った鄭成功（一六二四—六二）の像もある。鄭は「国姓爺」（本土の隆武帝から「朱」の姓を賜ったという意味。しかし、鄭は「朱」を名のらなかった）とも呼称されたが、わが国では近松門左衛門の「国性爺合戦」の作品（史実に悖ることが多いと言うので「性」の表記に）で有名になる。

公園内には、オランダ東インド会社の兵士たちが作った煉瓦壁の城壁が現存し、榕樹が絡みついていた。広場では、わが国の懐かしい歌謡曲などが演奏され、多くの人たちが耳を傾けていたが、私たちはそれを背中で聴きながら、展望台に上ってみた。三六〇度の眺望が可能で、台南の中心街のビル群が右手奥、左側には「塩水渓」の流れ（台湾では河や川を「渓」ということが多い。高山から始まる流れは、多くの渓谷を成していることからの命名）、それを河口まで辿っていった辺りが海なのだろうと想像できる。沼地や養漁地として名残りをとどめているようだが、海ははるか彼方の感がする。かつての運河や暗渠もまるでわからない。やや遠方に、春夫が目にしたと同じような英国風な商館らしい白い建物が見えたのには、まるで一〇〇年の時間を跳び越えたようで驚き感動した。

そう言えば、ここに来る途中で、端午の節句（六月十五日前後）の船競漕行事のペーロン競走の練習をしていたが、あそこは、運河だったのであろうか。

展望台から、鳳凰木の赤い花や榕樹の大木越しに見えた楼閣は、航海の女神の媽祖を祀った天后宮であるらしく、公園とは地続きの具合であったから、余計に賑わっていたのだろう。

バスの乗り場は、天后宮側であったらしく、乗車してすぐ、楼閣の正面が見え、下町風な店舗が広がっていた。バスで海まで乗り出してみることにした。すでに海水浴が始まっていたが、どんよりした雲から雨に襲われて、しばしモニュメントの陰で雨しのぎを強いられた。スコールは日常茶飯事、そこは台湾海峡であった。浜辺に近い通りでは、舞台に改造した小型トラックでカラオケ大会が行われていた。

台南の町は、オランダの時代、鄭成功の時代、清から日本の統治へ、さまざまな貌を今でも垣間見させてくれている。六月初旬鳳凰木の並木が、一斉に緋色に咲き誇って、風土色と歴史性とを豊かに感じさせてくれていた。

日本統治下の台南州庁の建物を改修して開館した国立台湾文学館では、佐藤春夫の訪台一〇〇年を記念した特別展を、いま企画、準備中である。

※『21世紀和歌山』（和歌山社会経済研究所・二〇一八年十二月）所載。

※台南市の国立台湾文学館では、二〇二〇（令和二）年四月三日～翌年二月二十八日まで、「百年の旅びと佐藤春夫一九二〇台湾旅行文学展」（河野龍也氏監修）が開かれた。佐藤春夫記念館の諸資料を貸与したのを始め、応接間なども再現された由。それより先の二〇一九年八月十九日、国立台湾文学館の蘇碩斌（スー・シユオビン）館長他、関係者が新宮市を表敬訪問した。しかしながら、開催中、コロナ禍で交通が途絶えたため、交流がかなわなかった。

「あとがき」に代えて

「能火」とは、「熊」の漢字を二分割したもので、「能火野人」とは、「熊野人」の謂いである。
春夫が、筑摩書房の「現代日本文學全集30」の『佐藤春夫集』（一九五四年一月）の扉の裏に「老来自ら能火野人と号す蓋し紀州熊野の産生涯流寓して思郷の念切なるなり　昭和二十八年初冬　佐藤春夫　于時六十二才」と自筆で認めてあるのが、「能火野人」の号を使い始める最初であろうか。しかしそこには、熊野の地が持つ、独特な〈野性味〉のようなものが託されているような気もする。「望郷の詩人」と言われた春夫にとって、単にノスタルジーでは済まされない、何ものか。その拠ってくるところを、私は〈反骨精神〉とでも呼んでみたい気がしているのだが、春夫自身は、もっと深い意味を付与して、古来熊野の歴史や文化、そういったものの総体を内蔵させていたのかも知れない。

*

東京の文京区関口町にあった佐藤春夫の旧宅を移築して開館した、「佐藤春夫記念館」という小さな文学館に係わって、以来三十余年が経つ。開館時からは、ご子息の故佐藤方哉さん、研究家の故牛山百合子さんの強いご支援、ご指導をいただいた。そして、現在も高橋百百子さん、竹田長男さん、竹田有多子さん、小林栄助さんなど、ご縁の方々の絶大なる協力あればこそ、小さな文学館の存続がありえたこと、さらに資料整理の段階から、館の運営に係わって下さった常勤、非常勤の方々、歴代の館長はじめ理事、監査、評議員の方々、そして何より新宮市教育委員会の歴代の関係の方々、それに多くの市民の皆さまのご支援があったことなど、改めて感謝の念仕切りである。

佐藤春夫記念館が開館するのに合わせて、急遽『図録　佐藤春夫』を作成、「望郷の詩人・偉大な文学者」と冠に付したが、その後、春夫生誕一〇〇年の講演で辻井喬（堤清二）さんとともに見えられた中村真一郎先生が、春夫を〈望郷〉の枠に閉じ込めてはいけない、来る二十一世紀に向けて、さまざまな可能性を有しているのだ、今後はその〈前衛性〉をも評価しなければならないというご高説を拝聴し、深く心に留めたことであった。さらに先生は、「「二十世紀」の前衛としての佐藤春夫」と題した文章（『定本佐藤春夫全集』「月報1」一九九八年四月）で、〈春夫文学〉の前衛性を、具体的な作品を列記しながら、「二十に近い多方面の前衛的業績を仕遂げた」と評価し、「ひとつのレッテル付けが困難」ということで、日本の読書界がその前衛性、その「変貌」「変換」の相をなかなか理解できないのだと嘆かれている。

二〇〇八（平成二十）年に編纂した『新編図録　佐藤春夫』では、そのことを踏まえて、「多様多彩な展開」というサブタイトルを付した。

今回、拙著を「能火野人・佐藤春夫」と命名したのは、ある意味で〈望郷の詩人〉に立ち返ったような印象を与えるかも知れないが、それは改めて少年期からの〈反骨〉の精神醸成を新たに精査してみることによって、〈多様多彩な展開〉の糸口として、見直してみたいという意図にもよる。

その後、〈春夫と台湾〉との関連や、中国の作家魯迅をわが国に初めて紹介したのが春夫である、と言っても良いことなどを学び直すことによって、「能火野人」としての骨格が確固たるものであることを再認識し、「望郷の詩人」の意味が、さらに厚みを帯び、「多様多彩な春夫文学」と決して矛盾したり相反したりするものではないことも確認できたようにも思う。

熊野の地に長く住んで、「大逆事件」に関心を持ち、〈春夫文学〉への近づきも「愚者の死」から始まった私にとって、本書の校正を進めながら、同時に『増補版　熊野・新宮の「大逆事件」前後』（論創社・二〇一四年一月）

の校正にも励んでいたことは、何かしら因縁めいたものを感じつつの重なる作業になった。

さらに今回、佐藤春夫の家族宛（主に父豊太郎宛、甥竹田龍児宛）書簡一四一点が、ご遺族から春夫記念館に寄贈され、内一一九点が新発見であることが判明し、それらを読み解いてゆく作業とも重なった（『佐藤春夫記念館だより』第二八号に一部紹介、九月二十一日記者発表して公表。あと二九号にも一部紹介）。

*

なお、拙著には収めなかったが、私がこれまで春夫に関する論考めいたものとして、発表してきたものは、以下の通りである。折があれば目を通していただければ幸いである。一部は拙文にも取り込んである。

。佐藤春夫の処女戯曲―「寝ざめ」発見に寄せて―　『日本文学』一九八〇年四月

。春夫文学の〈胎動〉―「自然主義」思想からの出発―　『日本文学』一九八一年四月

。佐藤春夫、初期短歌の位置＝明治四十一・二年の〈新宮文化状況〉のなかから　『熊野誌』二八号・一九八二年十二月

。「愚者の死」をめぐって―佐藤春夫と〈大逆事件〉序説―　『近代文学研究』（日本文学協会近代部会編）創刊号・一九八四年十月

。与謝野寛歌集「相聞」刊行直前の一道程―資料・明治四二年の熊野再遊、その周辺―　『熊野誌』三二号・一九八六年十二月

。与謝野寛（鉄幹）と新宮の文化―明治末の再遊と佐藤春夫の文学的出発と―　『会誌』一八号・和歌山県高等学校教育研究会国語部会・一九八八年三月

。〈黒瞳の少女〉と〈鼻の人〉＝佐藤春夫「お伽噺の王女」（初恋の人）をたずねて＝　『熊野誌』三五号・一九九〇年二月

。佐藤春夫、作品にみる〈ふるさと・熊野〉—昭和十年代「熊野路」「ふるさと」への道程—
『春秋』一五集・一九九二年四月
。与謝野寛の詩「誠之助の死」成立にみる、晶子の「大逆事件」
『熊野誌』五八号・二〇一一年十二月
・なお、この拙文は、内容から、拙著『増補版　熊野・新宮の「大逆事件」前後』（論創社・二〇二四年一月）に収録した。

＊

一昨二〇二二年は、佐藤春夫生誕一三〇年の記念の年だった。東京の実践女子大学での特別企画展は、春夫没後一年、東京・池袋の西武百貨店で開かれた追悼展以来の充実した内容だった。佐藤春夫記念館でも一部資料をお借りして、特別展を開いた。

三重県尾鷲市にある県立熊野古道センターでも、特別展「佐藤春夫生誕一三〇年記念—詩人、作家、文明批評家・多様な文学世界と熊野」展が開かれ、その一環として畏友半田美永氏と講演、対談などを行った。控室で拙著刊行が話題になった時、即座に半田氏は旧知の和泉書院に依頼してくれ、その後とんとん拍子で編集が進んだ。仲介の労を取ってくれた半田氏に、まずもって深くお礼申し上げねばならない。

拙著編集で、私自身の粗雑さ、杜撰さに多く気づかされたが、初出の点検や、綿密な指摘をしてくれた和泉書院の皆さまには、ただただ頭を垂れるのみであった。

＊

二〇二〇年に亡くなった映像作家大林宣彦氏は、春夫の科白である「根も葉もある嘘八百」ということばを、フィクション性や幻想性を支える基盤として、その映画造りにも応用したのだという。春夫の「わんぱく時代」を原作とする「野ゆき山ゆき海べゆき」が撮影されている。二〇一四年八月八日、熊野大学セミナーで講演した大林氏は、「春夫と熊野と私」と題して、春夫への思い、映画への思い、平和への思いを、若者に語り掛けるように熱く語った。

私が監修を務めた『佐藤春夫読本』（河野龍也氏編集・勉誠出版・二〇一五年十月）に、大林氏の講演録を収録するに当たって、丸みを帯びた直筆の許諾の書簡を受け取った際の丁寧な対応は忘れ難い。

現代の日本文学を代表する作家のひとり池澤夏樹氏は、かって週刊誌の「読書日記」の一節で、『佐藤春夫読本』に言及し、「作家は死んでも作品は残る。そして評価はまず下がる。これについて、死んだ作家は一度は忘却の煉獄に入るという言いかたがある。復帰する者は少ない。／ぼくは佐藤春夫という人がずいぶん好きなのだが、どうも彼は煉獄から戻って来なかったらしい」と述べていた。かつて谷崎潤一郎や芥川龍之介と、肩を並べるほどの時代の寵児であった春夫だが、いまでは池澤氏の言の如く、「忘れられた作家」に分類されるのだろう。

しかしながら、二〇二〇年四月、台南市にある国立台湾文学館で「百年の旅びと　佐藤春夫１９２０　台湾旅行文学展」（河野龍也氏が展示企画に参画）が大々的に開催され、生憎コロナ禍で日本からの観覧はかなわなかったのだが、私は「〈春夫文学〉を「忘却の煉獄」から掬い上げ、風穴をあけるひとつのきっかけとなって、台湾の地から必ずや曙光が差し込んでくることを密かに予感してみたくもなるのです。この企画展を契機として、「台湾の地から〈春夫文学〉の現代的評価の波が押し寄せてきてくれれば……」という願い、期待を強く持つのです」と、賛同のメッセージを伝えておいた。

もとより拙著は、佐藤春夫の〈全体像〉を捉えているとはとても言えない。ほんの出発の一点に触れたに過ぎない。しかし、「能火野人」の意識は、長い間、〈春夫文学〉に何らかの痕跡を与え続けたのではなかっただろうか、そういう思いが少しでも伝えられたら幸いだと切に念じつつ……

二〇二四（令和六）年八月

辻本　雄一

索　引

人名索引

＊佐藤春夫については号以外は摘出していない

あ　行

か　行

さ行

た　行

な　行

は　行

ま　行

や　行

ら　行

わ　行

書名・作品名索引

あ 行

か 行

さ 行

た　行

な　行

は　行

ま　行

や　行

ら　行

わ　行

事項索引

あ　行

か　行

さ　行

■著者略歴

辻本　雄一（つじもと ゆういち）

佐藤春夫記念館館長
1945年和歌山県新宮市生まれ。早稲田大学第一文学部国文科卒業
和歌山県立学校に勤務、新宮市の「みくまの養護学校」校長を最後に定年退職
1989年新宮市の佐藤春夫記念館開館に伴い、展示計画から係わり、同記念会の理事を歴任、2007年9月から館長
著書に『増補版 熊野・新宮の「大逆事件」前後』（論創社 2024年1月）、監修・執筆本に『佐藤春夫読本』（勉誠出版 2015年10月）。
共著に『南紀と熊野古道』（吉川弘文館 2003年）、『『改造』直筆原稿の研究』（雄松堂出版 2007年）、『伊勢志摩と近代文学』（和泉書院 2009年）、『大逆事件と大石誠之助』（現代書館 2011年）、『海の熊野』（森話社 2011年）、『〈異〉なる関西』（田畑書店 2018年）など。

近代文学研究叢刊　77

能火野人、佐藤春夫
―「のうかやじん」は「くまのびと」の謂いなり―

二〇二五年一月二〇日初版第一刷発行
（検印省略）

著　者　辻本雄一
発行者　廣橋研三
印刷・製本　亜細亜印刷
発行所　有限会社　和泉書院
大阪市天王寺区上之宮町七―六
〒五四三―〇〇三七
電話　〇六―六七七一―一四六七
振替　〇〇九七〇―八―一五〇四三

装訂／上野かおる

ISBN978-4-7576-1108-5 C3395